Rebecca Netzel

Minotaurus starb in Napa Valley

Roman

D1694404

Rebecca Netzel

Minotaurus starb
in Napa Valley

Roman

TRIGA
Der Verlag

Bibliografische Information der Deutschen Nationalbibliothek
Die Deutsche Nationalbibliothek verzeichnet diese Publikation in der
Deutschen Nationalbibliografie;
detaillierte bibliografische Daten sind im Internet über
http://dnb.d-nb.de abrufbar.

1. Auflage 2019

© Copyright bei der Autorin
Herstellung: TRIGA – Der Verlag UG (haftungsbeschränkt), GF: Christina Schmitt
Leipziger Straße 2, 63571 Gelnhausen-Roth
www.triga-der-verlag.de, E-Mail: triga@triga-der-verlag.de

Cover-Illustration: Rebecca Netzel

Printed in Germany

ISBN 978-3-95828-218-6 (Print-Ausgabe)
ISBN 978-3-95828-219-3 (eBook-Ausgabe)

Das einzig Authentische sind die kalifornische und mexikanische Landschaft, welche die Autorin ausgiebig bereiste, sowie der unblutige Amateur-Stierkampf, den die Autorin 1992 in der Privat-Arena von Hnos. Arroyo in Mexico City abhielt und über den in der Mexikanischen Tageszeitung EXCELSIOR berichtet wurde (Ausgabe vom Di., 15. Sept. 1992, Sección B: »Fiesta Brava / Devolviendo al Toro Vivo al Corral« [dt. Übers.: »Stierkampf: Wie man den Stier lebendig in den Corral zurücklässt«])

* * * * * * * * *

For Mary Lou,
who wrote to me: „The writer continues" ...

Alles Verbrannte in dem Haus war schwarz. Sogar die Wände waren geschwärzt, da wo die Flammen an ihnen hochgeleckt hatten. Und doch war die Farbe Schwarz nicht unheimlicher als andere Farben. Ein schwarzes Pferd ist schön. Eine Rose kann genauso rot sein wie Blut, und doch ist dasselbe Rot in dem einen Fall so schön wie in dem anderen Fall furchtbar.

Die Fensterscheiben waren in der Gluthitze gesprungen, und die verkohlten Möbelstücke bis zur Unkenntlichkeit entstellt, in sich zusammengesunken. Hellgraue und sehr feine Asche, wie der Staub bei einem Vulkanausbruch, bedeckte alles wie ein dünnes Leintuch. Kreuz und quer lagen herabgestürzte Balken, hitzeverbogene Gardinenstangen, geschmolzene und brenzlig stinkende Plastikteile, nicht mehr definierbar. Die Metalleinlagen der Bettgestelle ragten, auch sie rußgeschwärzt und mit Asche überpudert, wie Skelette vorzeitlicher Tiere aus den Kohlemassen.

Die Zimmer waren fremd geworden, wie sie nun als Ruinen dalagen, wie unerwartet der blaue Himmel durch die geborstene und eingestürzte Decke schien; fremd und unbeteiligt das Himmelsblau, und fremd und unheimlich das Zimmer, so als sei kein Gedanke daran, dass sie jemals bewohnt, auch nur bewohnbar gewesen wären; alles Vertraute in Flammen aufgegangen, von der Feuersbrunst dahingefegt. Das Bekannte ausgelöscht. Die Geborgenheit vertrieben. Bis gestern noch heile Welt, scheinstabil, scheinzuverlässig, hohle Beständigkeit. Bis vor ein paar Stunden noch. Du hast geglaubt, dass es nie anders sein würde. Ach, weniger noch: Du hast dir überhaupt keine Gedanken gemacht.

Besonders als kleines Kind machst du dir keine Gedanken. Oder vielmehr, du machst dir zwar Gedanken über alles, ob dich der böse Wolf aus dem Märchenbuch holt oder ob der liebe Gott einen Bart hat, aber alles hat seinen Platz, und daran zweifelst du nicht. Mama und Papa, Haus und Garten, Comic-Filme und Spielsachen – all das sind feste Institutionen in deiner kleinen Welt, zuverlässig, unerschütterlich. Du fragst nicht, ob der Swimmingpool im Garten auch morgen noch da ist, ob die Palmen um ihn herum auch morgen noch stehen. Dies alles ist einfach da, in herrlich selbstverständlicher, angenehmer Weise. Und diese schöne Natürlichkeit, mit der alle Dinge um dich her existieren, verleiten dich in trügerischem Schein, an ihre Beständigkeit zu glauben.

Im Nebenraum, ebenso skelettiert, ebenso kahl und ausgebrannt, glänzte noch teeriges Löschwasser. Hier war die Asche zu breiigem Schlamm geworden. Auf der Türschwelle, an der mein Vater versucht hatte, mit dem kleinen Handfeuerlöscher gegen die Übermacht des Feuers vorzugehen und zumindest ein Übergreifen der Flammen zu verhindern, klebte in sich zusammengesunkener Sprühschaum.

Dann entdeckte ich in einem Winkel meine kleine Spielzeugkatze. Pussycat war halbseitig verbrannt. Das Unheimliche an Pussycat war, dass sie weiter unverwandt ihr großäugiges Katzenlächeln ausstrahlte, aus geborstenen blauen Augen und mit fein rosa Lefzen. Wenn man ihr verkohltes Gesicht anschaute und nur dieses Lächeln sah, konnte man für Sekunden vergessen, wie verbrannt sie war. Es war wirklich befremdlich, ja beklemmend.

Als ich sah, dass alles zerstört war, fing ich hemmungslos an zu weinen. Mein Kopf wurde gleich ganz heiß, und das Weinen zerrte an meiner Stimme, so dass es wehtat, denn ich war noch ein Kind, und eine Kinderstimme ist dem heftigen Schluchzen noch nicht gewachsen. Ich glaube aber, dass im Grunde niemandes Stimme dem Weinen gewachsen ist. Überhaupt ist niemand dem Weinen gewachsen. Wenn man es trotzdem übersteht, so ist es nur, weil man abstumpft und das ganze Ausmaß eines Dramas nie ganz erfassen kann, sonst würde man verrückt, und diejenigen, die eine Katastrophe, einen Schicksalsschlag auch nur annähernd erfassen, die werden es auch, oder sie werden von dem flammenden Schmerz völlig ausgebrannt und sind hinterher innerlich hohl und vernarbt. Für mich jedenfalls mit meinen fünf Jahren war jener Tag ein Trauma.

Die Erinnerung an mein bisheriges, offenbar glückliches und unbeschwertes Leben erschien mir auf einmal wie die Vertreibung aus dem Paradies. Es war schlagartig Vergangenheit, unumkehrbar, unwiederbringlich. Eine leuchtend schöne Zeit, die bis vor ein paar Stunden an die Gegenwart heranreichte. Und dann kam das große Erdbeben und der anschließende Brand.

*

Wie oft dachte ich zurück. Das Gras neben dem Swimmingpool war schattengesprenkelt. Den Schatten spendete ein prächtiger alter Eichenbaum. Es gab auch Erdbeerbäume mit dunkelgrün glänzendem Laub und hellrosa blühenden Oleander und mehrere große Palmen. Rote Rosen dufteten nach Himbeeren, und an einem weißen Mäuerchen verströmten Jasmin und Honeysuckle einen betäubenden Duft. Es war alles so unglaublich schön. Zu schön.

Ein kleines Mädchen spielt auf dem kurz geschorenen Rasen. Es ist weißblond, circa vier oder fünf Jahre alt. Es kugelt im frisch grünen Gras herum, mit einer sehr teuren, seidenhaarigen Angorakatze aus Plüsch und Webpelz. Die weiße Katze scheint anmutig zu springen. Das Mädchen bewegt sie sehr geschickt. Es sieht wirklich aus, als ob die kleine weiße Katze lebt.

»Miez miez miez!«

Aus großen blauen Glasaugen starrt die Katze das kleine Mädchen an. Eine kleine Hand streckt sich nach dem Kätzchen aus.

»Komm, Pussycat! Komm!«

Und die Katze springt, mit der Hand gezogen, dem Mädchen in die Arme. Beide tollen im Gras umher. Mehrere Schmetterlinge umgaukeln das bunt gekleidete Kind und die leuchtend weiße Katze. Die Schmetterlinge halten beide offenbar für Blumen.

Und man konnte das kleine Mädchen in ihrem grell bunten Spielanzug auch für eine Blume halten.

Es war ein friedliches Bild.

Ein ausgelassenes, dem Spiel hingegebenes Kind.

Ein großzügig angelegter Garten, mit Palmen und Swimmingpool.

Ein paar umherflatternde Schmetterlinge.

Es war alles so unglaublich schön. Zu schön. Heute traue ich soviel Schönheit nicht mehr. Die Schönheit zerplatzt wie eine Seifenblase. Glück und Glas, wie leicht bricht das! So lautet doch das Sprichwort. Glas oder Seifenblase … Zerplatzt. Zerschellt. Das kleine Mädchen war ich. Der schöne Garten gehörte uns. So sah er aus, acht Stunden vor dem großen Erdbeben.

Meine Eltern waren reich, und der Verlust unserer Villa bedeutete keinen Ruin, denn meine Mutter war Eigentümerin eines bekannten Weingutes in Napa Valley, und zu unserem Familienbesitz gehörten eine Reihe Häuser und Eigentumswohnungen, darunter der Landsitz auf dem Weingut. Natürlich stellte der Erdbeben- und Brandschaden einen erheblichen finanziellen Verlust dar, trotz der Versicherung, und während des Wiederaufbaus der Villa kam es zwischen meinen Eltern immer häufiger zu Spannungen. Ich als kleines Mädchen erlebte ihre Gereiztheit sehr deutlich, obwohl beide bemüht waren, ihren Konflikt vor mir zu verbergen.

Als das Haus erneuert war – erdbebensicher, wie es hieß –, kehrte scheinbar wieder der Alltag in unser Leben ein. Unter der hauchdünnen Lackschicht des bunten, unbeschwerten Alltags aber lauerte fortan das Düstere, Bedrohliche, das jederzeit hervorbrechen konnte. Du brauchst nur an dem bunten Lack zu kratzen, und schon tritt die Finsternis darunter zutage.

Du lebst in einem Erdbebengebiet. Du läufst auf diesem Boden wie auf einer Zeitbombe. Das Erdbeben hatte mir die Zerbrechlichkeit unserer Welt gezeigt. Nichts hatte Bestand, nicht einmal der Boden, der scheinbar so solide unter unseren Füßen war. All dein Reichtum, alle deine Pläne und Projekte konnten mit einem Schlag zunichte gemacht werden, unter Trümmern begraben.

Und es waren ja nicht nur die Erdbeben. Es gab ja so unendlich viel anderes Bedrohliches, Beängstigendes, und jeden Tag erfuhr ich mehr. Es gab Krankheiten. Es gab Kriminalität. Es gab furchtbare Dinge, die sie Drogen nannten, und Autounfälle und wilde Tiere, Giftschlangen, Skorpione und Spinnen. Ich bekam nachts Alpträume. Nun, da mein Urvertrauen erschüttert war, tat sich in mir die Angst auf wie eine Erdbebenspalte, wie ein gähnender Abgrund.

Je größer ich wurde, desto mehr bedrängten mich über das Fernsehen, über Gerüchte, über Fotos die Grausamkeiten der Welt. Ich erfuhr etwas über Kriege, Hunger und Elend, über Intrigen und Unglücksfälle, über alle Arten von Naturkatastrophen, und ich wartete nur darauf, bis diese Dinge auch erneut über mich hereinbrechen würden. Für mich war es nur eine Frage der Zeit. Meine Lebensangst wuchs in mir, bis ich zum Schluss sicher war, ich müsste jeden Augenblick krepieren, wegen irgendeiner perfiden Krankheit, einem Unfall, einer Naturkatastrophe oder was auch immer; ich ging nur noch geradewegs auf das Ende zu, das sich jederzeit ereignen würde. Ich hielt das baldige Eintreten eines Unglücks schon für wahrscheinlicher als das Gegenteil, ja, mir erschien es geradezu als unausweichlich. Zum Schluss sang ich mir mein eigenes Requiem. Es war paralysierend. Anstatt ans Leben zu denken, dachte ich daran, wie es sein würde, wenn ich tot wäre.

*

Einmal sah ich zwei blonde braungebrannte Kerle, die einen großen roten Sonnenschirm reparierten. Es gefiel mir, dass sie den Sonnenschirm reparierten, ohne sich Gedanken darüber zu machen, dass das Erdbeben ihre Bemühungen jederzeit zunichte machen konnte. Es war ein hübscher Sonnenschirm, und es war eine hübsche Idee, Sonnenschirme auf Terrassen mit Springbrunnen und Blumenkübeln zu stellen, ohne sich darum zu kümmern, ob ein Erdbeben alles zusammenbrechen lassen könnte, Haus und Veranda und Sonnenschirm umstürzen würden. Es war so schön, einfach nicht daran zu denken, zur Normalität überzugehen. Aber es roch nach Verdrängung. Und ich wollte nichts verdrängen. Ich musste eine Lösung, eine ganz persönliche Lösung finden. Je mehr ich heranwuchs, desto drängender stellte sich mir dieses Problem, desto bewusster wurde ich mir, dass ich irgendwie daran arbeiten müsste. »Damit umgehen« nennt man das ja so schön. Stattdessen zog mich meine Auseinandersetzung mit der Angst nur umso tiefer in deren Sog hinein. Es war wie ein finsterer Strudel, in den ich geriet, und mein Zustand verschlimmerte sich in der Pubertät. Meine Eltern getraute ich mich nicht, mit meinen Problemen zu belasten; sie arbeiteten hart im Business mit unserem Weingut, und ich bewunderte sie sehr.

Außerdem war mein Problem viel zu komplex, um es in einfache, klare Worte zu fassen. Ich konnte es selber nicht in überschaubare Teilprobleme zerlegen, die Angst kam von überall, als hinge ich in einem verwirrenden Spinnennetz verfangen. Ich schaffte es nicht, mich daraus zu befreien, verstrickte mich nur umso tiefer. Irgendetwas machte ich falsch.

Nachts lag ich wach und wartete auf das nächste Erdbeben, und ich versuchte mich mit dem Gedanken zu trösten, dass sich Erdbeben selbst hier in Kalifornien ja nicht jeden Tag ereignen, und dass ich »mein« Erdbeben ja lebend überstanden hatte – wieso sollte ich da nicht auch ein zweites überstehen? Aber auf jeden zweckoptimistischen Anlauf hin, den ich unternahm, hallte in mir wider: »Wieso solltest du es überstehen?« Irgendwann schlief ich dann vor Übermüdung ein.

*

In der Schule lernte ich eifrig, um meinen Eltern möglichst wenig Anlass zu Ärger und Sorge zu geben, denn ich war ein Einzelkind und fühlte mich als Mittelpunkt der Welt, woraus ich im Umkehrschluss folgerte, ich sei für die Freude meiner Eltern über mich verantwortlich und musste meinerseits alle Anstrengungen unternehmen, um sie auch weiterhin zu erfreuen, und alles Gegenteilige unterlassen.

Denn auch dies war eine meiner Ängste: dass meine Eltern ihr Interesse an mir verlieren könnten, dass ich darin versagen könnte, sie zu erfreuen – denn sie waren zunehmend angespannt und nervös, und es gab Tage, da hatten sie für meine kleinen Anliegen kein Ohr, denn es gab scheinbar etwas Größeres, Wichtigeres, was sie beschäftigte und wovon ich nichts verstand.

Dann ging mein Vater. Das heißt, er ging nicht auf einmal und endgültig, sondern in Etappen, und das machte es so schwer, denn es wurde von Mal zu Mal unerträglicher, wenn er zurückkam, um noch etwas zu holen oder um etwas mit meiner Mutter zu besprechen. Ich spürte, wie unangenehm es für beide war, überhaupt noch ein Wort miteinander zu wechseln, und da bekam ich stets Angst, er würde noch einmal wiederkommen. Ich hoffte jedes Mal, dass er nun zum letzten Mal da sein würde, denn diese düstere Atmosphäre, die dann auf beiden lastete, übertrug sich automatisch auch auf mich, obwohl sich beide mir gegenüber ganz unbefangen gaben oder es zumindest versuchten, aber ein Kind kann man nicht belügen.

Ich war damals elf oder zwölf Jahre alt und ich hatte schon länger gespürt, dass sich das Verhältnis meiner Eltern zueinander erst schleichend und dann rapide verschlechterte. Mein Vater sah stets traurig und niedergeschlagen aus, aber während er immer resignierter und einsilbiger wurde, wirkte meine Mutter immer herrischer und nervöser. Sie sprach auf einmal sehr laut und redete überhaupt viel und ohne darauf zu achten, ob ihr jemand zuhörte.

Ich will rückwirkend keinem von beiden allein die Schuld zuweisen, zu einem Konflikt in der Partnerschaft gehören immer zwei, aber gefühlsmäßig stehe ich heute ganz auf der Seite meines Vaters. Indem er uns verließ, hatte er den Konflikt verloren. Er verließ uns ungern, das weiß ich heute. Aber er konnte und wollte so nicht mehr weiterleben.

Dass ich selber auch nicht so weiterleben mochte, aufgerieben zwischen Verlust- und Versagensängsten, war mir nur halb bewusst – ich fühlte mich nur konstant und latent bedroht und irgendwie eingeengt. Da gab es etwas, was mir oftmals die Kehle zuschnürte. Mich am freien Durchatmen hinderte. Doch ich sprach mit niemand darüber – auch davor hatte ich nämlich Angst. So trug ich meine Ängste und Sorgen still mit mir herum, und von Tag zu Tag wurde das Bündel schwerer. Unerträglich schwer. Da meine Eltern so intensiv damit beschäftigt waren, ihre eigenen Angelegenheiten zu klären, schien ihnen mein innerer Zustand zu entgehen, oder sie schoben es alleine auf die Belastung durch die Scheidung, die mich ja auch bedrückte.

Dann also war Vater fort. Meine Mutter bestand darauf, seine Fürsorge für mich möglichst nur auf finanzielle Zuwendung zu beschränken. Da gab es gar keine lange juristische Schlammschlacht. Er kämpfte nicht um mich, da auch er sich nicht von mir umkämpft fühlte. Obwohl ich ihn so gerne gesehen und weiter guten Kontakt zu ihm gehalten hätte, belastete mich die immer tiefer werdenden Kluft zwischen meinen Eltern so sehr, dass ich es nicht aushielt und vorzog, meinen Vater gar nicht mehr zu sehen, als jedes Mal von einem zum andern über die Kluft zu springen, wie über eine Erdbebenspalte, die sich nach ständigen neuen Erschütterungen immer weiter auftat. Ich versteckte mich hinter meiner Mutter.

Das hatte noch einen weiteren Grund. Gerade in der Zeit, als sich die definitive Trennung abspielte, setzte bei mir erstmals richtig die Periode ein, und zwar so heftig, dass mir durch den jähen Blutverlust ganz schwarz vor den Augen wurde. Da brauchte ich eine weibliche Bezugsperson mehr denn je, und meine Mutter nahm mich in den Arm und tröstete mich, während mich der Gedanke an eine weitere Rückkehr meines Vaters mit der damit verbundenen, belastenden Atmosphäre nur noch mehr in Stress versetzte und mir Unterleibskrämpfe verursachte. Auch das entfernte mich von meinem Vater. Schließlich begann ich unbewusst, auf eine Vaterfigur ganz zu verzichten und warf die Sehnsucht danach wie geistigen Ballast ab. Mein Vater trat für viele Jahre ganz aus meinem Leben.

Meiner Mutter blieb das Weingut, sie musste lediglich einen neuen, fähigen Generalverwalter einstellen, die Buchhaltung erledigte sie ja ohnehin selber. Auf meinem Vater lastete nunmehr das Flair, sich nur in eine begüterte Familie eingeheiratet zu haben und damit gescheitert zu sein. Seine effektive Arbeit zur Firmenexpansion und -konsolidierung fand mit keinem Wort Erwähnung.

In der ersten Zeit unserer neuen, endgültigen Einsamkeit zu

zweit entdeckte meine Mutter plötzlich ihr Piano wieder, das bisher nur zur Dekoration im Salon gestanden hatte. Sie spielte nun häufig darauf, und zu meiner größten Überraschung spielte sie recht gut, mit brav erlernter Technik, wenn auch nicht gerade virtuos. »Ja, mein Kind«, sagte sie einmal und zog mich zu sich heran bis zu den weißen Elfenbeintasten, »ich war als junges Mädchen nämlich für kurze Zeit auf dem Konservatorium ...« Sie seufzte bedeutungsschwer und irgendwie theatralisch. Nach einer Kunstpause fügte sie etwas dramatisch hinzu: »Vielleicht wäre ich eines Tages sogar eine große Pianistin geworden, aber du weißt ja, es kam alles ganz anders ...«

Das, was anders kam, war, dass sie meinen späteren Vater kennen gelernt hatte. Nun spielte sie auf dem Piano gegen die Stille an, die er zurückließ.

*

Es lag in der Natur der Sache, dass meine Mutter sich keinen anderen Männern zuwandte. Ohnehin bestand ja die Gefahr, dass sich nur ein weiterer Prätendent auf das Weingut einschleichen wollte. Sie kümmerte sich mit Hingabe um meine Erziehung und um meine Schulbildung, damit ich später, nach dem College, in der Firma einsteigen könnte, mit einer geeigneten beruflichen Qualifizierung. Sie beobachtete meine diesbezüglichen Talente, und da ich eher künstlerisch als betriebswirtschaftlich veranlagt war, beschloss sie, mich als Werbedesignerin für den Marketing-Sektor unseres Weinguts ausbilden zu lassen. Ich war zufrieden, weil dieses Berufsbild meinen Neigungen entsprach.

Da ich in dem Internat, wo ich inzwischen untergebracht war und eine gute Schulbildung vermittelt bekam, zwar genug Freundinnen fand, daheim aber auf unserem Gutssitz keine Gesellschaft für mich hatte, schenkte meine Mutter mir kurzerhand ein Pferd. Es war eine ruhige rotbraune Stute, ein recht edles Reitpferd, auf dem ich nun in den Ferien ausritt, einsam und in der Gluthitze, in der sich die Luft kräuselte, bis mir meine Mutter sagte, das sei für meine helle Haut nicht gut und ich meine Ausritte auf den frühen Vormittag oder Abend verlegte.

Da auf dem Pferderücken fühlte ich mich einsam, aber nicht allein. Meine einzige gleichaltrige Gesellschaft fand ich bei meiner Schulfreundin Mary im benachbarten Calistoga, die ich öfters zu Pferde besuchte.

Leider starb das Pferd zwei Jahre später, es hatte eine seltene Leberkrankheit mit Koliken bekommen, und nunmehr war ich wirklich ganz allein, ohne Begleitung in meiner Freizeit. Umso mehr Zuwendung erfuhr ich von meiner Mutter.

Meine Mutter wurde meine beste Freundin, der ich offen alles sagen konnte, auch, was ich über meine anderen, gleichaltrigen Freundinnen dachte. Und so erfuhr ich von ihr, dass meine Freundinnen Flittchen waren, weil sie mit vierzehn oder sechzehn begannen, mit Jungs zu poussieren.

Ich war empört über das Verhalten meiner Freundinnen. Geradezu konspirativ beobachtete ich sie und berichtete alles meiner Mutter, was ich an Unerhörtem bei ihnen beobachtet hatte. Sie küssten sich und sie knutschten sich sogar mit den Jungs. Meine Mutter lobte mich, wenn ich ihr davon erzählte und ihr beteuerte, so was würde mir ja nicht im Traum einfallen.

»Ja, sei nur vorsichtig, mein Kind!«, sagte sie. »Die jungen Männer wollen euch Mädchen nur für ihre ersten Erfahrungen benutzen, und bei dir besteht überdies die Gefahr, dass sie es auf unser Weingut abgesehen haben, denn sie wissen ja, dass du die Alleinerbin sein wirst!«

Was mit »ersten Erfahrungen« gemeint war, konnte ich mir nur anhand einschlägiger Fernsehfilme ausmalen, aber es musste wohl furchtbar sein.

Ich stellte allerdings fest, dass ich erneut über einem Abgrund Spagat stand. Diesmal war es die zunehmende Kluft zwischen meinen Freundinnen auf der einen Seite und meiner Mutter auf der anderen. Denn insgeheim war ich natürlich doch neugierig, zu wissen, was sie beim Küssen und Knutschen wohl empfinden mochten. So sehr mich auch die Vorstellung jener »ersten Erfahrungen«

16

schreckte, die meine Mutter in so düsteren Tönen beschwor, so vermisste ich doch zunehmend etwas, das ich mir selber nicht erklären konnte und irgendwann als mehr Freiheit gegenüber meiner Mutter definierte. Ich begann, gegen sie aufmüpfig und rebellisch zu werden. Meine Mutter beobachtete das mit Sorge. »Kommst du jetzt in die Flegeljahre?«, kommentierte sie meine Entwicklung. »Du bist gar nicht mehr mein liebes, kleines Mädchen!«

Auf einmal wollte ich gar nicht mehr ihr liebes, kleines Mädchen sein. Ich fand plötzlich Gefallen daran, diese Rolle nicht mehr zu spielen. Es war wie eine Befreiung. Als mir das klar wurde, fielen die selbstgelegten Fesseln. Ich beschloss trotzig, den nächstbesten Jungen, der mir gefallen würde, bei der nächsten Gelegenheit zu küssen. Nur um zu wissen, wie das sein würde.

*

Auch im College, einem teuren Internat, hatte ich Angst – nämlich Angst, zu versagen, und aus lauter Angst brachte ich gute Noten. Und dann trat mir die Angst auf einmal bildlich entgegen, und ich war fast froh um diese konkrete Bildlichkeit, denn nun konnte ich meine Angst zum ersten Mal in anschaulicher Gestalt fassen.

Wir hatten im College etwas über Europäische Geschichte und Literatur, und ich träumte vor mich hin. Seit dem Zeitpunkt, als wir erfuhren, dass die schöne Europa von Zeus als Stier nach Kreta entführt wurde, horchte ich auf. Mir gefiel diese ungewöhnliche Vorstellung. Und als uns gesagt wurde, dass dieser Verbindung der kretische König Minos entspross, mythisch verbunden mit dem legendären Minotaurus, dem Sohn einer Frau und eines Stiers, war ich hellwach und beschloss, meinen Ängsten die Gestalt des Minotaurus zu verleihen. Ich hatte vor Jahren im Urlaub in Mexiko einen Stierkampf gesehen, in Tijuana. Es gefiel mir nun, mir meine Ängste in der Form dieses Minotaurus vorzustellen, sie in der Gestalt dieses stierköpfigen Menschen zu konkretisieren. Meine Angst war mit einem Schlag anschaulicher geworden, und damit analysierbar. Stierköpfig – das war das Dunkle, Zerstörerische, die unberechenbare Macht der Natur, oder des Schicksals, oder des Nenn-es-wie-du-willst. Es war jedenfalls das Unbeeinflussbare oder nur schwer Beeinflussbare, gegen das man allen Mut aufbieten und wogegen man ankämpfen musste.

Aber dieses Bedrohliche, Unheilvolle war ein zwittriges Wesen, hatte eine Doppelnatur. Denn die Angst kam nicht einfach von außen, von den Naturgewalten, vom Schicksal. Sie kam aus mir heraus, aus meinem Innersten, wurde von mir produziert. Und das war der menschliche Aspekt dieses bedrohlichen Wesens, dieser Schreckensgestalt, die einen heimsuchte und ihr Terror-Regime im Labyrinth meiner Seele errichtete: die Angst, die nicht mit der realen Bedrohung von außen identisch war, sondern als Reaktion darauf, in Kenntnis all dieser Gefahren von mir selbst hervorgebracht wurde und von mir zu bekämpfen war. Die Angst selbst war es, vor der ich Angst hatte, und gegen die ich nicht ankam. Tornados, Giftspinnen, Schlangen und Krankheiten lauerten nicht nur real um mich her, sondern hundertfach in meinem Innern, als Schreckgespenst bloßer Möglichkeiten.

Einmal, ich war mitten in der Pubertät, träumte ich, dass ich den Minotaurus heiraten müsste. »Du musst mich annehmen!«, sagte er und lächelte zynisch. »Vollständig annehmen!« Er sah in jenem Traum aus wie Picassos Skizze vom Künstler, der herablassend und begehrlich sein Modell musterte.

Seitdem verfolgte mich nicht mehr die formlose Angst, sondern mein selbst gewähltes Bild, die Gestalt des Fabelwesens, in die ich meine Angst nun kleidete. Es war mir, als seien meine Ängste nun etwas berechenbarer geworden, denn nun war es der Minotaurus, den ich mir ausmalte und so Hinweise darauf fand, was in mir vorging, was mich gerade beschäftigte und peinigte.

*

Eine Zeitlang versuchte ich, bei einer Kirche Zuflucht zu finden. Ich kaufte mir Kassetten und später CDs mit Popmusik und hörte den ganzen Tag im Walkman *»Oh Jesus Jesus, I love you, my sweet Lord«*, und ich war ganz *high* von der Musik und irgendwie richtig verliebt in diesen Jesus, und ich war den ganzen Tag ziemlich *happy:* so lange, bis sich herausstellte, dass ich im Alltag dieselben Probleme hatte wie vorher, und da begann ich zu zweifeln, ob nicht die Kirche auf der einen Seite und Gott und Jesus auf der anderen zwei ganz verschiedene Sachen seien. Schließlich hatte die Kirche an meinen Kassetten und an meinen Beiträgen Geld verdient und nicht der Herrgott. Aber ich war allein wie zuvor, und nur in den ekstatischen Songs in der Messe einzutauchen brachte mich auf die Dauer auch nicht weiter. Neben mir stand, drohend und hämisch grinsend, der Minotaurus.

Und dann passierte das mit unserer Chorleiterin, und da war ich ganz entsetzt und bin wieder von der Kirche fortgegangen. Das heißt, ich zahle noch brav meine Beiträge für wohltätige Zwecke, aber innerlich bin ich fortgegangen.

Inzwischen hatte ich mich an die Musik und die gemeinsamen Andachten so gewöhnt wie an eine Droge, und ich summte den ganzen Tag mit lächerlich unmusikalischer Stimme: *»Oh Gee, Gee, I LOVE YOU!«*, und ich kam mir gegen alles immun vor und lächelte immerzu wie in freudiger Erwartung. Na ja.

Unsere Chorleiterin ging immer abends alleine nachhaus, und ich sagte ihr, es sei besser, etwas vorsichtiger zu sein und wenigstens in der Handtasche eine Dose Pfefferspray mitzuführen, falls sie einmal abends auf der Straße angefallen würde, aber sie lächelte nur und sagte, ihr könne gar nichts passieren. Sie sah mich mit großen, vertrauensvoll leuchtenden Augen an. Ihre Augen waren wirklich ganz groß und ganz rund, und man konnte die grünen Flecken in ihrer blauen Iris sehen. Sie sagte: »Mir KANN gar nichts passieren! Der HERR geleitet mich. Er ist immer mit mir. Er geleitet mich auf allen Wegen, und ich kann meine Hand in seine legen wie ein Kind!«

Ich staunte. So einfach war das? Auch ich hätte gerne meine Hand vertrauensvoll in seine gelegt. Für einen Sekundenbruchteil durchfuhr mich die Sehnsucht danach wie eine Sternschnuppe.

Ich war richtig neidisch. Eine Weile lang ging auch alles gut. Ich wünschte, es wäre immer gut gegangen. Was ihr passierte, hat sie nicht verdient. Sie war doch so gläubig. Aber es war, als ob auch Naivität strafbar sei.

Sie ging also abends alleine, und ich sagte ihr, kauf dir wenigstens ein Auto, und sie sagte, für größere Fahrten könnte sie das Auto ihrer älteren Schwestern benutzen, und ging weiter abends alleine, und es war, als würden alle Kriminellen sich nur in einem Bannkreis um sie bewegen. Ich dachte, ein unsichtbarer Schutzengel ginge ihr voraus.

Dann wurde sie vergewaltigt. An jenem Tag verlor sie ihre Unschuld und ich mein aufkeimendes Vertrauen. Sie bekam zwar weder ein Kind noch Aids durch diese Sache, aber unser Vertrauen war erschüttert. Ich musste mich erneut umorientieren. Der Minotaurus neben mir schnaubte hämisch durch die Nüstern. Er strotzte vor Energie.

Sie hatte durch ihre blinde Vertrauensseligkeit die Kriminellen und das Schicksal herausgefordert, und nun stand sie, standen wir alle, vor der Herausforderung, mit dem Geschehenen umzugehen, es irgendwie zu verarbeiten. Unser naiver Glauben geriet ins Wanken. Es war wie ein Scherbenhaufen.

Ich merkte damals, dass Gott sich an seine eigenen Spielregeln hält. Er hat vor lauter Entscheidungsfreiheit dem Teufel Raum gegeben, vielleicht, um das Gute durch den Kontrast überhaupt erst erkennbar zu machen. Und während ich ein goldenes Kreuz als Anhänger wie ein Amulett am Hals trug und die ganze Zeit verzückt »Jesus, Jesus« sang, da merkte ich gar nicht, dass auch dieser Jesus sich an die gottgegebenen Spielregeln gehalten hatte und nicht vom Kreuz heruntergestiegen war, nachdem er sich von der teuflischen Bosheit der Menschen an eben jenes Kreuz hatte schlagen lassen. Wenn er gar mit sich selber keine Ausnahme machte – wieso sollte er es dann für andere tun? Warum sollte es eine Garantie für Fromme geben? Würden wir dann nicht Gefahr laufen, nur um dieser Sicherheitsgarantie auf ein behütetes Leben willen fromm zu sein, und würde nicht alle Frömmig-

keit und Nächstenliebe zu selbstgerechter Heuchelei und Phari-
säertum verkommen? Ich hab mal was in der Bibel gelesen, dass
Jesus etwas gegen Pharisäer hatte.

*

Ich malte mir den Minotaurus aus. Er hatte einen schwarzen Kampfstierkopf, genauso, wie ich jenen Stier in der Arena
von Tijuana in Erinnerung hatte, schwarz und langhörnig. Das
Schwarz selber hatte nichts Unheimliches, es war glänzend und
satt, so wie ein Rappe oder meinetwegen ein Panther schwarz
ist. Überhaupt ist an der Farbe Schwarz an sich nichts Unheimliches, weder als Haarfarbe noch als Hautfarbe, noch sonst irgendwie. Was den Minotaurus psychologisch jedoch so düster machte,
war die Angst, die er verbreitete. Er symbolisierte Gefahr. Er war
so düster wie ein aufkommendes Gewitter oder eine mondlose
Nacht.

Den Stierkopf trug ein Männerkörper. Ihn stellte ich mir, so
wie ich es auf einem antiken Gemälde gesehen hatte, nackt vor.
Er machte mir keine Angst, denn noch hatte ich keine Angst vor
Männern, und doch stand auch er in ursächlicher Beziehung zu
meinen Ängsten, denn der Körper war menschlich, und meine
Angst war auch menschlich.

Der düstere Gebieter meines Seelenlabyrinthes stand aufrecht
da, selbstsicher und drohend, und sein finsterer Blick aus dump-
fen Stieraugen schien mich herauszufordern. Schön sah er aus,
gewiss, und athletisch: die leierförmig geschwungenen Hörner
und der nach antiken Proportionen optimal gebaute Körper, breitschultrig und schmalhüftig, kräftig und männlich – aber so schön
malte ich ihn mir nur aus, um mich an ihn als einen finsteren
Begleiter, den ich vielleicht nie loswerden würde, zu gewöhnen.
Ein ständiger Begleiter, der mich tyrannisierte. Kein heldenhafter
Theseus in Sicht. Ich war kein Theseus. Aber ich spürte, wenn ich
diesen Minotaurus je besiegen wollte, dann musste ich es selber
tun. Ich konnte auf keinen Theseus warten. Es gab ihn nicht. Es

war MEIN Minotaurus, mein ganz persönlicher, und niemand sonst konnte ihn für mich töten.

Voll Wehmut dachte ich an ein Bild in unserem Geschichtsbuch, in dem jener Theseus auf einem antiken Fresko zu sehen war, wie er siegreich vor dem hingestreckten Minotaurus stand, am Eingang des grauenvollen Labyrinths. Er hatte den Faden gehabt, der ihn durchs Labyrinth leitete. Er hatte den Mut gehabt, das Ungeheuer zu töten. Da lag es nun, den Kopf zur Seite gedreht, im Staub. Auf dem Bild hatte der Minotaurus allerdings ganz kurze Hörner, was in der Antike auf Darstellungen scheinbar modern war, zeigte es doch bereits den Stier als domestizierte Form, und genau das fand ich schade. Wenn mein Minotaurus mich schon so grausam peinigte, dann wollte ich ihn wenigstens undomestiziert, unbezähmbar wild haben und mir seine Wildheit eingestehen, indem ich ihm in meiner Vorstellung die langen Hörner des wilden Urs, oder des Kampfstiers eben, verlieh. Gerade seine Unbesiegbarkeit würde mir uneingestanden ein gutes Alibi liefern, es nicht ernsthaft mit ihm aufnehmen zu müssen. Gegen soviel grausame Wildheit konnte ich gewiss nicht ankommen, es war aussichtslos, ihn bezwingen zu wollen. Denn wie gesagt, ein Theseus war ich nicht.

Der Theseus sah gut aus auf dem Bild, auch er nackt und athletisch. Und, erstaunlicherweise, posierte er nicht etwa mit einem Fuß auf dem toten Ungeheuer, sondern er stand einfach daneben, in der klassischen entspannten Haltung mit Standbein und Spielbein, und sein Blick war nachdenklich zum Himmel gewandt, in weite Ferne, zu den Göttern vielleicht, aber eben nicht voll billigem Triumph hin zu dem besiegten Stiermenschen.

Solch einen Theseus hätte ich mir gewünscht. Aber nachdem ich in naiver Frömmelei versucht hatte, meine Probleme bequem auf die Kirche abzuwälzen und so kläglich damit gescheitert war, wurde mir klar, dass ich nicht einfach einer verklärten Idolfigur nachlaufen durfte, sondern die Lösung bei mir selbst suchen musste. Und mühselig rang ich mich zu dem Entschluss durch, mich selber – so ungeeignet ich auch war – zu meinem eigenen Theseus aufzubauen. Doch wie sollte ich das nur anstellen ...?

Was mich unwillkürlich an dieser Theseus-Darstellung so sehr an den Stierkampf erinnerte, den ich damals in Tijuana gesehen hatte, war das Tuch, das er, zusammen mit einem Stab, über den Arm geschlagen trug. Es sah aus wie eine *muleta*, das zweite, rote Tuch des Stierkämpfers, das er nach der *capa*, dem rosenfarbenen Umhang, verwendete. Ob das Tuch des Theseus rot war, konnte ich auf dem Bild nicht erkennen, denn es war schwarzweiß. Ich stellte mir die malerisch herabhängenden Falten jedenfalls rot vor. Rot wie seinen Ariadnefaden durchs Labyrinth. Einen solchen Faden könnte ich auch brauchen, auf der Wanderung durch mein eigenes Seelenlabyrinth ...

Der Theseus reichte geistesabwesend einem von ihm befreiten Knaben seine Hand, und auch den ihm zu Füßen knienden Jungen beachtete er nicht. Er hatte seine Landsleute aus dem Labyrinth befreit. Das war alles. Ehrfurchtsvoll standen die Frauen, Kinder und Männer neben ihm. Er war ein Held. Er war zu bewundern. Ich bewunderte ihn auch. Ich brauchte ihn. Und ich musste mich selber zum Theseus machen. Allerdings gab es an mir nichts zu bewundern.

Vom Theseus aber musste ich lernen, mich leichten Herzens vom Leben zu verabschieden, mich freizugeben, um überhaupt der Gefahr entgegentreten zu können, und um dann alles Leben Stück für Stück als Geschenk zurückzuerlangen, jeden Augenblick einzeln.

*

Ich begann meine Studien im Bereich Werbegrafik in San Francisco, und Mum war ein wenig stolz und ein wenig unruhig, denn schließlich verließ ich ihre Obhut, aber sie hatte großes Vertrauen in mich: Meine Angst vor allen Dingen würde mich schon ausreichend gegen alle Versuchungen und Verfehlungen schützen, und zudem hatte ich ja in zahllosen Kommentaren meine Einstellung dokumentiert. Wie ein dressierter Papagei hatte ich Mums Ansichten nachgeplappert, mit derselben erstaunlichen Gelehrigkeit. Auch denunzierte ich noch brav meine Freundinnen und regte mich über ihr Verhalten auf.

Ich wurde in einem privaten Wohnheim einquartiert, und junge Frauen und junge Männer waren sittsam getrennt, und ansonsten bist du ja volljährig, und hier ist dein Zimmerschlüssel.

Mit Feuereifer begann ich meine Studien, und ich notierte und zeichnete alles Gelernte säuberlich in meine Hefte, und Mum war zufrieden. Ich besuchte sie in den Ferien, und sobald sie geschäftlich in Frisco zu tun hatte, kam sie auf einen kurzen Besuch vorbei. Sie telefonierte auch unglaublich oft und lange mit mir, stets besorgt, stets warmherzig. Anfangs fühlte ich mich wohl und geborgen und dann ging es mir allmählich auf die Nerven.

Als sie feststellte, dass ich abends um zehn Uhr regelmäßig da war, wurden ihre Anrufe seltener.

Ich lernte natürlich unheimlich viele Leute kennen, und ich erzählte ihr von meinen neuen Freundinnen, von Christie und Martha und Catherine und Helen, und Mum war zufrieden. Freundinnen waren ungefährlich, so fand sie.

Ich brachte auch gute Resultate und wurde auch lobend erwähnt und gewann einen kleinen Wettbewerb zum Thema »Schönes San Francisco«, und ich konzentrierte mich wirklich nur auf meine Studien.

In Wirklichkeit hielt ich mit dem gleichen Eifer, mit dem ich meine Studien betrieb, auch die Augen offen, wie und wo ich am besten das Leben studieren konnte. Das war ja wohl legitim. Ich gestand es mir nicht ein, aber heimlich vor mir selbst streckte ich Fühler aus. Und bekam prompt Angst vor meiner eigenen Courage.

Und dann war da diese Idee, nach Santa Cruz zum Baden zu fahren. »Du, Mum – am Wochenende ist eine tolle Exkursion nach Santa Cruz, zum Baden, weißt du? Hier in Frisco ist es ja zu kalt. Alle meine anderen Freundinnen fahren auch, es wird mindestens eine Gruppe von einem Dutzend – fast so eine Art Schulausflug, weißt du?«

Ich erklärte und rechtfertigte und verteidigte mich am Telefon, so als müsste ich Mum um Erlaubnis bitten. Zu dem Zeitpunkt war ich seit zwei Jahren volljährig. Aber alte Gewohnheiten halten sich, solange man sie nicht erkennt, sehr gut.

Natürlich würde ich bei der Exkursion mitfahren, doch irgendwie war es mir wohler, wenn Mum ihren Segen dazu gab.

Als wir aber losfuhren, verteilt auf verschiedene, voll besetzte Autos, vergaß ich Mum und freute mich ganz einfach auf das, was da kommen würde. Christie und Martha und Catherine waren wirklich mit von der Partie, Helen hatte keine Zeit, aber Joe und Bill und Gregory waren dabei, auch Kevin und Michael, aber die beiden waren mir egal. Die anderen hingegen gefielen mir durchaus. Wie durch Zufall hatte ich Mum gegenüber natürlich vergessen, deren Namen zu erwähnen ... nur Mädchennamen hörte sie von mir!

Wir fuhren auf dem *Freeway*, die Autofenster heruntergekurbelt, und die Luft roch nach Abgasen und nach Eukalyptus von den zahlreichen Eukalyptusbäumen am Stadtrand, und alles war *easy*.

Wir fuhren auf dem *Interstate Highway 880* nach Süden, und ich saß mit Martha und Catherine auf dem Rücksitz in Gregorys Auto, und vorne drin saßen er und Bill, und im anderen Auto folgten uns Kevin und Michael mit ein paar Mädchen, und dahinter kam noch ein drittes Auto mit Leuten, die ich nicht so gut kannte, aber auch alles Kommilitonen.

Wir schafften es irgendwie, als eine Art Konvoi zusammen zu bleiben, obwohl wir uns beim ständigen Überholtwerden von rechts und links immer wieder zwischenzeitlich aus den Augen verloren.

Ich betrachtete die Bergflanken am Horizont, die stark erodiert und mit kümmerlichem, zähen Gras bewachsen waren, und dann, bei Los Gatos, wurde die Landschaft grüner, und es gab einen kleinen *Creek* und Nadelwald an den Hängen. Wir fuhren jetzt durch eine Berglandschaft mit Sequoia-Tannen, Ahornen und Eichen, und die Berge hier waren bis zum Gipfel bewaldet, und dann kam

Half Moon Bay und Capitola und Richtung Watsonville, und wir waren da. Es war Mittag.

Wir ließen unsere Autos auf einem Parkplatz und nahmen unsere Strandtaschen mit Badezeug und Sonnenöl, und Kevin setzte sich eine Schirmmütze mit Donald-Duck-Fratze und Teufelshörnern auf, und dann fuhren wir mit dem kostenlosen Shuttle-Service hinunter zum Strand.

Der Strand hatte hellgrauen Sand, wie Pfeffer und Salz, und direkt am Strand gab es keine Palmen, erst dahinter. Das Klima war sehr warm und subtropisch, nicht so kühl wie in Frisco, und ich fand die Hitze sehr stark und war gar nicht auf diesen raschen Wechsel eingestellt. Ich trug meinen Bikini bereits als Unterwäsche unter meiner Kleidung und zog Shorts und T-Shirt aus und ging zum Wasser, aber es war erstaunlich kalt, im krassen Kontrast zum warmen Strand, wo die Sandkörner sonnendurchwärmt waren. Ich ging aber trotzdem hinein.

Im Wasser schwammen recht viele messinggelbe Kelp-Algen und anderer Tang, aber es war nicht unangenehm. Die Kelpblätter sahen aus wie helle Taucherflossen und waren auch genauso gummiartig. Einen langen grünen Algenstrick mit vielen Blattanhängern legte ich mir als Kette um den Hals, wie eine Seejungfrau, und Gregory sagte: »Das sieht sehr gut aus!«, und da merkte ich erst, dass er mir nachgeschwommen war.

Die anderen waren noch am Strand und rieben sich mit Sonnenöl ein. Weiter oben am Strand fand gerade ein offizielles Volleyball-Spiel statt. Wir schwammen in dem kalten Wasser, und nach einer Weile war es ganz angenehm. Meine Algenkette löste sich auf und dümpelte mit schwebenden Blättchen auf den Wellen, und Gregory nahm sie und legte sie mir sorgsam wieder um den Hals. Als er die Alge aus dem Wasser nahm, fiel sie in sich zusammen, alle Blättchen waren an den schnurförmigen Stängel geklatscht, und ich tauchte damit etwas unter, so dass sie sich wieder auffächerten, und Gregory drapierte mir die Algenblättchen hingabevoll auf der Brust. Uns gefiel das Spiel, denn natürlich blieb die Dekoration nicht so liegen, und man musste sie stets von neuem zurechtlegen.

Das war mein erster Körperkontakt mit Gregory, und mir wurde im Wasser immer wärmer. Trotzdem kühlte uns das Wasser aus, und wir kehrten an den Strand zurück und sonnten uns. Ich beobachtete die Leute am Strand. Es gab hormon-gestylte Body-Building-Männer, gewiss schon impotent vom Anabolikaschlucken, und es gab viele unglaublich dicke Männer, mit von Leberzirrhose geblähten Bierbäuchen, aber kaum normale, attraktive Männer.

Doch, es gab sie. Direkt neben mir lagen sie auf ihren Strandtüchern, hell oder braun, breitschultrig, aber echt, normal gebaut und dynamisch. Manche räkelten sich mit betont lasziver Geste, andere gaben sich ganz natürlich. Auf ihre Weise attraktiv waren die meisten. Bill war etwas kompakter, er erinnerte mich da auf seinen Strandtuch an einen weißen Seelöwen, breit und behäbig; seine Haut wurde allerdings rasch sonnengerötet wie bei einem Walross.

Gregory war brünett und schlanker, aber auch sehr sportlich gebaut. Mir gefielen beide, aber Gregory gefiel mir noch besser. Ich träumte unter dem hohen blauen Himmel von einer Beziehung. Ich träumte im Schutz der angenehmen Gewissheit, dass es eben nur Träume waren – ganz harmlos. Mit dieser Gewissheit beruhigte ich mein Gewissen, und dadurch schlief selbst meine Angst vorübergehend ein.

Es war schmeichelhaft und angenehm, über alle jungen Männer um mich herum nachzudenken, sie in Gedanken zu betrachten, zu prüfen und auszuwählen wie Äpfel aus einem Korb.

Kevin war für mich uninteressant, er war jungenhaft dünn. Michael fand ich sympathisch, aber langweilig. Ich beurteilte sie voller Arroganz, so als sei ich so begehrenswert, dass ich die freie Wahl hatte. Als ich das merkte, ging ich zu einer raschen Selbstanalyse über. Was hatte ich zu bieten? Weißblondes Haar, eine schlanke Figur und leider nicht allzu große, aber gut geformte Brüste. Blaugrüne Augen und, Na ja, jede Menge Sommersprossen, nicht nur im Gesicht, sondern auch auf Schultern und Armen. Lange, schlanke Beine, enge Taille, schlanke Hüften.

Bilanz: nicht schlecht. Aber auch nichts Besonderes. Ich versuchte, nur so zum Spaß, mir noch einen erotischen Blick anzutrainieren. Ob wohl die Monroe unter ihrem Make-up auch Sommersprossen hatte …?

Plötzlich stellte ich fest, dass Gregory auf meiner Brust Sand anhäufte. Er ließ den Sand aus seinen Händen auf mich rieseln; es sah aus wie der Sand aus einem Stundenglas.

Ich lachte. »Hey – was soll das?«

»Nichts«, grinste Gregory.

»Du – das kann ich auch!«, protestierte ich und begann, Sand auf seiner Badehose anzuhäufen. Wir fingen an, kindisch darum zu kämpfen, wer wen mit Sand behäufen würde. Es gab eine Sandschlacht, bis mir ein Sandkorn ins Auge geriet und ich ungewollt weinte und mir die Augen rieb, und Gregory sagte: »Oh, tut mir leid!« und nahm mich tröstend in den Arm. »Sorry!« Er tätschelte mich.

Ich lächelte schief, bis ich das Sandkorn aus dem Auge gewischt hatte.

»Besser?«, fragte Gregory fürsorglich. Ich kam mir vor wie seine kleine Schwester, und ich nickte, und da gab er mir einen Kuss. Ich war elektrisiert. Automatisch küsste ich zurück.

Der erste Kuss war so verblüffend neu und fremd, dass ich nicht gleich wusste, ob er mir gefiel oder nicht. Jedenfalls war es etwas völlig anderes, als Mum zu küssen, oder meine Stute Trudy.

Gregory lachte. Ich war so überrascht, dass ich nicht einmal lächelte. Er hatte mich überrumpelt, und ich beschloss, das gleich noch einmal zu probieren, um dabei festzustellen, ob es wirklich so toll und großartig war, wie die Popsongs versprachen. Aufregend war es jedenfalls.

Zudem überkam mich plötzlich das herrliche Gefühl, etwas ganz Verruchtes zu tun, etwas, das Mum mir eifersüchtig vorenthalten hatte und für das doch unsere amerikanische Gesellschaft angeblich berühmt ist: unbekümmert und genussvoll die Jugend zu genießen. Jetzt nur schnell, ehe mich meine Angst wieder überwältigte!

Ich warf mich auf Gregory und bedeckte ihn unkontrolliert mit Küssen. Nach einer Weile spürte ich, dass er mich schon seit längerem fest im Arm hielt. Und dann war es, als ob man mit geschlossenen Augen Wein probieren soll und dann unverhofft Whiskey serviert bekommt: Ich stand in Flammen, denn Gregory brachte mir die Technik der Zungenküsse bei. Mit Verblüffung stellte ich nach wenigen Sekunden fest, dass ich so routiniert und fantasievoll zurückküsste, als hätte ich seit Tausend Jahren nichts anderes getan.

»Und?«, fragte er zufrieden.

»Super! *Great!*«, stammelte ich.

Es war alles Quatsch, was Mum sagte. Nicht nur die jungen Männer brennen auf ihre ersten Erfahrungen. Du selber als junge Frau ja auch.

*

Gregory wälzte sich über mich und drückte mich auf mein Strandtuch, und wir küssten uns wie im Rausch. Ich sah sein braunes Haar über der Stirn, und den knallblauen Himmel dahinter, und dann schloss ich die Augen und gab mich nur noch den grell roten Küssen hin.

Das Strandtuch verrutschte, und ich lag im Sand. Der Sand war warm, aber als ich mit den Zehen darin wühlte, spürte ich, dass er darunter kühler war und feucht.

Als wir aufschauten, war ich erleichtert, dass sich niemand um uns kümmerte. Auch von den anderen waren einige mit Küssen beschäftigt. Wir Ausflügler waren aber weit und breit die einzigen am Strand, die sich küssten. Auf einmal kam mir die ganze Strandgesellschaft hier erstaunlich prüde vor. So frei, wie viele sich gaben, wie das Fernsehen glauben machte, waren sie vielleicht gar nicht? Oder womöglich nur weit weg von daheim, in fremden Ortschaften, wo man sie nicht kannte? Ich war verunsichert. Die ständig vorhandene, mal deutliche, mal okkulte Angst drohte wieder in mir aufzusteigen. Aber dann beschloss ich, nicht so viel zu grübeln und mich ganz dem Augenblick hinzugeben, ihn nicht mit Zweifeln zu zerstören. Das war im Grunde auch eine gute Einstellung. Denn ich war dabei, das wahre, aufregende Leben zu entdecken. Ich war reicher geworden: um die Erfahrung des Küssens. Oh, arme Mum. Du hast völlig am Leben vorbei gelebt!

Gregory erschloss mir eine völlig neue Welt. Wir küssten uns, und die Zeit schlug mit kleinen Wellen an den Strand und wogte auf dem Wellenschaum hin und her. Über uns flog ein rot lackierter Doppeldecker. Es war ganz einfach schön und unkompliziert. Gerade schloss ich die Augen unter Gregorys Küssen, da zerriss eine gewaltige Explosion den Sommerhimmel, und ich schreckte auf und hatte wieder einmal Angst. Das Herz schlug mir bis zum Halse. Was war? Gregory lachte, und sein Lachen wurde von der nächsten Explosion zerfetzt.

Ich richtete mich auf und starrte mit schreckgeweiteten Augen in den Himmel. Da rasten Starfighter mit farbigen Kondensstreifen. Sie warfen Feuerwerkskörper über der Bucht ab, die mit ohrenbetäubendem Krachen zerbarsten; Leuchtkugeln, die krepierten wie mit leuchtenden Spinnenbeinen.

Ach ja, die heutigen Feierlichkeiten.

Es ist, als hätten sie noch ein paar Bomben vom Vietnamkrieg übrig und werfen die jetzt ab, dachte ich verärgert. Oder als gebe es einen Anschlag ... Der Schreck saß mir wie eine Metallklemme in der Kehle. Da gefielen mir die nostalgischen Doppeldecker mit den roten und grünen Flügeln entschieden besser – die waren wesentlich hübscher und verjagten jedenfalls nicht mit einem Schlag alle Seevögel. Obwohl ... die ersten Kriegsflugzeuge waren ja auch Doppeldecker gewesen ... Mit einem Mal war mir alles verleidet.

Gregory lachte mich aus, aber ich war ihm nicht böse. Ich war viel zu verliebt, und es war ja auch lächerlich, sich so zu erschrecken.

Später gingen wir vom Strand weg, weil die Hitze fast unerträglich war, und sahen uns oben auf der Uferpromenade noch ein wenig um. Gregory half mir galant, meine Badesachen zusammenzupacken, und wir gingen Hand in Hand. Niemand kommentierte das, auch ein oder zwei andere Paare hatten sich formiert und gingen Arm in Arm, und überhaupt bist du dein eigener Herr und niemanden kümmert, was du tust. Ich fand das sehr angenehm. Es war ganz anders als bei uns in der Provinz, wo jeder jeden bespitzelt. Und Mum war fern. Zum ersten Mal empfand ich so etwas wie Befreiung.

In leichter Strandbekleidung promenierten wir dahin, total relaxed und entspannt. An der Strandpromenade gab es Palmen und eine Riesen-Schiffsschaukel und eine gewaltige Achterbahn. Deren Wagen ratterten donnernd auf und ab, und die Leute darin schrieen und kreischten ausgelassen, und da erst merkte, ich, dass ich dieses Geräusch schon die ganze Zeit gehört hatte.

Dahinter gab es eine Halle mit Spielautomaten, und heraus drang ein Höllenlärm. Santa Cruz war eine einzige Spielhölle. Wir gingen aber nicht hinein, dazu war unsere Zeit viel zu kostbar: besser, sich zu küssen und eng umschlungen zu gehen, und wir folgten weiter der Strandpromenade.

Irgendwo am Rand der Promenade waren drei junge Männer, alle drei schon total betrunken, und die Hitze verstärkte den Effekt des Alkohols. Sie brachten sich alle gegenseitig zum Strand und liefen im Kreis. Plötzlich fing einer an, wie ein Hawaii-Girl zu tanzen. Sein Hula Hula war schwankend und mit weichen Bewegungen, wie sie nur Alkoholiker machen können. Schließlich packten ihn die anderen, und sie brachten sich torkelnd wieder alle gegenseitig an den Strand. Ich erwartete, sie würden vornüber kippen und mit dem Gesicht in den Sand fallen, aber sie fielen nicht. Die Betrunkenen schienen eine nachtwandlerische, katzenhafte Balance zu haben.

Ein Sportcoupé kam hupend vorbeigefahren, und darin saß eine Bande nichts tuender junger Männer, und ihre weißen Gesichter waren gerötet vom Trinken. Wenig später kam ein anderes protziges Coupé vorbei, und darin saßen ebenfalls *lazy people*, zwei weiße junge Männer mit zwei braunen hübschen Mädchen auf dem Rücksitz, und alle trugen spiegelnde Sonnenbrillen und winkten in die Menge.

Dann kamen wir zu den Bungee-Springern. Da stand der gelbe Kran, und ich schätzte ihn auf 100 Fuß Höhe, aber ich kann nicht gut schätzen. Ringsumher standen Schaulustige, lungerten herum wie Kojoten am Müllplatz, es waren Menschen aller Hautfarben, meist jüngere, und es gab eine Gruppe javanisch aussehender Jungen mit nackten Oberkörpern und um den Kopf gewickelten bunten Tüchern. Sie sahen aus wie Piraten, und sie lachten erbarmungslos und begeistert über die Bungee-Springer und bleckten ihre schönen, kräftigen, weißen Zähne. Ihr Lachen bestand nur aus Zähnen. Aber das Lachen der anderen war zwar unauffälliger, doch nicht weniger grausam. Ich kam mir vor wie zu Zeiten der Gladiatoren im Alten Rom. Dekadentes Vergnügen, dachte ich.

Auch wir blieben nun stehen und beobachteten die Bungee-Springer. Ich war verblüfft, wer zuerst sprang. Es war kein sportlich-verwegener junger Mann, wie ich spontan für ein solches nervenkitzelndes Vergnügen unterstellt hätte. Es war eine dicke frustrierte Frau, mittleren Alters und weiß. Sie ging mit nervösem Lächeln zu dem Käfig, in dem sie zur Spitze des Krans hinauf gezogen wurde. Dort oben wurde ihr der Haltegurt mit dem langen Seil um den Bauch geschnallt. Dann wurde der Verschlag da oben an der Plattform geöffnet, und sie hätte springen sollen. Einen Augenblick stand sie da wie eine dicke Stoffpuppe: ein ausgestopftes T-Shirt und ausgestopfte Jeans. Es wurde sehr still.

Die Sekunden wurden so lang wie ein Seil zum Bungee-Springen. Die Frau sprang immer noch nicht. Dem Publikum unten wurde es langweilig. »Jump!«, schrie einer roh zu ihr hinauf, und das ganze Publikum brach in ein zustimmendes Johlen aus. Sie kamen mir alle vor wie eine geifernde Meute, feige und sensationslüstern. Mit bangen Blicken schaute ich ebenfalls nach oben. Ich hatte Angst um sie. Allein schon die bloße Vorstellung, selbst dort oben zu stehen, in Schwindel erregender Höhe, schnürte mir die Kehle zu.

Mir tat die Frau da oben leid, obwohl es doch ihre freie Entscheidung war, von dem Kran runterzuspringen. Aber fühlte sie sich nicht vielleicht innerlich gezwungen, magisch hingezogen zu diesem skurrilen Spiel, um ihr im Alltagsfrust vergessenes Leben in der Angst wiederzuentdecken?

Fasziniert starrte auch ich nach oben.

Dann, in einer Sekunde, in der man es gar nicht erwartet hätte, sprang sie. Ein enthemmter Schrei der Urangst gellte auf. Sie fiel in die Tiefe wie ein Stein, erreichte mit einem Ruck kopfunter das Ende des Seiles, schwang unbremsbar wie ein Riesenpendel weiter, wurde von der Wucht des Falls wieder hoch geschleudert, fiel zurück, das Pendel schlug in die Gegenrichtung aus – und dabei schrie sie pausenlos, schrie, schrie, schrie, wie ein Säugling beim Urschrei, aber durchdringend laut.

Dann verlor das pendelnde Seil an Schwung und die Frau wurde still, und Helfer sprangen herbei und brachten sie zum Stillstand, hielten sie fest und schnallten sie los, und sie ging sehr still und sehr rot im Gesicht und mit schwankenden Schritten zu den anderen Leuten zurück. Ihr lockiges blondes Haar war wild durcheinander, wie bei einem Sturm. Als sie zu ihrer Gruppe zurückkehrte, erklang dünner Applaus.

Die Frau sah niemanden an, hatte Augen wie aus Glas. Plötzlich lachte sie los, schrill und hysterisch. Sie hatte noch minutenlang diesen starren, geweiteten Blick. Eine Frau aus ihrer Gruppe versuchte, sie zu fragen, wie es gewesen sei, aber schon die Frage kam nicht bei der Springerin an. Sie sah nur vor sich hin und schüttelte den Kopf, stoßweise und irre lachend. Die anderen wandten sich gelangweilt ab. Niemand kümmerte sich um ihren Schockzustand, der nur langsam ausklang.

Inzwischen sprang die nächste Frau. Sie wirkte wie eine Doppelgängerin der ersten Springerin, dick und frustriert, nur trug sie ein rotes T-Shirt und kein weißes. Auch sie fiel herunter wie ein Stein, schnellte wieder hoch, pendelte schreiend hin und her, wurde losgeschnallt und schwankte davon.

Später sah ich beide Springerinnen aufgeregt ihre Eindrücke diskutieren. Da es keine weiteren Springer gab, wollten wir gehen. In diesem Moment ging doch ein weiterer Springer auf den Käfig zu, der ihn hochhieven sollte.

Dieser Springer war ein ganz anderer Typ. Es war ein sportlich durchtrainierter Mann Anfang Zwanzig, der gut und entschlossen aussah und mit kalter Ruhe den Käfig bestieg. Der Käfig fuhr nach oben. Also blieben wir doch noch stehen und warteten.

Er kam oben an und stieg aus, so gleichgültig und ruhig wie aus einem ganz normalen Fahrstuhl. Dann ließ er sich anschnallen, aber nicht um den Leib, sondern an den Füßen. Er ging auch gleich zu der Pforte am Verschlag, die sofort geöffnet wurde. Er konzentrierte sich, aber es wirkte nicht wie ein Zögern, es war ein Sammeln.

Dann sprang er sehr schnell. Sofort war zu sehen, dass er nicht zum ersten Mal sprang. Er ließ sich nicht einfach fallen wie die beiden Frauen, er wich auch nicht dem Anblick des Abgrunds aus wie jene, die sich rückwärts ins Leere fallen ließen, nein – er sprang vorwärts, kopfüber, die Arme wie zum Sprung ins Wasser vorgereckt. Er sah aus wie *Batman* und das Volk unten applaudierte.

Damit noch nicht genug. Der Springer schlug mehrfache Saltos da am Seil, dann rotierte er spindelförmig und kam zum Stillstand. Sein weißes Gesicht war hochrot, denn das Blut war ihm im Kopf zusammengelaufen, wie er so kopfunter dahing. Als man ihn vom Seil loslöste, ging er kommentarlos und ruhig davon. Die Leute applaudierten frenetisch. Es gab also auch Profis beim Bungee-Springen. Dass ich selber hingegen da niemals herabspringen würde, das war mir sofort klar.

Ich dachte immer noch über die beiden Frauen nach. Immerhin war diese Springerei nicht nur vielleicht manchmal tödlich, sie kostete auch sehr viel Geld, welches diese unvergesslichen Sekunden wert seien, wie das Werbeplakat daneben unverfroren feststellte. Ich fragte mich, ob nicht jede Sekunde des Lebens ohnehin noch unbezahlbar viel mehr wert sei.

*

Ich war glücklich. Bill und Gregory eröffneten mir eine ganz neue Freiheit. Natürlich kannte ich San Francisco, aber nun war mir, als ob ich es vorher nie gekannt hätte. Früher hatte mich Mum und ganz früher auch Paps auf Geschäftsreisen dorthin mitgenommen, und ich kannte natürlich Frisco ebenso wie L.A. und San Diego und Nordmexiko dazu, aber wir waren immer nur durchgefahren, immer nur zu bestimmten Zielen, und nie so wie Leute, die dem lieben Gott die Zeit stehlen. Aber nun kamen wir *just for fun*, fast wie Touristen, und wir fuhren hierhin und dorthin und stiegen aus, um in ein Café zu gehen, oder zum Shopping, oder wir fuhren zur Fisherman's Wharf hinunter und gingen am Pier 39 flanieren. Einfach so, und ohne auf die Uhr zu schauen. Beim Küssen schaut man ohnehin nicht auf die Uhr.

Ich genoss es, mal mit Bill und mal mit Gregory mitzufahren, meist in Begleitung von irgendwelchen anderen Mädchen, die ich nicht kannte, aber es war mir egal, und wir lachten und hatten viel Spaß zusammen. Unser langes Haar flatterte im Fahrtwind, und wir Mädchen hatten alle langes Haar und viel Schminke, und den Männern gefiel das.

Unser Freizeitprogramm war so chaotisch wie San Francisco selber. Wir fuhren irgendwohin, wo es schön war, und schön war es fast überall, und da, wo es nicht schön, da war es zumindest interessant. Wie oft fuhren wir über die Oakland Bridge, die San Mateo Bridge, die Golden Gate Bridge? Aber wir hatten ja Taschengeld genug, um die ganzen Brückenbenutzungsgebühren, das Benzin, die Bars und Cafés zu bezahlen. Keiner von uns war arm. Auch die Umgebung erkundeten wir, besonders das charmante Sausalito, von wo aus man so herrlich über die Golden Gate-Meerenge und hinüber nach Frisco schauen konnte. Wie oft promenierten wir dort am Yachthafen! Oder durch den Golden Gate Park ... Wenn wir über die weite Bucht blickten, hätte ich meinen Mino am liebsten auf die Gefängnisinsel von Alcatraz verbannt ... doch ansonsten trübte nichts die sonnigen Tage.

Die Bay City dehnte sich hingebungsvoll unter einem hellen Sommerhimmel. Hier in Frisco selbst war es auch im Sommer angenehm kühl und nie so stickig heiß wie etwa schon ein paar Meilen weiter landeinwärts. Unser Autoradio dudelte, und ich lehnte mich behaglich im Rücksitz zurück und sah die flachen Bay-Ufer mit Schilfgras, wo braune Meerespelikane und Regenpfeifer umherliefen, ich sah die spiegelnde blaue Bucht mit großen rostigen Tankern und kleinen weißen Segelbooten, ich genoss das Klein-Manhattan des Stadtzentrums schon von der Oakland-Bridge aus, und ganz besonders gefiel mir jedes Mal die nadelspitze Pyramide, die ich von allen *Skyscrapern* am interessantesten fand.

Auch als Grafikerin kam ich hier auf meine Kosten: Viele Anregungen speicherte ich in meinem Hinterkopf und beruhigte mein Gewissen auf diesen Ausflügen damit, ich würde so ja schließlich indirekt auch etwas für meine Studien tun. Denn Frisco ist charmant durch seine chaotisch zusammengewürfelten Baustile: Jeder baut, was ihm passt, es gibt Hochhäuser neben Holzhäuschen, Pseudoklassisches und Ultramodernes ist fröhlich vereint, neogotische Kirchen finden sich zwischen Zweckbauten eingequetscht, und es gibt blaue und gelbe Pagoden als Restaurants, Freilichtkinos und dreistöckig gestapelte Freeways, unter denen sich in Hinterhof-Einfahrten erstklassige Kneipen befinden.

Wir fuhren mit gelangweilter Miene auf den messingglänzenden, gewendelten Rolltreppen im Shopping-Center, und Bill kaufte dem Mädchen, das er an dem Tag gerade bei sich hatte, ein teures Parfum, und ich war neidisch.

Wir fuhren nur zum Spaß mit dem *Cable Car* und liefen die blumenumwucherten Serpentinen in der Lombard Street hinab. Der Cable Car wurde auf der Drehscheibe an der Endstation gedreht, und der Fahrer stieg aus und schob den Waggon per Hand auf der Drehscheibe, und er keuchte wie ein Pferd; und der nächste Wagen wurde von einer Frau gefahren, und auch sie musste beim Drehen Hand anlegen, und die Frau sah sehr hart und sehr bullig aus, und auch sie keuchte wie ein Pferd.

Als wir das Ende der Warteschlange erreicht hatten und den Wagen stürmten, hörte ich Touristen in einer Sprache reden, die ich leider verstand, und sie sagten, wenn sie erwischt würden, weil sie keine Fahrkarten hätten, so würden sie einfach kein Englisch verstehen. Sie lachten, und ich schämte mich, obwohl es mich doch eigentlich nichts anging.

Weil der Car so überfüllt war, hing Gregory waghalsig seitlich aus dem quietschenden und ratternden Waggon, und ich machte mir um ihn Sorgen und hatte wieder einmal Angst.

Um uns herum Hupen und Rufen und gelbe Taxis und Lärmen von einer Baustelle. Irgendwo am Straßenrand wühlte eine alte verwahrloste, weiße Frau die Abfallkörbe durch, und irgendwo anders stand ein Schwarzer mit einem handgemalten Pappschild »Homeless – give me food – God bless you«, aber uns ging das alles praktischerweise ja nichts an und wir konnten ohnehin nichts dagegen tun und wollten uns jetzt auch gar nicht den Tag verderben ...

Der Cable Car fuhr steil hinauf, und ich sah nur noch die Straße sich vor uns erheben, sie bäumte sich auf wie der gewaltige graue Rücken eines Dinosauriers, und dann plötzlich waren wir oben, und der Höhenzug war sehr schmal und drüben ging es genauso steil wieder hinunter, und plötzlich lief die Straße vor uns weg und fuhr messergerade zwischen den Häuserzeilen durch und wurde in der Ferne ganz klein und schmal.

Wir fuhren auf und ab, und dann stiegen wir aus und liefen durch die Lombard Street nach unten. Es war windig, und der Wind war rau und recht kalt und passte gar nicht zu dem verspielten südländischen Charme der hübschen Villen am Straßenrand. Ich glaube, mir fiel das alles mehr auf als meinen Freunden, weil ich nicht von Frisco war, sondern von außerhalb aus dem Hinterland und weil ich jeden Schritt wie eine Befreiung aus der Isolation empfand. Begierig nahm ich alles in mir auf.

Die Lombard Street schlängelt sich in eng gewundenen Serpentinen tief hinunter, und aus jeder Kurve quellen Blumen, hängen blühende und duftende Zweige über den Weg, rankt und klettert, blüht und knospt es, dass man Frisco für einen riesigen spleenigen Garten halten könnte. Gregory riss eine samtlila Blume ab und steckte sie mir ins Haar. Ich war stolz, rechnete mir aber sofort vor, dass die Blume viel weniger wert war als Bills Parfum für das Mädchen. Als mir die prächtige Tibouchina-Blüte aus dem Haar rutschte, hob ich sie nicht auf. Sie würde eben dort auf dem Pflaster welken. Ich rettete mich zu einem lustigeren Gedanken, dass nämlich die Blüten des Sträuchleins daneben wie rote Flaschenbürsten aussahen. Sie hießen sogar so: »*bottlebrush flower*«. Wie seltsam, originell und wunderbar war doch die Natur …! Ich beschloss, mir keine weiteren Gedanken über die Flüchtigkeit des Glücks zu machen und mir nicht weiter den Kopf zu zerbrechen, sondern einfach den Tag zu genießen: *Carpe diem!*

Wir bummelten über Fisherman's Wharf, und da tanzte ein älterer, sympathischer Schwarzer in abgetragener Kleidung auf dem Gehsteig auf und ab, mit jenem inoffensiven Grinsen der Resignation, und er sang: »*Keep on smiling*« und versuchte, mit den Passanten zu tanzen, um ein paar Münzen zu verdienen. Einige lachten ihm zu, anderes sahen weg, und ein blondes Mädchen tanzte mit ihm und gab ihm nichts, und dann tanzte er alleine, gelenkig und im Takt mit den Fingern schnippend, und sang: »*When you smile …*« und »*don't worry …*«, und ohnehin konnte man jetzt im Sommer im Freien schlafen. Besonders hier in Kalifornien wirkt selbst die Armut pittoresk. Jedenfalls, wenn man nicht darüber nachdenkt, und das mochten wir nicht. Wir waren in Ferienlaune, und die wollten wir uns nicht verderben lassen. Gedankenlose Freizeit, die wir genießen konnten, nur weil unsere Eltern zufällig reich waren … »*be happy*«, und sonst nichts. Für mich ein fast ungewohntes Gefühl, dieses gedankenlose Sich-Treiben-Lassen … es fühlte sich fast an wie Glück …

Am Strand patrouillierten berittene Polizisten, und darüber schwebten scharfäugige, nebelgraue Möwen und spähten nach Nahrungsbrocken aus, die bei den Touristen zu erhaschen waren.

Auch in Fisherman's Wharf quollen uns überall rosafarbene und gelbe, blaue und weiße Blumen aus Rabatten und aus Kübeln entgegen. Auch Musik scholl uns entgegen, aus allen Richtungen und ganz verschieden. Hier spielten quirlige Schwarze Calypso, drüben gab es Rockmusik und irgendwo spielte ein Trio peruanischer Indios Flöte und Charango. Und natürlich wehte die unvergängliche *Flower-Power*-Hymne »*If you're goin' to San Francisco* ...« durch die Luft. Ich mochte diesen unverwüstlichen Evergreen. Doch da ich bei meiner Gruppe blieb, verweilte ich nicht dort. Wir blieben beim Calypso.

Da tanzte, wer wollte, und von den Passanten blieben zwei junge, braunhäutige Prostituierte in engen Volantröckchen stehen und begannen zu tanzen. Dann kam eine schwedenblonde Frau in Jeans und tanzte mit, und die eine Prostituierte hatte keine Lust mehr, und die Schwedin tanzte mit der anderen. Die Brünette wackelte aufreizend mit dem Hintern, und die Schwedin tanzte steif und hölzern und ohne den Rücken zu winden. Die Calypso-Band drosch uns dazu die ganze Zeit ihre heißen Rhythmen um die Ohren. Ich sah, dass die Brünette sehr viel entspannter tanzte als die Schwedin, die – steif und ungeschickt – trotzdem nahe am Ausflippen war. Dann gingen wir weiter. Es gab so viele, verwirrende Eindrücke für mich ...!

So schlenderten wir ziellos dahin. Da gab es Verkaufsstände mit lebenden Austern, in denen garantiert in jeder rein zufällig eine Perle war. Ich hatte keine Lust, welche zu öffnen; ich hatte bessere Perlen zuhause, und mir taten die Austern leid.

Wir schoben uns durch die Menschenmassen. In den Auslagen sahen wir T-Shirts und frischen Hummer, Mobiles aus Holzpelikanen und Stapel von Popcorn in Tüten, einen ausgestopften Büffelkopf und echten Silberschmuck und chinesische Horoskope. Ein wirres Durcheinander, das mich erst faszinierte und schließlich ermüdete.

»Wollen wir zu den Seelöwen gehen?«, fragte Bill. »Da vorne im Yachthafen gibt's 'nen Anlegesteg, der ist extra für die Seelöwen abgesperrt. Die haben sich da vor 'n paar Jahren selbst angesiedelt.« Eine Seelöwen-Kolonie mitten in der Großstadt? Oh ja!

Wir gingen über die dunkelbraun gebeizten Holzbohlen zu dem Anleger, und es machte Spaß, über das dunkle, gute Holz zu laufen und die hohl klingenden Schritte auf den Planken zu hören und das träge spiegelnde Wasser ringsum zu sehen, auf dem kleine und winzige Boote dümpelten. Auf vielen Bootsrändern standen weiße und graue Möwen auf der Reling und blickten uns missbilligend an. Kamen wir ihnen zu nahe, flogen sie auf und ließen sich irgendwo anders nieder, auf einer Mastspitze oder auf einem Bootsanleger.

Die Seelöwen hörte man schon von weitem. Nachdem ich sie einmal gehört habe, werde ich ihren Schrei nie wieder vergessen. Ich habe es immer noch im Ohr; es klingt eigentlich ganz ähnlich, als wenn ein Esel schreit, nur nicht »i-ah!«, sondern immer nur »ah-ah-ah-ah!«, ganz oft hintereinander. Es ist ein ohrenbetäubender Lärm, und sie wirken immer ganz aufgeregt, wenn sie sich anschreien.

Und dann sahen wir sie: gut ein Dutzend schwarze, nass glänzende Körper, die sich da kreuz und quer auf den ihnen reservierten Landungsstegen sonnten. Die Weibchen waren beträchtlich kleiner und zierlicher als die beiden Bullen, und es gab nur diese zwei Bullen, die sich erregt bekämpften, während sich die Weibchen teilnahmslos sonnten: ein übereinander gestapelter Harem.

Die beiden Bullen aber robbten unermüdlich auf dem Landungssteg aufeinander zu, die Oberkörper drohend aufgerichtet, und schlugen ihre mächtigen Hälse klatschend gegeneinander. Sie rammten sich gegenseitig mit ihren speckigen Hälsen und versuchten dabei, den scharfen Zähnen des Gegners auszuweichen, die dann effektlos über die Halsschwarte glitten.

Ich sah rasch, welcher der Stärkere war. Der Unterlegene hatte schon eine große blutige Bisswunde in der Schulter klaffen, und er hielt dem Herandrängen des anderen nicht lange stand, und als der Pascha sich wütend auf ihn wälzen wollte, sprang der Verlierer mit lautem Aufplatschen ins Wasser – aber nur, um drüben auf der anderen Seite des Stegs wieder auf die Planken zu springen, nachdem er den Steg ganz einfach untertaucht hatte. Das war ein strategischer Vorteil, und wutentbrannt wuchtete sich der Pascha erneut heran, drohend und brüllend, um den gewitzten Verlierer davon abzuhalten, sich doch noch den Weibchen zu nähern. Er jagte ihn ins Wasser zurück und ließ ihn nicht mehr auf den Steg. Da schwamm der Unterlegene blutend und erschöpft davon und legte sich weit abseits von der Gruppe auf einen anderen Steg, wo er resigniert die lange Schnauze vor sich am Boden ausstreckte.

*

Ein anderes Mal schlenderten wir durch China Town, unter Dächern mit grün glasierten Ziegeln und geschwungenen Giebelchen, mit mehrstöckigen Türmchen und goldenen Glöckchen und Drachen, die an den Dächern und Lampen ihre Schlangenleiber wanden und ihre fädigen Bärte sträubten, und wir sahen unzähligen Jadeschmuck in den Schaufenstern, und Buddhas und Tiger und Elefanten aus Holz und Elfenbein, und Rikschas ziehende Porzellanstatuetten. Über den Straßen waren tausende roter Seidenlampions gespannt, deren Bänder lustig im Wind flatterten.

Ich kam auf die Idee, diese chinesischen *Fortune-Cookies* zu essen. Ich wollte unbedingt diese Kekse essen, um meine Zukunft darin gesagt zu bekommen. Also gingen wir in einen der kleinen Läden. Drinnen krabbelte in einem Winkel eine kleine Kakerlake, die bescheiden ihr Leben von Zeitungsstaub fristete und chinesische Schriftzeichen vom Packpapier fraß. Es gab hier herrliche weiße Porzellanteller, mit schwungvollen Linien blau bemalt, und die Motive waren zumeist Karpfen und Goldfische, Symbole des Reichtums und der Fruchtbarkeit. Es gab tausend andere Dinge, die ich nicht kannte, und Fächer und Artikel für die Körperpflege und faulen Zauber. In einer Abteilung schließlich gab es Trockenfrüchte, Glasnudeln und andere haltbare Lebensmittel und unter anderem die *fortune-cookies*, diese kleinen muschelförmigen Kekse, in die kleine bedruckte Zettelchen mit Weissagungen eingebacken waren. Gregory kaufte mir großzügig eine Packung. Ich riss das Zellophan auf und nahm vorschriftsgemäß den Keks, der mich am meisten anlachte, brach ihn auf und entnahm den Zettel. Darauf stand, auf Chinesisch und Englisch:

»Du sollst deine Freundschaften gut auswählen,
willst du glücklich sein.«

*

Wir gingen durch Castro Street. Videos und Bars, dahintreibende Passantenströme. Ein freundlich blauer Himmel, weiß oder bunt getünchte Häuser, der Boden voller alter Kaugummiflecken, die grau geworden sind vom Straßenstaub. An einer Straßenecke lungert ein alternder Punker, ein Weißer, zwischen 40 und 50 Jahren alt, schwer zu schätzen. Sein graues Haar ist lang, mit ausgedünnten Spitzen, und hängt auf seine breite schwarze Lederjacke. Das lange Haar und sein dichter Bart sollen sicher seine Mittelglatze kompensieren. Er steckt in engen schwarzen Lederhosen, stelzt auf schweren Lederstiefeln umher. Sein knochiges Gesicht verbirgt er großteils hinter einer schwarzen Riesenbrille. Behängt ist er über und über mit Klunkern: unechtem mexikanischen Schmuck, es soll aussehen wie Silber mit Türkis. Natürlich jagt der Typ mir Angst ein. Verlegen blicke ich weg.

Binnen kurzem sahen wir drei Gestalten, die offenbar der hiesigen Szene angehörten – sogar ich wusste von der Szene hier im Viertel. Sie wirkten alle von innen her ausgezehrt und gingen leicht federnd, als ob sie schwebten. Sie waren picklig in Gesicht und Nacken, einer von ihnen trug ein Pflaster auf einem Mundwinkel. Die Junkies waren zufällig alles Weiße, junge Männer zwischen 20 und 30 Jahren, hohläugig, ausgemergelt und mit knotenartig knochigen Handgelenken.

Ich hatte jetzt helle Angst, auch nur in ihrer Nähe vorbei zu gehen, so als könnte ich mich schon beim bloßen Umschauen mit Aids anstecken oder als hätte jemand mein wohlbehütetes Glashaus eingeschlagen, in dem ich die ganze Zeit gelebt hatte. Womöglich gab es hier sogar Kriminelle? Beschaffungskriminalität oder so ...? Mir wurde es immer unwohler. Dabei war es ein herrlicher Tag. Eine leichte Brise wehte von der Bay her, und überall blühten die Blumen. Mir fiel ein Bibelspruch ein, irgendwas mit der Hure Babylon. War hier die Hure Babylon? Wenn man nicht so genau hinsah, war es ein fröhlicher und sorgloser Tag. Ich beobachtete ängstlich die Leute. Ich hatte gegen niemanden von ihnen etwas, aber ich wusste nicht, wie ich mich selber in einer solchen klippenreichen Welt durchmanövrieren sollte, ohne furchtbar zu scheitern, früher oder später. Von allen Seiten fühlte ich mich umzingelt von Dingen, die ich nicht verstand, nicht beeinflussen, nicht verhindern konnte – mein Schicksal würde mich irgendwann schon einholen, denn es saß mir ja stets auf den Fersen, wie ein düsterer Schatten, der mich unablässig verfolgte, wie Pech an mir klebte. Mir wurde es zur Gewissheit, dass es ja nur ein schlimmes Schicksal sein konnte, das mich einmal ereilen sollte ... Gab es doch zu viel Bedrohliches in der Welt ...!

Um diese Gewissheit zu erlangen, brauchte ich ja nur einen Blick auf meine Umwelt zu werfen! Da gab es schwarze wie weiße *homeless*, oft in billige Wolldecken oder mexikanische Webtücher gewickelt, auch wenn es keine Mexikaner waren. Sie saßen auf Treppenstufen oder in Einfahrten und warteten neben ihrem Pappschild, ob ihnen jemand etwas zuwarf. Alles war so verwirrend und bestürzend!

Da gab es jede Menge *gays*, oft mit abenteuerlichen Tätowierungen, und sie alle waren froh, dass sie hier einen Ort der Toleranz gefunden hatten, an dem sie frei leben konnten, ohne dass sich jemand anmaßte, sie zu verurteilen. Niemand sollte nur wegen seiner individuellen Lebensweise diskriminiert werden. Dennoch beschloss ich, für die Übersichtlichkeit in meinem Seelengärtchen, zumindest still für mich stets sorgfältig zu unterscheiden, ob ich etwas bei anderen tolerieren konnte oder etwas auch für mich selber guthieß. Ich spürte, ich könnte das eine ohne das andere tun. Sollte doch jeder nach seiner Façon selig werden, solange er niemand anderem damit in die Quere kam ... Auf einmal fiel mir etwas ganz anderes ein: Galten sie nicht als eine

Risikogruppe für Aids? Und zu welcher Risikogruppe für andere Krankheiten mochte ich selber wohl gehören? Krebs? Nilfieber?

Mir wurde es immer unheimlicher. Unsere kleine Welt da draußen in den Weinfeldern war doch sehr viel überschaubarer!

Ein heller, bärtiger Farbiger in schwarzem Mantel, verbeulten Jeans und Sandalen gestikuliert an einer Straßenecke mit sich selber, es sieht aus wie Schattenboxen, mit einem unsichtbaren Gegner ... Er pöbelt Passanten an, schwankt, die Leute gehen weiter, gleichmütig. Er ist nicht bösartig, aber wer weiß, ob er nicht doch plötzlich ausfallend wird, und man macht um ihn einen dezenten Bogen. In seiner Hand hält er eine braune Papiertüte mit Essen – irgendein gutherziger Ladenbesitzer hat ihm den Proviant geschenkt.

Die Sonne scheint.

Am Boden viele dreckige Kaugummiflecken und Kotzflecken und Zigarettenstummel.

Wir gehen weiter.

Ich sehe die Hure Babylon durch die Stadt reiten und merke selber, es ist übertrieben. Du kannst in jeder Stadt vernünftig leben und mit jeder Stadt fertig werden, du musst nur wissen, wie. Ich wusste nicht, wie.

Verstört lief ich zwischen Bill und Gregory und einer anderen Anne mit. Die andere Anne war ganz ruhig. Ich schämte mich. Ich war ja hysterisch. Nein, ich war nicht hysterisch. Ich konnte einfach nicht mit meiner Angst umgehen, das war alles. Weil ich nie eine Chance erhalten hatte, es zu lernen. Im Schatten meiner übermächtigen und allwissenden Mutter hatte ich das nie gebraucht. Es war ja auch zu bequem gewesen, sich hinter ihr und ihrer Lebenserfahrung zu verschanzen. Erst jetzt begann ich zu merken, welch klassischem Typ von Helikopter-Eltern sie zugehörte.

Bill und Gregory wollten unbedingt in einen Sex-Shop, und ich wurde schon wieder nervös und wollte draußen warten, aber die andere Anne ging auch ganz selbstverständlich hinein, und so hätte ich alleine draußen gewartet und kam mir vor wie ein Hund da vor der Tür. Also ging ich auch.

Ich stolperte die lila-blau-grün-gelb-roten Stufen hoch, und die letzte Stufe war rot, und innen war es gar nicht so dunkel und verrucht, wie ich gedacht hatte, und es sah aus wie in einer ganz normalen Drogerie. Billy und Gregory kauften Kondome, und auch die Frau suchte etwas in den Regalen, und ich kaufte nichts und blickte mich verstohlen um. Ich schämte mich vor dem Verkäufer an der Kasse, aber der schaute nur schläfrig vor sich hin, und über ihm drehte sich der Ventilator. So begann ich, mich auch meiner Befangenheit und Unsicherheit zu schämen. Ich sah Kondome in allen Farben, von jedem gab es ein Muster, das sein Format anzeigte, und ich betrachtete fasziniert die Formate und stellte verärgert fest, dass mein Blick immer wieder zum größten zurückkehrte.

Auch gab es Blumentöpfe mit künstlichen Blumen, und sogar mir war klar, dass es statt Blüten bunte Kondome waren, die aus ihnen hervorwuchsen. Auf einmal fühlte ich mich unendlich hilflos und hätte mir gewünscht, Mum hätte mit mir über all diese Dinge gesprochen. Ja, sogar brennend gewünscht hätte ich mir das, und mir fiel spontan eine ganze Liste von Sachen ein, die ich gerne noch genauer gewusst hätte. Aber das war ja bei Mum tabu. Alles wurde systematisch totgeschwiegen, oder aus privatem Frust aus unserem Leben ausgeklammert. Nun stand ich hier und blickte mich um. Reines Schulwissen. Aufs Leben nicht vorbereitet.

Auch T-Shirts gab es, mit Anti-Aids-Werbung, und ich bekam schon wieder Angst. Ich fand die T-Shirts gut, und viele waren sehr witzig und gar nicht obszön. Mum nannte dies alles stets »vulgär«, und damit war das Thema abgehakt. Doch es war wirklich ganz richtig, dieses Thema nicht ständig zu verdrängen. Ich merkte, dass die Angst abnahm, wenn man ein Thema nicht verdrängte. Die Angst wurde weniger irrational.

Als wir nach draußen kamen, sah ich wieder den tröstlich blauen Himmel, der sich so heiter über der Stadt wölbte.

*

Bill war blond und bullig. Gregory war athletisch und smart. Sein braunes Haar glänzte in der Sonne. Mir machte es Spaß, mit beiden zusammen zu sein. Bill war nett. Gregory war nett. Mir war es egal, wer mich zum Kino abholte. Beide versprachen Freiheit, Abwechslung, ein neues Leben. Verliebt war ich in keinen, Abenteuer versprachen beide. Und Mutter saß fern in ihren Weinfeldern. Mir gefiel es, von beiden zuvorkommend behandelt zu werden. Es war so ein wenig wie Lotterie. Beide waren nett. Mir war es egal, wer mich mehr als küssen würde. In jedem Fall war es neu und aufregend für mich, so hofiert zu werden. Ich genoss es in vollen Zügen, Mittelpunkt des Interesses zu sein. Ich wertete es als Erfolg.

Bill und Gregory hatten zusammen ein Appartement gemietet. In Frisco selber war nichts zu bekommen gewesen, auch wenn sie ihr Geld zusammenlegten, aber in Union City fanden sie ein erschwingliches Zwei-Zimmer-Appartement in einer Neubausiedlung, und mit dem Auto war es ja kein Problem, nur eine halbe Stunde Freeway.

Die Hügel zwischen Oakland und Union City sahen aus wie ein Cézanne-Landschaft, mit grünen Pinien und weißen Häusern und sommertrockenem Gras, und es erinnerte mich an ein Bild von Villeneuve-lès-Avignon, aber ich wusste nicht, ob es von Cézanne war oder von jemand anders.

Das Tal vor der langgezogenen Bergkette war mit Industrieansiedlung durchsetzt, in der smarte Palmschöpfe den tristfunktionalen Charakter auflockerten. Es gab schlanke Washington-Palmen, deren alte Blätter wie Strohbüschel aussahen, und Dattelpalmen mit ausladenden Kronen. Diese Landschaft widersetzte sich mit ihrem Charme hartnäckig dem Verschandeltwerden durch Zersiedlung und Industrie, und außerdem war es hier immer Sommer.

Die Siedlung von Union City bestand aus neuen Villen im spanischen Stil, mit Swimmingpools und leuchtend roten Ziegeldächern, es gab gepflanzte Pinien und Oleander auf dem grünen Mittelstreifen der Einfallsstraßen und einen Supermarkt. Auch die

Appartements waren im spanischen Stil gehalten, und alle hatten Balkons und ebenfalls Swimmingpools zwischen bewässerten und geschorenen Rasenflächen. Die Pools wurden hier von der ganzen Nachbarschaft genutzt.

Und dann sagte Gregory zu mir: »Na, was ist? Hast du Lust, das Wochenende da draußen zu verbringen? Wir geben 'ne Fete!«

Und ich wurde abwechselnd rot und weiß, und dann dachte ich, es ist ja nur 'ne Fete, und fragte: »Ja, wer kommt denn alles?«, und Gregory sagte: »Oh, sicher mehrere; Bill hat auch Leute eingeladen«, und ich fühlte mich beruhigt und sagte »ja«.

*

Wir waren dann schließlich aber doch nur vier Leute. Bill hatte nur ein Mädchen eingeladen, oder es war nur eine gekommen, und je länger ich darüber nachdachte, desto klarer wurde mir, wie naiv ich war: Bill hatte eine Frau übers Wochenende mitgebracht, und Gregory hatte somit mich, und wir waren zwei Paare in einer Wohnung. Es wären gar nicht mehr Leute zu unserer Fete gekommen. Als mir das klar wurde, da wurde mir schlagartig heiß – aber eher vor Entsetzen. Was sich nun daraus ergeben würde, das war mir unheimlich.

Natürlich hatte ich wieder einmal Angst, und ich wäre am liebsten in Gregorys Auto gestiegen und zum Studentenwohnheim zurückgefahren, und ich ärgerte mich, dass wir alle zusammen in Gregroys Auto gekommen waren und mein Auto in der Garage beim Studentenwohnheim stand, eine halbe Autostunde von hier. Ich saß fest. Für Sekunden fühlte ich mich wie in einer Falle.

Dann wurde ich trotzig und ich dachte mir, was wolltest du eigentlich? Du wolltest doch das Leben kennen lernen, oder? Was erleben. Also. Dann bekämpf deine Angst und beiß die Zähne zusammen. Du musst da durch. Zur Vereinfachung meiner Seelenlandschaft goss ich mir einen Whisky ein.

»Was machst du da?«, sagte Gregory, nahm mir den Whisky aus der Hand und trank ihn selber. Ich füllte mir nicht nach.

Im Grunde war Alkohol auch keine Lösung. Ich beschloss, ohne Betäubung der Nerven Mut aufzubringen.

Die Wohnung war spartanisch möbliert, um nicht zu sagen, kahl, denn dafür hatten wir lebenslustige Studenten nicht auch noch Geld. Es gab eigentlich nur zwei provisorische Liegen, eine eher couchartig und eine aus einem Schlafsack improvisiert, außerdem ein paar Pappteller und -becher und uneinheitliches Besteck. Aber die Wände waren hell und freundlich mit ihrem Weiß, und es gab einen Kamin, der abends eine angenehme Atmosphäre verbreitete, mit bunten Flämmchen in Türkis und Violett, weil das Feuerholz mit Mineralien imprägniert war.

Wir bezogen also unser neues Reich, und wir hatten nicht viel einzuräumen und gingen noch eine Stunde vor Sonnenuntergang zu dem Pool hinunter. Es gab einen Jacuzzi. Wir saßen alle neben dem Haus im Jacuzzi, und es war aufregend für mich, ein ganz neues Leben anzufangen. Frei und ungebunden. Ganz ohne Mum. Aus ihrem Schatten heraustretend. Ich schloss die Augen und saß in dem sprudelnden Wasser, und wir saßen alle im Kreis in unseren Badeanzügen und wurden in dem warmen Wasser so rosig wie Shrimps.

Jetzt musste ich mir über die neue Situation klar werden. Gut. Die Würfel waren gefallen: Bill hatte sich ein anderes Mädchen mitgebracht, und ich blieb bei Gregory, und obwohl ich nicht recht wusste, ob Gregory mich wirklich mochte oder ob er mich nur deswegen nahm, weil Bill sich eine andere gebracht hatte, war ich dennoch zufrieden, weil ich nun endlich jemanden für mich hatte.

Ich war ein wenig enttäuscht, dass Bill so einfach ein anderes Mädchen brachte, ohne dass es vorher Streit um mich gab, und insgeheim befürchtete ich, zu keiner Zeit für Bill ernsthaft attraktiv gewesen zu sein. Blond war er selber. Das war bei ihm kein Triumph für mich. Aber beim brünetten Gregory? Und war denn überhaupt die Haut- und Haarfarbe wichtig?

Ich überlegte mir, ob es auch umgekehrt hätte sein können: dass Gregory sich eine Freundin mitgebracht hätte und ich bei Bill geblieben wäre. In meiner Eitelkeit mochte ich es mir nicht vorstellen. Ich stellte fest, dass ich Gregory doch lieber mochte als Bill, und so war ich zufrieden, wie es sich ergeben hatte.

Gegen das andere Mädchen hegte ich daher keine Eifersucht. Sie war von routinierter Frivolität und dunkelhaarig wie eine Latina. Ihr Englisch war aber das einer amerikanischen Muttersprachlerin. Also vermutlich Hispanic.

Wir saßen alle in dem Jacuzzi, und Gregory streichelte mich unter Wasser, und ich machte unter Wasser an seiner Hose rum. Auch Mayte war mit Bill beschäftigt, und plötzlich sprang Bill auf wie ein Bär und verließ den Jacuzzi und sprang in den benachbarten Swimmingpool. »Ich brauche dringend Abkühlung!«, verkündete er prustend.

»Wieso? Passt du nicht mehr in deine Badehose rein?«, fragte Mayte dreist und grinste scheinheilig.

Bill schwamm ein paar Runden, dann kehrte er zu uns in den Jacuzzi zurück, und wir saßen alle da in dem sprudelnden warmen Wasser und schäumten vor Lebensfreude.

An dem Swimmingpool gab es noch ein paar sehr nette Leute aus der Nachbarschaft, allesamt Farbige, und keiner verhielt sich so laut und so lärmend wie wir Weißen. Auch wenn wir es nicht wahrhaben wollten.

Wir benahmen uns albern wie Kinder, oder eher noch wie pubertäre Jugendliche, aber es kam gewiss auch von dem Whisky Soda, den wir tranken. Die Nachbarn lächelten nachsichtig. Sie waren tolerant.

Nach Sonnenuntergang sangen die Grillen und wir verließen den Jacuzzi und rieben uns gegenseitig mit den Handtüchern trocken. Dann gingen wir nach oben, und Mayte sagte »Mein Bikini ist schon trocken – ich ziehe mich gar nicht mehr um!«, und auch Bill fand, seine Badehose sei bereits trocken, und Gregory sagte, »aber meine ist nass« und stand plötzlich nackt da. Ich war fasziniert und fühlte mich wie in einer anderen Welt.

»Also«, brummte Gregory, »da vorne kann ich ein Tablett abstellen – ich glaube, ich ziehe mir doch lieber einen anderen Slip an, sonst gibt's kein Abendessen, sondern gleich was anderes!«

Er verschwand und zog sich um, und wir begannen, in der Küche gemeinsam das Abendessen vorzubereiten, alle in Badehose oder Bikinis, und Maytes Bikini sah ohnehin aus wie ein freches Dessous. Gregory kam grinsend zurück. Er trug eine rote Badehose mit aufgedruckten Haifischen. Er pfiff *relaxed* vor sich hin und begann, Chilischoten aufzuschneiden. »Wo sind die Grillspieße?«, fragte er.

»In der linken Schublade«, sagte Bill beiläufig und machte sich daran, auf dem Balkon den Grill anzumachen. Der bläuliche Rauch der anglimmenden Kohle zog zu uns herein. Mayte schnitt ungerührt Zwiebeln, und ich pulte Shrimps aus der Schale. Wir spießten Zwiebeln, Shrimps, Champignonscheiben und rote Paprikaschnitzel auf die Holzspießchen und brachten sie hinaus auf den Balkon, wo Bill in der Kohlenglut stocherte. Mayte bestreute die Grillspießchen noch mit Rosmarin, Pfeffer und Salz.

»Wie heißt dieses Gericht eigentlich?«, fragte ich, nur um etwas zu sagen. Ich empfand mein Schweigen als ungeschickt und wollte doch so gern etwas Konversation in Gang bringen.

»Dies hier? *Saté udang*«, sagte Mayte. »Es ist indonesisch.«

»Neee, amerikanisch«, brummte Bill.

»Ist doch dasselbe!«, lachte Mayte. »Was ist denn ›amerikanisch‹? Doch nichts weiter als eine Mischung aus Englisch, Irisch, Schottisch, Deutsch, Norwegisch, Italienisch, Spanisch, Indianisch, Chinesisch, Afrikanisch ...«

»Noch was?«, fragte Gregory.

»Sicher«, sagte Mayte. Sie leckte sich das Salz von den Fingerspitzen.

»Wie lange braucht das?«, fragte Bill und wendete die Grillspieße.

»Musst halt schauen«, sagte Gregory hilfreich.

Bill fächelte mit der Handfläche Rauch über den Spießen fort.

»Ich hab schon mächtig Hunger!«, sagte Mayte genießerisch.

»Ich auch«, sagte Bill. »Auf dich!«

»Ich bin kein Shrimp!«, erklärte Mayte und spielte beleidigt.

»Wer will noch Whisky?«, fragte ich, um auch weltgewandt zu wirken.

»Jetzt gerade nicht«, sagte Gregory mit wissenschaftlichem Tonfall.

Ich begriff nicht. Er merkte das. In demselben Tonfall wurde er explizit: »Wenn ich mich jetzt volllaufen lasse, dann funktioniert's nachher nicht mehr so gut!«

Ah, so war das. Verwirrt versuchte ich, all dies Neue zu verarbeiten, ohne dabei verkrampft und angespannt zu wirken. Nur immer ganz cool, ganz lässig! Aus Verlegenheit schenkte ich mir selber ein und ließ das Glas dann aber unangerührt.

Wir standen alle um den Grill und schauten begehrlich auf die aufgespießten Shrimps, und endlich waren sie fertig, rosig und saftig, und der herrliche Garduft zog uns aufregend durch die Nase.

Dann aßen wir die Grillspieße, und Mayte lutschte mit halb geschlossenen Augen die geleerten Holzspießchen noch säuberlich ab. In der Ecke lief der Fernseher, und niemand sah hin. Da stellte Bill von TV auf Radio um, und der Bildschirm wurde dunkel und das Gerät spuckte erotische Rap-Musik aus. Mir wurde ganz schwindelig. Ich kannte doch nur Mums Klassik.

»Was – gefällt dir die Musik nicht?«, fragte Mayte wie eine große Schwester. Stumm schüttelte ich den Kopf. Mayte streckte sich von ihrem Schneidersitz am Boden aus und wurde ganz lang und dünn und reichte mit ihrem schlangengleichen Arm bis zum Fernseher und drehte am Senderknopf, und sanfte Softies flossen durch den Raum.

»Besser?«

Ich nickte.

»*Love me – tonight* ...«, tönte es samtig aus dem Sendekasten.

»Gute Idee!«, sagte Gregory und stürzte sich auf mich.

Natürlich hatte ich wieder mal Angst.

»Was ist?«, lachte Gregory grausam. »Hat mein Häschen etwa Angst?«

Ich mochte das Wort ›Häschen‹ nicht. Ich mochte seine ganze

Art nicht. Begütigend küsste mich Gregory auf die Stirn. »Nimm noch einen Schluck Whisky!«, sagte er.

»Ich denke – nicht?«, sagte ich unsicher.

»Doch nur für Männer«, lachte er.

Ach ja. Dann hatte ich vorhin doch nicht ganz richtig verstanden. Ich kam mir unendlich dumm vor und trank einen großzügigen Schluck Whisky, den ich noch von vorhin im Glas hatte. Der Whisky war schal geworden mit dem geschmolzenen Eis, aber mir war es egal.

Bill und Mayte waren am Boden vom Schneidersitz bereits in die Horizontale übergegangen, und ich schämte mich. Ich sah Bills Hand unter Maytes Spaghettiträger gleiten, und der Träger fiel herab und ihr Bikini gab die Brust frei. Sie hatte große pralle Brüste, wie goldbraune tropische Früchte, und mit dunklen Brustwarzen.

Ich sah verkrampft fort und wich dabei zufällig einem Kuss von Gregory aus, und er sagte »Oh!« und hielt meinen Kopf fest und drückte mir seinen Kuss in den Mund, und ich küsste unkonzentriert zurück, obwohl mir heiß und kalt wurde. Um mich begann sich alles zu drehen, und Gregory küsste mich immer heftiger. Im Hintergrund vernahm ich ein kehliges Geräusch wie Leopardenraunzen.

»Was ist? Sollen wir nach nebenan gehen?«, fragte Gregory amüsiert.

»Ja!«, sagte ich erleichtert. Ich war nicht für Gruppensex geschaffen.

Geduldig nahm mich Gregory bei der Hand, und wir standen auf und gingen ins Nebenzimmer. Ich drehte mich nicht mehr nach Bill und Mayte um.

*

Das Morgenlicht sickerte träge durch die Jalousien, und ich sah, dass draußen auf dem Balkon zu dieser frühen Stunde ein Kolibri vorbeikam und von den blauen Salbeiblüten trank. Der Kolibri war metallisch grün und blieb stets nur ein paar Sekunden bei jeder Blüte. Ich dachte immer, Kolibris würden nur von roten Blumen trinken, aber da halt Salbei in dem Blumentopf blühte, trank er davon seinen morgendlichen Nektar. Er war so ungemein flüchtig, der Kolibri.

Auch die Ereignisse der Nacht waren so ungemein flüchtig. Gregory schlief tief und bleiern neben mir, und es war schon alles Erinnerung. Gut, es würde wiederkommen, sooft und sooft ich es haben wollte. Ich könnte es wieder haben, aber nie mehr wäre es so wie das erste Mal. Ich würde nie mehr so unerfahren, so erschreckt, so dilettantisch sein. Erst jetzt fühlte ich mich so richtig als Frau, und der Stolz darüber übertönte in mir lange Zeit die schleichende Leere, die in mir aufstieg und die einen faden Nachgeschmack hatte wie abgestandener Wein, und die so eigenartig unangenehm war wie das klebrige Gefühl zwischen den Beinen. Ich dachte an den roten Fleck im Laken. Auf einmal fühlte ich mich physisch und psychisch dreckig, und ich begann zu weinen.

Aber Gregory wurde davon nicht wach, er wälzte sich nur herum und drehte mir den Rücken zu, und da fühlte ich mich neben ihm im Bett unendlich allein und verlassen, und ich weinte etwas lauter, aber Gregory wachte noch immer nicht auf. Auch Weinen ermüdet, und die letzten Tränen perlten von meinem Gesicht ab und übrig blieb diese große, zwielichtige Leere.

Das war es nun. Nachts war es super gewesen, besser als alles, was ich je erwartet und erträumt hatte – kühner als in meinen wildesten Fantasien – aber mit dem Morgen danach hatte ich nicht gerechnet. Den hatte ich mir nicht ausgemalt. Da war ein Gefühl der Besudelung, das ich nicht abduschen konnte, und um jetzt schon in der Dusche Lärm zu machen, fand ich es eh zu früh. Ohnehin würde ich dieses Gefühl nicht wegbekommen.

Was war, wenn Gregory mich nur benutzte? Es war mir peinlich, mir diese Frage zu stellen. Vorher war es mir egal gewesen, ich wollte nur kennenlernen, ausprobieren, voller Wissbegierde über dieses schillernde Reich, das Mum mir vorenthalten hatte. Ich war voller Protest, und Protest macht Mut.

Nun kannte ich und wusste ich, ich war eine wissende Frau, eine wirklich lebende Frau, und würde mein Wissen ausbauen und einsetzen, es war eine ungeahnte Bereicherung, und doch war da diese Leere, dieses fade Gefühl, und ließ sich nicht wegdiskutieren. Hatte ich etwas übersehen? Gab es noch mehr? Diese Frage stellte sich unausweichlich. Sie ließ sich einfach nicht beiseiteschieben.

Ich gelangte zu der Überzeugung, mir würde noch irgendetwas Wesentliches fehlen und wüsste nicht, was. Ich begann, zu frieren, sicher weil morgens die kälteste Tageszeit ist, und in meiner Verzweiflung schmiegte ich mich ganz dicht an Gregorys Rücken. Gregory atmete tief und regelmäßig.

Die Zeit verging, zäh wie Ahornsirup, und ich war froh, als sich drüben im anderen Zimmer etwas regte und ich Schritte hörte und Bill anfing zu pfeifen, als er zum WC ging. Inzwischen war auch Mayte wach, und sie war gleich ganz munter und ging in die Küche und rief: »Hey, you guys – 'nen Kaffee?«, ohne sich darum zu kümmern, ob Gregory schon erwacht war oder nicht. Vielleicht wollte sie ihn auch wecken. Jedenfalls drehte er sich herum und brummte und rieb sich die Augen, und als sie öffnete, suchte er mich nicht mit Blicken, wie ich insgeheim gehofft hatte, sondern stand gleich auf, fit und ausgeruht, und mein Herz sank wie ein Stein. »Hallo!«, sagte ich zu ihm.

»Hallo«, sagte er zerstreut und ging an mir vorbei zur Küche und streckte den Kopf hinein: »Gibt's schon Frühstück?«

»Ich mache hot cakes«, sagte Mayte und rührte den Instant-Teig an.

Ich deckte den Tisch, nur um irgendetwas zu tun, und Bill briet Speck aus, für die Pfannkuchen. Gregory war in der Dusche. Ich hörte ihn duschen, während ich den Orangensaft eingoss. Er machte sich nichts aus mir. Ich wollte es nicht wahrhaben.

»Ich komme mir vor wie eine Nutte«, dachte ich verbittert. Dann dachte ich, vielleicht ist es wirklich wahr, dass Männer Frauen nur so lieben, wie ich es erlebt hatte; schließlich hatte Mum das von meinem eigenen Vater auch gesagt. Nur hatte ich dabei vermutlich wesentlich mehr Spaß, als Mum es wohl je gehabt hatte. Ich war stolz darauf, so sensibel zu sein und nicht so frigide wie sie, und ich dachte, na gut, dann ist das eben dein Triumph im Leben, und genieße ihn, solange du ihn hast, und erwarte nicht mehr von den Männern. Ich beschloss, innerlich ganz unabhängig von den Männern zu sein, die ich lieben würde, und sie nur zu genießen, und ich dachte wirklich schon in der Mehrzahl: *die* Männer, denn dunkel spürte ich, dass die Sache mit Gregory keine Zukunft hatte.

Ich verschüttete Orangensaft und wollte nicht wahrhaben, dass die Sache mit Gregory keine Zukunft hätte. Ich wischte den Saftfleck auf und überlegte mir, wo du doch so toll im Bett bist, wirst du ihn halten können. Ich wollte versuchen, ihn bei mir zu behalten, so aus einer ganz sportlichen Zielsetzung heraus: Versuch, wie lange du es schaffst, und ich war so eitel und glaubte, es würde mir gelingen.

Mit blindwütigem Trotz genoss ich jetzt den Tag, und Gregory war ganz erleichtert und beruhigt, als er sah, dass ich mich wieder gefangen hatte, und ich wurde Mayte immer ähnlicher.

Biologisch hatte ich mich verändert. Jetzt kam es auf einmal mehr oder weniger nicht mehr an. Ich war jetzt eine richtige Frau, und ich wollte das Leben genießen. Warum sollte ich mich um die schönsten Stunden des Lebens betrügen? Und wenn einem die Männer doch nicht mehr gaben, so wollte ich wenigstens *das*. Und ich konnte gar nicht genug davon kriegen. Vielleicht war alles andere, Geborgenheit und wahre Liebe und so weiter, nur romantischer Kitsch. Spinnerei oder bestenfalls was für die *Soap opera*. In dem Punkt war ich gerne bereit, Mum zuzustimmen, auch wenn sie es anders ausgedrückt hätte.

Gregory und ich und Bill und Mayte liebten uns bis zur Erschöpfung an jenem Wochenende, und es war heftig und schmerzlich und schön, und am Montag, vor Tagesanbruch, schlossen wir die Tür ab und Bill steckte den Schlüssel ein und wir fuhren alle wieder brav nach Frisco zurück. Bill sagte, er könne im Laufe der Woche ein paarmal hier vorbeikommen und nach dem rechten sehen.

Wir fuhren durch einen blutroten Sonnenaufgang, und die Farbe des Lichts erinnerte mich an das, was ich auf unserem Bettlaken gesehen hatte, nach dem ersten Mal, und als ich aufstand und das Blut dort entdeckt hatte, da war ich ganz entsetzt gewesen, obwohl ich theoretisch alles gewusst hatte, als abstraktes Schulwissen, und wieder einmal hatte ich da Angst gehabt. Das war nun vorbei.

*

Freitags kam Mum zu Besuch. Sie schaute öfter nach mir, wie's mir in Frisco so erginge, und zudem hatte sie oft geschäftlich hier zu tun. Ich lächelte sie überschwänglich an.

»Du bist in letzter Zeit so glücklich«, sagte Mum misstrauisch.

»Ja, Mum – ich glaube, es ist am besten, ich sag's dir jetzt – – – ich bin verliebt!«

Nun war es heraus. Ich sah sie an.

»In wen?«, fragte sie knapp.

»In Gregory! Ein echt süßer Typ, ich habe schon lange –«

»Und ich habe schon lange so etwas gedacht!«, sagte Mum hart. »Das war schon längst klar – da stimmt etwas nicht!«

»Wieso: ›stimmt etwas nicht‹? Hast du etwas dagegen?«

»Ja.«

Da war er nun, der große Konflikt, vorhergesehen, unausweichlich, und ich redete auf Mum ein, so wortgewandt wie noch nie, um sie milde zu stimmen, und auch, um mir selber Mut zu machen, denn insgeheim und uneingestanden spürte ich immer mehr, dass ich bei Gregory keine Chance hatte. Es gab noch mehr Mädchen auf der Welt, die gut im Bett waren.

Umso eindringlicher schilderte ich ihr Gregory als den Nettesten und den Besten, den sie sich nur denken konnte, und ich war froh, dass sie keinen Wert darauf legte, ihn kennen zu lernen, denn Gregory hätte sich kompromittiert gefühlt und wäre ohnehin nicht bereit gewesen, sich ihr vorzustellen.

Das hielt mich nicht davon ab, ihn Mum schwärmerisch anzupreisen. Ich wollte schließlich keine bloße Liebschaft sein. So baute ich Luftschlösser. Daran klammerte ich mich ebenso sehr wie an das Argument, dass er es wenigstens offenbar nicht auf unser Weingut abgesehen hatte. Von wegen Alleinerbin und so. Aus einer begüterten Familie war er schließlich selber. Ich trat bei der Schilderung unserer Beziehung innerlich die Flucht nach vorn an, zu meiner eigenen Beruhigung. Doch ich konnte mir nichts vormachen.

So fuhr ich ziemlich ernüchtert am Samstag nach Union City zurück, diesmal ohne das prickelnde Gefühl des Heimlichen und des Neuen, nur noch mit dem schlechten Gefühl des Verbotenen oder zumindest Missbilligten, denn verbieten konnte Mum mir ja nichts mehr. Ich war volljährig. Ich setzte mein Verhältnis zu Gregory fort und versuchte verzweifelt, ihm mehr Zuwendung abzuringen, und ich küsste ihn trotzig, und manchmal wurde ihm meine Anhänglichkeit ziemlich lästig.

Wir saßen abends alle zusammen, wieder hatten wir selber gekocht. Es gab gegrilltes Hähnchenbrustfilet und Sojasauce mit gehackten Erdnüssen, gegrillte und mit Butter bestrichene Maiskolben und gedämpften Lauch. Ich dekorierte die Filets mit roten Paprikastreifen und Mayte und Gregory deckten den Campingtisch. Im Kamin brannte lila züngelnd das Feuer, und draußen sangen im Dunkeln metallisch die Grillen. Es klang fast wie ein technisches Geräusch, so gleichförmig sangen sie. Das Zirpen kam mir vor wie eine eindringliche Mahnung. Ich war wieder mal nervös.

Inzwischen war ich daran gewöhnt, dass wir ohne Geheimnistuerei zusammen schliefen, obwohl ich immer noch darauf bestand, dass Gregory und ich in den Nebenraum gingen. Ich schrie enthemmt auf, wenn mir danach zumute war, und kümmerte mich einen Dreck darum, wer es hören mochte. Auch schlief ich hinterher besser, wie unter leichter Anästhesie, und ich konnte diese verdammte Leere vergessen, wenn ich erwachte; ich hatte mich daran gewöhnt.

Der Morgen dämmerte, und ich lag wach und entspannt da, und ich dachte belustigt, siehst du, diesmal bist du mit deinem eigenen Auto hier und denkst gar nicht daran, zurückzufahren, so wie das erste Mal; und ich war zufrieden.

Später frühstückten wir alle zusammen, und ich aß mit herzhaftem Appetit so wie die anderen. Wir hatten Milch und Cornflakes und Zimt-Apfel-Knusperringe und Müsli, und wir tranken Kaffee und Orangensaft, und dann sagte Gregory, er hätte immer noch Hunger, und briet Eier mit Speck. Es roch so gut, dass wir alle beschlossen, auch Eier mit Speck zu essen, und wir hatten ein zweites Frühstück.

Dann flegelten wir uns in den Liegestühlen am Swimmingpool, und der Tag war schon weit fortgeschritten, so dass wir gleich nach unserem späten und ausgedehnten Frühstück in die Siesta übergehen konnten. Bill spielte mit Mayte im Swimmingpool, und jetzt in der Mittagshitze waren wir die einzigen Leute am Pool. Mayte schwamm wie eine Nixe, und Bill folgte ihr und versuchte, ihr unter Wasser den Bikini auszuziehen. Gregory sah das und schaute eine Weile vom Ufer aus zu, aber dann hielt es ihn nicht länger und er ging zum Beckenrand und sprang mit einem Hechtsprung hinein, und beide jagten nun Mayte, die fröhlich kreischte. Ich ärgerte mich und sprang auch hinein, aber ich war den anderen nur im Weg, und da ging ich demonstrativ wieder raus, setzte meine Sonnenbrille auf und begann, mich mit Sonnenöl einzureiben.

Irgendwann kamen auch die anderen, lachend und erschöpft, und sie rieben sich trocken und legten sich ebenfalls in die Sonne. Wir schliefen alle so lange in den Liegestühlen, bis wir wieder Hunger hatten. Gegen Abend aßen wir panierte und frittierte Shrimps und tranken rosa Zinfandel, und dann wurden wir wieder unternehmungslustig, und Bill streckte sich begehrlich nach Mayte aus, die schon total heiß war, und Gregory und ich gingen, ebenfalls voller Vorfreude, in den Nebenraum.

Wir schliefen zusammen, und Gregory war herrisch und fordernd, wie immer, und ich genoss ihn wie immer, und dann schlief ich wie immer betäubt ein. Irgendwann in der Nacht registrierte ich im Halbschlaf, wie er leise aufstand, und ich dachte, na gut, er geht zur Toilette, das muss ja auch sein, und fiel wieder in tiefen und sorglosen Schlaf. Im Traum hörte ich Bill und Mayte erneut aufstöhnen, und ich träumte von Gregory.

Zu irgendeiner unseligen Uhrzeit in der Nacht schreckte ich hoch und drehte mich im Bett um, und ich hatte so seltsam viel Platz und der Platz neben mir war ganz ausgekühlt, und da war ich mit einem Schlag ganz wach und stand auf, ohne Licht zu machen.

Ich hatte das bedrohliche Gefühl, dass Gregory schon vor Stunden von unserem Bettlager aufgestanden sein musste. Dass er immer noch nicht vom WC zurückgekehrt sein sollte, war mehr als unwahrscheinlich. Der grausame Verdacht durchrieselte mich wie eine Kaskade von Eisnadeln. Auf Zehenspitzen schlich ich ins andere Zimmer. Ohnehin gab es keine richtige Verbindungstür, nur eine Spanische Wand, und die war zurückgeschoben. Ich konnte also von einem Zimmer ins andere schlüpfen, ohne ein Geräusch zu machen.

Das Feuer im Kamin war längst heruntergebrannt. Es verbreitete also auch keinen flackernden Schein mehr, in dem ich alles gut hätte erkennen können. Der letzte Funken war wohl bereits vor Stunden verzischt. Aber auch so gewöhnten sich meine Augen langsam an die Dunkelheit und durchdrangen sie forschend.

Da lag Bill mitten im Raum wie ein dunkles Bündel. Er hatte gestern erheblich getrunken und schnarchte jetzt wie ein Bär. Es klang unangenehm. Hinten aber, in der Zimmerecke, sah ich eine größere, hellere Masse im Dunkeln schimmern. Sie war heller, denn die Masse da drüben war, im Unterschied zu Bill, nackt. Und sie war größer, denn es waren zwei. Mayte und Gregory lagen eng ineinander gerutscht, mit umschlungenen Armen und ineinander verschränkten Beinen da und schliefen.

*

Ich habe noch nie so hastig meine Sachen gepackt und noch nie so gefroren und gezittert, und die Tränen in meinen Augen waren so heiß, dass sie in meinen Augen brannten. Überstürzt verließ ich das Haus, hemmungslos weinend, drehte mich nach keinem mehr um und weiß bis heute nicht, ob sie wegen mir erwachten. Vielleicht schliefen sie auch weiter, die einen vom Sex erschöpft, der andere vom Alkohol umnebelt.

Hastig startete ich mein Auto, und jetzt war ich heilfroh, dass ich diesmal mit meinem eigenen Wagen gekommen war, und ich raste mit Höchstgeschwindigkeit durch das nächtliche Union City, und der Morgen begann schon zu grauen. Ich fuhr, als wenn mich einer verfolgte, ohne an Geschwindigkeitskontrollen oder Ähnliches zu denken, und der Freeway war ziemlich leer zu dieser Stunde, und ich fuhr und fuhr wie eine Besessene und ohne nachzudenken. Im Schock.

Es war mir nicht möglich, auch nur einen klaren Gedanken zu fassen, und ganz automatisch schlug ich den Weg nachhause ein, zurück nach Napa Valley, und ich dachte gar nicht daran, ins Studentenwohnheim und zu meinen Grafikarbeiten zurückzukehren. Meine Welt war zusammengebrochen. Ich fuhr durch die Trümmer meines eben erst mühsam aufgebauten Selbstvertrauens.

Es wurde Tag, und das Sonnenlicht kam breit und splendide und überflutete golden die Welt, und es war mir völlig egal. Ich atmete auf, je weiter ich San Francisco mit seiner Bay und seinen Brücken und seinen Problemen, die ich nicht bewältigen konnte, hinter mir ließ. Auf den Straßen wurde es jetzt belebter, und gleichmäßig rauschten wir auf den mehrspurigen Fahrbahnen dahin, klobige PKWs und rote und silberne Trucks mit hochgezogenem Auspuff wie rauchende Schornsteine. Mich überholte ein breiter Wagen mit Edelholz-Verkleidung von rechts und wäre mir fast in die Seite gefahren. Ich hupte nicht einmal.

Ich verließ alles, Union City und San Francisco, und kurvte mich hinauf in die Berge, zwischen verstaubten Eukalyptushainen, und oben in den Bergen waren die Häuser klein und freundlich, mit Limonensträuchlein neben der Veranda, und ich fühlte mich wieder heimisch und drosch immer noch mit überhöhter Geschwindigkeit weiter, und ich sah die gelben Hügel mit den dunkelgrünen Eichenbäumen, unter denen das Vieh ruhte, rot und schwarz und mit weißen Köpfen, und ich fuhr weiter und weiter und registrierte dankbar alles, was am Wegesrand nach der kleinen, überschaubaren Welt aussah, die ich kannte und in der allein ich mich zurechtfand.

Ich fuhr wie auf der Flucht durch das weite Tal, das sich erst seitlich am Horizont zu flachen Hügeln aufwellte. Die hohe Bergkette dahinter hatte sich in der beginnenden Hitze in ein leichtes Taubenblau aufgelöst, wie zerflatternde ferne Regenwolken. Direkt vor mir, in Fahrtrichtung, zog sich aber die Valley-Ebene dahin, und die schnurgerade Straße mündete in einen waagerechten Horizont.

Wie mit dem Lineal gezogene, mit Reben bepflanzte Zeilen wischten an mir vorbei. Ich fuhr sehr schnell. In der Ferne war alles gleichmäßig grün mit Weinblättern, frisch und hellgrün, nur an den Hängen der Hügel und auch direkt zwischen den Zeilen, an denen man vorbeifuhr, zeigte sich das Streifenmuster der Weinpflanzungen. Die grünen Weinzeilen fächerten sich im Vorbeifahren vor einem auf, sie lösten sich aus dem Meer grüner Blätter, spreizten sich, kurz blitzte der helle, säuberlich leer geharkte Boden zwischen ihnen auf und hinter einem schlossen sie sich wieder. Ich fuhr durch ein in Zeilen geordnetes Blättermeer. Zwischen den Blättern, die im Luftzug des vorbeirasenden Autos pendelten, hingen überall, prall und schwer, die weißen und blauen Trauben heraus. Ich fuhr durch ein Meer aus Wein. Dieser Eindruck eines wogenden Meeres verstärkte sich noch, weil mir immer wieder diese verdammten Tränen aufstiegen, die den Blick verschwimmen ließen. Ich fuhr durch diffus grüne Wellen. Trotzdem fuhr ich sehr schnell.

Es war meine große Niederlage. Mum hatte Recht. Ich hatte ihr nicht geglaubt, aber ihre Lebenserfahrung, mit der sie Gregory von ferne taxiert und durchschaut hatte, allein schon anhand meiner bloßen Beschreibung, ließ sie von Anfang an richtig urteilen. Und nun fuhr ich vor meinem Desaster davon und musste ihr Recht geben. Ich war am Boden zerstört. »Hätte ich doch nur auf sie gehört!«, dachte ich, reumütig und zerknirscht. Glühend heiße Wangen hatte ich, so sehr schämte ich mich. So unangenehm es für mich war, ihr dies gestehen zu müssen, so sehr empfand ich sie doch als letzte Oase, als Rückzug in eine heile Welt, die ich nie wieder als verlorene Tochter verlassen wollte.

Ich hatte mir eingebildet, inzwischen selber genug Lebenserfahrung zu besitzen, weniger zwar an Jahren, aber dennoch genug an Urteilsfähigkeit, und war kläglich gescheitert. Mum hatte Recht behalten, und mit einem geradezu Schwindel erregenden und unheimlichen Gefühl der Bewunderung musste ich das zugeben, musste die Waffen strecken und zu Kreuze kriechen. Es war Mums Sieg auf der ganzen Linie, und seltsamerweise, wie in einer Art Selbstkasteiung, gönnte ich ihr sogar den Triumph. Unbewusst vielleicht, um wieder bei ihr zu punkten. Ich war jetzt bereit, alle kühnen Pläne eines unabhängigen Lebens draußen in der großen Welt als gefährlich und selbstzerstörerisch zu opfern und wollte nur noch ein unabhängiges Leben mit Mum. Unabhängig? Von Gregory gewiss. Aber von Mum?

*

Ich fand Mum im Salon. Die Stufen der Freitreppe waren blendend weiß und unendlich breit. Der Weg über die Türschwelle zu Mum war unendlich lang.

Mum sagte nichts.

Im Hintergrund lief, wie zum Hohn, klassische Musik in bester CD-Qualität. Es war das Adagietto aus Mahlers 5. Symphonie. Die träge als Ostinato schwappenden Harfenklänge verstärkten noch meinen Eindruck, mich inmitten eines trüben Meeres zu befinden. Ich hatte einen Film gesehen, in dem dieses Adagietto Verwendung fand, »Der Tod in Venedig«. Das unheilvolle Wasser der Lagunen schien sich unter mir aufzutun.

Mum sagte nichts.

Unter mir schwappte das Adagietto.

Mum sah es mir an. Ich brauchte ihr nichts zu sagen.

»Tut mir leid für dich, mein Kind«, sagte Mum mit aschfarbener Stimme.

Immer noch schwappte das Adagietto. Ich musste mich an der kleinen Chippendale-Vitrine festhalten. Ich brach hemmungslos in Tränen aus.

Mum sagte nichts weiter. Hätte sie mir die heftigsten Vorwürfe gemacht und mich beschimpft – das wäre mir lieber gewesen als dieses verständnisvolle Schweigen einer Mutter. Das Kind ist in die Welt hinausgegangen und hat einen Fehler gemacht. Es ist ja noch so jung und unerfahren. Aber nun kommt es voll Reue zurück und wird, durch die Erfahrung gebrannt, in Zukunft keine derartigen Fehler mehr begehen.

Vielleicht hätte die Oper »Parsifal« von Richard Wagner da besser gepasst ...? Der Rest der Musik geht jedenfalls in meiner Erinnerung unter. Als ich mich ausgeweint hatte, hob sich die Schranke, und die geborgene Welt meiner Kinderzeit hatte mich wieder – zu meinem Verhängnis.

Mum hatte stets gewusst, was für mich gut war. Besser als ich selber hatte sie es gewusst, das musste ich nun bitter erkennen. Ich beschloss, mich nunmehr voll und ganz ihrer Führung anzuvertrauen.

*

Ich war voller Trauer, Wut und Enttäuschung. Das am stärksten Traumatisierende daran war, dass meine Mutter Recht hatte. Gregory war ein Windhund. Ich war nicht seine einzige Freundin. Nun wusste ich es.

Ich begann, meinen Körper dafür zu hassen. Ich vollzog in Gedanken, wohl eher unbewusst, eine Trennung zwischen mir und meinem Körper, um mich nicht selber für meine Naivität hassen zu müssen, sondern die Schuld jemand anderem zuschieben zu können. Und dieser Jemand war mein Körper.

Nur weil ich so blond war, hatte ich Gregorys Aufmerksamkeit erregt. Nur, weil ich eine Frau war und Busen und eine weibliche Figur vorwies, war ich ihm ins Netz gegangen. Er hatte mich umgarnt wie einen kleinen Vogel. Ich wusste, was daran schuld war. Mein blondes Haar war schuld. Mein Busen war schuld. Mein runder Po und meine schlanken Beine waren schuld. Nur ich war nicht schuld.

Ich begann, meinem Körper den Krieg zu erklären. Ich ekelte mich vor meiner attraktiven Figur, die ich spazieren trug, so wie man einen Kleiderständer gewaltsam vor sich her bugsiert. Ich wollte nicht attraktiv sein. Gut aussehen – ja, aber nur für mich. Ich wollte kein Blickfang mehr für Männer sein. Ich hatte es satt, dass die Männer auf meinen Busen schauten. Sie schauten mich doch nur an, weil sie eine runde Brust sehen wollten, nicht, weil sie mich sehen wollten. Ich aber wollte als das akzeptiert werden, was ich zu meinem eigentlichen Ich erklärte und begann, systematisch all das an meinem Körper zu bekämpfen, was ich nicht als zugehörig zuließ und was gegen meinen Willen Männer wie Gregory anzog und mir daher nunmehr Angst einflößte. Ich empfand jede Wölbung an mir als verräterisch gegen mich selber, mein Körper kompromittierte mich und gab mich preis, und ich konnte mich nicht von ihm lösen. Aber ich konnte ihn verändern. Ich begann, erst Diät zu machen und dann, schleichend im Übergang, brutal zu hungern.

Ich hatte Erfolg. Ich triumphierte. Ich begann, an Magersucht zu leiden.

Es machte mich aber wütend, mich an den ungewünschten Stellen zuerst abnehmen zu sehen, und solange ich noch an mir herunter blickte und dabei immer noch, als Schatten, Reste von Rundungen erkennen musste, hungerte ich verbissen weiter. Erst als mein Bauch so flach wie ein Waschbrett geworden war, gab ich mich zufrieden.

Inzwischen hatte ich Menstruationsstörungen, und auch das freute mich. Ich wollte gar nicht mehr die Tage haben, um ganz unkompromittierbar zu sein. Langsam begann ich, mich sicher und unnahbar zu fühlen. Ich hatte mich beinahe ruiniert. Ich atmete auf.

*

64

Mum hatte stets kritisch die Augenbrauen hochgezogen, wenn ich so verdächtig glücklich war. Das war nun vorbei. Mum hatte Recht. Sämtliche Romantik war Quatsch, alles Emotionale nichts als gefährliche Gefühlsduselei, die einen früher oder später zwangsläufig zur Entgleisung brachte. Kühl und rational wollte ich fortan sein, von mir aus auch nüchtern-kalt und berechnend, nur um nie wieder jemand in die Falle zu gehen. Im Lichte des sachlichen Verstandes allein wollte ich künftig die Welt betrachten, das Gefühl der Liebe und Bedürfnisse in diese Richtung erst gar nicht mehr in mir aufkommen lassen – nur keine blamablen emotionalen Abhängigkeiten schaffen! Mein Körper stand mir dabei bloß im Wege. Ich stand mir selbst im Wege.

*

Dann kam eines Tages Onkel Dan zu Besuch, ein Bruder meiner Mutter. Ich hatte ihn immer sehr gern gehabt, er war das genaue Gegenteil von Mum. Sie waren ungleiche Geschwister, denn er war groß, leicht korpulent und etwas behäbig, so ganz anders als seine energische Schwester, dennoch mit sehr ähnlichen Gesichtszügen, die aber eine ganz andere Expressivität hatten, ruhig und nachdenklich.

So sah er mich an, als ich ihn begrüßte, sehr nachdenklich, und unzufrieden, denn Onkel Dan war Gynäkologe. Er schüttelte den Kopf.

»Du siehst aber gar nicht gut aus, so ultramager«, eröffnete er das Gespräch, diplomatisch wie ein Panzer. Onkel Dan machte nie viel Umschweife, er hielt das für einen unnötigen Zeitverlust. In dieser Hinsicht war er seiner Schwester ähnlich. Mum war genauso.

»Ich mag mich so leiden!«, sagte ich trotzig.

»Für Männer bist du aber schon nicht mehr attraktiv!«, sagte er direkt. »Schlank sein – okay. Aber ein Mann will immerhin noch was zum Anfassen!«

»An mir soll keiner mehr rumfummeln!«, sagte ich bitter. »Wein?«, fragte ich unhöflich, um das Thema zu wechseln. Ich fand Onkel Dan brutal.

»Ja, gern«, sagte er. Dan ließ sich nicht aus der Ruhe bringen. »Welchen Jahrgang willst du mir anbieten?«

Ich goss ihm finster ein und hielt ihm die Flasche kommentarlos vor die Nase, so dass er das Etikett lesen konnte.

Onkel Dan sagte nichts und zog die Augenbrauen hoch. Dann nippte er von dem Wein und sann dem Bouquet hinterher und trank noch einen Schluck und stellte dann das Glas ab. Unvermittelt war er wieder beim Thema. »Und – hast du schon Menstruationsprobleme?« Widerlich, wie jemand so hartnäckig sein konnte.

»Ja!«, sagte ich stolz.

Dan schüttelte entsetzt den Kopf.

»Weißt du, dass du dich zugrunde richtest? Weißt du, dass du dich selber unfruchtbar machst, wenn du so weiter hungerst? Du bist jetzt schon ein wandelndes Skelett! Keinem Mann wirst du so gefallen, und ein Kind bekommen kannst du so auch nicht!«

Ich nickte heftig. Genau das wollte ich ja erreichen, mich vor all diesen Gefahren sicher fühlen.

»Onkel Dan, das ist es ja gerade! Ich will es ja auch gar nicht!«

»Aber hast du auch mal an später gedacht?«

»Wie – an später?«

»Wenn du es dir mal anders überlegst?«

»Ich werd es mir nie anders überlegen – bestimmt nicht!«

»Sei nicht so heftig, Anne! Du antwortest manchmal etwas unkontrolliert.«

Ich war wütend und wusste nicht, was ich darauf sagen sollte.

»Eine Frau muss besonders darauf achten, dass sie wohlüberlegt antwortet«, sagte Onkel Dan. »Ihr Frauen seid vom Naturel her meist lebhafter. Wenn du so überreagierst, wirst du leicht nicht für voll genommen. Besonders von Männern.«

»Weil ihr alte Machos seid!«, stieß ich hervor.

»Wer ist ›ihr‹? Ich auch?« Der Onkel lächelte.

»Was weiß ich«, sagte ich unbeholfen.

»Ooooh!«, rief Onkel Dan aus und zog mich zu sich in die Arme. »Was höre ich da von meiner kleinen, bockigen Nichte? Hast du denn wirklich so ein schlechtes Bild von deinem Onkel?«

»Ich weiß nicht«, sagte ich patzig.

Der Onkel nippte an seinem Glas. »Guter Wein, der Jahrgang«, sagte er mit Kennermiene. Er stellte das Weinglas zurück. Auch das Gespräch kehrte leider auf denselben Punkt zurück.

»Eines Tages, wenn du in die Wechseljahre kommst, dann kommt sehr wahrscheinlich die Torschlusspanik, und du wirst dir ein Kind wünschen«, sagte er nachdenklich.

»Ich? – Nie!!!«, stieß ich hervor.

»Sag das nicht. Du fühlst dich jetzt jung und glaubst, du wirst es lange sein. An solche Themen wie Klimakterium will eine junge Frau einfach nicht denken, das ist normal, und irgendwann kommt es doch, und du bist unvorbereitet, weil du dich noch subjektiv jung fühlst und es nicht wahrhaben willst. Aber ich sage es dir jetzt, als Mediziner. Du brauchst jetzt nichts zu antworten, aber glaube mir und denke darüber nach!«

Ich war blutrot vor Wut, aber ich spürte, es hatte keinen Sinn, erregte und unqualifizierte Antworten zu geben, und jede Antwort würde unqualifiziert sein, solange ich nicht wirklich über seine Worte nachgedacht hätte, und so sagte ich nichts. Wider Willen fühlte ich mich von seinen Worten berührt. Uneingestanden machten sie mich nachdenklich.

Doch gebranntes Kind scheut das Feuer, und mit all solch albernen Gefühlen wollte ich nichts mehr zu tun haben. Die wurden ja doch alle nur von Hormonen ausgelöst, oder ...?

Onkel Dan blieb noch drei Tage, während derer ich ihm geflissentlich aus dem Weg ging. Aber den Gedanken, mit denen er mich konfrontierte, konnte ich nicht aus dem Weg gehen. Ich war wütend auf ihn, und zwar ganz besonders heftig, denn sonst hätte ich ja auf mich selbst wütend sein müssen.

*

Der Minotaurus erschien mir in wechselnder Gestalt. In der Pubertät und Jugend träumt man ohnehin viel intensiver als sonst, und jeden Morgen erwachte ich schweißgebadet und dachte den ganzen Tag an dieses viehische Wesen, und so suggerierte ich mir bereits das Thema meiner Träume in der nächsten Nacht. Es war ein Teufelskreis. Der Minotaurus wurde zum Dämon, der mich verfolgte. Ich sprach mit niemandem darüber. Ich war ihm hilflos ausgeliefert.

Er wohnte in meinen Träumen in einer Höhle am Meer, und es war eine Insel, so wie ich mir Kreta vorstellte. In Wirklichkeit war es die kalifornische Küste, die ich im Traum sah, denn etwas anderes kannte ich nicht. Doch es würde dort gewiss ähnlich sein.

Ich sah keine Häuser, der Strand war einsam und menschenleer. Ich sah nur die Felsen und das Meer, das dagegen brandete, und einen flachen dunstigen Himmel voller Seevögel. Die Höhle war sehr finster und führte tief hinein in die schroffen Felsen. Dort war ich allein bei dem Minotaurus gefangen.

Der Dämon erschien mir mal als stierköpfiger, athletischer Mann, mal ähnlich einem Zentauren mit Tierleib, als kraftstrotzender Stier mit Männerkopf, aber auch ganz als Mann oder ganz als Stier. Aber stets hatte er den gleichen, spöttischen Gesichtsausdruck, mit dem er mich beherrschte. Ich konnte mich von ihm abwenden, wie ich wollte, sein Blick erreichte mich immer, verfolgte mich bis ins tiefste, schwärzeste Innere der Höhle. Nirgends konnte ich mich vor diesem Blick verstecken, der mich verfolgte und mich durchbohrte. Selbst im Dunkeln schien dieser Blick wie ein Laserstrahl zu leuchten.

Wenn der Minotaurus in rein menschlicher Gestalt erschien, flößte er mir die größte Angst ein, denn als Mensch war er mir am ähnlichsten, am verwandtesten, und gerade davor hatte ich am meisten Angst: selber ein Mensch zu sein, eine Frau, die der Gegenpart zum Manne war oder wohl sein sollte. Sah ich ihn mit schwarzem Stierkopf oder -rumpf, dann wirkte er auf mich brutal, roh und bestialisch, aber durch seine zwittrig tierisch-menschliche Erscheinung war er zwar bizarrer und fremder, doch – vielleicht gerade deshalb – nicht so beklemmend wie in reiner Menschengestalt, wenn er in erotisierter Pose auf mich zutrat. Jedes Mal erwachte ich schreiend, bevor er mich erreichte.

In allen Kombinationen trat er also auf: Als typischer Minotaurus, mit Stierkopf und Menschengestalt, aber auch umgekehrt als eine Art Stier-Sphinx mit Menschenkopf, oder auch mit einheitlich menschlichem Körper oder komplett dem eines Rindes. Doch ich erkannte ihn stets wieder. Immer hatte er denselben, harten und verächtlichen Blick. Diesen dominanten Ausdruck. Ich sah ihn recht häufig in einheitlicher Stiergestalt, ohne menschliche Körperteile, und dann fühlte ich mich zunächst vor ihm relativ sicher. Er stand draußen am Strand, und ich hielt mich in der Höhle versteckt. Fliehen konnte ich in den Träumen seltsamerweise nicht. Ich spürte, dass ich mich auf einem runden Eiland befand, und dass mich jeder Fluchtweg nur im Kreise wieder hierher zurückführen würde. Denn mörderische Brandung und endloses Meer umzingelten mich, bodenlos, ausweglos. Es gab kein Entrinnen.

Der Stier stand am Strand, und hinter ihm glitzerte das Meer, und sein schwarzes Fell hob sich scharf vor dem hellen Sand am Ufer ab, und die Sonne ließ all seine Muskeln plastisch unter seinem Fell hervortreten. Er stand da, wie fest verwurzelt auf seinen sehnigen Läufen, und den gehörnten Kopf hielt er waagerecht vorgestreckt, getragen von seinem mächtigen Nacken. Aus seinem halb geöffneten Maul troff zäher Geifer, und sein leierförmiges, langes Gehörn glänzte in der Sonne. Drohend ragten die Spitzen der ausladenden Hörner auf.

Ich hoffte, dass er schlief oder döste, ich wusste nicht, ob Stiere auch im Stehen schlafen können. Ich wartete in der Höhle auf eine Zeit ohne Zukunft, und mein Herz hämmerte in meiner Brust, als schlüge es direkt gegen die Felswand, an die ich mich presste. Draußen schlug die Brandung gegen die Felsen, und der finstere Stier stand selber wie ein Felsen auf dem schmalen sandigen Uferstreifen, reglos und wie ein Klotz aus Urzeiten. Er schien den Höhleneingang zu bewachen.

Plötzlich ging etwas in seinem Kopf vor, und Bewegung kam

in den Koloss. Er schwenkte herum und trabte auf den Höhleneingang zu. Mein Herz krampfte sich zusammen.

Als der Minotaurus die Höhle betrat, verfinsterte er mit seinen breiten Schultern den Höhleneingang, und schlagartig wurde es vollständig dunkel. War es vorher schon düster gewesen in der Höhle, so war es jetzt komplett schwarz. Es war wie eine totale Sonnenfinsternis.

Ich hörte die schweren Hufe des Minotaurus auf den Felsen klopfen. Er näherte sich mir. Er fand mich auch im Dunkeln. Die Schwärze wurde warm und lebendig.

Es gab nur diesen einen Höhleneingang. Der Minotaurus versperrte ihn. Ich konnte nirgends hin entfliehen. Ich saß in der Falle.

Wie ein Bulldozer schob mich der Minotaurus in den hintersten Winkel der Höhle und drückte mich gegen die Felsen. Ich sah überhaupt nichts mehr. Ich wollte schreien. Der Minotaurus schob mich aber gegen die Felswand, und ich hatte nicht genug Luft zum Schreien.

Ich sah ihn nicht mehr. Der Stier war genauso nachtschwarz wie die Finsternis, die mich umgab, und ich hätte ihn in dieser dunklen Höhle wohl nicht einmal mehr gesehen, wenn er schneeweiß gewesen wäre. Aber ich spürte ihn, spürte seine Hitze und sein enormes Gewicht, und ich fühlte unter seinem schweren Rumpf, der auf mir lastete, meine Rippen brechen und hörte den trockenen Knall meiner berstenden Rippen. Aber seltsamerweise starb ich nicht in jenem Traum an Versagen der Atmung, sondern ich atmete mit meinen gebrochenen Rippen weiter, und der Druck auf meinen Körper nahm dabei immer noch zu.

Und dann hatte er gefunden, was er wollte, und presste mich mit einem heftigen Ruck gegen den harten Fels, und ich spürte ihn übermenschlich groß und verging in einem Strudel der Gefühle.

Dann erwachte ich, an die Bettkante gepresst und schweißüberströmt, und ich schämte mich zutiefst, als ich feststellte, dass ich diesen Traum trotz allem irgendwie gern geträumt hatte, uneingestanden, und dass ich ihn viel entkrampfter und genussvoller hätte träumen können, würde ich mich nicht im Innersten vor meiner Mutter Rechenschaft schuldig fühlen. Denn dieser strenge, dominante, alles überwachende Blick, den ich meinem Minotaurus-Bild unterlegte, war im Grunde jener Blick meiner puritanischen Mutter, der mich verfolgte und mich erforschte, und erst dieser Blick machte die schöne, sexstrotzende Minotaurus-Figur zum Dämon, drückte dem Mann-Stier den Stempel des Finsteren und Verbotenen auf, brandmarkte ihn und machte es mir unmöglich, ihn zu genießen. Mir blieb jede befreite und entkrampfte Lust versagt. Der Minotaurus wurde zum viehischen Vergewaltiger. Aber damals erkannte ich das alles noch nicht, es war ja auch zu kompliziert. So empfand ich nichts weiter als tiefe Scham darüber und okkulte Schuldgefühle gegenüber meiner Mutter, die doch nicht einmal von meinen peinigenden Träumen wusste. Ich hätte mich gehütet, ihr davon zu erzählen.

Hämisch lachte der Minotaurus und hielt mich weiter in seiner Gewalt gefangen.

*

Der Zwiespalt in mir nahm immer größere Dimensionen an. Ich stand Spagat zwischen der reinen, klaren und verstandeskalten Welt meiner Mutter und jener düsteren Gefühlswelt, die in mir aufgekeimt war und brodelte und immer mehr Platz in meinem Innern beanspruchte. Es war wie eine dunkle Flut, die ich verzweifelt einzudämmen versuchte.

Da ich merkte, dass ich nicht in beiden Welten, die sich gegenseitig ausschlossen, leben konnte, entschied ich mich für die helle und klare und übersichtliche Welt meiner Mutter und versuchte, mich auf diese vermeintlich sichere Insel hinüberzuretten, dem düsteren Strudel zu entkommen. Ich beschloss, all die harten und klaren und einfachen Konzepte des puritanischen Lebens zu übernehmen und mich auf keine Experimente mehr einzulassen. Mein Experiment war ja kläglich gescheitert.

Dass meine Mutter in ihrer Beurteilung von Gregory Recht behalten hatte, ließ sie in meinen Augen fast zu einer dämonischen Schicksalsgöttin aufsteigen, und ihr strenger, verurteilender Blick erschien mir wie eine gerechte Strafe. Ich fühlte mich zutiefst schuldig, weil ich nicht auf sie gehört und ihre Lebenserfahrung leichtfertig in den Wind geschlagen hatte. Und nun fühlte ich mich als reumütige Sünderin, und glücklich, in ihrer großen Mutterliebe dennoch von ihr angenommen und bejaht zu werden. Nunmehr wollte ich mich komplett von ihr vor der bösen Männerwelt beschützen lassen und ihr das Urteil überantworten, welchem Mann ich trauen dürfte. Wenn überhaupt. Ich würde mich von ihr schützen und führen lassen, vertrauensvoll und bequem und ohne weitere Verantwortung für mein eigenes Leben übernehmen zu müssen. Ich spürte nicht, dass die Gefahr, die mir in ihrer Obhut drohte, größer war als jene, der ich mich aussetzte, wenn ich mich weiter selbstverantwortlich durch den düsteren Strudel gekämpft hätte. Denn nun fiel ein neuer Schatten über mich: der Schatten meiner Mutter.

*

»Du solltest dir die Haare kurz schneiden lassen, mein Kind.«

Ich hatte lange, weißblonde Locken.

»Meinst du?«

»Ja. Es ist praktischer. Du duschst ja doch in dieser Hitze andauernd und föhnst dir endlos lang die Haare. Kurzes Haar könntest du dir bequem und schnell trocknen.«

»Ja, du hast Recht. Wenn ich total verschwitzt vom Tennis komme und dusche, krieg ich hinterher meine Haare nur schwer trocken.

»Mit wem spielst du Tennis? Mit Sam und -?«

»Nein. Mit Catherine.«

Meine Mutter zog befriedigt und nachgeschoben mahnend die Augenbrauen hoch. »Na, dann ist gut, mein Kind.« Sie sah mich prüfend an. »Ja – auch beim Tennis wären kurze Haare für dich praktischer. Du müsstest dir keinen Pferdeschwanz mehr binden, der dir um die Ohren schlägt!«

Am nächsten Tag hatte ich kurz geschorene Haare und mir schlug beim Tennis kein Pferdeschwanz mehr um die Ohren.

Oh, wie kess und burschikos ich jetzt aussah! Mum nannte es »apart und sportlich-elegant«, doch es kam auf dasselbe heraus. Wir waren uns einig: Der neue, rabiate Kurzhaarschnitt stand mir gut. Weg mit den verführerischen Zotteln. Und in dem Stil ging es weiter.

»Du könntest diese Jeans von mir tragen, mein Kind! Gottlob haben wir ja dieselbe Größe. Seit Vater uns im Stich gelassen hat, müssen wir sparen.«

»Du, Mum, warum hat er uns eigentlich sitzenlassen?«

»Das verstehst du nicht. Es ist besser, wenn wir nicht darüber reden.«

»Ich will es aber wissen! Ach, Mum, ich bin doch schon groß! Du kannst mir alles sagen!«

»Ja!«, sagte Mum glücklich. »Stimmt! Du bist ja schon groß! Ich habe eine große Tochter! Und was für ein prächtiges Mädchen!« Sie nahm mich in den Arm. Ich fühlte mich warm und geborgen. Mum und ich – das war unsere kleine Welt, unsere Nestwärme in einer feindlichen Welt.

»Nun«, sagte Mum ungeschickt. »Ich will es dir sagen. Es tut mir leid, mein Kind, dir das so hart zu eröffnen: Aber dein Vater war ein Mann wie leider so viele Männer. Daran lag es!« Sie sah mich an, ob ich verstünde. Ich nickte. Ihr durchdringender Blick wurde weich.

»Du hast ja jetzt auch so deine Erfahrungen«, sagte Mum. »Genauso wie du habe ich mich in deinem Alter auch geirrt. Ich hätte dir das gleiche gern erspart!«

Tiefe Reue überkam mich und ich tat ihr Abbitte. Wie gut sie es doch mit mir gemeint hatte! Ich überlegte. Mir schoss das Blut in die Wangen. »Dann – dann hat dich Paps also genauso betrogen wie Gregory mich?«, fragte ich hastig.

»Nein ...«, Mum wand sich unbehaglich. Ich sah ihr an, dass sie es doch nicht fertig brachte, mich zu belügen. »Nein, das hat er allerdings nicht ...«

Sie drehte ihr Gesicht ein wenig von mir fort, wandte sich einen Augenblick lang ab. Doch ich beschloss, nachzuhaken. Jetzt nur nicht locker lassen.

»Was dann?«

»Nun ja, weißt du. Wir leben jetzt wirtschaftlich in einer gewissen Rezession, das lässt sich nicht leugnen, und das bedeutet eben noch mehr Arbeit, um die Gewinne nicht allzu stark rückläufig werden zu lassen, und dein Vater und ich haben in der Firma noch mehr Überstunden gemacht. Abends waren wir total erledigt, und trotzdem hatte er immer solche – also, weißt du – da wollte er immer noch – gewisse Dinge tun, nicht wahr?« Sie lachte nervös.

Ich verstand. Heute denke ich, nach einem solchen Mann, der nach einem langen Arbeitstag – *a hard days' night* – immer noch Lust zu solchen Aktivitäten hat, würde sich jede normal veranlagte Frau alle zehn Finger ablecken. Meine Mutter musste echt frigide sein oder was. Aber damals, nachdem ich nach meinem Scheitern mit Gregory von Männern genug hatte, sah ich das nicht so. Sie schaffte es, mich davon zu überzeugen, wie rücksichtslos und aufdringlich mein Vater war.

»Na ja, und das konnte ja auf die Dauer nicht gut gehen, nicht wahr! Oder glaubst du, ich hätte mir seine Aufdringlichkeiten immer bieten lassen?«

Ich weiß, dass mein Vater alles andere als ein rücksichtsloser Macho war. Er hätte sie nie gezwungen, und ich kann mich auch nicht erinnern, dass er sie je geschlagen hätte oder dass Mum verdächtige blaue Flecke aufwies, über die sie sich hätte ausschweigen müssen. Aber wenn eine Frau eben überhaupt nicht mehr will, warum auch immer, dann ist es keinem Mann zu verdenken, dass er unzufrieden wird. Genauso wie man natürlich auch einer Frau zugestehen muss, dass sie ihre Gründe haben wird, die man respektieren sollte. Doch so funktioniert nun mal keine handelsübliche Partnerschaft oder gar Ehe.

»Das ist das Niedrige und Gemeine an den Männern!«, sagte Mum missbilligend. »Sie wollen immer nur das eine. Sobald es in einer Partnerschaft nicht mehr auf Hochglanz läuft, schauen sie sich nach was anderem um!«

Sie klang empört und angewidert. Ich fand Paps gemein. Er hatte Mum nicht geliebt. Er hatte bloß seinen Spaß mit ihr gewollt und das Liebe genannt. Wie Gregory. Frauen wurden auf *dolls and toys* reduziert. Ich konnte mir damals nicht vorstellen, dass es einem Mann auch schwerfallen konnte, eine Frau zu verlassen, die er liebte und die ihn aber stets schroff zurückwies. Eine Beziehung zwischen Mann und Frau hat nun einmal zwei Seiten. Mum wollte aber unbedingt von der einen Seite abstrahieren, um den Triumph zu haben, dass er sie trotzdem noch lieben würde, ohne die weiblichen Aspekte, die Mum an sich unterdrückte und leugnete.

Es war seltsam, wie perfekt sie diese Persönlichkeitsspaltung auf mich übertragen hatte. Ein Mann möchte aber eine komplette Partnerin, er möchte sie im Ganzen lieben, ihren physischen wie ihren psychischen Aspekt – was sollte daran verwerflich sein? Doch damals fand ich sein Verhalten Mum gegenüber ganz und gar nicht legitim. Es erinnerte mich zu sehr an die Begierden meines geheimen Minotaurus.

Mum sagte immer vorwurfsvoll »dein Vater«, wenn sie von ihm sprach. Nie sagte sie »mein Mann«, nicht mal »mein damaliger Mann« oder »mein Ex«. Stets wurde er auf seine Vaterrolle eingegrenzt. Auch das bestätigte mich in meinen Schuldgefühlen. Zum Schluss war es mir, als sei ich persönlich an ihrem Schicksal schuld: Hätte es mich nicht gegeben, so wäre er auch nicht mein Vater, und dann hätte diese Frau, die jetzt meine Mutter war, nichts an diesen Mann gebunden als eine verständliche und womöglich flüchtige Romanze. So aber hatte sie jetzt mich am Hals, sie hatte sich von ihm scheiden lassen müssen und ich versuchte mein Möglichstes, um ihr durch mein Wohlverhalten ihr verpfuschtes Leben erträglicher zu machen.

»Du bist mein ganzer Trost«, sagte sie dabei oft zu mir und sah mich milde an, »du bist wie der Sonnenschein auf unseren Weinfeldern!«

Ich war jedes Mal irrsinnig froh und erleichtert, wenn ich das hören durfte, und es gab mir so etwas wie eine gewisse Existenzberechtigung zurück. Eine eigene Existenzberechtigung verspürte ich nicht. Mein Bestreben war Wiedergutmachung, weil ich sie in ihren berechtigten Befürchtungen so traurig bestätigt und dazu schwer enttäuscht hatte. Nun würde ich ganz für sie da sein. Nicht nur als künftige, verantwortungsvolle Erbin, der sie einmal ihr Weingut anvertrauen konnte (vermutlich bis zu dessen gewinnbringenden Verkauf in Ermangelung späterer Erben). Nein, vor allem auf persönlicher Ebene! Fortan würde ich mich vollkommen ihr widmen und zuwenden, in ungeteilter Aufmerksamkeit. Das nahm ich mir fest vor. Was sie alles durchgemacht hatte, die Arme! Nur zu gut konnte ich es nachvollziehen, sie verstehen. Da waren wir nun: Zwei gebrannte Frauen, die das Feuer scheuen. Die das Leben scheuen. Aber das merkte ich damals nicht.

*

»Du siehst wirklich schick aus mit deinen kurzen Haaren!«, sagte Mum anerkennend.

Ich sah in den Spiegel. Ich hatte einen richtigen Männerschnitt, kurz und mit freien Ohren. Fast wie ein kurzes, glattes Fell. Man konnte es als burschikos interpretieren. Wenn man mich gekannt hätte, so hätte man es auch als Feigheit interpretieren können. Das Schaf im Wolfspelz. Alles Anfällig-Weibliche abgeschoren. Aber mich kannte damals niemand. Mum kannte nur ihr Wunschbild. Und ich kannte mich selber nicht.

»Ja«, sagte ich emotionslos. Mir war es egal, wie ich aussah. Hauptsache, die verdammten, verräterischen Locken waren weg.

»Hast du die Jeans anprobiert?«, fragte Mum.

»Ja, sie passt«, sagte ich.

»Zeig dich mal damit!«, sagte Mum ungeduldig. Ich zog die Jeans noch einmal an.

»Stimmt!«, sagte Mum. »Sie sitzt perfekt. Wir beide haben dieselbe Figur!«

Zufrieden musterte sie mich in den Jeans. Sie beharrte auf ihrem Vorschlag, ich solle ihre alte Kleidung tragen. War ja auch alles tadellos gut erhalten ...

»Ich habe weiter abgenommen«, sagte ich.

»Du und ich, wir haben beide dieselbe Figur!«, wiederholte Mum. Es stimmte. Mum hatte für ihre fast fünfzig Jahre eine noch sehr mädchenhafte Figur. Sie hatte sich gar nicht verändert, nicht abgenutzt, nicht ausgeleiert. Sie konnte zufrieden sein. Nun gut, sie hatte ja auch nur dieses eine Kind gehabt, mich, aber viele andere Frauen in ihrem Alter, ob mit oder ohne Kinder, hatten eine weitaus weniger vorteilhafte Figur als sie. Mum konnte wirklich stolz sein.

»Wir werden zusammen eine Diät machen«, versprach Mum, von meinen Anstrengungen angestachelt.

»Mit Weintrauben«, sagte ich. »Weintrauben haben wir ja weiß Gott genug!«

*

So magerten wir beide ab, mit eiserner Disziplin, und wir bekamen beide eine traumhaft schöne Figur, obwohl selbst die traumhafteste Figur von einer Fünfzigjährigen bei den Männern kein allzu heißes Begehren mehr wecken dürfte und ich bereits aussah wie ein Kleiderständer, aber darum ging es uns ja auch gar nicht, und wir magerten weiter ab und unsere traumhaft schöne Figur verlor sich zwischen hervorstehenden Rippen, Knien und Schulterblättern, und wir waren zufrieden.

Ich gewann eine neue Selbstsicherheit. Mein Leben verlief in geordneten Bahnen. Vor den Blicken der Männer fühlte ich mich geschützt, mit meiner Männerfrisur und der abgeflachten Brust. Auch in der größten Hitze trug ich nun stets lange Jeans, meine Miniröcke hatte ich verschenkt. Aber es tragen ja heutzutage die meisten Frauen Jeans, und das hatte bei mir deshalb wohl auch nichts Besonderes zu bedeuten.

Einmal spielte ich mit dem Gedanken, mir wenigstens Shorts

zu kaufen, auch die werden ja heutzutage von Frauen ebenso problemlos getragen wie von Männern, aber ich schreckte dann doch davor zurück, als mir einfiel, dass dann ja meine langen Beine nackt zu sehen wären. So versteckte ich mich lieber in langer Kleidung.

Ich entwickelte eine regelrechte Phobie gegen Röcke. Mum unternahm nichts, um dem gegenzusteuern. »Trag du ruhig deine Hosen!«, sagte sie, »wenn du Röcke nicht mehr magst!«

Ich wurde zu ihrem Männerbild in diesem mannlosen Hause.

Auch sonst entwickelte sich zwischen uns manches wie eine Paarbeziehung. Sie machte zwar nie irgendwelche Annäherungen an mich, sie war überhaupt geradezu asexuell, aber wir arbeiteten zusammen im Büro, mal auf unserem Weingut und oft auch in Frisco, und wenn wir von dort nachhause kamen, so schlüpfte sie in Sekundenschnelle aus der Rolle der Berufskollegin in die der Mutter, und ich blieb diejenige, die vom Beruf nachhause kommt und sie kochte für mich wie eine Frau für ihr Kind oder ihren Mann. Sie konnte weiter die Mutterrolle spielen und das verlieh ihr immer noch einen Rest der von ihr so geleugneten Weiblichkeit. Und für mich blieb keine andere Rolle übrig als die des abends Heimkommenden, und da ich nunmehr erwachsen war und von meinem äußeren Erscheinungsbild her herb und männlich, so sah ich eher aus wie der Mann, der von der Arbeit kommt als wie das Kind, das von der Schule heimkehrt.

Im Übrigen kam ich ja wirklich von der Arbeit und nicht aus der Schule, meine Ausbildung in Frisco hatte ich mittlerweile erfolgreich abgeschlossen. So füllte ich unbewusst die Rolle des Mannes im Hause aus, und meiner Mutter schien dieses Maß an Männlichkeit vollauf zu genügen. Sie hatte ihre Gesellschaft, und ihr rudimentärer, okkulter Trieb nach Männlichkeit schien durch meine Anwesenheit zur Genüge befriedigt, mehr Mann brauchte sie anscheinend nicht, und sie war ganz erleichtert, diesen Haushalt nur noch mit einer weiteren Frau teilen zu müssen. Wir bildeten einen Mikrokosmos, in dem meine Mutter nichts weiter entbehrte. Wir verdienten unser Geld, um uns nicht schlecht über Wasser zu halten, sie hatte ihre Gesellschaft, in der sie nicht einsam wurde, und Sorgen um ihre Tochter brauchte sie sich auch nicht mehr zu machen. Nur ich lag nachts in meinem Zimmer schlaflos da, von einer nicht zu analysierenden und nicht zu unterdrückenden Sehnsucht geplagt, und erst der regelmäßige Konsum von Valium verschaffte mir die nötige Gelassenheit und Nachtruhe.

Ich entwarf weiter Werbedesigns für die Wein-Vermarktung. Doch seltsam – meine früher sprudelnde Fantasie entwickelte sich zurück zu einer langsam versiegenden Quelle. In meinem Kopf herrschte Dürre. Ich kaute auf meinem Bleistift, ich entwarf und löschte rastlos im Computer. Kein fruchtbarer Gedanke stellte sich mehr bei mir ein. Dabei war ich doch hoch motiviert, aus selbständiger Arbeit mein Geld zu beziehen. Doch meine Werbegraphik verkam zu verkümmernden stereotypen Weinranken, der Schwung der Linienführung meiner Weinblätter ließ nach. Das Weinlaub sah wie verdorrt aus. Ebenso lustlos wie verbissen arbeitete ich weiter. Alles eine Sache der Disziplin. Komisch, früher hatte mir das alles sehr viel mehr Spaß gemacht, und ich hatte mich sehr viel weniger dabei anstrengen müssen. Die geschwungenen Linien flossen damals nur so aus meinem Stift, aus meinem Cursor heraus. Wirklich seltsam. Aber das war wohl der Ernst des Lebens. Irgendwann ist es mit dem Spaß und der Leichtigkeit vorbei, und was bleibt, ist nur noch harte Arbeit.

Das ging so lange Zeit. Dann, eines Tages, als ich es am wenigsten erwartete, wurde alles schlagartig anders.

*

Ich saß im Schatten des Wandelgangs für die Weinproben und zeichnete diszipliniert und verbissen an meinen Vignetten. Die Zeichnungen wurden dementsprechend. Diszipliniert und verbissen. Dabei hätte das Ambiente für kreatives Zeichnen nicht besser sein können. Rustikaler Holztisch, im Schatten eines Ölbaums. Vielleicht machte der Schatten aber auch zu schläfrig. Zerstreut blickte ich auf die veilchenblauen Berge am Horizont.

Mürrisch stand ich auf, packte meine Zeichenutensilien zusammen und ging den Wandelgang vor zum zentralen Innenhof, durch den zur Besucherzeit die Touristen strömten, die wenigsten davon Weinkenner. Dort vorne hatten wir eine kleine Musteranlage der wichtigsten Rebsorten angepflanzt, die von uns kultiviert wurden. Chardonnay und Pinot Noir, Sauvignon blanc und Merlot wuchsen dort einträchtig nebeneinander, es gab Reihen von blautraubigen und von weißtraubigen Reben im Wechsel wie sonst in keinem Weinfeld. Die vordersten Rebstöcke trugen, zur Information für die Besucher, ein Holztäfelchen mit ihrer Bezeichnung.

Ich setzte mich auf die Brüstung, die das Feld abgrenzte, direkt vor die grünen Ranken des Cabernet Sauvignon, und begann erneut mit meinen Zeichnungen. Vielleicht verhalf mir der unmittelbare Anblick der gezackten Blätter und der blau bereiften und drüben grüngoldenen Trauben zu meiner Inspiration. Die edlen Weintrauben waren viel kleiner als Tafeltrauben. Sie sahen aus wie Edelsteine.

Ich zeichnete, und die leicht spätsommerlich angegilbten Rebenblätter pendelten im warmen Lufthauch, der durchs Tal zog, und die Ranken schienen sich nach mir auszustrecken, wie Tentakeln oder Polypenarme; und wie ich so zeichnete und kurz aufschaute, um mich erneut zu inspirieren, sah ich in ein Gesicht.

Es war ein erdbraunes Gesicht, ein wenig rötlich, und eingerahmt von wild gezacktem Weinlaub. Es war sehr konzentriert, sehr klar und energisch, und die Augen in diesem Gesicht glühten mich eindringlich an. Es war aber kein Bacchus-Gesicht. Es hatte nichts vom verspielten Faun, vom doppelzüngigen Satyr, der dir erst süße Lieder singt und dich dann schändet und hinterher verspottet, es hatte nichts vom Weichlichen, Genusssüchtigen. Es war ein entschlossener Blick, der einer Wildkatze, die kommt und fängt und geht, still, ohne Aufsehen, selbstbewusst. Ich war verwirrt.

Der nachdenkliche Blick schlug um in den eines Ertappten, und das Gesicht verschwand kurz hinter dem Weinlaub, und das Laub raschelte und bewegte sich, weil einer dahinter aufstand.

Dann erschien das Gesicht oberhalb der Weinstöcke, und diesmal war es von schwarzem Haar eingerahmt statt von Weinranken. Das Gesicht war indes immer noch so offen und energisch, und es lachte mich an.

»Entschuldigen Sie, falls ich Sie erschreckt habe!«, sagte er in erstaunlich gutem Englisch, mit nur leisem Akzent. »Ich hätte mich Ihnen natürlich vorstellen müssen!« Er lachte entwaffnend, »aber Ihre Frau Mutter sagte mir gestern, Sie seien nicht da.«

Mir fiel der Stift auf den Boden. Ich hob ihn nicht auf.

Der Fremde kam auf mich zu. Er trug einen grünen Overall und sah aus wie ein junger Landwirtschaftsexperte. Seine Schuhe waren voll von dem guten, hellen Erdstaub, der hier die Trauben nährt. Ich hob den Bleistift auf, nur um irgendetwas zu tun, ehe der Fremde mich erreicht hätte, und um ihm einige Sekunden nicht in die Augen sehen zu müssen. Ich musste mich fangen, Zeit gewinnen.

Mit dem Stift wie eine Lanze in der Hand richtete ich mich auf und sah ihn an. Er stand jetzt vor mir, und automatisch erhob ich mich in alter Schulmanier, statt mich wieder auf das Mäuerchen zu setzen.

»Oh, bleiben Sie ruhig sitzen – ich will Sie nicht stören«, sagte er ohne jede Unterwürfigkeit. Er war so offen und unkompliziert, dass ich mich erstaunlicherweise nicht unbehaglich in seiner Nähe fühlte. Er mochte so alt sein wie ich.

Er stellte sich vor, sein Name war Carlos und gleich zwei Nachnamen, die ich so schnell nicht verstand; und ich erfuhr, dass er seit gestern hier war, um ein Praktikum im Rahmen seines Studiums zu machen, Agrartechnologie und Biotechnik oder so. Und ich erfuhr, dass ich gestern laut Aussagen meiner Mutter nicht da war, was ich sehr interessant fand und was mich mit steigender Tendenz ärgerte. Warum wurde er mir nicht vorgestellt? Hatte ich kein Anrecht, zu wissen, was auf dem Betrieb los war, den ich einmal übernehmen sollte? So dass ich Praktikanten für Fremde hielt?

Er lächelte mich an, und sein Lächeln war so herrlich unkompliziert. Er sagte auch keine der öden, mir sattsam bekannten Sprüche auf wie »Ach, und Sie sind das reizende Töchterchen der Madam? Sehr erfreut, sehr erfreut«, und solchen Schund. Es war erfrischend, einmal keine solch süßlichen Worte serviert zu bekommen.

Wir starrten uns an, und trotzdem war die Situation nicht peinlich, jeder verstand das Interesse des anderen. Schließlich hatten wir uns nie gesehen, da wird man sein Gegenüber kurz mustern dürfen.

»Also gut«, sagte er höflich. »Dann werd ich mal weitermachen!«

Er drehte sich um und kehrte ins Weinfeld zurück, wo er sich an den Reben zu schaffen machte.

Mir gefiel das. Er hatte keine lästigen Fragen gestellt, auch kein fades Lob auf meine mittelmäßigen Zeichnungen ausgesprochen oder sonst was gesagt oder getan, das mich misstrauisch gemacht hätte. Keine ölige Überkorrektheit, auch keine Unverfrorenheit oder gar Unverschämtheit – nichts, was mich davor schützen würde, ihn spontan zu mögen.

Ich kannte bisher nur die Mexikaner, die als Feldarbeiter nach Kalifornien kamen, und ich hatte sie immer gemocht, weil sie oft so freundlich dreinschauten, aber Mum hatte mir stets erklärt, sie seien alle im Grunde undurchsichtig und verschlagen, und sie hätten zu viele Kinder und zu viele Hunde. Darum blieben sie alle arme Tagelöhner, die von Feld zu Feld wanderten und von der Hand in den Mund lebten. Da war ich gegenüber Mexikanern sehr vorsichtig geworden.

Carlos war Student. Auf einmal wurde mir klar, dass ich bisher nur einen kleinen, einseitigen Ausschnitt aus der Gesellschaft da drüben, jenseits der Grenze, kennen gelernt hatte. Ich beschloss, mein als kindlich-naiv entlarvtes Bild von den Mexikanern zu revidieren. Es war ein Zerrbild.

Und über die Folgen einer hemmungslosen Globalisierung hatte ich überhaupt noch nie nachgedacht ... über all die Ungerechtigkeiten, die Ausbeutung der Dritten Welt ...

Ich entschied, der Tatsache, dass er Mexikaner war, keine übertriebene Bedeutung beizumessen. Ich erschrak. Warum dachte ich nicht mehr an Werbegrafik? Die Sonne schien auf mein Blatt Papier, und das weiße Papier blendete wie Schnee, und mein Stift ruhte still darauf, denn ich zeichnete nicht und dachte an den Mexikaner.

Carlos arbeitete inzwischen weiter entfernt an den Weinreben, Gott weiß, was er da untersuchte, und kümmerte sich nicht um mich. Er arbeitete konzentriert und wandte mir den Rücken zu.

Ich ärgerte mich, weil ich mich nicht konzentrieren konnte und die ganze Zeit über Mexikaner nachdachte und darüber, wie unwichtig es war, ob einer zufällig Mexikaner war und wie wichtig, ob er ein netter Mensch war. Mochte Mum reden, was sie wollte – ich entschloss mich, nicht ihren starren Kategorien zu folgen. Wieso entschloss ich mich? In mir flackerte etwas auf.

Wieso war mir dieser Entschluss so wichtig? Plötzlich schien die Sonne so schön, und der Mittag schien so bedeutungsvoll, und in einem Impuls nahm ich den Stift zur Hand und begann, wieder zu zeichnen.

Auf dem Blatt Papier sah ich plötzlich das erdbraune Gesicht vor mir, von Weinlaub umrankt. Das Gesicht konnte ich nicht malen, dazu war ich zu ungeschickt, obwohl ich es in aller Deutlichkeit vor mir sah, wie von einem Diaprojektor dorthin projiziert. Unwillkürlich blickte ich auf, um es mit dem wirklichen Gesicht zu vergleichen. Aber Carlos wandte mir den Rücken zu.

Das Gesicht konnte ich nicht zeichnen, aber das Weinlaub drum herum – dem konnte mein Stift sich annähern, den Linien folgen, und liebevoll begann ich, mit geschwungenen Strichen die Weinblätter nachzuzeichnen, die dieses Gesicht umrahmt hatten. Carlos hatte zwischen den Weinblättern durchgespäht wie durch ein rundes Fenster in einer Wand aus grünem Laub.

So wurde das Weinlaub auf dem Blatt Papier kreisförmig um eine Lücke angeordnet, in der das Gesicht hätte erscheinen sollen. Es sah sehr gut aus, auch ohne Gesicht. Wenn man nichts von dem Gesicht wusste, so konnte man es für eine Girlande halten oder für einen Kranz, aus Weinranken geflochten. Es war mein bestes Arbeitsergebnis heute, ja, das Beste überhaupt bisher. Ich beschloss, den freien Raum in der Mitte mit den geschwungenen Schriftzügen einer Weinsorte aufzufüllen. Ich war zufrieden.

Die Arbeit ging mir von der Hand, und trotzdem dachte ich immerzu an diesen Carlos, und als ich aufsah, in dem Vertrauen, er würde immer noch mit dem Rücken zu mir arbeiten, da kreuzten sich unsere Blicke. Ich erschrak, aber ohne jedes negative Erschrecken, es war jenes freudige, das ich schon seit so langer Zeit vergessen hatte.

*

Plötzlich hatte ich den begründeten Verdacht, es wäre gut, Mum nichts von meiner Entdeckung im Weinfeld zu erzählen. Ich war innerlich in hellem Aufruhr. Warum war mir mein Entschluss so wichtig, den Mexikanern möglichst vorurteilsfrei gegenüberzutreten? Ich wusste die Antwort, aber ich hatte Scheu, sie auch nur vor mir selber auszusprechen. Voller Bestürzung stellte ich fest, dass ich erneut etwas vor Mum zu verbergen hatte. Aber ich ließ es zu. Schließlich fühlte ich mich von ihr übergangen, und das schürte meinen Trotz. Und das gab mir Raum auch für andere Emotionen. Selbst die altbekannte Angst in mir, dieser ständige Begleiter, schwoll nicht größer an als dieses neue Gefühl. Noch getraute ich mich nicht, es mir offen einzugestehen.

Aber die Sonne schien auf einmal doppelt so schön, und der Himmel war doppelt so blau, und das bereits vorherbstlich leuchtende Weinlaub war so lustig und so bunt, mit seinen gelben und grünen Schecken und seinen Kupferrändern, dass es mir vorkam, als hätte sich soeben ein grauer Schleier vor meinen Augen gehoben, so als ob sich Nebel lichtet, ein Nebel, den ich bereits als normal empfunden hatte, als bedrückende, stete Monotonie. Ein Nebelgrau, so dicht wie manchmal in der Frisco Bay. Nun bekam ich den Blick frei.

Ich war befreit. Auf meiner Bank im Schatten – in der prallen

Sonne hatte ich es doch nicht lange ausgehalten – saß ich eifrig zeichnend, und die Linien flossen nur so aus meinem Stift, als sei dessen Mine direkt die Quelle meiner Inspiration, und vor mir auf dem Holztisch lagen fröhlich kreuz und quer meine Zeichenprodukte, und ich konnte mit allen zufrieden sein.

Ein Praktikum, dachte ich. Sicher dauert es nicht allzu lange. Auf einmal hatte ich den brennenden Wunsch, ihn noch etwas zu fragen. Ich sah auf, eilig, aber von hier aus unter den schattigen Ölbäumen hatte ich keine gute Sicht auf die Muster-Weinzeilen. Ich sah unter einem Baldachin von Ölzweigen hindurch auf die Rebstöcke, aber die gepflanzten Zeilen verliefen aus diesem Blickwinkel ziemlich parallel zu mir und verdeckten dahinter gebückt arbeitende Leute.

Ungeduldig hielt ich Ausschau, ob nicht doch irgendwo dahinter ein Kopf auftauchen würde, erdbraun und mit schwarzen Haaren.

Dann sah ich ihn, und mein Herz sprang auf, und ich sprang auf – aber er war ja viel zu weit entfernt, und um ihm von hier zuzurufen, empfand ich unter meiner Würde. Zudem hätte Mum es womöglich hören können. Doch ich vermutete sie fernab im Büro.

Da ließ ich kurzerhand den Stift bei meinen Zeichnungen liegen und marschierte aufs Feld hinaus, die ganze erste Rebzeile hinunter, dann ein paar Zeilen vor bis zu ihm, und mich durchfuhr der Gedanke, meine Mutter könnte mich eventuell doch hier auf dem Feld sehen, und ich blickte mich rasch um, aber ich sah sie nirgends, und so ging ich weiter über das sonnenüberflutete Feld, hindurch zwischen pendelnden Weinblättern und prallen blauen Trauben, und es war, als wären all die grünen und gelben Weinblätter wehende Fähnchen bei einem Dorffest.

Er hatte mich gesehen. Höflich unterbrach er seine Arbeit und richtete sich auf und wartete, bis ich herankam. Plötzlich war ich schrecklich verlegen. Ich blieb abrupt stehen. Dann nahm ich mich zusammen und ging weiter. Diese schwarzen Augen sahen mich ruhig und nachdenklich an, und ganz anders, als jener finstere, kontrollierende Blick des Minotaurus. Dies hier war der souveräne Blick eines Theseus, obwohl ich wusste, dass ich keinen fremden Beistand suchen durfte, um meinen Minotaurus zu töten; ich müsste es selber tun. Aber insgeheim suchte ich doch Beistand.

»Ich – mir ist noch etwas eingefallen, was ich Sie fragen wollte«, sagte ich ungeschickt. Carlos lächelte. Es war kein überhebliches, auch kein ironisches Lächeln.

»Wie lange werden Sie hier sein? Wie lange dauert das Praktikum?«, fragte ich plump.

»Vier Wochen«, sagte Carlos.

Vier Wochen. Es klang wie ein Axthieb in junges, grünes Holz. Vier Wochen nur. Ich wünschte, er hätte vier Jahre gesagt. Mindestens.

»Können Sie nicht länger bleiben?«, fragte ich geradeheraus. »Ich meine – vielleicht zum Jobben? Um sich ein wenig Geld nebenbei zu verdienen?« Ich hatte mich blamiert. Er war sicher aus gutem Hause, kein Bettelstudent. Aber er lächelte interessiert weiter.

Plötzlich fühlte ich mich von meinem eigenen Mut überfahren, und mir war schlecht und elend, und ein wilder Ekel gegen mich selber stieg in mir auf. Was tat ich da eigentlich? Warum lief ich einem Mexikaner hinterher, einem Studenten in Feldarbeiter-Montur? Und noch dazu einem Mann, den ich noch nicht einmal kannte …! Auf einmal fühlte ich mich wieder von der Männerwelt bedroht und hatte mich zudem selber preisgegeben. Wie unvorsichtig von mir! Meine schlechten Erfahrungen mit Männern warnten mich. Und Mum hatte gewiss Recht. Die Mexikaner waren in letzter Konsequenz sicher alle Machos, und wenn nicht immer offenkundig, so doch latent, und mir wurde unbehaglich. Plötzlich wünschte ich die ganze Situation zum Teufel. »Also – dann wünsche ich Ihnen viel Erfolg bei der Arbeit«, sagte ich kurz und drehte mich um.

Ich fing seinen Blick auf: Enttäuschung. Er hätte mir gewiss gern erklärt, was er da eigentlich machte. Es hätte mich auch interessiert. Aber ich war feige, mein ganzer Mut hatte mich schlagartig verlassen. Mochte er Proben von den Pflanzen oder aus dem Boden entnehmen, oder Wachstumsaugen an den Weinsprossen auszählen, was weiß ich. Zum Teufel. Ich marschierte kommentarlos zu meiner schattigen Bank zurück, und jeder Schritt war lang wie eine Meile.

Von meiner Bank aus sah ich nicht mehr auf, und verkrampft beugte ich mich über die Zeichnungen, und auch meine Inspiration hatte mich schlagartig verlassen.

*

Nachts lag ich wach, und ich dachte immerzu: vier Wochen, vier Wochen, und ich war so unruhig, dass es mir förmlich wehtat. In meiner Übermüdung konnte ich bald nicht mehr unterscheiden, was ich als positiv und was als negativ für mich empfand, jedenfalls, wenn ich zu mir ehrlich war und mich nicht durch den lauernden Minotaurus unter Druck setzen ließ. Oder, direkt gesagt, durch den Gedanken an meine Mutter. Diese innere Zerrissenheit zermürbte mich, bald war ich völlig fertig. Schließlich hatte ich dermaßen genug, dass ich mir verzweifelt wünschte, die vier Wochen würden bereits herum sein und er wäre schon fort und ich hätte endlich meine Ruhe.

Tagsüber strich ich auf dem Gelände unseres Weinguts herum wie eine streunende Katze, und jedes Mal, wenn ich ihn von ferne sah, durchfuhren mich heißkalte Schauer, und ich spürte ein fürchterlich lebendiges Kribbeln in mir und wandte mich rasch ab.

Je mehr ich mich beherrschte und an die Kandare nahm, um nicht nach ihm Ausschau zu halten, desto verstohlener wurde ich, fast heimlich vor mir selber, und vor meiner Mutter, und vor dem Minotaurus. Ich machte es mir zum Sport, diese drei Kontrahenten zu überlisten, und lief Carlos mit immer größerem Geschick rein zufällig über den Weg. Und immer rein zufällig dann, wenn meine Mutter fern war. Selbst den Minotaurus zu übertölpeln gelang mir. Ich freute mich diebisch über meine schlauen Arrangements. Aber Carlos beachtete mich nicht mehr. Er grüßte nur höflich und beiläufig und ging vorüber.

Da sah ich, was ich angerichtet hatte, und welchen Schaden ich mir in meiner Panik selbst zugefügt hatte, und hämisch lachte hinter mir der Minotaurus auf und wusste, er hatte wieder einmal über mich gesiegt.

Nachts weinte ich vor Wut und Enttäuschung, und ich musste sehr leise weinen, damit Mum im Nebenzimmer nichts hörte, und ich stopfte mein Kissen in den Mund, bis es mich würgte. Als ich dann irgendwann einschlief, stand der Minotaurus hinter mir, er hatte schon auf mich gewartet. Wir befanden uns auf einem herbstgoldenen Weinfeld, und die Sonne schien, und das Licht übergleißte seine massive Stirn mit den langen Hörnern und seine breiten Schultern und alles andere. Vom Hals abwärts erschien er diesmal in Menschengestalt. Der Minotaurus war ganz nackt und exponiert im Sonnenschein. Wir waren mitten im Weinfeld, und zwischen den Rebzeilen konnte ich ihm nicht entkommen. Denn alle Reben links und rechts im Spalier waren dicht ineinander verschlungen, ein Netz aus Ranken. Nur der schmale, sandige Weg zwischen ihnen war frei. Doch fern am Horizont endete auch er irgendwo im Gewirr der Rebranken.

Der Minotaurus griff nach mir, und ich wich ihm aus, und mit einem Aufschrei sah ich, wie er mich bedrohte, und ich schrie vor Entsetzen und begann zu laufen. Aber der Minotaurus eilte leichtfüßig hinter mir her, ich spürte seinen heißen Atem auf meiner Schultern, und ich rannte und rannte, und die Rebzeilen waren unendlich lang, und immer, wenn ich dachte, ich sei nun bald am Ende des Feldes angekommen, dann wurden sie noch länger und verloren sich an einem fernen Fluchtpunkt am Horizont.

Da tauchte hinter einem der Weinstöcke ein Gesicht auf, erdbraun und mit Weinranken umkränzt, und das Gesicht war so tröstlich und so begütigend und entschlossen. Seinem Blick entnahm ich, dass er mir sofort zur Hilfe kam. Er eilte irgendwo zwischen den Ranken hervor und stellte sich dem Minotaurus in den Weg. Der Minotaurus brüllte schauerlich auf und beide begannen zu kämpfen. Sie rangen verbissen miteinander, und beide begannen zu schwitzen.

Aber der Minotaurus hatte einen Vorteil mit seinen Hörnern, und er drückte seinen Gegner plötzlich mit starken Armen von sich, senkte den Kopf und rammte dem anderen seine Hörner in die Brust, und dann hebelte er ihn mit dem Kopf hoch, so wie es wilde Stiere tun, und wirbelte sein Opfer durch die Luft und spießte es erneut mit den Hörnern auf. Ich schrie und griff den Minotaurus mit bloßen Händen an, aber er schleuderte mich nur mit einem Fußtritt beiseite, und in ohnmächtiger Verzweiflung musste ich mit ansehen, wie der Tiermensch meinen Retter in den Boden stampfte und mit den Hörnern auf den inzwischen reglos daliegenden Körper einforkelte.

Doch aus den Wunden des Opfers strömte kein Blut, sondern Weinranken kamen heraus wie sich windende Schlangen, und sie wucherten in Sekundenschnelle alles zu, bedeckten den reglos daliegenden Körper, griffen nach dem Minotaurus, wanden sich ihm um beide Beine, kletterten an ihm empor, umwickelten seine Hüften, klammerten sich schon an seine Schultern, würgten ihn am Hals und strangulierten ihn. Und überall sprossen neue Ranken, banden ihm die Arme und bedeckten sein Gesicht. Schließlich war er völlig von grünem Weinlaub eingesponnen, frische saftig-grüne Ranken umwickelten noch seine Hörner, und schließlich war er gar nicht mehr zu sehen. Der Rebstock aber fing an zu blühen, und plötzlich tauchte dahinter das erdbraune Gesicht auf und lachte, strahlend wie Phönix aus der Asche. »Komm hervor!«, bat ich. Dann wachte ich auf.

*

Der Traum hatte mich unglaublich aufgewühlt, und ich hatte seine Warnung verstanden. Ich wusste, ich durfte mir nicht länger im Wege stehen, mir selber zur Feindin werden. Die Zeit lief, unerbittlich, unbarmherzig, Sekunden so fein wie Körnchen in einer Sanduhr.

Eine Woche war schon völlig nutzlos vergangen, und es hatte sich nichts getan, und nach anderthalb Wochen genauso, und nach zwei Wochen das Gleiche, und ich wurde nervös und bekam Nesselfieber.

»Mein armes Mädchen!«, sagte Mum mitleidig, und da bekam ich noch stärkeres Nesselfieber, und Mum sagte, »aber, Anne, du bist sehr unhöflich und reizbar, das kommt gewiss von deinem juckenden Ausschlag; dennoch solltest du dich besser zusammennehmen«, und ich nahm mich besser zusammen und verbarg meine Unruhe vor ihr. Irgendwie musste ich an ihn herankommen, und mich für mein jäh verändertes, kurz angebundenes Verhalten entschuldigen.

Dann fuhr Mum in die Stadt. Sie fragte, ob ich nach Frisco mitkommen wollte und ich sagte mit betontem Bedauern, nein, mit dem wunderbaren Argument, mich mit meinem nesselroten Gesicht nirgends blicken lassen zu wollen, und sie fuhr allein. Glücklich rannte ich durch den Vorhof und durch alle Weinfelder und Fabrikationsanlagen, um Carlos ausfindig zu machen.

Ich fand ihn in einem Geräteschuppen neben dem kleinen Weinmuseum mit den alten Bütten und Kelteranlagen, und ich stürmte mit glühendem Gesicht zu ihm herein. Wild entschlossen – mir war jetzt alles egal.

Überrascht sah er auf.

Es war dunkel in dem Schuppen, und ich war froh, dass er meine krebsrote Haut nicht so sehen konnte. Ich kam mir vor wie ein Truthahn, so rot und pustelig. Aber es war die einzige Gelegenheit.

»Ja bitte?«, fragte er höflich. Er ließ sich nicht aus der Ruhe bringen. Obwohl Mexikaner doch so temperamentvoll und lebhaft sind, geradezu feurig. Offenbar war dies sein indianischer Einschlag.

»Ich wollte mich entschuldigen!«, sagte ich fröhlich. Ich hatte die ganze Zeit gedacht, es würde mich unheimlich viel Überwindung kosten, und ich würde sehr verkrampft sein bei meiner Entschuldigung, und nun war alles so einfach: Wichtig war nur, dass

Mum weg war und ich Carlos gefunden hatte und keine Zeit zu verlieren war.

»Wofür denn?«, fragte er, und er wirkte wieder so interessiert wie beim ersten Gespräch.

»Für – weil, nun, weil ich mich so wenig für Ihre Arbeit interessiert habe«, sagte ich, und gleich weiter: »Aber jetzt möchte ich alles wissen. Worin besteht Ihre Arbeit? Was machen Sie bei Ihrem Praktikum?«

Im Englischen gibt es ja in der Anrede keinen Unterschied zwischen distanzierter Höflichkeitsform und vertrautem Umgang wie etwa im Spanischen, aber trotzdem merkten wir beide, dass unser Ton familiärer wurde, nicht mehr so hölzern klang.

Er erzählte mir von Versuchen mit Düngemitteln und mit Stickstoff-Bakterien, und von Bodenauflockerung und natürlicher Mulchdüngung, weil ja die guten Weinsorten von ungedüngten Reben kommen sollen, denen lediglich der gute Boden ihren Reichtum verleiht, und von Kleepflanzen, die Stickstoff binden, so dass ohnehin auf künstliche Düngung verzichtet werden könne, wenn man nur die natürlichen Mechanismen besser einsetzen würde, und dass der biologische Weinbau die Pflanzungen verändern würde, weil nicht mehr alles Grün als »Unkraut« fortgeharkt werden dürfe. Dies ließe auch den Boden nicht so rasch austrocknen.

Mir schwirrte der Kopf. Es war ein so ganz anderer Bereich als Werbegrafik. Über das Leben der Weinpflanzen, ihren Mineralstoffhaushalt und ihren Metabolismus beim Keimvorgang, ihr Wachstum, Blühen und Reifen hatte ich noch nie nachgedacht. Für mich waren Weinfelder bisher reine Produktionseinheiten gewesen. Über die Reichweite ihrer Wurzeln etwa hatte ich mir noch nie Gedanken gemacht. Ich wusste nur, dass in trockenen und heißen Sommern wie diesem die Trauben besonders klein, aber gehaltvoll waren, und alles andere wie Grad Oechsle überließ ich Mum und unserem Verwalter, und zog mich zu meiner Werbegrafik zurück.

Nun auf einmal erfuhr ich voll Staunen, dass auch Pflanzen

richtig anspruchsvolle Lebewesen waren, und dazu noch mit uns Menschen und den Tieren in einen gemeinsamen Nährstoffkreislauf eingebunden. Ich spürte, die Erkenntnisse der Ökologie passten sehr gut zu seiner indianischen Denkungsart. Bei Carlos verbanden sich Tradition und Moderne zu einer glückreichen Synthese.

Dabei war Carlos alles andere als ein Angeber. Begeisterung sprach aus seinen Kommentaren, Begeisterung für die Natur und ihre stillen Regeln. Man merkte, es machte ihm Spaß, Zusammenhänge zu erforschen und die Erkenntnisse anzuwenden, für eine schonende, umweltverträgliche und nachhaltige Landwirtschaft. »Wir alle sind für diesen Planeten verantwortlich«, sagte er. Seine Worte kamen schlicht und ohne Pathos – so natürlich wie er selber.

Ich war froh, dass er nicht böse war. Ich war froh, dass er mir so bereitwillig von seiner Arbeit und seinen Studien erzählte. Selbst nachdem ich ihm einen Korb gegeben hatte. So als sei gar nichts geschehen. Als ich ihn fragte, sagte er mir, dass er im Bereich der Stoffumsetzung bodenlebender Mikroben promovieren wollte. Ich vergaß, dass mein Gesicht so rot war, und schlug vor, ihn auf die Weinfelder zu begleiten. Denn so schön die ungestörte Zweisamkeit im Geräteschuppen auch war, es konnte jeden Moment jemand hereinkommen. Auf einmal fühlte ich mich wie auf einem konspirativen Treffen. Ich fragte ihn, auf welches Feld er gehen würde und schlug vor, wir könnten uns dort treffen. Dann verließ ich den Geräteschuppen und ging möglichst gleichgültig und unbeteiligt fort.

Wir trafen uns draußen auf dem Feld, und es war wunderbar entlegen. Wir waren ganz allein. Beobachtet wurden wir nur von ein paar Libellen und einem Bussard. Den Minotaurus ließ ich im Dickicht der Weinranken verstrickt; ich war selber gespannt, wie lange er wohl brauchen würde, um sich daraus zu befreien. Aber selbst wenn er hier gewesen wäre, hätte er noch nichts gesehen, was ihn mit Argwohn oder Wut erfüllt hätte. Es gab nichts, was er als Obszönitäten hätte geißeln können.

Carlos arbeitete konzentriert zwischen den Weinstöcken, entnahm Saftproben aus den Trauben, Stückchen von Blättern und stach Bodenpröbchen aus, die er sorgsam nummerierte, und machte Notizen in ein Büchlein, in dem es von Tabellen und Zahlen nur so wimmelte, was mich sehr beeindruckte. Dies alles tat er ohne große Allüren, und das beeindruckte mich noch mehr.

Die Zeit verging, und Carlos nahm Proben und schrieb Zahlen und untersuchte Ranken, und ich war ganz zufrieden in seiner Gesellschaft, denn das war für mich ein ganz neues Gefühl, wieder in netter Gesellschaft von Gleichaltrigen zu sein und nicht immer bloß mit Mum, und schließlich setzte ich mich kurz entschlossen auf den hellen, sonnendurchwärmten Boden. Eine Jeanshose kann ruhig ein wenig dreckig werden, es ist ja nur gute Erde. Ich zog die Knie ein wenig an und verschränkte die Arme auf den angewinkelten Beinen und stützte das Kinn darauf und sah Carlos zu. »Wird es dir auch nicht langweilig?«, fragte er besorgt. Ich versicherte ihm, es würde mir ganz gewiss nicht langweilig, und er war zufrieden und arbeitete weiter, und ich sah ihm weiter zu.

Ich stellte fest, dass ich Hunger hatte, und zwar einen so kräftigen Appetit wie schon seit einem Jahr nicht mehr, seit ich Magersucht hatte. Sicher lag es an der guten frischen Luft hier draußen im Weinfeld. Viel besser als im Büro.

Natürlich hatte ich an diesem Morgen so gut wie nichts gegessen, außer ein paar trockenen Cornflakes zu einem Glas Orangensaft, obwohl mir Mum wie an jedem Morgen gut zugeredet hatte, doch wenigstens ein paar *hot cakes* mit Ahornsirup zu essen. Dann war sie fortgefahren, ohne dass ich Pfannkuchen mit Sirup gegessen hätte.

Jetzt hatte ich Hunger, so als ob sich ganz neue Lebensgeister in mir regten, und kurzerhand pflückte ich ein paar Trauben, die ich ohne aufzustehen mit der Hand erreichen konnte, und aß die kleinen, knackigen Beeren, deren Schale viel dicker ist als bei Tafeltrauben, und deren Geschmack schon den späteren, edlen Wein ahnen lässt. Sie waren süßlich-herb und sonnengereift. Doch von dem süßsäuerlichen Saft der Trauben bekam ich nur noch kräftigeren Hunger, und ich sah mich nach weiteren Trauben um. Es waren keine mehr in Reichweite.

Da hing plötzlich vor mir ein Büschel Trauben, dicht an dicht gedrängte blaue Beeren, zu einer umgekehrten Pyramide angeordnet, und verblüfft sah ich auf, und Carlos lachte und sagte: »Nimm – ich habe gesehen, dir schmecken die Trauben, noch bevor sie zu Wein werden!«

Dankbar nahm ich von ihm die Weintrauben entgegen und aß sie mit Heißhunger, und Carlos pflückte mir noch mehr davon, und ich aß sie ohne Zögern auf. Dann sagte ich, »Nimm doch auch welche«, und wir aßen gemeinsam ein Büschel Trauben auf.

Doch mein Hunger war inzwischen so groß, als sei der kalifornische Bär aus seinem Winterschlaf erwacht und würde aus seiner Höhle in den verschneiten Bergen ins Tal herabsteigen und sich seine Bärenmahlzeit suchen. Carlos merkte das und sagte, »Ich habe mir ein Vesperbrot mitgebracht, das können wir uns teilen!«

Ich war glücklich und nickte, und dann schrieb Carlos seine Notizen zu Ende und packte danach aus einer großen braunen Tüte aus Packpapier ein helles Brot aus und ein Döschen mit Frischkäse aus Sonoma Valley, mit fein gehackten, grünen und roten Chili-Stückchen, und dann setzte er sich zu mir. Es war wirklich genug da für zwei.

Wir saßen zusammen auf dem Boden, einander gegenüber und die Beine aus Platzmangel ineinander verschränkt, und zwischen uns lag auf dem Boden, auf der Papiertüte als Tischtuch, das Brot, und Carlos balancierte das Käsenäpfchen auf einem Knie, während er mit seinem Schweizermesser das Brot aufschnitt. Er reichte mir eine Scheibe Brot und das Schweizermesser, und ich nahm ihm das Käsedöschen vom Knie und bestrich mein Brot mit dem bunt gepunkteten Frischkäse. Dann gab ich ihm Käse und Messer zurück und begann, mein Brot zu essen, und er schnitt für sich ebenfalls eine Scheibe ab, bestrich sein Brot mit dem pikanten Frischkäse und begann, gleichfalls zu essen, formlos und unkompliziert. Wir campierten da wunderbar zwischen den Rebstöcken, und der Himmel spannte sich über uns wie ein hellblaues Camping-Zelt.

Wir aßen fast das gesamte Brot, und dazu tranken wir Mineralwasser mit Orangensaft versetzt, und ich dachte, schade, jetzt hätte ein guter Wein dazu gepasst. Ein Zinfandel etwa. Aber es war alles wunderbar, auch ohne guten Wein, und wir sprachen nichts, um den Augenblick nicht zu zerstören. Zu meiner Überraschung hatte ich noch immer Ruhe vor dem Minotaurus. Der heitere Tag und Sonnenschein ließen keinen Platz für Düsterkeit.

Nach dem Essen packte Carlos das leere Käsedöschen und die ebenfalls leere Flasche sorgsam wieder in seine Papiertüte, und ich wusste, er würde den Abfall mitnehmen und nicht einfach irgendwo in der Landschaft entsorgen. Dann arbeitete er schweigend, aber stillvergnügt weiter, und ich blieb sitzen und sah ihm weiter zu, aber nach einer Weile hatte er sich, von Rebstock zu Rebstock schreitend, doch ziemlich weit entfernt, und so folgte ich ihm und setzte mich wieder in seine Nähe.

Auf einmal dachte ich, wie kannst du nur so sicher sein, dass er nicht schon eine Freundin hat. Mit einem Schlag verfinsterte sich meine Stimmung wieder. Der Minotaurus hatte sich inzwischen von seinen grünen Fesseln losgerissen und kam prompt herbeigaloppiert, diesmal in reiner Stiergestalt, und auf seinem Rücken saß Gregory und schwenkte seinen Hut wie ein Rodeo-Reiter.

Ich merkte, dass ich plötzlich feuchte Hände hatte, und wischte sie an meiner Hosennaht ab. Kurz zuvor hatte ich noch eine normale Wärme in den Händen verspürt, während sie sonst doch stets eiskalt waren, so dass sie mir selbst wie tote Fische vorkamen und ich mich oft darüber ärgerte.

Schief beobachtete ich Carlos. Er war nicht gerade schön, aber ungemein sympathisch. Warum sollte er also nicht längst eine Freundin haben? Vielleicht sogar eine in Mexiko und eine hier in den USA, die beide nichts voneinander wissen? So raunte mir der Minotaurus zu, und ich schlug ihm unwirsch auf seine Rinderschnauze, aber Gregory auf seinem Rücken sah weiter hämisch zu mir herab. Ich fühlte mich wieder eingefangen.

Carlos bemerkte meinen plötzlichen Stimmungsumschwung, obwohl er doch die ganze Zeit weiter arbeitete. Es war, als hätte sich meine Stimmung wie eine geänderte elektrische Frequenz auf ihn übertragen. Er hakte nach, fing ein Gespräch an, aber ich blieb einsilbig. Wieder stellte ich mir ein Bein.

»Was ist?«, meinte er nachdenklich. »Du warst neulich schon so – erst ganz offen und locker, und dann plötzlich ziehst du dich zurück! Wie in ein Schneckenhaus. Was hast du denn?«

Diese besorgten Worte durchfuhren mich wie ein Schwert. Ich hatte solche Worte in so einem Tonfall seit meinen Kindertagen nicht mehr gehört. Damals war es mein Vater, der mich fragte, was denn los wäre, ohne jene penetrante Aufdringlichkeit meiner Mutter. Ich war bewegt.

Carlos merkte das und unterbrach seine Arbeit. Er setzte sich zu mir. »Wenn du irgendwelche Probleme hast, dann kannst du es mir gern sagen! Nur wenn du willst, meine ich. Du musst ja nicht. Schließlich kennen wir uns ja kaum. Aber wenn du willst, dann sag es mir lieber jetzt, denn ich bin ja nur noch vierzehn Tage da!«

»Woher weißt du, dass ich Probleme habe?«, sagte ich etwas patzig. Es war der ungeschickte Versuch einer Selbstverteidigung. Vorgespielte Stärke.

»Vielleicht irre ich mich auch«, sagte er ruhig. »Aber ich habe Geschwister, und du erinnerst mich irgendwie an meine Schwester Maritza, die ist auch so – wechselhaft, und da kenne ich den Grund.«

»Und was ist der Grund?«, fragte ich mit gespielter Souveränität.

»Pech in der Freundschaft«, sagte Carlos. »Ihr Freund hat sie verlassen.«

Ich war schon rot von dem Nesselfieber, aber jetzt schoss mir das Blut ins Gesicht. Sicher sah ich jetzt aus wie eine vollreife Tomate.

Carlos wurde es unbehaglich. »Ich will dir nicht zu nahe treten«, sagte er.

»Nein, nein, du trittst mir nicht zu nahe ...«, beteuerte ich hastig. »Du hast Recht, uns bleibt wenig Zeit und wenig Gelegenheit, uns zu unterhalten ... und überhaupt habe ich hier nicht viele Gleichaltrige, mit denen ich reden kann, nur eine Freundin in Calistoga ...«

Carlos schwieg und wartete geduldig ab, ob ich noch etwas sagen wollte. Er sah mir an, ich musste mich etwas sammeln. Ich nahm all meinen Mut zusammen und dachte, jetzt oder nie, und scheuchte den Minotaurus samt Gregory ein wenig zur Seite und sagte: »Ja, du hast ganz recht beobachtet – mir geht es genauso wie deiner Schwester: Mich hat mein Freund sitzenlassen – - – du bist ja ein richtiger Psychologe!«

Carlos lächelte. »Nein, das bin ich gewiss nicht. Aber es ist meine jüngere Schwester – ich habe zwei – und es tut mir so leid für sie, und ich habe sie ganz automatisch beobachtet und gemerkt, wie sich ihr Verhalten geändert hat. So zauderhaft und plötzlich mutlos. Du bist genauso!«

»Und – hat sie es inzwischen überwunden? Hat sie schon einen neuen Freund?«, fragte ich vorwitzig.

»Nein«, sagte Carlos unzufrieden.

»Ich auch nicht!«, wagte ich einen Vorstoß.

Carlos antwortete nicht. Ich wurde ein wenig unsicher. »Und – warum hast du mich so direkt darauf angesprochen?«, fragte ich nach. Unumwunden.

Er sah jetzt auf und ich glaubte zu wissen, dass er eben noch seiner Schwester nachsann. Er schaute mich an und sagte: »Weil ich so sehr mit meiner Schwester mitgefühlt habe und dich gut verstehen könnte. Es geht mich ja eigentlich auch nichts an, aber –«, er lächelte offen –, »du tust mir ebenso leid, und mir ist aufgefallen, dass du dich so verhältst wie meine Schwester – da hab ich mir halt Gedanken gemacht!«

Der Minotaurus versaute mir diesen schönen Augenblick, und der Argwohn stieg in mir auf: Sicher will er bloß was mit der reichen Tochter einer bedeutenden Winzerfamilie anfangen. Daher tischt er mir irgendwelche rührseligen Geschichten über seine Schwester auf, mögen diese nun stimmen oder nicht. Es gelang mir nicht, diesen Argwohn abzuschütteln, obwohl mich der Gedanke andererseits auch nicht überzeugte. So was würde einfach nicht zu ihm passen. So sagte es mir zumindest mein gesunder Menschenverstand. Wie zuverlässig war meine Urteilskraft? Auf einmal wünschte ich mir, wir hätten uns irgendwo inkognito kennen gelernt, so dass ich ihm nicht in meiner Eigenschaft als künftige Alleinerbin entgegengetreten wäre. Wieder fühlte ich mich bodenlos elend.

Carlos registrierte meine innere Unruhe abwartend. Plötzlich brach es aus mir heraus: »Es hat alles gar keinen Sinn!« Was keinen Sinn hatte, und warum, war ich nicht fähig, zu erklären.

Carlos schüttelte den Kopf. »Misstraust du mir?«, sagte er. »Das könnte ich verstehen, denn schließlich haben wir uns ja erst zweimal gesprochen und kennen uns erst seit vierzehn Tagen.«

»Genau!«, sagte ich. Das Argument faszinierte mich, ich konnte mich dahinter verstecken, vor jeder selbst gefällten Entscheidung drücken. Ich konnte doch schließlich nicht jedem Dahergelaufenen mein Privatleben anvertrauen. Und als Großgrundbesitzers-Tochter sollte man ohnehin sehr vorsichtig sein.

Überhaupt war alles seltsam genug. Was verband uns eigentlich? Dass wir uns zufällig gesehen hatten? Dass wir Brote zusammen aßen? Ich wusste, es war mehr. Aber ich wollte es nicht wahrhaben. Ich hatte wieder einmal Angst. Aggressiv scharrte der Minotaurus mit den Hufen.

Trotzig sah ich Carlos an, als wäre er mein Feind. Ein Heiratsschwindler, ein Erbschleicher, ein gerissener Scharlatan. Wer sagte mir, dass er es nicht wirklich war? Carlos sah mich resigniert an. Wir schwiegen. Zwischen uns lag der herrliche Morgen wie zerbrochenes Porzellan.

Dann fing ich plötzlich an zu weinen, vergrub das Gesicht auf meinen Knien und verfluchte im Stillen den Minotaurus und meine Mutter, und Carlos auch und mich dazu. Und ich fühlte mich dem ganzen Leben nicht mehr gewachsen.

Carlos legte *nicht* den Arm um mich, so wie ich es mit einem Mal hoffte. Ich war so verblüfft, dass ich aufsah, um seinen Gesichtsausdruck zu überprüfen. Er sah mich ruhig und mit einer Miene an, die wohl in etwa besagte: »Du bist ja selber schuld. Du traust mir ja nicht. Also kann ich auch nicht meinen Arm um dich legen.«

Ich wollte mich ihm an die Brust werfen, aber mein Stolz und meine Angst hielten mich zurück, und so wusste ich gar nicht mehr, was ich machen sollte.

»Weißt du –«, fing Carlos behutsam an. »Ich kann nur eins dazu sagen: Natürlich bin ich für dich fremd, und ich weiß, ich als Mexikaner bin dir wohl sowieso etwas suspekt, zumal ich weiß, dass du die Tochter der Eigentümerin dieses Weinguts bist. Und ich kann dir nicht jetzt und hier beweisen, dass es mir um dich geht und nicht um dein Bankkonto. Ich kann es dir einfach nicht beweisen, das ist mein Pech und dein Risiko. Du kannst es erst wissen, wenn du es drauf ankommen lässt.«

Ich schwieg verbittert. Er hatte Recht. Es war mein Risiko. Das große, generelle Risiko.

»Ich kann dir nur eins sagen«, setzte Carlos wieder an, »ich hab dich gleich gemocht, als ich dich gesehen habe, und du hast mich so sehr an meine Schwester Maritza erinnert in deinem Unglück, und ich habe ein ganz ehrliches Gefühl für dich.«

»Ja!«, fauchte ich patzig. »Weil ich blond bin, und weil ihr Mexikaner für blonde Frauen schwärmt!« Ich war jetzt bereit, jede Menge Porzellan zu zerschlagen, um mich hinter dem Wall aus Trümmern zu verschanzen.

Carlos schwieg und kam mir dabei unendlich nobel vor. Schließlich hatte ich ihn gerade eben grob beleidigt. Ich war verunsichert. Meinte er es ernst oder nicht?

»Weißt du«, setzte Carlos beharrlich zum dritten Mal an, »meiner Schwester ging es genauso wie dir. Meinst du, ich kann diesen Scheißkerl dafür verurteilen und dabei selber so ein Scheißkerl sein? Dann würde ich dir genau das tun, was er meinem Schwesterchen angetan hat, und worunter sie so leidet!«

Da verlor ich jede Selbstbeherrschung, und Carlos zog mich in seine Arme und verblüfft stellte ich fest, dass wir uns küssten.

*

Das war er nun. Der mögliche Theseus. Der Retter aus meinem Seelen-Labyrinth. Das Schicksal hatte einen Namen – auf einmal war es nicht mehr anonym. Mein Schicksal hieß Carlos Toro Aguilar. Der Nachname »Toro« bedeutet »Stier«. Welch bizarrer Zufall. »Theseus« hätte mir allerdings noch besser gefallen. Aber das war ja kein spanischer Name. Belustigt stellte ich fest, dass es mich nicht schreckte. Dieser Stier hatte so gar nichts Furcht einflößendes. Ich sah es als gutes Omen. Und der Nachname »Aguilar« hatte irgendetwas mit Adlern zu tun, so erklärte er mir eifrig. Ihm mit seinen deutlich indianischen Wurzeln war das offenbar sehr wichtig. Wider Willen gefiel er mir immer besser. Ich drohte Vertrauen zu ihm zu fassen. Vielleicht würde er mir gar beibringen, sogar Vertrauen zum Leben zu haben ...?

Meine Allergie besserte sich erstaunlich rasch in den folgenden Tagen, und Mum war mit ihrer Therapie mit Cremes und Salben höchst zufrieden, und ich schüttete ihre Cremes heimlich in den Ausguss, damit es weniger wurde, und war froh, dass ich ihre merkwürdigen Salben nicht brauchte und meine Allergie dennoch verging.

Auch nahm mein Appetit zu, und ich aß regelmäßiger und besser, und andauernd waren Obst und Milch und Brot alle, so als sei ich von einer schweren Krankheit genesen und kam nun wieder zu Kräften. Wenn Mum nur im Entferntesten geargwöhnt hätte, dass ich einen Freund hatte, so hätte sie sofort befürchtet, ich sei schwanger. So weit war unsere Beziehung aber doch noch nicht gediehen; Carlos drängte mich nicht und ließ mir Zeit. Er wusste, dass mein neu gewonnenes Vertrauen noch viel zu zerbrechlich war. Brüchig wie Vulkanboden.

Die Zeit verrann wie Sand zwischen den Fingern, und jeder Tag war so kostbar, weil ich *ihn* vielleicht sehen würde, und jede Minute war kostbar, in der ich ihn dann tatsächlich sah. Es war, als würde ich aus dem Flusssand der vorbeiströmenden Zeit Goldstaub waschen. Nur war jeder Augenblick ungleich viel kostbarer als alles Gold des Sacramento.

Und ich musste mich wirklich mit wenigem begnügen, was ich

da aus dem Strom der Zeit heraussieben konnte: kleine Goldfünkchen, flüchtige Augenblicke, in denen ich ihn nur von weitem sah und kein Wort mit ihm sprechen konnte, denn Mum war selbst für ihre Verhältnisse ungewohnt rührig und stets in meiner Nähe. Sie entführte mich ständig zu allen möglichen Arbeiten in unser Bürozimmer, fernab von Sonnenschein und Rebzeilen.

Mir wurde immer heißer, und ich wusste, ihm würde es ebenso ergehen, und ich fand das ganz natürlich, und plötzlich hatte ich keine Lust mehr, meine natürlichen Neigungen zu unterdrücken. Ich beschloss, irgendwo und irgendwie ein längeres Treffen mit ihm zu arrangieren.

Ich stieß den Minotaurus vor den Kopf und sagte mir, jetzt erst recht, und wenn du mit Carlos eine ebensolche Pleite erlebst wie mit Gregory – na gut. Du hast ja schon Erfahrung mit Pleiten. Dann ist es eben eine mehr. Aber ich hatte einfach keine Lust mehr, so grau und entsagungsvoll wie bisher weiter zu leben, hinter dem Schleier der Selbstanödung. Zu meiner Überraschung reagierte der Minotaurus diesmal nicht. Er verharrte abwartend.

*

Und wenn es nun schiefgeht.
Und wenn es nun auseinanderbricht.
Und wenn er dich verlässt.
Okay.
Dann geht es eben schief,
und dann bricht es eben auseinander,
und dann verlässt er dich eben,
und du bist um eine Erfahrung reicher.
Das Risiko ist dein Einsatz.
Vielleicht geht ja alles gut
und ihr haltet zusammen,
gar für immer,
und wenn du es nicht probiert hättest,
so wüsstest du es nie.

Aber so wirst du es wissen,
und auch die Gewissheit ist etwas,
worauf man sich stützen kann
im Leben.
Und wenn du nun Aids bekommst.
Quatsch. Du bist selbstverantwortlich.
Seit Deinem Bummel durch Castro Street weißt selbst Du,
wie man so was verhütet.
Du weißt, was du tust,
Du kannst dir gewiss keine Sorglosigkeit vorwerfen.
Und ein gewisses Restrisiko wird immer und bei allem bleiben.
Das Leben ist immer lebensgefährlich.
Wenn du über die Straße gehst.
Wenn du ins Flugzeug steigst.
Wenn du jemanden küsst oder wenn dich ein Moskito sticht.
Immer Restrisiko.

Der dumme Zufall. Das Unvorhergesehene. Immer Restrisiko.

Du spielst eigentlich jede Sekunde vollen Einsatz, und du kannst auch in deinem Bett an einer Herzattacke sterben. Du brauchst dein Haus gar nicht zu verlassen, um dich dem Risiko des Sterbens auszusetzen. Und wenn dich ein abstürzendes Flugzeug im Wohnzimmer erschlägt. Oder die Zimmerdecke beim nächsten Erdbeben runterkommt. Oder ein Meteor.

Und überhaupt – Risiko. Einmal stirbst du ohnehin, früher oder später, und du kannst dich vor lauter panikartiger Lebensangst nur um das Leben selbst betrügen. Klammere dich an eine filigrane Palme – und du zerdrückst sie. Natürlich sollst du vorsichtig sein, dich nicht leichtfertig einer Gefahr aussetzen. Aber wenn du dir im Dschungel aus lauter Angst vor dem Tiger die Augen zuhältst, dann siehst du die Schönheit des Dschungels nicht und den lauernden Tiger auch nicht. Du glaubst ihn dann nur noch überall, von links und von rechts gleichzeitig, und der Tiger wird zum finsteren Minotaurus, der alles andere verdunkelt und dich mit spöttischem Blick fixiert. Wenn du aber die Augen öffnest und ihm ins Gesicht siehst, dann reduziert er sich wieder zu einem ganz normalen Tiger, der nur aus einer Richtung kommen kann und nicht allgegenwärtig ist. Und womöglich ist der Tiger satt und seine dolchartigen Fänge sind geschlossen, und er denkt nur an ein kühlendes Bad im grünen Sumpfwasser, in dem er der brütenden Dschungelhitze entfliehen kann, und so ist er für dich gar keine Gefahr. Erst wenn du ruhig und realistisch die Augen öffnest und dich aufmerksam umsiehst, kannst du taxieren, wie die Sachlage ist.

Und dein Restrisiko hast du immer im Gepäck. Dieses unangenehme Päckchen wirst du zeitlebens mit dir herumschleppen, es wird deine Wegzehrung mit einem bitteren Nachgeschmack versetzen, solange du lebst. Gewöhn dich daran. Diese Spur von Bitterkeit gehört dazu. Umso süßer wird dir manche Frucht vorkommen.

Der Minotaurus erschien mir mit der Zeit schon wie ein alter Bekannter – fast konnte ich mich an ihn gewöhnen. Aber eben nur fast. Ich musste lernen, mein Risiko im Leben zu minimieren und mit dem unvermeidlichen Rest an Unsicherheit zu leben. Ich stand mir oft in Gedanken selbst gegenüber. Dann sah ich mich sogar wie eine Statistin in einem Film, steif und hölzern und durchscheinend wie ein Dia-Bild durch irgendeine Szene laufend. Manchmal war das ganz praktisch, ich konnte über mich nachdenken wie eine unbeteiligte Dritte, aber es war auch sehr verfänglich, denn wenn ich mir in Gedanken selbst gegenübertrat, so geschah es oft und unbewusst aus der Perspektive meiner Mutter. Ich observierte mich noch immer brav aus ihrer Sichtweise, was ihr wohl genehm wäre und was nicht, und so nährte ich die zynischen und mich überwachenden Blicke des Minotaurus und stellte mir selber Fußangeln.

Anfänglich merkte ich es gar nicht, doch als es mir bewusst wurde, legte ich jede Abweichung von dieser mütterlich-strengen Selbstüberwachung sogar als innere Schwäche aus, die ich verbissen bekämpfte. Alte Gewohnheiten sind schwer abzulegen. Höhnisch bäumte sich der Minotaurus auf und festigte erneut seine Herrschaft über mich, die er vor so langer Zeit schon schleichend angetreten hatte.

Ich wurde mir selbst zum Feind. Hin- und hergerissen zwischen neuem Mut und alter Feigheit, nahm ich alle Vorsätze, die ich wegen Carlos gefasst hatte, wieder zurück, verwarf sie wieder, nur um doch zu ihnen zurückzukehren. Meine geheimsten Wünsche und Gedanken schlichen wie die Katze um den heißen Brei.

Die Tage verstrichen, ohne dass es zu einer Annäherung zwischen uns gekommen wäre, und der Minotaurus war insgeheim zufrieden und überwachte mich weiter eifersüchtig, aber ich begann, mich immer standhafter gegen ihn aufzulehnen und ließ den Dingen ihren Lauf.

Aber es ergab sich überhaupt keine Gelegenheit, sich zu treffen. Ich überlegte krampfhaft, spielte in Gedanken alle Möglichkeiten durch von gezielten Briefchen bis zu geheimen Zeichenabsprachen, und alle waren unpraktikabel. Hätte ich doch wenigstens seine Handy-Nummer! Ich war offenkundig viel zu dumm und unerfahren, um die Dinge ein wenig zu forcieren. Zumindest herzlich ungeschickt. Inzwischen lief die Zeit.

Das Praktikum dauerte nur noch wenige Tage, und Carlos gärtnerte und jätete und half im Produktionsablauf und verpackte Flaschen, ja, meine Mutter erniedrigte ihn sogar dazu, die Vitrine mit unserem Sortiment an Spitzenweinen abzustauben, aber wir hatten keinerlei Gelegenheit, uns auch nur kurz anzusehen, vor ihren gestrengen Argusaugen, und wenn ich an ihm vorbei sah und Mum in meiner Nähe war, so ignorierte ich ihn sicherheitshalber völlig, und auch er sah nicht zu mir herüber, und Mum war erleichtert.

»Ein ungehobelter Kerl«, sagte sie einmal. »Dafür, dass er angeblich aus gutem Hause ist, sollte er wissen, dass man eine Dame zu grüßen hat.«

Na fein, dachte ich. Wenigstens grüßen hätte er mich also dürfen.

*

Ich wurde wieder unruhiger, mit jedem Tag, an dem das Ende des Praktikums näher rückte, es war wie ein Count-down, und meine

Allergie flammte wieder auf. Missmutig schmierte ich mir nun wirklich Mums Heilsalben ins Gesicht, weil ich mich Carlos doch noch einmal ohne rote Flecken zeigen wollte. Plötzlich hatte ich wieder einmal Angst, nämlich davor, er könne von hier abfahren mit meinem knallroten Gesicht als letztem Eindruck und dann, in der Ferne, das Interesse an mir verlieren. Wieder verließ mich alle zaghafte Selbstsicherheit, alle aufkeimende Hoffnung. Wie konnte ich nur so optimistisch sein? Zudem wusste ich ja immer noch nicht, wie ich den Dingen etwas hätte nachhelfen können ... aus Halbherzigkeit oder Fantasielosigkeit fiel mir dazu nichts ein. Mir kam einfach nichts Gescheites in den Sinn, ich fühlte mich wie ein ausgedörrter Bach im Hochsommer.

Am vorletzten Tag gab es für Carlos nicht mehr viel zu tun, außer den täglich anfallenden Hilfsarbeiten, denn sein eigenes Programm hatte er bereits abgeschlossen. Da kam mir der rettende Gedanke. Ich hatte die hübsche Idee, meine Freundin in Calistoga zu besuchen. Mum hatte nichts dagegen.

Ich fuhr auch wirklich mit einem der Geschäftswagen nach Calistoga zu Mary, mit der ich vorher telefoniert hatte. Sie war meine beste Freundin, der ich alles sagen konnte, sie war einer der wenigen Menschen, von denen ich ganz sicher war, dass deren Freundschaft zu mir loyal war. Mary würde immer zu mir halten und nicht zu Mum. Wir kannten uns von klein auf und waren wie Geschwister. Nur sahen wir uns viel zu selten; Mum verstand es großartig, mich auf unserem Weingut wie in einer kleinen Welt für sich zu halten.

Früher, als mein treues Pferd noch lebte, hatte ich sie öfter besucht; als Schulkind hatte ich einfach auch mehr Zeit gehabt. Ich liebte es, nach Calistoga zu reiten, auf meinem großen rotbraunen Pferd, das den Weg durch die schmalen Straßen, an denen sich die kleinen, weiß getünchten Häuschen reihten, schon alleine fand und von selber richtig abbog und vor dem Haus stehenblieb, in dem Mary und ihre Eltern wohnten.

Calistoga war ein klein wenig anders als die anderen Siedlungen in Napa Valley; es gab ansonsten viele Holzhäuschen mit klassisch-griechischen Dreiecksgiebeln über dem Portal, und mit weitläufigen Veranden und Freitreppen, aber hier in Calistoga waren die Häuser kleiner, mit festem Mauerwerk und oftmals abgestuften Frontfassaden, so wie in einer richtigen kleinen Westernstadt. Und fast alle Häuser waren weiß getüncht, und das erinnerte sehr an die kleinen weißen Dörfer in Mexiko, die ich als Kind auf unseren Reisen gesehen hatte und die mir sehr gefielen.

Calistoga war berühmt für sein gutes Mineralwasser, und weiter nördlich, da wo das Tal sich verengte, gab es sogar einen sprudelnden Geysir aus frischem, heißen Quellwasser, den ich mich aber in meinen mehr als zwanzig Lebensjahren standhaft geweigert hatte, zu besuchen. Natürlich hatte ich vor ihm Angst.

Ich fuhr also nach Calistoga. Aber als ich unser Weingut verließ, hielt ich am äußersten Feld an. Denn Carlos stand da. Denn er hatte meinen Zettel gelesen. Denn ich hatte den Zettel in seine Tasche gesteckt. Denn auf dem Flur vor dem Büro hatte ich ihn angerempelt. Denn ich wusste, dass er da vorbeikommen würde, um seine Bescheinigung über sein erfolgreich absolviertes Praktikum in einem Winzerbetrieb abzuholen, und da hatte ich auf ihn gewartet. Auf dem Zettel aber stand: »10 Uhr, Feldzeile 48. Nach Calistoga.«

*

Mary lebte inzwischen in einem anderen Haus in Calistoga mit ihrem Mann zusammen. Sie führten eine ruhige Ehe, aber sie hatten ihr erstes Kind verloren und hofften auf ein zweites. Durch die Fehlgeburt waren beide gefühlsmäßig noch enger zusammen gerückt, und ich wünschte Mary von Herzen ein zweites Kind, das leben würde. Ich selber dachte nicht an Kinder. Auch davor hatte ich viel zu viel Angst.

Carlos und ich würden Mary und Tom also besuchen können, ohne irgendwelchen lästigen und verfänglichen Fragen anderer Personen ausgesetzt zu sein, und ohne Angst, verraten zu werden. Sie würden uns in einer verständnisvollen Atmosphäre aufnehmen. Es gab keine andere Möglichkeit. Auf den Weinfeldern konnten jederzeit Arbeiter oder Aufseher oder der Verwalter auftauchen. Auf den Weinfeldern der anderen Betriebe konnten deren Arbeiter oder Aufseher oder Verwalter auftauchen. Für einige Traubensorten hatte schon die Zeit der Lese begonnen. Auf den Rastplätzen am Bachlauf und in den Wäldchen gab es überall Touristen. Nirgends waren wir ungestört. Und selbst auf den wenigen Rinderkoppeln am südlichen Talausgang war an kein Schäferstündchen zu denken, da grasten große Hereford-Rinder, vor denen ich wieder einmal Angst hatte.

Also blieb uns nur der Rückzug an einen Ort, wo wir uns wenigstens ungestört aussprechen konnten und Pläne schmieden, wie es denn nun eigentlich weitergehen sollte. Ich wusste, meine Freundin würde sich zurückziehen und uns Gelegenheit zum offenen Gespräch geben.

Carlos stieg ein und lachte, und ich lachte auch und sagte, »Na, das hat ja prima geklappt!«, und er nickte und meinte: »Freut mich, dass du soviel Mut gehabt hast«, und dann küssten wir uns. Ich fragte ihn, ob er eine Weile fahren wolle, aber er sagte, mit dem Geschäftswagen sei es ihm doch zu riskant, wenn etwas passieren würde, dann sei er dran, und ich hatte sofort wieder einmal Angst.

Dann fuhren wir los, und ich fuhr trotz meiner Angst, dass etwas passieren könnte, ganz schnell, vor lauter Angst, jemand könnte mich im Wagen erkennen und sagen: »Und wer ist der daneben?« und meine Mutter fragen. Die Angst saß mir immer im Nacken. Trotzdem genoss ich den Tag. Ich musste ihn auch genießen, ich war geradezu dazu verurteilt, denn es war der letzte Tag, den Carlos hier in Napa Valley sein würde. Morgen würde er abreisen, und ich durfte mich nicht einmal von ihm verabschieden. Also drängte die Zeit, vorher noch alles Mögliche zu besprechen.

Ich war wehmütig und traurig und glücklich und aufgeregt. Es lag an mir, aus dem morgigen Tag kein Ende werden, sondern etwas Neues daraus entstehen zu lassen. Die Angst, Carlos zu verlieren, gab mir meine Entschlusskraft. Meine verdammte Angst. Zum ersten Mal wurde sie zum Motor, zur Triebkraft, anstatt mich zu lähmen. Ich bekam schon geradezu Routine im Angst haben, und nun konnte ich sie erstmals für mich nutzen. Das war ein neues Gefühl, und es war gut.

Carlos sah mich von der Seite her an, und natürlich gefiel mir das, aber trotzdem machte es mich nervös, und ich hatte Angst, in den Straßengraben zu fahren. Wir kamen unter prächtigen alten Eichenbäumen entlang, und überhaupt wird das Tal nach Norden zu etwas bewaldeter, und die beiden Bergketten links und rechts rücken näher zusammen. Auch wir rückten näher zusammen. Ich stellte fest, dass man am Straßenrand halten und sich küssen kann. Natürlich nicht ausgerechnet in einer Kurve.

*

Als wir zu Mary und Tom ins Haus hinein huschten, hatte ich Angst, die Nachbarn könnten uns sehen, obwohl das ganz unbegründet war, weil sie gar nicht in den Hof hinein blicken konnten, wo wir aus dem Auto stiegen. Aber dann fühlte ich mich ruhiger und besser. Ich ließ auch den Minotaurus einmal für ein paar Stunden weit hinter mir zurück. Hier fühlte ich mich vor ihm sicher. Mochte er draußen irgendwo stehen bleiben, wie die Rinder auf der Weide!

Mary und Tom verstanden sich sehr gut mit Carlos, und ich hatte auch nichts anderes erwartet. Trotzdem war ich erleichtert. Wir tranken Tee im Salon, und ich dachte, wir sitzen hier plaudernd wie alte Leute; es ist doch komisch, mit welcher Selbstverständlichkeit man alte Sitten weiterführt. Unsere Unterhaltung war ganz zwanglos und spontan, offen und *relaxed*.

Mary sah nicht so aus, als sei sie erneut schwanger, aber sie wirkte freundlich und ausgeglichen, und ich wagte nicht, danach zu fragen. Auch Tom war heiter und ein guter Gastgeber, wir fühlten uns wirklich herzlich willkommen und lehnten uns behaglich in den Ledersesseln zurück. Nur meine Allergie juckte immer noch höllisch.

»Sehe ich nicht aus wie ein gekochter Hummer?«, fragte ich kläglich.

»Ach wo! Ist doch egal!«, beruhigte mich Mary. Und als ich Carlos ansah, dachte ich, dass er wohl recht gern Hummer mochte ...

»Abends können wir den Kamin anmachen«, schlug Tom vor. »Es wird doch schon nachts recht kühl.«

Ich blickte auf die schönen, gleichmäßigen Kiefernzapfen im gemauerten Kamin. Sie würden einen angenehmen Duft verbreiten. »Wir haben leider nicht so lange Zeit«, sagte ich. Wie viel kostbarer war doch Zeit als Geld! Diese Erkenntnis bedrückte mich.

»Wie habt ihr euch denn den Tag heute vorgestellt?«, fragte Mary freundlich. »Sollen wir in den Garten hinausgehen und auf der Terrasse sitzen? Oder wollen wir alle zusammen einen Ausflug machen? Vielleicht ein Picknick?«

Oh ja, ein Picknick. Wenn uns da nur niemand entdeckte, keiner zufällig erkannte ...!

»Wir könnten ja nach Norden weiter fahren, da treffen wir nicht so viele Bekannte!«, sagte Mary.

Oh ja, nach Norden, und möglichst weit weg von unserem Weingut.

»Dann lasst uns doch einen Ausflug zum *Old Faithful* machen!«, schlug Tom vor. »Da gibt es herrliche Picknick-Plätze, und wir haben mit Sicherheit unsere Ruhe!«

Denn auch hier gab es einen zuverlässig sprühenden Geysir, so wie das berühmte Exemplar im Yellowstone Park. Ich bekam wieder einmal Angst. Zu dem Geysir wollte er fahren. Gewiss, da oben gab es keine Weingüter mehr, nur noch eine entlegene Hütte mit ein paar Ziegen und Asiatischen Schweinchen, aber wir könnten dort sicher ungestört ein Picknick auf einer Wiese machen. Aber wo der Geysir zutage trat, musste der vulkanische Boden gewiss recht dünn sein, und ich würde mir dort vorkommen wie auf glühenden Kohlen. Es hatte gewiss seinen Grund, dass es dort oben keine bewirtschafteten Felder mehr gab, nur Schilfgras und Sumpf.

»Können wir nicht woanders hin fahren?«, fragte ich halbherzig.

»Was schlägst du denn vor?«, fragte Mary.

Ich hatte keinen Gegenvorschlag.

»Also gut«, lenkte ich ein. »Mir fällt auch nichts anderes ein.«

»Der Geysir ist sehr schön«, sagte Mary. »Hast du ihn überhaupt schon einmal gesehen, wo du doch hier in der Gegend wohnst?«

Ich schüttelte den Kopf.

»Na, dann wird es Zeit!«, lachte Tom und schlug sich auf die Knie. Ich lachte zaghaft mit.

»Und du?«, fragte Tom. »Hast du auch schon mal einen Geysir gesehen?«

»Doch«, sagte Carlos, »aber einen recht kleinen, in Mexiko. Es war eher so etwas wie eine Thermalquelle. Ich habe sogar darin gebadet.«

»Na, in diesem Geysir kannst du gewiss nicht baden!«, lachte Tom. »Da hättest du eine ganz schön große, heiße Dusche!«

»Also dann los, dann schauen wir uns diesen Geysir einmal an!«, sagte Carlos vergnügt und nahm meine Hand. Er wirkte unternehmungslustig. Ich nicht. Doch er ignorierte mein Zaudern, wohl ganz bewusst. Ich erriet seine Absicht, schwieg aber dazu. Sicher wollte er mir mehr Zuversicht einflößen. Das könnte mein Vertrauen ins Leben nur stärken. Marys helle Stimme riss mich aus meinen Gedanken. Ich horchte auf und sah zu ihr hinüber.

»Es ist ganz in der Nähe!«, versicherte uns Mary eifrig. Plötzlich ergriff sogar mich ein Anflug von Unternehmungslust.

Dann packten wir den Picknick-Korb. Es machte einen Riesenspaß, den Korb voll zu packen, und wir freuten uns wie kleine Kinder. In dem großen Flechtkorb mit den Klappdeckeln verstauten wir ein ganzes Vollkorntoastbrot und einen ganzen Truthahn-Kochschinken, natürlich cholesterinarm, und Ketchup und Senf, und orangegelben Cheddar-Käse, und frischen Salat, und zwei Flaschen Calistoga-Mineralwasser, mit Himbeersaft versetzt, und eine Flasche hiesigen Rosé-Weins. Es war ein gute *Blush Zinfan-*

del. Dann fuhren wir los, alle vier in dem geräumigen Wagen von Mary und Tom.

Ich bewunderte die beiden. Sie waren für mich ein Traumpaar: der große, hellrötlich-blonde Tom mit seinem irischen Einschlag, und die kleine brünette Mary mit ihrem kastanienbraunen Haar und ihrem stets lächelnden Gesicht, auch wenn es in manchen Sekunden melancholisch umspielt war. Ich merkte noch gar nicht, dass Carlos und ich ein ebensolches Traumpaar abgeben konnten, überhaupt musste ich mich erst wieder einmal an das Gefühl der Zweisamkeit gewöhnen und es wieder akzeptieren lernen, nachdem Gregory mir das Gefühl dafür so gründlich verpfuscht hatte. Und überhaupt war für mich ja alles ohnehin noch so neu und ungewohnt – nachdem ich unter Mums Ägide das Jungsein so sträflich vernachlässigt hatte ... Auf einmal spürte ich einen ungeheuren Nachholbedarf, einen großen emotionalen Hunger ...

Es war nicht weit bis zu der Wiese, in der es den See mit dem Geysir gab, aber ich fühlte mich unendlich befreit und weit fort von zuhause, ganz subjektiv. Eventuell vorbeikommende Touristen würden uns nicht kennen. Zudem war hier alles ringsum von hohem Gebüsch und Schilf vor Blicken abgeschirmt. Wir fuhren auf das Gelände mit dem Geysir und parkten das Auto im Schatten unter überhängendem Riesenschilf, und dann stiegen wir aus und gingen zu den rustikalen kleinen Holztischchen und -bänkchen, die in einiger Entfernung vom Geysir aufgestellt waren und zum Picknick einluden. Hier waren wir über 100 Kilometer nördlich von Frisco entfernt, und selbst von Mum fühlte ich mich innerlich mindestens ebenso fern. Meilenweit. Lichtjahre entfernt. Ich atmete auf.

Mary und Tom gingen Arm in Arm, und Carlos und ich gingen Hand in Hand. Noch.

»Habt ihr Lust, Euch noch vorher die Hütte mit den Tieren anzusehen?«, fragte Mary. »Ich habe gerade mit den Leuten da drüben gesprochen und sie haben mir gesagt, der Geysir sei eben vor ein paar Minuten erschienen und es würde gewiss mindestens vierzig Minuten dauern, bis er sich wieder zeigt. So haben wir Zeit!«

Da wir nichts dagegen hatten und es gewiss lustig sein würde, die buntscheckigen Ziegen und die schwarzen Hängebauchschweinchen anzusehen, stellten wir unseren Picknick-Korb auf einer der Bänke ab und gingen die paar hundert Schritte hinüber zu dem kleinen Bretterverschlag da im Bambus-Dickicht, wo die Tiere hausten. Die Tierhütte war von einem geräumigen, eingezäunten Auslauf umgeben. Eine winzige *Animal Farm*.

Da gab es einen prächtigen, schwarzen Ziegenbock mit leierförmigen Hörnern und einem handlangen Bart, und der Bock war tiefschwarz und nur Bauch und Flanken waren weiß, und auf der Stirn hatte er eine weiße Blesse. Im Verschlag neben ihm lag eine wildfarbene Ziege mit eben demselben weißen Muster, und die Ziege und der Bock hatten zusammen ein schwarzes Zicklein mit demselben weißen Muster. Der Bock sprang sogleich ungestüm ans Gitter und richtete sich mit seinen sehnigen Vorderbeinen daran auf und schlug mit dem leierförmigen Gehörn krachend gegen das Metall. Dann blickte er uns aus seinen honiggelben Augen scharf an, ob wir verstanden hätten.

Ja, wir hatten verstanden. Er betrachtete sich als der Herr hier. Wir lachten. Auf mich wirkte er aber wie eine Miniaturausgabe des Minotaurus, und ich hielt mich in respektvoller Entfernung zum Gitter. Der Bock blieb lange am Gitter aufgerichtet stehen, die Hufe ins Drahtgeflecht gestemmt, und als sein langer Bart gerade so schön über den Zaun hing, ergriff Mary ihn kess und hielt ihn sich neben ihr langes Haar. »Meins ist nur wenig heller –«, sagte sie. »Fast dieselbe Farbe!« In der Tat hatte der Bock auch bräunliche Haare im Bart, und wir mussten lachen. Ich bewunderte Mary, dass sie sich so gut über sich selbst lustig machen konnte. Mir hätte ein solcher Vergleich wehgetan, und von mir selber – nein, so etwas hätte ich nie gesagt. Da spürte ich, wie wichtig das Lachen war, und auch die Gabe, sich selbst nicht immer so ernst zu nehmen.

Kaum bewegten wir uns, da folgte der Bock uns mit den Blicken, streng und kontrollierend, und er war wirklich ein kleiner Minotaurus. Obwohl er so sehr viel kleiner war als ein Stier, flößte er mir mächtig Respekt ein. Wie sollte ich da erst mit meinem riesigen wirklichen Minotaurus fertig werden?

Um uns raschelte der Wind weich im Bambuslaub, und rostgelbe Schmetterlinge umflatterten uns. Die Zeit war so schön, so *gentle*. Auf der Herfahrt hatte ich in einer Parkanlage einen Panflöte blasenden Satyr aus italienischem Marmor gesehen, und ich sah ihn jetzt wieder vor mir, im Bambus versteckt, und der Bock, der vor uns aufgerichtet stand, kam mir vor wie ein bösartig neckender Faun. Ich war verwirrt. Ich wusste gar nicht, dass die mythologischen Figuren so lebendig waren. Jetzt spürte ich, sie kamen aus uns selbst. Sollte ich den Versuch wagen, all diese gleichzeitig erschreckenden und schönen Figuren zu sortieren, mich mit ihnen zu identifizieren oder von ihnen abzugrenzen, um Ordnung in mein verworrenes Seelenleben zu bringen?

Aber so einfach war das nicht. Der Satyr, der Faun, der Minotaurus – alle hatten verlockende und erschreckende Eigenschaften gleichzeitig, und es war unmöglich, von ihrer einen Seite zu abstrahieren, ohne die ganze doppelseitige Figur zu zerstören. Sie waren alle gleichsam janusköpfig.

Der prächtige Bock beispielsweise, Sinnbild der Begierde – nur natürlich, und doch machte er mir Angst. Der harmlos Flöte spielende Satyr – die Flötenmusik war so süß und einlullend an einem warmen Sommertag, wie betäubendes Gift – und dabei grinste er hämisch und hinterhältig. Von überall lauerte Gefahr. Von jeder Lebensfreude ging Gefahr aus. Vom Wein der Rausch, von Sex das Aids – und doch musstest du dich dieser Welt stellen, wolltest du nicht völlig auf Spiel und Musik verzichten. Wo war die Grenze? Wo begann die Gefahr? Ich fühlte mich all dem kaum gewachsen, es war zu vielschichtig, betörend und verführerisch, aber nicht nur verlockend, sondern auch bedrohlich ...

Ich wurde müde, es war so anstrengend, über all das in der Mittagshitze nachzudenken, und ich wischte diese Gedanken fort. Der Satyr verblasste, die Panflöte verstummte, und übrig blieb ein brütender Mittag, in dem die Bambushalme und das Schilfrohr leise zitterten.

Wir kehrten zu unserer hölzernen Bank und dem Tisch zurück, nachdem wir die Ziegen und die Ferkelchen bewundert hatten, und ich versuchte, endgültig Herr über meine skurrilen Gedanken zu werden, und in meinem Leben ein bisschen Bock und ein bisschen Panflöte zuzulassen, und mir weiter keine Sorgen zu machen. Es gab schließlich so etwas wie gesunden Menschenverstand, verdammt noch mal.

Mit lautlosem Lachen sagte ich zu mir selber, siehst du, das kommt davon, wenn man sich als Amerikaner mit dem Labyrinth altgriechischer Mythologie abgibt. *Old Europe* ist eben der Kontinent der Dichter und Denker, und Amerika der Kontinent der Entdecker und Macher. Ein wenig mehr Austausch wäre da hin und wieder ganz wünschenswert. Schließlich hatte ich entdeckt: Das bunte Labyrinth schemenhafter Figuren ruhte in mir selber, in uns allen. Die alten Griechen hatten diese Gestalten nur in klare Formen gekleidet und ihnen Namen gegeben ... die Dinge beim Namen benannt ... Eben zur Klärung, damit der Verstand damit umgehen konnte. Ich kam mir allmählich vor wie ein Pionier in einem bedenklich schwankenden Sumpf – dem bodenlosen Sumpf meiner lang unterdrückten Gefühle. Doch ich hatte ja den Leitfaden des Verstandes, wie einst Theseus im Labyrinth. Setzte Mum auch zu einseitig auf den Verstand – nutzlos war er jedenfalls nicht!

Der gesunde Menschenverstand begann schon damit, dass man fähig war, das Hier und Jetzt zu genießen, und wir setzten uns alle um den Holztisch herum und begannen, unsere Sachen aus dem Picknick-Korb auszupacken. Man soll nicht alles zergrübeln.

Carlos und ich saßen nebeneinander, und wir saßen unseren Freunden gegenüber, und zum ersten Mal erfasste mich das Gefühl, dass er und ich ein Paar waren. Glücklich legte ich meinen Kopf an seine Schulter. Carlos zog mich zu sich heran und küsste mich auf meinen Scheitel. Zum ersten Mal störte mich auch die Vorstellung nicht mehr, dass er mein blondes Haar mochte. Ich akzeptierte mich probeweise wieder, so wie früher.

So söhnte ich mich wieder ein wenig mit der Welt aus, und ich mochte mein blondes Haar wieder leiden, und an Mary mochte ich ihr kastanienbraunes Haar und an Tom sein rötliches sowie an Carlos sein schwarzes, und an jedem fand ich es am richtigsten und am besten so, wie er oder sie aussah, und ich konnte mich akzeptieren und die anderen akzeptieren, weil es ein so harmonischer und ausgeglichener Mittag war.

Ich hatte jetzt, während unseres Picknicks, Muße, mir die Umgebung des Geysirs näher anzusehen. Er entsprang dem flachen Talboden selbst, und wieder beschlich mich das Gefühl, der Boden hier müsse besonders dünn und porös sein, und alte hässliche Erinnerungen an das große Erdbeben in meiner Kindheit kamen wieder hoch. Aber hier im Tal war alles still und friedlich, und da beschloss ich – gesunder Menschenverstand –, einfach die Naturschönheit zu genießen wie tausend andere Leute vor mir auch, und es kamen schließlich sogar Touristen von weit her, um hier den Geysir zu sehen. Er sei zwar längst nicht so groß wie jener Namensvetter im Yellowstone-Nationalpark, aber dafür, so hoffte ich, hätte er dann auch weniger Macht und wäre weniger gefährlich. So wartete auch ich gespannt auf den Geysir.

Die Erde ist sehr alt und sehr schön, und ihre Schönheit ist ebenso einfach wie atemberaubend. Wir saßen auf dem kleinen, sandigen Platz neben dem Geysir, im schmalen Schatten von übermannshohem Schilf, und da unter dem Spanisch Rohr war es sehr angenehm. Wir hatten guten Wein und gutes Brot. Die Schilfblätter raschelten leise, aber insgesamt lag über dem Tal eine brütende Stille. In der Ferne kreisten schwarze Zopilote-Geier. Doch sogar sie waren harmlos ...

Wir saßen da bei Brot und Wein und warteten auf den Geysir. Es war sehr angenehm, nichts zu tun und nur zu warten, und die schmalen Schatten der Schilfblätter malten Muster in unseren Roséwein, und der Rosé war so gut und so kühl wie der Schatten unter dem überhängenden Schilf. Es war wie unter einem Baldachin, da unter dem Schilf.

»Der Old Faithful ist wirklich sehr zuverlässig«, sagte Mary. »Er kommt ziemlich genau alle vierzig Minuten.«

»Und wie hoch ist er?«

»Oh – ich weiß nicht, wie viel Fuß ... so, vielleicht dreimal mannshoch? Oder mehr?« Sie überlegte und zog dabei ihre Nase kraus.

»Na ja, unterschiedlich ... mal ist er höher, mal tiefer. Mal kurz, mal lang, je nachdem –«, sie kicherte –, »ganz wie ein Mann!«

Carlos und ich lachten. Sogar ich hatte den Witz verstanden. Ich war froh, dass ich die Anspielung verstand und mitlachen konnte. Ich lachte gleichzeitig vor Befreiung von meiner Mutter, die mich lange in dieser gefährlichen Naivität gehalten hatte.

Er kam aber noch nicht, der Old Faithful. Es war trotzdem schön, hier zu sitzen, unter einem hellblauen Himmel, der sich zwischen beiden fast parallelen Bergketten spannte, und umsirrt in der Hitze des Nachmittags von großen, glitzernden Libellen. Die staubigen Schöpfe der Palmen am Rand des Platzes flirrten in der heißen Luft, ihre Konturen kochten im Himmelsblau. Die Zeit schlief ein über dem Tal, und nur die Flügel der kreisenden Geier trugen die Zeit in manchen Augenblicken weiter.

Ich betrachtete den kleinen flachen See, aus dem der Geysir kommen musste. Es war richtig spannend. Der See sah eigentlich ganz harmlos aus, ein kleines flaches Wasserbecken auf feinkiesigem Grund. Das Wasser war klar und wurde nur vom gelegentlichen schwachen Windhauch gekräuselt, der nicht einmal das wenige Schilf am Rande bewegte.

In der Mitte des kleinen Sees aber erhob sich eine hellgraue, bröckelige Steinterrasse, die sich ringförmig durch die Seemitte zog und wie eine erhöhte Schüssel voll Wasser wirkte, in der ihrerseits einige lockere, von innen her aufgeworfene Steinbrocken einen Schlot bildeten. Von dort musste er kommen. Das war der Schlund des Geysirs, seine blasig aufgeworfenen Lippen, wie eine Düse aus Lava und Mineral. Ich war gespannt.

Wir aßen das Brot und tranken den Wein, aber immer zum Geysirsee hin gewandt, und schließlich legten wir das Brot auf den Holztisch und tranken den Rest Wein aus, ehe er seine kühle Frische verlor, und blickten angespannt auf den kleinen See, so als spielte sich dort bereits das erwartete Naturereignis ab. Gleich würden wir zu Zeugen, Zuschauern der großen alten Natur, waren es sogar jetzt schon, in der gespannten Ruhe über dem Tal.

»Er kündigt sich stets durch eine kleine Dunstwolke an«, sagte Mary. Unbewusst sprach sie ganz leise, so als könne sie den schlummernden Geysir stören. Es war aufregend, zu denken, dass sich da, in oder besser unter dem scheinbar so stillen See, etwas zusammenbraute. Jede Sekunde wurde lebendig – kam er nicht schon? –, aber es war nur in der angespannten Fantasie, und das Tal schlief weiter und die Libellen sirrten. Der Schilfgürtel am rechten Seeufer zitterte – dort hüpfte ein brauner Singvogel. Dann war es wieder ruhig, nichts regte sich mehr. Die Zeit blieb stehen.

»Da – es geht los!« Mary schlug mir leicht auf den Arm und deutete auf den See.

Über dem bröckeligen Steinschlot stieg weißer Wasserdampf auf, ein hauchfeiner Schleier, ein sich drehendes Wölkchen. Gleich darauf hauchte ein zweiter, heftigerer Stoß Wasserdampf aus dem Schlot, in den hinein sich bereits aufsprudelndes Wasser mischte, aufschwappte – und schon schoss er hoch, gleich als schlanke Wassersäule – zwar kleiner als sein Großer Bruder, der es auf über 30 bis 50 Meter brachte, doch ebenso beeindruckend: schlank, weiß, glitzernd; er schäumte und sprühte, und dazu ertönte ein scharfes, feines Zischen.

Wie einen Spieß trieb der Geysir seine Wassersäule ins Himmelsblau, ein weißer Schaft, der erstaunlich fest und stabil wirkte, je länger man ihn betrachtete. Nur an seinen Rändern nahm man seine wirkliche Geschwindigkeit wahr; dort sprühte und tropfte und perlte es in verwirrendem Wechsel.

Er war zwar nicht besonders breit, vielleicht beindick, aber vielleicht täuschte es auch, und er war breiter. Jedenfalls beeindruckte er durch sein ungestüm sprühendes, gischtendes Wasser.

Ich schätzte ihn auf bis zu 20 Meter. Zumindest wirkte er fast so hoch wie die kleinen Fächer-Palmen im Hintergrund.

Und er hörte gar nicht wieder auf. Ich hatte geglaubt, es würde kurz sein, eine heftige Eruption kochenden Wassers, aber er hatte Kondition. Ich stellte mir die ausgedehnten unterirdischen Becken vor, in denen er sich zusammengebraut hatte. Der Geysir musste große Reservoirs haben. Er sprühte und sprühte weiter, immer mit jenem kehligen Fauchen, jenem merkwürdigen Geräusch, das so fremdartig war und irgendwie schön.

Der Little Old Faithful war gewiss so beeindruckend wie sein großer Verwandter im Yellowstone. Nach gefühlt endlosen Minuten erst ließ seine Kraft nach, ich sah natürlich nicht auf die Uhr, sondern nur auf den Geysir; dann schwappte sein Wasser plötzlich kraftlos, die Wassersäule sackte in sich zusammen, jetzt gerade noch doppelt mannshoch, aber nur, um sich noch einmal bis fast zur ursprünglichen Höhe zu steigern. Nochmals trumpfte er auf, leuchtete, glitzerte – dann fiel er endgültig in sich zusammen, in abfallenden Kaskaden, kümmerte noch kurz wie ein harmloses Gartenfontänchen, wie ein sprudelnder Wasserhahn – und war verschwunden.

»Schade«, sagte ich beeindruckt. Ich hätte noch länger zusehen können. In meiner Erinnerung erhob er sich immer noch – wie ein Dia-Foto über den wieder ruhigen See projiziert.

Tom erzählte uns irgendwas von einem frühen Siedler, der um 1870 einen Brunnen bohren wollte und dabei auf dieses geothermale Becken stieß. Dabei hatte er unwissentlich diesen toten, verstopften Geysir wiederbelebt. Natürlich hatte ich gleich wieder mal Angst, davor, der Boden könne hier dünn wie Pappe sein – aber auch, ich könne in meiner inneren Seelenlandschaft ebenso versehentlich eine heiße Quelle anbohren, die sich dann gar nicht mehr stoppen ließe – ein Ausbruch angestauter Gefühle. Doch ich hatte ja beschlossen, diesmal Gefühle in mir zuzulassen … Ich tröstete mich mit dem Gedanken, dass man in solch einer Sprühfontäne gelegentlich sogar einen Regenbogen sehen konnte … alles eine Frage der Perspektive.

Halb zaudernd, halb mutig ging ich auf den kleinen See zu. Dann hatte ich die Idee, einen Finger ins Wasser zu stecken, ob es wohl heiß sei. Sicher war es noch ganz heiß, wenn solch ein sprühender Geist darin hauste, oder zumindest noch warm. Ich stand auf. Einen Sekundenbruchteil hatte ich Angst, der Geysir könnte lauern und plötzlich noch einmal hervorgesprungen kommen, aber dann wischte ich meine Bedenken beiseite. Der Geysir war jetzt erschöpft, nach seinem Ausbruch. Er würde mindestens wieder vierzig Minuten brauchen, um sich zu erneuern. Und zudem kündigte er sich ja durch Wasserdampf-Wölkchen an. Und außerdem hatten sich einige Leute dem schäumenden Geysir genähert und ihn aus der Nähe betrachtet, direkt am Ufer, fast noch im Sprühkreis seiner Wassertropfen, trotz Warnschild, und ihnen war nichts passiert, außer dass ein leiser Windhauch ihnen einen staubfeinen Sprühschleier glitzernder Wassertröpfchen zutrieb und eine Frau hell auflachte, als sie vielleicht ein ganz wenig nass wurde. Das kochend heiße Wasser schien zudem sogleich an der Luft abzukühlen, von der schäumenden Fontäne zerstäubt. Mit all diesen Gedanken machte ich mir Mut.

Ich stand also auf und ging zu dem See, und in dem kleinen See lagen viele Kieselchen, und schmale Wellchen liefen darüber und verzerrten die Kieselchen, und es war wie eine kleine Welt für sich. Ich vergaß den Geysir. Der messinggelb-braune Kieselboden war messerscharf sichtbar, nur eben mit tanzenden Konturen, und das Wasser war so klar wie das erste Wasser der Schöpfung, und es war unglaublich schön, so sehr, dass ich spontan begriff, es könnte den Naturvölkern heilig sein. Ich kniete nieder und steckte den Finger hinein, ganz vorsichtig.

Sofort fingen auch die Konturen meines Zeigefingers an zu tanzen, da unter Wasser, und das Wasser war sehr flach und ich stippte gleich auf den Grund. Ich beobachtete den Finger, und den Grund, und das Wasser.

Über die spiegelnde Wasseroberfläche sah ich weiter, bis zu dem Schilfgürtel, und als mein Blick zu meinem Finger zurückkehrte, waren auch die winzig kleinen Fischchen zurückgekehrt, die ich vorher kaum bemerkt hatte. Sicher hatten meine Schritte ans Ufer sie zuvor verjagt. Jetzt war ich still, und sie kamen wieder. Das Wasser war nicht wärmer, als man es von einem so flachen Teich bei voller Sonneneinstrahlung ohnehin erwartet hätte. Die Fischchen konnten hier leben. Sie lebten in der unmittelbaren Nachbarschaft eines heißen Geysirs und sie wurden nicht gekocht. Ich bewunderte die kleinen Fischchen.

Sie kamen jetzt ganz neugierig heran, wie kleine, zuckende schwarze Nadeln, und betrachteten meinen Finger. Ich hätte fast gelacht, aber das hätte sie erneut verjagt, und so verhielt ich mich ganz ruhig und sie schwammen um meinen Finger, aber sie zupften nicht daran. Sie schwammen alle in eine Richtung, obwohl mal einer hierhin, einer dahin ausscherte, und so zogen sie leise ruckend und schwänzelnd weiter und verloren sich unter dem spiegelnden Himmelsblau der Seeoberfläche. Das heißt, ich verlor sie aus den Augen, sie selber aber zogen ruhig weiter und kannten sich in ihrem Gewässer sicher wunderbar aus. Sie wussten, wann und wohin sie dem Geysir ausweichen mussten. Ich bewunderte die Fischchen immer mehr.

Ganz vorsichtig zog ich meinen Finger aus dem Wasser, um sie nicht durch mein Geplätscher zu erschrecken und zu verscheuchen. Dann stand ich auf und betrachtete noch einmal ihren Mikrokosmos, und dann wandte ich mich zu Carlos um und lachte ihn ganz grundlos an.

*

Auch am letzten Tag – dem Tag seiner Abreise – trafen wir uns heimlich. Es war doch noch möglich, ein allerletztes Treffen rauszuschinden, da sein Flug erst abends ging. Also wurde noch rasch etwas arrangiert.

Mary rief nämlich rein zufällig bei Mum an und bat, mir doch auszurichten, ob ich nicht noch einmal Lust hätte, zu ihr hinaus zu fahren, denn sie hätte eine interessante Broschüre über *Modern Art* gefunden, die sicher für meine Werbegrafiken von Interesse wäre, als Inspiration und Anregung, und die sie gerne mit mir durchdiskutieren wollte. Mary war sehr an Kunst interessiert und eine durchaus ernst zu nehmende und kompetente Gesprächspartnerin auf diesem Gebiet. In ihrem Haus waren auch entsprechend interessante Kunstobjekte ausgestellt, von der Antike bis zur abstrakten Kunst. Besonders gefielen mir die einsamen Häuser von Edward Hopper und die leuchtenden Pools von David Hockney.

Natürlich sagte ich sofort zu, und natürlich begegnete ich am Rande des letzten Weinfeldes wieder Carlos, der in meinen Wagen zustieg. Es war der letzte Tag, den wir hatten, und daher kam er mir unendlich kostbar vor, mehr als alles Gold Kaliforniens oder unsere ältesten Jahrgänge im Keller. Ich fühlte mich ein wenig unter Druck, diesen Tag auch optimal zu nutzen, und ich hatte Carlos noch so viel zu sagen. Am liebsten hätte ich ihm lawinenartig mein Herz ausgeschüttet, doch selbst mir, ungeschickt im Umgang mit Menschen, war klar, dass ich ihn damit buchstäblich erschlagen hätte. Nur mühsam zügelte ich meine Ungeduld.

Ich fuhr wild die schöne Landstraße entlang, übermütig wie ein junges Zicklein. Mary und Thomas würden vor einem der Weingüter, das auch über eine sehenswerte Kunstsammlung verfügte, auf uns warten. Diese Kunstsammlung hatte auch zu unserem Vorwand inspiriert. An einer Straßenecke wartete ein bekanntes Auto. Wir gaben uns Lichtzeichen. Mary und Tom fuhren mit uns zu dem vorher verabredeten Ziel.

Wir fanden uns an einer schönen Stelle für ein Picknick ein, in einer Zufahrtsstraße zu einem der Weingüter, wo es einen kleinen Park- und Wendeplatz gab. Dort störten wir niemand. Es gab nur zwei Treckeranhänger, bis oben gefüllt mit blauglänzenden Trauben. Die Trauben bildeten zwei dunkle Hügel, wie überdimensionale Kaviarhaufen, blauschwarz und perlig.

Wir setzten uns an den Hang zwischen Zypressen und Ölbäumen – der Platz befand sich schon am Rande des Tals, wo die östlichen Hügel bereits zur Bergkette hin anstiegen – und wir packten wieder unseren herrlichen Picknick-Korb aus. Mary breitete eine blauweiß karierte Baumwolldecke im trockenen Gras aus und Tom stellte Mineralwasser und Schillerwein hin und legte Sandwiches mit Roastbeef und grünen Salat für jeden von uns hin. Als Nachtisch hatten wir – wie könnte es anders sein – Weintrauben, und Mary hatte für uns noch Tortilla-Chips zum Knabbern mitgebracht.

Wir saßen dort, und alle waren wir hinter unserer Fröhlichkeit etwas melancholisch, denn es war unser letzter Tag zusammen, und ich spürte, dass Mary und Tom genau wussten, wie schwer das für uns war, und sie waren sicher sehr froh darüber, dass sie selber so einfach und selbstverständlich beisammen bleiben konnten, offiziell und ohne jede Heimlichkeit. Ich beneidete sie.

Es wurde ziemlich still bei unserem Picknick. Der Himmel war so unbeteiligt heiter, dass es einem wehtun konnte. In der Ferne segelte ein Bussard. Um uns taumelte ein rostroter, gefleckter Falter in schläfrigem Flug. Die Berge schimmerten lila im Dunst der Ferne.

Plötzlich mussten wir lachen. Ein riesiger Käfer kam mit Gebrumm geflogen und setzte sich Carlos ins Haar. Es war ein großer Rosenkäfer, grün schillernd wie ein Smaragd. Ihm gefiel es sehr gut da auf Carlos' Kopf, und er dachte gar nicht mehr daran, wegzufliegen. Carlos zog etwas den Kopf ein und versuchte, nach oben nach dem Käfer zu schielen, und hielt ganz still. Nach einer Weile spannte der Käfer doch wieder seine Flügel auf und burrte davon.

Ich wurde unruhig, sah die schönen Stunden genauso fortfliegen wie den Käfer. Spontan griff ich nach Carlos' Hand. Es war ganz und gar merkwürdig, wie rasch zwischen uns etwas entstanden war, unsagbar, unbestreitbar, winzige Botschaften, ausgetauscht durch erregt geweitete Pupillen, zärtliche Zungenspitzen und streichelnde Hände. Es war mehr als nur die Seite der Liebe, die mir Gregory vermittelt hatte. In jeder Geste lag ein Versprechen. Es war die erste Liebe mit zwei Seiten, die ich erfuhr. Für einen Sekundenbruchteil tauchte der Minotaurus in mir auf mit einem völlig anderen Gesicht: erstmals ohne Furcht einflößend zu sein, mit Menschenkopf und ansonsten Stiergestalt; mit der wohltuend wunderbaren Urkraft des Viehs und dem warmherzigen Verstand eines Menschen, der dich liebt. Doch als ich diesen völlig neuen Aspekt meines Fabelwesens festhalten wollte, innerlich betrachten wollte wie ein Dia-Bild, da erlosch es in mir, und zurück blieb nur die Verblüffung über eine völlig neue, ungewohnte Sichtweise. Wie war das gewesen? Der Minotaurus war mir ja erstmals positiv erschienen!

Ich lehnte jetzt meinen Kopf an Carlos' Schulter, und er zog mich zu sich heran und kraulte mein blondes Haar, als sei ich eine kleine Katze. Mir war auch so behaglich, dass ich als Katze jetzt sicher geschnurrt hätte. Ich fand es auf einmal gar nicht mehr albern, sein Kitty zu sein. Taktvoll schlug Mary vor, ob wir alle nach dem Essen einen Spaziergang machen wollten. Oh ja, das wollten wir gern und wir würden hinter Mary und Tom gehen und alle Augenblicke stehen bleiben und uns küssen und Dinge besprechen.

Also verstauten wir unseren leeren Picknick-Korb im Auto und gingen zwischen den Weinfeldern hin. Es war inzwischen schon etwas herbstlich geworden und auch die Weinreben nahmen vom Sommer Abschied und spürten, dass die Kraft der Sonne nachließ. Sie konzentrierten ihre Kräfte schon im Holz der Rebstöcke für das nächste Jahr, nachdem sie diesem Jahr die Fülle ihrer Trauben dargeboten hatten. Das Blattgrün kehrte langsam aus den Blattadern in den Stamm zurück und hinterließ in den alternden Blättern ein letztes, intensives Leuchten. Der nahende Herbst malte mit Gold und mit Gelb, setzte vereinzelt schon Akzente als Vorboten.

Doch uns war so gar nicht herbstlich zumute, wir fühlten uns wie im Frühling. Und wenn man genau hinsieht, so wie mich Carlos gelehrt hatte, so legt auch der Weinstock im Herbst schon die Wachstumsaugen für das nächste Frühjahr an, schlafen die Knospen einem auffächernden Ergrünen entgegen. So ist es in der Natur: In jedem Ende steckt ein Neuanfang. Auch ich spürte in mir Herbstlaub einer Vergangenheit fallen, die ich abwarf wie der Weinstock seine alten Blätter.

Wir gingen, Hand in Hand und Arm in Arm, und der Himmel war blanker und klarer und weniger dominierend als im Hochsommer, und ein Monat hatte in der Vegetation einen merklichen Wandel bewirkt. Die Landschaft schien sich mit nachlassender Hitze förmlich zu entspannen. Aber hier wurde es nicht Herbst wir im Norden; die immergrünen Eichen und viele andere exotische Bäume verbreiteten den Eindruck eines ewigen Frühlings, der sich einmal im Jahr machtvoll zum Sommer steigerte.

»Ich habe dir noch so viel zu sagen«, fing ich etwas zaghaft an.

»Dann sag's jetzt, solange ich noch hier bin«, sagte Carlos freundlich. »Jetzt und hier ist die Zeit, nutze sie.«

Ich fing an zu weinen und schämte mich. Carlos sagte nichts und wartete geduldig. Wir gingen Arm in Arm in einigem Abstand hinter Mary und Tom her.

»Weißt du, wir kennen uns doch gar nicht richtig«, sagte ich ungeschickt.

Carlos nickte.

»Aber ich glaube – ich finde – also weißt du, es ist doch schade, wo wir doch beide denken, dass wir zusammenpassen –«

Carlos nickte.

»Also- ich möchte gerne – - – sollten wir da nicht -?«

Er lächelte jetzt und sagte: »Ja, magst du mich wirklich? Das ist kein Spiel!«

»Ja!«, sagte ich heftig. »Ich will keine kurze Romanze. Du weißt, was mir passiert ist. Ich will das nicht noch mal. Das weißt du!«

»Meine eine Schwester ...«, setzte Carlos an.

»Und deshalb vertraue ich dir«, platzte ich dazwischen, »und wenn du mein Vertrauen missbrauchst, dann bist du ein ganz großes Schwein«, so sagte ich simpel.

Da brach Carlos in ein herzliches Lachen aus, das so ansteckend war, dass ich mitlachen musste. »Na, du bist ja wirklich unkompliziert!«, sagte er.

Ja, das war meine neueste Entdeckung. Meine Seelenlandschaft war in den letzten Jahren so verworren und kompliziert geworden, dass ich mich wirklich wie mit einer Machete daraus freihauen musste. Und langsam keimte in mir der Mut, mich auch mit dem Minotaurus zu konfrontieren, in einer letzten, endgültigen und alles entscheidenden Auseinandersetzung. Und auf diesem Wege war das Lachen wie eine Machete, welche den Weg durch düsteres Dornengestrüpp freihauen kann – eine lichte Schneise ins Dunkel schlagen.

Wir besprachen so viel an jenem herbstgoldenen Nachmittag, an dem die Zeit gleichzeitig für lange Sekunden stehenblieb und doch unbarmherzig davonrannte, und unsere Gespräche waren von brutaler Direktheit, denn uns blieben nicht mehr viele Stunden, um Dinge wie Verhütungsmittel und unser nächstes Treffen und unsere gemeinsame Zukunft zu besprechen. Wir wollten zunächst einmal ohne Umschweife ausprobieren, ob wir wirklich miteinander harmonierten, und das würde sich erst in einem normalen Alltagsleben herausstellen, wo das tägliche Einerlei der Liebe Fallen stellt. Wir wollten keine Zeit verlieren. Das Leben ist jetzt und hier und heute. Und – wenn alles mit unserem Zusammenleben klappen sollte, dann konnte ich mir sogar vorstellen, mit Carlos einmal eine Familie zu gründen.

Wir überlegten, wie eine stabile Zweierbeziehung, die möglichst lange nicht entdeckt werden sollte, überhaupt zu organisieren sei. »Zur Zeit lebe ich eigentlich in San Luis Obispo«, sagte er, »bei weitläufiger Verwandtschaft. Aber ich könnte an den Wochenenden nach Frisco fahren, vielleicht könnten wir uns dort treffen?«

Ich überdachte diese Möglichkeit. Es waren zwar mehr als 300 Kilometer, fast 400, die gewundene Küstenstrecke entlang – doch hier in Amerika ein Katzensprung. Auto, Fernbus, Flugzeug einer Regionallinie kamen da in Frage. Doch wie lange würde er denn überhaupt hier bleiben …?

»Bleibst du hier in den USA? Oder musst du nach deinem Stipendium nach Mexiko zurück?« Auf einmal wünschte ich alle Grenzen der Welt zum Teufel. Noch nie hatte ich an meinem eigenen Leib so sehr gespürt, dass es noch Grenzen gab auf der Welt, und ich empfand das plötzlich lebhaft als Anachronismus. Ich dachte, solange es noch Grenzen auf der Welt gibt, kann sich die Menschheit keines wahren Fortschritts rühmen. Und all die Globalisierung täuscht über das Fortbestehen von Grenzen doch nur hinweg. Die Erde – ein globales Dorf? Nicht, solange die Grenzen in den Köpfen weiter bestehen, und damit noch globale Ungerechtigkeit ... Nun holte uns das ganz konkret ein, wirkte sich auf unser Schicksal aus.

Wir wussten nicht, wie sinnlos es war, sich unsere Zukunft als unentdecktes Liebespaar so vage und ratlos und doch findig auszumalen. Es würde alles ganz anders kommen. So besprachen wir eifrig unsere Möglichkeiten, per Internet zu kommunizieren: »Deine E-Mail-Adresse? Hast du Skype?«

Ich hatte noch ein dringendes Anliegen. Carlos merkte, dass ich noch etwas auf dem Herzen hatte, und drängte ungeduldig. Er war sehr pragmatisch. »Jetzt bin ich noch hier und kann dir zuhören«, sagte er, »heut Abend bist du schon allein, da fahr ich, und wir können dann fürs erste nicht mehr so frei miteinander sprechen.«

Ich nickte verkrampft. Es war aber doch schwer, ein solches Geständnis über die Lippen zu bringen. Es war wie ein Geheimnis, das ich preisgab, und dessen Kenntnis mich verwundbar machte.

Schließlich sagte ich es ihm doch. »Ich habe immer gleich vor allem Angst«, gestand ich. »Seit ich als kleines Kind ein schweres Erdbeben erlebt hab. Und überhaupt!« Von meinem Minotaurus erzählte ich ihm nichts. Ich wollte nicht, dass der gleich für eine schizophrene Vision gehalten wurde. Ich wusste ja ganz genau, dass er nur für mich und durch mich existierte, als anschauliche Erfindung meines Geistes, mit der ich meine Empfindungen umsetzte, konkretisierte und zum Gegenstand meiner Betrachtung machen konnte, mit einer buchstäblichen Anschaulichkeit, die mir jedes bloße Nachdenken über mich nie ermöglicht hätte. Mein Minotaurus hielt mir gewissermaßen einen Spiegel vor.

»Angst? Vor was denn zum Beispiel?«, fragte Carlos. »Außer vor Erdbeben …?«

Ich antwortete nicht gleich.

»Vor Sex?«

»Nein – vor Sex selber eigentlich nicht –«, plötzlich musste ich lachen – »ich weiß sogar, dass Sex ganz toll ist, ich weiß es selber und weiß, dass ich gut bin.« Ich war stolz und Carlos verlor seine Gelassenheit, mit der er mir bis jetzt zuhörte.

Jetzt waren wir beim Intimsten angelangt und ich beschloss, alles auf eine Karte zu setzen und offen zu Carlos zu sein, und wenn das Leben mich auch diesmal enttäuschte, so wollte ich mich gerne aufhängen.

»Es ist eher die Angst, von den Männern ausgenutzt zu werden, irgendwie abhängig zu sein, ohne eine Gegenleistung zu bekommen – ohne dass sie einem zuhören, einen ernst nehmen«, versuchte ich zu erklären. »Ich will nicht einfach ein Flittchen sein!«, sagte ich.

»Du bist ja richtig traumatisiert!«, sagte Carlos und nahm mich fester in den Arm. Das tat gut. Er verstand mich.

»Aber – es ist noch viel mehr«, setzte ich zaghaft wieder an. »Ich hab vor allem Angst, einfach vor allem!« Ich beobachtete Carlos genau, um seine Reaktion abzulesen.

»Auch davor?«, fragte Carlos lächelnd und zeigte auf einen Weinstock.

»Nein, natürlich nicht!«, sagte ich wütend.

»Aber du hast eben gesagt, ›vor allem‹!«

»Also gut, nicht vor allem!«, korrigierte ich mich.

»Auch vor mir?«, fragte Carlos ernst.

Ich sah ihn an. »Ja, ehrlich gesagt, ein wenig auch vor dir.«

»Warum? Traust du mir nicht? Du musst es halt drauf ankommen lassen. Ich kann es dir nicht beweisen!«, sagte Carlos und küsste mich. Er hatte es mir schon einmal gesagt. Er hatte Recht. Wir argumentierten eine Weile mit Küssen weiter. Gute, verständnisvolle, erotische Küsse. Sie hatten beide Seiten der Liebe, die der Sexualität und die des Verständnisses. Nach den ausgiebigen

Küssen fühlte ich mich ruhiger. Es gab nichts mehr zu besprechen.

Mary und Tom waren weiter gegangen, ohne sich nach uns umzudrehen, und als wir sie da vorne sahen, holten wir lachend mit raschen Schritten auf und schlossen uns ihnen an. Sie sahen uns gleich an, dass wir mit unseren privaten Besprechungen fertig waren und wir waren wieder eine Gruppe von Freizeit-Ausflüglern, weiter nichts.

»Wie herrlich diese Gegend ist!«, rief Carlos aus und schaute sich um, als wolle er alles ganz intensiv in sich aufnehmen.

»Ja – es ist eine ganz besonders von der Natur verwöhnte Region!«, bestätigte Mary.

»Und das, obwohl wir hier in Kalifornien eh schon so verwöhnt sind«, meinte Tom, »mit Sonne und mediterranem Klima.«

Mary erklärte uns, der Name des Tals käme von den indianischen Ureinwohnern, die hier früher gelebt hätten, und bedeute vermutlich so viel wie »Wohnung« oder »Behausung«. Von den Ersten Amerikanern war nicht viel geblieben. Wir wurden alle still und nachdenklich. Einst war es ihr Land gewesen – vor Ankunft der Weißen. Plötzlich kam mir der Gedanke, dass Carlos und ich uns auch als ein Stück Völkerverständigung die Hand reichten. Menschen aller Völker und Kulturen in partnerschaftlichem Miteinander, ohne dass einer den anderen verdrängt. Toleranz bringt Frieden, und das fängt ganz konkret bei jedem Einzelnen an. Mir gefiel dieser Gedanke. Bald lebte auch unsere Unterhaltung wieder auf.

»Welcher Stamm war das denn?«, fragte Carlos interessiert.

»Keine Ahnung – hier lebten ja so viele Stämme ... vielleicht die Wappo oder Wintu ...?«, antwortete Mary. Sie interessierte sich sehr für Geschichte – auch für die Schattenseiten. Wir konnten die Vergangenheit nicht ändern, aber die Zukunft gestalten. Auch dieser Gedanke gefiel mir. Ich atmete tief durch. Nun genossen wir Napa Valley, ohne uns weiter Gedanken zu machen, so wie Touristen, die zur Weinprobe kommen oder um mit dem *Wine Train* zu fahren oder im Ballon über das schöne Tal zu fliegen.

Wir sahen zwei Heißluft-Ballons über uns schweben. Sie waren rot und orange und blau kariert und flogen sehr ruhig.

»Möchtest du mal in einem Ballon fliegen?«, fragte Carlos.

«Nein.« Ich schüttelte heftig den Kopf.

»Du hast Angst.«

Ich schwieg.

»Natürlich.« Er nickte sacht.

Es war wie eine kleine Niederlage. Er wusste es im Voraus. Ich hatte immer Angst. Ich hoffte, er würde wieder einen Arm um mich legen. Er tat es nicht. Zwar tröstete ich mich mit dem Gedanken, dass ich ihm gegenüber wenigstens offen und ehrlich meine Schwächen eingestehen konnte. Ohne mich unsterblich zu blamieren. Doch anstatt dieses Vertrauen zu genießen, war es mir auf einmal nicht mehr genug. Ich wollte Geborgenheit. Ich war plötzlich wieder mit mir allein, und nur der Minotaurus stand neben mir, und auch er war keine Gesellschaft, denn er war ja nur Teil meiner inneren Einsamkeit.

Ich sah Carlos an. Er schien mir sehr fern. »Was ist – hast du kein Verständnis mehr für mich?«

»Doch.« Er spürte meine Unruhe. Jetzt legte er seinen Arm um mich. Endlich. Ich atmete auf.

»Du musst nicht soviel Angst haben«, sagte er.

»Ich weiß. Wenn es nur so einfach wäre. Gleich sagst du, es ist neurotisch.«

»Nein«, sagte er.

Sein »Nein« tat mir gut. Ich hasste das Wort »neurotisch«. Es klingt wie eine Schuldzuweisung. Sie sagen, du bist neurotisch und meinen, du könntest dich nicht beherrschen, hättest dich nicht in deiner Gewalt. Ein despektierliches Wort – und du bist mit deinen Problemen allein. Eine echte Neurose ist schließlich eine wirkliche, ernst zu nehmende Krankheit, verdammt, ebenso wie endogene Depressionen. Man sollte sehr vorsichtig sein, jemanden mit derart pseudowissenschaftlichen Diagnosen zu beschimpfen. Neurotisch. So einfach ist das, und die anderen drehen sich um, und du stehst allein da. Ein Achselzucken. Keiner fragt, was du erlebt hast. Niemand fragt dich danach, warum du so misstrauisch gegen das Leben geworden bist. Eine verbrannte Spielzeugkatze. Ein Erdbeben, das hier in Kalifornien alle betrifft. Eine Scheidung, bei der du wie tausend andere Kinder deinen Vater aus den Augen verlierst, trotz kinderfreundlichem Umgangsrecht. Eine gescheiterte Partnerschaft. Na und? Nichts davon ist außergewöhnlich. Das meiste sogar banal. Aber du wirst sogleich als überspannt abgestempelt, als hypersensibel oder gar durchgedreht. Neurotisch, hysterisch, schizophren – lauter leichtfertige Vorverurteilungen. Scheindiagnosen. Gedankenlos dahingesagt, verletzend. Die Selbstgefälligkeit der anderen ...

Über uns schwebte einer der beiden Ballons, direkt über unseren Köpfen. Der andere driftete etwas seitlich ab. Wie im Traum trieben sie dahin ...

»Schön«, sagte ich kläglich. »Wirklich schön.«

»Ich hätte Lust, mal eine Tour über Napa Valley damit zu machen«, sagte er.

»Dann mach's doch!«

»Nur mit dir«, sagte er.

Ich schwieg.

Über uns zischte es. Der Ballon flog in mäßiger Höhe, und sie schraubten da oben gerade an der Gaszufuhr, und ein helles Stichflämmchen loderte auf und füllte den Ballon mit neuer Heißluft nach. Das Flämmchen sah aus wie eine Teufelszunge. »Warum verbrennt es den Ballon nicht?«, dachte ich unwillkürlich. Aber die Ballonhülle blähte sich lustig bunt über dem Korb und dachte gar nicht daran, zu verbrennen. Fasziniert starrte ich nach oben.

»Überleg es dir«, sagte er freundlich. »Die da oben sind auch keine Selbstmörder. Sie möchten die hübsche Aussicht über die Hügel und die grünen Weinfelder genießen, das ist alles.«

Ich nickte. Spontan winkte ich zu denen da oben hinauf. Sie sahen es und winkten zurück. Jetzt winkte auch Carlos zu ihnen hoch. Die Distanz zu dem Ballon wurde durch diese Kommunikation für einen Moment verdrängt. Wieder zischte das Heißluft-Flämmchen. Der Ballon schwebte schon etwas weiter, nicht mehr über unseren Köpfen; ruhig, unmerklich veränderte er seine Position. Wenn man einen Augenblick wegsah, etwa, um sich zu küssen, und dann wieder zu dem Ballon hinauf blickte, merkte man erst, wie er da oben weiter wanderte. Der andere Ballon hatte sich inzwischen beträchtlich entfernt, auf ebenso unbemerkte Weise. Still wie die Zeit selbst. Ich sah ihnen hinterer: Zwei lustig-bunte, geblähte Kugeln, die still dahinzogen, wie merkwürdige Wolken-Früchte. Irgendwie gefielen sie mir.

»Ich werde es mir überlegen«, sagte ich.

*

Natürlich kam es dann doch heraus. Zwar konnte ich Mum meine Trauer bei seiner Abreise verheimlichen, ich versteckte mich erfolgreich hinter einer vorgetäuschten Migräne und Mum behandelte mich mit Aspirin und kalten Umschlägen auf der Stirn, und unter dem nassen Wickel konnte ich auch gut meine Tränen verbergen.

Aber wenn man heimlich auf dem Festnetz telefonieren will, weil blöderweise gerade das Handy defekt ist, dann kommt doch der Tag, an dem man sich verstellt, weil Mum unverhofft hereinkommt, und man sagt »Also gut, Mary, danke schön für deinen Anruf!«, und legt etwas abrupt auf, und Mum guckt so komisch. Dabei war das mit Mary doch ein prima Einfall gewesen.

»Kann sie denn schon wieder sprechen?«, fragte Mum eigenartig.

»Warum?«

»Sie liegt im Krankenhaus auf der Intensivstation. Ihre Mutter hat heute angerufen. Ein Autounfall.«

So kam es also heraus, und ich hatte nicht nur das Entsetzen und die Sorge um meine Freundin, sondern auch noch den Skandal mit Mum. Meine Mum sah mich entsetzt an.

»Was – der Mexikaner?«

»Ja – und?«, sagte ich, möglichst leichthin. Störrisch sah ich an ihr vorbei.

»Jesus – womit hab ich das verdient? Hab ich nicht genug Kummer mit dir gehabt? Langt es dir nicht, dass du mit Gregory so fatal gescheitert bist? Und jetzt DAS!«

»Na und?«, konterte ich aufsässig. »Ist für dich das Problem bereits vorprogrammiert, nur weil er Mexikaner ist?«

»Das IST ein Problem!«, schrie Mum unbeherrscht. Sie sah mich an. »Meine Tochter! MEINE Tochter! Jetzt soll ich sie an einen Mexikaner verlieren ...!«

»Du verlierst mich nicht. Sei nicht so theatralisch. Im Übrigen hat er zwei Cousinen hier, ein Teil seiner Verwandtschaft ist schon in der zweiten Generation US-amerikanisch ...«

»Ja, und diese Latinos werden hier alles unterwandern!«

»Du bist rassistisch!«

Mum fuhr auf und starrte mich an.

Es war sehr still.

Ich musste an die Klapperschlange denken, die ich als Kind in Baja California gesehen hatte. Ich attackierte diese unerträgliche Stille.

»Für mich gibt es nur MENSCHEN – gute oder schlechte!«

»Du bist ein Idealist!«, schrie Mum. »Deshalb bist du ja auch wegen Gregory auf die Schnauze gefallen!«

Ich kannte Mum nicht so drastisch. Sie war sonst immer sehr fein und beherrscht und drückte sich gewählt aus.

»Ich bin jetzt reifer«, erklärte ich. »Ich habe dazugelernt!«

»Gar nichts hast du dazugelernt! Sonst würdest du dich jetzt nicht auf solch ein waghalsiges Abenteuer einlassen! Ein Mexikaner!!«

»Natürlich bin ich jetzt reifer«, insistierte ich. »Du könntest ruhig einmal Vertrauen in die Urteilsfähigkeit deiner kleinen Tochter haben. Im Übrigen bist du selber schuld, dass ich so lange –«

»Das ist ja wohl das Letzte!« schrie Mum. »Mütter sind wohl an allem schuld!«

Ich versuchte, meinen Satz wieder aufzunehmen. Aber Mum tobte. Sie stand auf und schlug auf den Klavierdeckel. Die Worte sprudelten nur so aus ihr heraus. »Natürlich! Mütter sind schuld an allem! An der falschen Erziehung, an der gescheiterten Ehe, einfach an allem! Da gibt man sich die größte Mühe, seinem Kind den Start ins Leben zu erleichtern, und dann hört man so was! Was hast du undankbare Kreatur überhaupt für eine Ahnung von Muttersorgen? Du hast selber überhaupt keine Kinder! Da kannst du gar nicht mitreden!«

Mum unterbrach sich und starrte mich an. Wieder musste ich an die Klapperschlange denken. Jetzt rasselte sie warnend mit ihren Hornglöckchen.

»Doch, du hast Recht, mein Kind! Meine Schuld! Meine Erziehung, die ich dir angedeihen lassen wollte, ist gründlich fehlgeschlagen! Aus deinen Fehlern hast du nichts gelernt. Stattdessen muss ich mir jetzt auch noch derart undankbare und törichte Worte aus deinem Mund anhören!«

In ihre wirkungsvolle Pause hinein sagte ich: »Lass mich doch bitte mal ausreden!«

Mum starrte mich an. Ich hörte förmlich die Glöckchen rasseln. Rasch, vor dem Zubeißen des Reptils, ging ich zum Gegenangriff über: »Doch, du bist selber schuld, dass ich so lange naiv und vertrauensselig war. Du hast mich wie in einer Glasglocke gehalten. Hermetisch wie in einem Glashaus! Du redest davon, dein Kind ins Leben zu entlassen, und in Wirklichkeit enthältst du mir dieses Leben vor! Wie soll ich denn da meine Erfahrungen machen?«

Ich sah sie mutig an, dann blickte ich zufällig auf die Parsifal-CD, die auf dem HiFi-Turm lag. »Die hehre Frau floh der Welten Wonne / und zog mit ihrem Sohne / tief in den Wald hinein / um fern der bösen Welt zu sein«, oder so ungefähr. Ich versuchte erneut, Mums Blick standzuhalten.

»... du siehst ja, wie das mit deinen Erfahrungen ist!«, stieß Mum hervor. »Ein Desaster ist das!«

»Das mit Gregory ist vorbei. Ich bin jetzt nicht mehr so naiv«, verteidigte ich mich.

»Also riet mir meine Mutter ...«, sprach treuherzig Parzival.

Natürlich. Du wächst auf fernab der großen Welt, abgeschieden von der Menschheit, wohlbehütet, wie im finsteren Wald, und eines Tages kommt es doch, wie es kommen muss: Du erblickst einen anderen Menschen und folgst ihm, heraus aus dem finsteren, jungfräulichen Wald, und du bist völlig unvorbereitet, kennst nur deinen getreuen Hofstaat und deine Mutter und nicht die natürliche Bosheit und Härte des Lebens da draußen, und schon rennst du in deiner Ahnungslosigkeit und naiven Tölpelei jemandem ins Messer.

Mum schnappte nach Luft. Widerrede war sie nicht gewohnt – schon gar nicht so entschieden.

»Das mit Gregory ist vorbei!«, wiederholte ich.

»Und jetzt ist es ein Mexikaner!«, schrie Mum entnervt.

»Na und??« Jetzt begann auch ich zu schreien. »Und Gregory war so ein Miststück, und er ist kein Mexikaner!«

»Das kannst du nicht vergleichen!«

»Doch! Du musst dir jeden Menschen einzeln ansehen, um über ihn zu urteilen, und kannst nicht einfach nur auf seinen Pass schauen!«

»Es geht nicht um seine Nationalität! Es geht um die Mentalität!«, beharrte Mum.

»Was hast du für Klischees im Kopf?«, protestierte ich. »Dass die Mexikaner alle als *ilegales* herkommen und *bandidos* und *pistoleros* sind und alle nur Drogen schmuggeln?«

»Es ist leider eine Tatsache, dass ...«

»Ja, ja, ja, und es ist leider eine Tatsache, dass Mexiko ärmer ist als wir, und dass es überall auf der Welt Dreckschweine gibt, die skrupellos sind – na und? Was hat das mit ihm persönlich zu tun?«

»Ja, aber, du musst zugeben, schon bei Gregory –«

»Hör auf zu sticheln! Ich hab dir gesagt, vergiss es! Ich fall nicht noch mal auf solche Typen rein!«

»Ja, aber –«

»Hör auf!!«

Mum versuchte eine andere Taktik. Sie lächelte plötzlich nachsichtig und sagte geradezu warmherzig: »Ich kann es ja verstehen, dass du ihn magst – er ist ja augenscheinlich wirklich ein ganz netter junger Mann, und zudem akademisch gebildet, das will ich alles anerkennen. Es ist verständlich, dass du dich ihm zuwendest, und offenbar meint er es auch ehrlich. Aber ein Mexikaner bleibt im Grunde seines Herzens doch immer ein Mexikaner, und irgendwann wird es dann schwere Probleme damit geben; sie denken und fühlen doch ganz anders als wir – warum willst du das Risiko eingehen und dich an ihn binden? Warum bleibt es nicht einfach bei einer lockeren, fairen und verständnisvollen Freundschaft? Ich meine – ich bin nicht so altmodisch, was anderes zu glauben – ich weiß ja doch, dass ihr – ohnehin – – – zusammen seid!« Die letzten Worte kosteten sie offenkundig Überwindung.

Ich war empört. »Was glaubst du eigentlich? Ich soll mich deiner Meinung nach mit einer unverbindlichen Freundschaft abgeben, wo ich den Partner fürs Leben gefunden hab?«

»Viele junge Frauen leben doch heute in offenen Verhältnissen!«, sagte Mum resigniert. »Warum also nicht auch du?«

Mum war immer gegen offene Verhältnisse gewesen. Mum glaubte aber auch nicht an Partner fürs Leben.

»Gut«, sagte ich. »Ich weiß, dass du selber keinen Partner fürs Leben gefunden hast. Ich gebe auch gern zu, dass die Sache mit Gregory ein Scheiß war! Aber ich wehre mich dagegen, generell abzustreiten, dass so was funktionieren kann! Man kann es nur probieren! Man muss es darauf ankommen lassen! Erst hinterher ist man klüger. Aber wenn ich es nicht einmal auf einen Versuch ankommen lasse, dann kann ich mich ja gleich aufhängen! Das schöne, ruhige, einsame Leben mit dir hängt mir zum Hals 'raus!«

Mum wandte sich ab. »Geh mir aus den Augen«, sagte sie. »Geh! Ich will meine Ruhe! Ich hab Migräne!«

*

Ich verließ das Herrenhaus, so wie man ein Gefängnis verlässt. Ich war frei. Was in der Freiheit auf dich zukommt, weißt du nicht. Aber du bist deines eigenen Glückes Schmied. Die Dinge sind wieder in Bewegung. Nichts ist schlimmer als Stillstand. Wenn sich nichts verändert, vergeht die Zeit schleichend, stiehlt sich unbemerkt davon, und eines Tages stellst du fest, dass du alt bist und deine Seelenlandschaft mitten im Sommer aussieht wie ein zugefrorener See.

Die vehemente Auseinandersetzung hatte mich aufgewühlt, erhitzt. Welch ein fulminanter Abgang! Ich fühlte mich total benommen, wie vor den Kopf geschlagen. Fast taumelte ich die Treppen hinab. Ich musste mir selbst gut zureden. Musste mich selbst sortieren, mich neu erfinden. Soviel prasselte auf mich ein, eine ganze Lawine aus Gedanken und Gefühlen, dass ich nicht einmal Zeit fand, an die Minotaurus zu denken. Vorübergehend zumindest.

Mühselig versuchte ich, einen kühlen Kopf zu bewahren. Du kannst nicht unbegrenzt Spagat stehen. Ich muss mich zwischen Carlos und meiner Mutter entscheiden. Ich beschloss, mich für denjenigen zu entscheiden, bei dem ich mehr Zukunft fände. Es war Carlos.

Wir hatten nichts mehr zu verlieren. Ich wusste nicht, ob Mum mich nun enterben würde, und es war mir auch egal. Es gelang mir, mich mit Carlos zu treffen, der gerade wieder in San Luis Obispo bei seiner dortigen Verwandtschaft war und seinen ohnehin überbuchten Flug nach Mexiko stornierte. Wir mieteten uns stattdessen einen Wagen und fuhren los, nach Süden, *down to the border*. Wir wollten diese Fahrt genießen, als eine Art Flitterwochen.

An Mum schickte ich nur eine rasseldürre SMS, mir ginge es gut, sie solle sich keine Sorgen um mich machen. Damit sie mich nicht noch womöglich als vermisst meldete und mir die Polizei auf den Hals hetzte …! Als überbesorgte Mutter brachte sie das sonst glatt fertig …! Schlimmer noch: Sie könnte gar Carlos unterstellen, mich entführt zu haben … ich wagte mir nicht auszumalen, wie sie ohne ein noch so knappes Feedback von mir überreagieren würde …!

Zuvor aber wollten wir unbedingt Mary in San Francisco im Krankenhaus besuchen. Aus weiteren Telefonaten mit ihrer Mutter wussten wir, dass sie wieder ansprechbar war. Es war noch relativ glimpflich abgegangen, nur war sie mit dem Gesicht gegen die Frontscheibe geprallt und hatte zahlreiche Schnittverletzungen davongetragen und einen schweren Schock.

Als wir sie sahen, an Schläuchen und an Geräten in dem weißen, sterilen Krankenhausklima, hatte ich natürlich wieder einmal Angst. Siehst du, hämte der Minotaurus, wie schnell so was passieren kann?! Ihr Gesicht war ganz entstellt, und auch das machte mir Angst. Es dauerte eine ganze Weile, bis ich ihren Blick wahrnahm; ganz ruhig und freundlich, und dieser Blick war so unverändert und so vertraut, und erst da beruhigte ich mich wieder.

Tom saß neben ihr, und er sah übermüdet und bleich aus, aber erleichtert, und er sagte:»Gott sei Dank, dass es so ausgegangen ist und nicht schlimmer! Sie hat wie durch ein Wunder keine Glassplitter in die Augen bekommen, keinen Schädelbruch, und der Rest lässt sich mit einer kleinen kosmetischen Chirurgie in einem halben Jahr wieder richten – ich liebe sie auch so und bin so glücklich, dass ich meine Mary noch habe!«, und er ergriff ihre kleine weiße Hand,»und vor allem, keine Splitter in die Augen, das vor allem –« er stammelte,»und überhaupt, dass es so glimpflich ausgegangen ist – denn sie ist schwanger!«

*

Dann fuhren wir endgültig los, *south, to the border,* und es war wie eine Magie: Der Süden zog uns an, als seien wir Zugvögel oder nach Süden gepolte Kompassnadeln. Es war das Gefühl der Flucht vor Vergangenem, Unbewältigtem, das Gefühl der Befreiung und des Neuanfangs. *Down, down, down to the border!* Es klang für mich wie eine magische Formel.

Der Minotaurus würde mir aber auch über die Grenze folgen, das wusste ich. So einfach abschütteln ließ er sich nicht. Ich war noch immer voller Angst und Skepsis gegenüber der Welt, und vor meiner eigenen Courage. Aber Carlos war da, um mir Mut zu machen, allein schon durch seine Anwesenheit und sein Verständnis. Ich spürte, das war es, was ich damals, bei meiner ersten Beziehung mit Gregory, so sehnlich vermisst hatte: Verständnis füreinander, nicht nur von einer Seite als Opfer dargebracht, sondern wechselseitig, in einem wirklichen Geben und Nehmen. Ich spürte das Gefühl der Geborgenheit in mir aufsteigen, nach dem ich mich immer gesehnt hatte.

Ich machte mir einen Spaß daraus, mir vorzustellen, wie der Minotaurus, in kompletter Stiergestalt, unserem Auto auf dem Highway hinterher galoppieren würde, mit hechelnd geöffnetem Maul, aus dem der Geifer troff. Die Zunge quoll ihm schon vor Anstrengung aus dem Maul! Zum ersten Mal konnte ich mich über meinen selbst geschaffenen Dämon lustig machen, mich über ihn amüsieren. Ihm wenigstens vorübergehend einmal überlegen sein. Das war der erste Schritt zur Selbstbefreiung.

Wieder fuhr ich in die gleiche Richtung wie damals auf dem Ausflug mit Bill und Gregory nach Santa Cruz, aber ich fuhr diesmal mit einem ganz anderen Gefühl. Nicht mehr Neugier und zu besiegende Unsicherheit erfüllten mich. Zum ersten Mal fühlte ich eine gewisse Souveränität in mir aufsteigen. Ich hatte ausprobiert, kennen gelernt, war gescheitert, hatte mich wieder aufgerafft, war wieder herausgekommen aus meinem Refugium, wohin ich mich zurückgezogen hatte und meine Wunden leckte, und hatte einen Neuanfang gewagt – all das erforderte Mut und Energie. Die Erfahrungen, sowohl die schönen als auch die schmerzlichen, hatten mich bereichert. Sie waren ein Teil von mir. Meine Lebensgeschichte webte sich vor meinen Augen weiter, aus bunten Fäden, hell und dunkel – doch ich webte jetzt aktiv daran mit, hatte vielleicht endlich den Ariadnefaden gefunden …

Wir fuhren nach Monterey, und dort war der Pazifik ähnlich rau wie bei Cliffhouse, San Francisco. Zwar schwingt sich die Monterey Bay in weitem Bogen, aber das zähmte die Kraft des Wassers und des Windes kaum. Am Südende der Bucht schob Monterey seine Kieselsteinufer weit ins Meer hinaus, und in der Bucht kauerten sich Kiefernwäldchen zusammen. Auf der felsigen Landezunge aber, vor den gepflegten Golfplätzen und hinter den kakteenartig fleischigen Polsterrasen der gelben und lila Mittagsblumen, beugte sich eine einsame Monterey-Zypresse vor der Macht des Windes. Sie war windgeschoren und zerzaust, die Hauptwindrichtung vom Meer her hatte sie getrimmt, mit rauen Böen an ihren Zweigen gezerrt, ihre Triebe gestutzt, so dass sie nur im Windschatten landeinwärts halbwegs normal austreiben konnte, geknickt und gedemütigt. Und dennoch war sie zu einem kräftigen Baum geworden, der weit und breit als einziger dem Seewind trotzte und sich ihm unnachgiebig darbot, beharrlich gegen die Stürme anwuchs. Ich bewunderte sie, und ich werde ihren Anblick nie vergessen. *Lone Cypress* – du bist mir zu einem Symbol geworden!

17-Mile Drive, Pebble Beach, Richtung Carmel ... die Welt zog an uns vorbei wie eine traumhaft bunte Kulisse. Wir kurvten ein wenig in der Gegend herum, denn sie war einfach zu schön, um geradlinig dort hindurchzurauschen. Lieber verweilen und die Aussicht genießen ...!

Am Ufer gab es Brachvögel und Regenpfeifer, die auf den hellen Sandstreifen zwischen den dunklen Felsen entlang liefen, und draußen in der Bucht flogen Ketten brauner Meeres-Pelikane tief über den Wellen. Dahinter gab es grasbewachsene Dünen und Salinen und flache sattgrüne Felder, von Kanälen durchzogen, an denen Silberreiher auf Fische lauerten.

Auf den Feldern arbeiteten Busladungen von mexikanischen Wanderarbeitern. Carlos war deprimiert und verlegen, als wir sie sahen. »Mexikaner gelten als faul«, sagte er bitter. »Aber sie sind eines der arbeitsamsten Völker. Wenn wir nicht arbeiten würden, so müssten wir verhungern.«

Und so arbeiteten sie hart, zu jeder Bedingung, legal oder illegal, und trugen zum Florieren der Wirtschaft bei. »Sie sind freiwillige Sklaven«, sagte Carlos bitter. »Sie haben keine andere Wahl.«

Mir wurde es unbehaglich. »Nun kommt ja bald der neue Vertrag über die Freihandelszone«, sagte ich hastig. »Dann wird sicher alles besser!«

»Hoffentlich!«, sagte Carlos düster.

Wir übernachteten billig, in einem Motel, denn wir wussten nicht, wie lange wir mit unserem Ersparten auskommen mussten. Am nächsten Morgen gingen wir sehr früh zur *Fisherman's Wharf*, einer der Attraktionen von Monterey, um das Anlanden der nächtlichen Fänge zu sehen. Die Landungsstege waren sehr weit ins Meer hinaus gebaut, wie eine massive Holzbrücke, die mitten im Wasser endet. Die Anlage war so breit und stabil, dass auf den braunen Holzplanken Lastwagen wie auf einer normalen Straße fuhren und die Fänge abholten. Gesäumt wurde die Straße von richtigen kleinen Holzhäuschen da auf der Brücke, die Anlandungspumpen, Souvenirläden und kleine Fischerlokale beherbergten. In fast allen Restaurants konnte man frischen Hummer und Kalmare essen.

Wir gingen bis zum Ende des Landungsstegs, und es roch nach Salzwasser und nach Fischabfällen und Vogelkot. Die Möwen standen auf den Holzbohlen und Geländern und sahen einen scharfäugig an. Wenn ein Fischkutter kam, schwangen sie sich auf und hüllten ihn in eine quirlige, kreischende Wolke.

Uns kamen arm aussehende, ältere Männer entgegen, klein und krumm wie jene Monterey-Zypresse, und alle trugen sie schmierige, bunte Plastikeimer, in denen frische Kalmare glänzten. Es gab irisch und chinesisch aussehende Männer, aber alle trugen sie die gleichen gelben und blauen Plastikeimer, aus denen heraus einen die toten Kalmare aus ihren irisierenden Augen vorwurfsvoll anstarrten, weil man sie gefangen hatte. Wir gingen immer weiter auf den Landungssteg hinaus, und uns kam ein halbes Dutzend Männer entgegen, alle mit Eimern voller Tentakeln und Torpedoleiber und vorwurfsvoller Augen. Dann sahen wir es.

An einem Bootsanleger hatte ein Kutter festgemacht, aus dem gerade die Ladung gelöscht wurde. Der Kutter hatte einen Schwarm Kalmare im Bauch, die aus den Ladeluken abgepumpt wurden. Die Kalmare wurden einfach wie mit einem Riesenstaubsauger abgesaugt, und sie verschwanden mit einem Flutschen in dem dunklen Sog, wanderten das Pumprohr hinauf in eins der

Holzhäuschen, in dessen Dachgiebel sich eine Metallschaufel drehte. Auf diese Schaufel plumpsten, glitten und platschten sie, von dem Pumprohr ausgespuckt, und wurden über die langsam rotierende Schaufel auf ein Förderband ausgeworfen, von dem sie in einen offenen Lastwagen hinabrutschten, der darunter abgestellt war. Immer neue Kalmare wurden oben ausgespieen. Sie rutschten herab, weich, tot, kraftlos, glitschig. Es waren fast ausschließlich graurosa Kalmare, mit feinen zimtbraunen Pigmenten und großen Augen. Es gab nur wenig Beifang.

Der Laster war schon sehr voll, ein Berg schimmernder Kalmare türmte sich auf der Ladefläche, und immer wieder rutschten welche über den Rand und fielen auf den Boden, wo das an ihnen haftende Salzwasser um sie einen nass glänzenden Fleck bildete. Doch sie blieben nicht lange liegen. Jetzt verstand ich, warum es so viele nass glänzende Flecke am Boden ohne Kalmare in ihrem Zentrum gab und warum die bunten Plastikeimer der armen Männer so voll waren. Und was sie nicht mitnahmen, das schnappten die Möwen.

Zwischen den Landungsstegen schwammen ein paar Seelöwen, und auch sie hofften, dass von dieser vom Menschen eingebrachten Ernte etwas für sie abfallen würde. Ihr Geschrei hallte weithin.

Fasziniert sah ich jenem Spiel aus Leben und Tod zu, an dem ich selber, ungefragt und ungewollt, teilhatte. Selbst als kompletter Vegetarier hätte ich mich noch auf Kosten anderen Lebens ernähren müssen. Ich aß gerne frittierte Kalmare. Ich war froh, kein Kalmar zu sein. Dann wieder dachte ich, die Kalmare leben sicher ohne viel zu denken in den Tag hinein, und ich beneidete sie. Die Tiere schwammen unbekümmert und unverdrossen im Meer, ohne die Vision, in einem Fischernetz zu enden. Und auch die Kalmare selbst waren Räuber, die mit ihren Tentakeln andere Meereswesen fingen, um zu überleben ...

»Was ist? Du bist so still?«, fragte Carlos.

»Ich – ach, nichts. Ich – ich denke nur über das, hm, Mysterium des Lebens nach ...«

»Nur ...?« Versonnen lächelnd drückte Carlos meine Hand.

Ich beschloss, mich künftig mehr aus meinen Gedankennetzen zu befreien, in denen ich ja noch gar nicht gefangen war, sondern mich nur so gut wie darin verstrickt fühlte. Ich hatte das unglaubliche Talent, mich selber in hemmende, ausweglose Netze hinein zu manövrieren, mich in verworrene Gedanken einzuspinnen, von denen ich mich bedroht fühlte und in denen ich mich immer hoffnungsloser verfing. Dann sagte ich mir, na gut, wenigstens werde ich künftig meine Tintenfischringe mit mehr Andacht essen. Mit mehr Respekt vor dem Leben.

Später liefen wir durch den Kiefernwald, der an die weitläufigen Golfplätze angrenzte. Die kleinen Häuschen Montereys waren weiter oben, und es war hier sehr ruhig. Im Sonnenschein glitzerten weinrote Feuerlibellen. Die Kiefern verströmten einen intensiven Duft nach Harz, der mich ganz schläfrig machte. Der Boden federte unter unseren Füßen, wir liefen auf einer dicken strohgelben Schicht alter Kiefernnadeln, nur hin und wieder barst unter unseren Tritten ein alter trockener Zweig. Zwischen den borkigen Baumstämmen schimmerte stahlblau das Meer. Die Bäume reckten ihre hölzernen Arme zur Sonne empor. Wie im Gebet erhoben sie ihre Äste. Die feierliche Stille im Wald wurde nur vom Sirren des Seewindes in den Kiefernnadeln und von der fernen Brandung untermalt.

Wir blieben stehen und küssten und streichelten uns, und ich lebte in diesen Flitterwochen richtig auf und streifte alles Vergangene langsam ab wie eine Schlange ihre alte Haut. Von den Polsterpflanzen in den Dünen wehte ein lavendelartiger Duft herüber. Mein Herz entkrampfte sich gerade wunderbar, da schrie ich entsetzt auf.

Dort, wo ich eben meinen Fuß hinsetzen wollte, lag etwas wie ein großes, hellbraunes Stück Holz. Ich hatte es wirklich für Holz gehalten. Doch auf den zweiten Blick entpuppte es sich als ein riesiger Bockskäfer, der sich auf dem Weg sonnte. Ungehalten begann er, weiter zu krabbeln. Natürlich hatte ich schon wieder einmal Angst. Carlos lachte. Es war ein Lachen, das mich nicht bloßstellte und das ich akzeptieren konnte. Ich lachte sogar mit.

»Kein Wunder, dass du vor dem kapitalen Brummer einen Schreck kriegst!«, sagte er. »Der ist ja aber auch fast handlang ...!«

Wir besuchten auch das Monterey Bay Aquarium, das in einer ehemaligen Sardinenfabrik untergebracht ist und unter anderem durch riesige Panzerglasscheiben direkt Ausblick auf das geheimnisvolle Leben und Treiben im Meer gibt. Dort war sogar die Bucht selbst in ein riesiges Aquarium verwandelt worden – eine geniale Idee. Und die Tiere dort waren frei, selbst wie Besucher, aus freier Wildbahn. An der Glasscheibe trafen sich zwei Welten. Wir staunten über den *kelpwood*, einen flutenden Unterwasserwald aus baumgroßen, messinggelben Kelp-Algen, zwischen denen mit unglaublichem Gleichmut silbrig graue Sardinenschwärme kreisten. In Verstecken entdeckten wir dunkle Barsche, die mit ihren großen Flossen fächerten. Je länger wir schauten, desto mehr Fische entdeckten wir. An einer Fensterscheibe kroch, unglaublich anzuschauen, ein großer Seestern mit seinen Saugfüßchen nach oben.

Es gab auch Aquarienbecken mit Tieren zum Anfassen, und auch vor den Seesternen, Seeigeln und Fischen darin hatte ich Angst, bis mir Carlos kommentarlos einen roten Seestern in die Hand drückte. Betroffen sah ich den Seestern an. Er war erstaunlich fest und überhaupt nicht glitschig. Vorsichtig setzte ich ihn ins Wasserbecken zurück, und ein kleiner Junge ergriff ihn begeistert und holte ihn wieder heraus.

»Ganz schön viel Stress für die armen Tiere«, meinte Carlos, »Aber manche Menschen lassen sich nur für den Umweltschutz begeistern, wenn sie die Natur buchstäblich begreifen können ...«

Es gab so unendlich viel zu sehen. Besonders die süßen Seeotter mit ihren runden Köpfen, den Knopfaugen und den gesträubten Schnurrbärten hatte ich sofort in mein Herz geschlossen. Sie benutzten ihre breiten Pfoten wie kleine Hände, wenn sie ihren Fisch fraßen oder sich hinter den Ohren kratzten. Sie schlugen im Wasser Purzelbäume und tauchten, überschäumend vor Energie, torpedoschnell und sich um ihre eigene Achse drehend. Irgendwie kamen sie mir vor wie spielende Kinder.

»Hier steht, sie benutzen sogar Steine als Werkzeuge, um sich Muscheln und Seeigel aufzuknacken«, las Carlos vor. Wie erstaunlich war doch die Natur!

Doch am Nachdenklichsten machten mich weder putzige Otter noch elegante Blumenquallen, weder Krabben noch Seeigel. Es waren die Sardinen und Sardellen. Ich stand vor einer Säule aus Glas, in der ein Sardellenschwarm direkt vor meinen Augen beständig im Kreis umherflutete. Zu Fischen hatte ich eigentlich bisher keine besondere Beziehung gehabt, sie waren weder ansprechbar noch hatten sie ein weiches Fell zum Streicheln, und ihre Augen in den kleinen Knochengesichtern starrten mich ausdruckslos an, oder wenn sie einen Ausdruck hatten, so war ich nicht fähig, ihn wahrzunehmen.

Doch jetzt sah ich die winzigen flutenden Sardellen an, mit dem Gefühl, dass sie mir etwas zu bedeuten hätten. Sie schwammen alle in dieselbe Richtung, eng gedrängt und doch alle in gleichmäßigem Abstand, und ihre vielen zusammengescharten Körper bildeten eine gewaltige silbrige Säule, die sich ständig um sich selbst drehte.

Carlos trat neben mich und fragte: »Was interessiert dich denn an den Sardellen so sehr?«

»Ich überlege gerade, ob sie wirklich alle genau gleich aussehen.«

»Was glaubst du?«, fragte Carlos hintersinnig.

»Eigentlich glaube ich, dass sie nicht genau gleich aussehen.«

»Natürlich nicht. Sie sind Individuen, so wie wir auch.

»Ob sie sich aber auch selber individuell erkennen können?«, fragte ich.

»Wahrscheinlich nicht«, sagte Carlos, »aber vielleicht ist das für sie ja auch gar nicht wichtig.«

»Dann sind sie doch eine anonyme Masse!«

»Aber sie unterscheiden sich dennoch individuell, auch wenn niemand auf ihre Unterschiede achtet.«

»Vielleicht der liebe Gott«, sagte ich. Plötzlich fing ich an, Sardellen oder Sardinen mit Menschen zu vergleichen. Auch Menschen verkamen ohne liebevoll-zugewandten Blick zu einer anonymen Masse. Und der freie Wille drohte im Schwarm unterzugehen.

Meine Gedanken schweiften ein wenig von Sardinenschwärmen ab und ich sah Carlos neben mir und freute mich, dass er so groß war und ich meinen Kopf an seine Schulter lehnen konnte. Aber meine Gedanken kehrten unwillkürlich wieder zu den Sardinen zurück. Ich lehnte mich an Carlos an und betrachtete die Fische. Aus einem der Aquarien schien eine kleine rotbraune Krabbe uns vergnügt zuzuwinken.

*

Die neue Generation Mexikaner, vor allem der Großstädter aus Mexiko City, sind größer als ihre Vorfahren. Carlos ist sogar größer als ich. Sein Grinsen ist unverschämt entwaffnend; er ist in einer anderen Weise smart als Gregory. Schwarzhaarig, Bürstenschnitt, schmale Augen und Adlernase – aber nur er hat genau diese Haare und genau diese Augen und genau dieses breite Grinsen, und selbst unter Tausenden schwarzhaarigen, grinsenden Männern namens Carlos wäre er noch unverwechselbar, nur er, als Individuum, eben weil ich ihn liebe und er etwas völlig anderes für mich ist als irgendein Mann aus einer anonymen Masse. Es gibt ohnehin keine anonyme Masse. Wir sind lediglich unfähig, so viele Individuen alle einzeln zu würdigen. Ich bin sicher, auch in einem Sardinenschwarm sind keine zwei Tiere gleich. Von Größe und Alter her, Aussehen und Genen. Gleich nur bei oberflächlicher Betrachtung. Wir Menschen sind ein immenser Sardinenschwarm. Wir sind einfach unfähig, so viele Individuen separat zu erkennen und zu würdigen. Wir sprechen von einer Masse, von *den* Mexikanern oder *den* US-Amerikanern oder Russen oder Chinesen oder sonst was. Die Menschen verkommen in unseren unfähigen Augen zu einer Masse. Ein anonymer Sardinenschwarm, unpersönlich, austauschbar. Und dann schnüren wir sie in die Netze pauschaler Vorurteile. Es ist wie in der Konservenfabrik. *Cannery Row* – und all die austauschbaren Sardinen geköpft ab in vorformatierte Büchsen. Der Fisch wird in Schablonen gepresst. Der Mensch wird in Schablonen gepresst. Die Betroffenen müssen darunter leiden. Mein Freund Carlos ist davon betroffen, und so betrifft es mich auch. Globale Schablonenpresserei ist wie ein Bumerang. Sie trifft auch dich.

*

Am nächsten Tag fuhren wir weiter, verließen Monterey nach Süden, auf dem Highway 1. Carmel grüßte mit seinen geschwungenen grünen Ufern und den kleinen Villen im Spanischen Stil, und dann bei Point Sur wurde die Landschaft wild und felsig; die Felsen bäumten sich gegen den Pazifik auf wie urzeitliche Riesen, angegriffen von der Brandung, die mit weißen Schaumzähnen am Gestein nagte.

Das Meer wurde immer blauer, je weiter wir nach Süden kamen. Die Vegetation war an der Felsenküste etwas spärlicher, zähes Gras überzog die Hänge, die bis zur Küstenlinie von Hereford-Rindern abgeweidet wurden. Wir sahen einen Fels im Wasser, der wie eine Miniaturausgabe von Gibraltar wirkte, oder wie ein Schildkrötenbuckel. Wir machten kurz Rast auf einem Parkplatz an der Küste. Dunkelbraune Erdhörnchen huschten zwischen den Felsen am Meer – für mich ein ungewohnter Anblick. Ich kannte nur die Eichhörnchen im Wald.

Bei Juan-Higuera-Creek wurde die Landschaft plötzlich wieder grüner. Es gab wieder Sequoia-Tannen, die eigentlich Küstenmammutbäume sind, und immergrüne Eichen. Carlos fuhr, und ich lehnte mich im Beifahrersitz zurück. Ganz entspannt und unverkrampft – für mich ein neues Gefühl. Doch auch Carlos genoss die Landschaft im Vorüberfahren. »Jede Menge Panorama«, sagte er.

Pampasgras und Steakrinder, Meerespelikane und windgetriebene Wasserpumpen. Auf einer Ranch sahen wir zwei Cowboys, der eine auf einem weißen Pferd, der andere auf einem braunen. Sie trieben die weißköpfigen, roten und schwarzen Rinder vor sich her. Ein Hauch von Texas.

»Ich dachte, die gibt es gar nicht mehr!«, sagte ich und zeigte auf die Cowboys.

»Vielleicht sind die aus Hollywood«, brummte Carlos vergnügt. Wir fuhren weiter, an Öltanks und einer Raffinerie vorbei. Doch selbst hier verschönten noch Palmen gnädig die zersiedelte Landschaft. Dann wurde es wieder lieblicher, und es gab Artischockenfelder und Grapefruit-Plantagen. Sonnengereifte Früchte.

Der tiefe Süden kündigte sich an mit Kakteen und Agaven, die nun immer häufiger den Wegesrand säumten. Es waren die strauchigen Opuntien-Kakteen, die aussehen wie aus runden grünen Scheiben zusammengesetzt. »In Mexiko wirst du Säulenkakteen sehen, so groß wie Bäume!«, versprach Carlos.

»Ist das wahr?«

»Ja, echt.«

»Na, wenn du es sagst ...«

Ich blieb vorsichtig und beschloss, erst nach Anblick der Kakteen darüber zu urteilen, ob Carlos nicht doch etwas übertrieben hatte, in liebenswert-mexikanischer Art. Die Ansichten meiner Mutter saßen mir noch im Kopf – und somit immer noch der Minotaurus latent im Nacken ...

Die Agaven am Wegrand sträubten ihre fleischigen Arme wie Tentakeln riesiger grüner Polypen, und an den felsigen Hängen waren ihre meterhohen, bäumchenartigen Blütenschäfte oft der einzige höhere Bewuchs. Mexiko rückte immer näher, es schlug uns auch immer lebendiger ein Hauch der kolonialen Vergangenheit entgegen. In San Luis Obispo stiegen wir aus. Hier lebte Carlos bei seinen Verwandten, wenn er sich in den Staaten aufhielt. Doch diesmal würden wir ja nur kurz hallo sagen, er würde letzte Sachen zusammenpacken, und dann würden wir weiterfahren ... Ich freute mich darauf, einige Familienangehörige von ihm kennen zu lernen, wenn auch nur flüchtig. Sicher waren sie doch genauso nett wie er ...?

Wir wurden herzlich, ja überschwänglich von seiner Tante Teresa und Onkel Gustavo begrüßt. Sofort nahmen sie auch mich in den Arm, so als ob wir uns schon seit jeher kennen würden. Fast schon, als würde ich zur Familie gehören …! Beschämt dachte ich daran, wie steif und frostig im umgekehrten Falle Mum auf die beiden reagiert hätte, wenn sie denn ihre Bekanntschaft machen würde … Rasch schob ich den unbequemen Gedanken beiseite.

Umso mehr genoss ich es, hier einmal nicht, wie sonst auf unserer Tour, in anonymen Motels oder kleinen Pensionen übernachten zu müssen. Fast schade, dass wir nur einen Tag zur Besichtigung des hübschen Ortes einplanen konnten, bei seiner netten Familie!

Das kleine San Luis Obispo mit seinen weißen Häusern und der alten Missionskirche war noch ganz koloniales Spanien, gerade so, als seien nicht schon Hunderte von Jahren vergangen. Wie selbstverständlich standen die europäisch anmutenden Gebäude aufgepflanzt, ganz selbstbewusst. Die weiße Tünche an der Kirche wirkte nicht einmal staubig. Da hatte ich plötzlich das Gefühl, Amerika sei noch so verdammt jung, dass es viele seiner Probleme und Widersprüche noch gar nicht richtig angepackt hatte. Zumindest galt dies für das Amerika der Einwanderer … auf die alte Weisheit der Ureinwohner, auf die mich Carlos ja schon hingewiesen hatte, hörten diese ja zumeist nicht …

Exotische Vegetation, grellbunte Blütenpracht: Hibiskus, Oleander und Brasilianische Baumwollbäume. Blumen wie die leuchtenden Volants mexikanischer Trachten auf einer Fiesta. Carlos steckte mir eine große rosa *Tabebuia*-Blüte ins Haar, die er an einem blühenden Strauch gefunden hatte. Wir beide waren Amerikaner, jeder auf seine Weise.

Wir gingen weiter. Diese Gegend hatte einmal zu Mexiko gehört, und noch heute waren viele Spuren davon gegenwärtig. Ich hoffte, dass es eines Tages belanglos sein würde, welche Gegend einst zu welcher Nation gehört hatte, weltweit. Es kam auf ganz andere Dinge an. Auf ein friedliches Zusammenleben aller Nationen, nicht auf Abgrenzung. Kooperation statt Ausbeutung und Abschottung. Aber ein solch wahrhaft globales Denken würde ich wohl nicht mehr erleben.

Arm in Arm und eng umschlungen bummelten wir durch die historische Altstadt. Es gab Häuser im Kolonialstil und schläfrige saubere Plätze mit Eukalyptusbäumen, es gab den Kalifornischen Bären als Springbrunnenfigur, obwohl er in echt hier längst ausgestorben war, und in einem Schaufenster fanden wir den ausgestopften Kopf eines Longhorn-Rindes, mit armlang ausladendem Gehörn. Wieder mal dachte ich an meinen Minotaurus – und musste erstmals grinsen.

Vor schönen Häusern hielt ein großer, uralter Ford. Eine dicke weiße Frau und zwei rotbärtige Stadtstreicher stiegen aus. Die Frau war monströs vom *Junk food*, und ihre alte dunkelblaue Wolljacke spannte sich über ihrem Körper, die Ellbogen schauten aus Löchern in den Ärmeln hervor. Das Stadtstreicher-Trio begann, die Mülltonnen gezielt nach Blechdosen und anderen Gegenständen aus Blech durchzuwühlen. Sie ließen das wertvolle Blech in dem alten Ford verschwinden, der schon bis oben hin damit vollgestopft war, für den Schrotthändler. Auch das war Amerika. Und Armut machte vor keiner Hautfarbe Halt.

Weiter auf unserer Route! Wir fuhren und fuhren, wie im Rausch. Die Tropen lagen von hier noch hinter dem südlichen Horizont versunken, erst unten in Baja California folgten die Sterne dem Wendekreis des Krebses, aber die Tropen sandten dennoch bereits ihre Vorboten nach Norden. Es waren Pflanzen. Die üppig wuchernde Bougainvillea mit ihren lilaroten oder lachsfarbenen Blütenkaskaden wanderten nördlich bis San Francisco. Hier im Süden Kaliforniens grüßten blaublütige Jacaranda-Bäume und weißer, duftender Jasmin die Durchreisenden. Weiter unten, in San Diego, spreizten die Bäume der Reisenden vor uns ihre riesigen Blattfächer, reckten knallorange Paradiesvogelblumen ihre Blütenflügel. Peruanische Pfefferbäume ließen ihre roten Beeren leuchten. Ich fand, die Bäume der Reisenden sähen aus wie zu Zöpfen geflochtene Bananenstauden und sagte das Carlos auch. Er lachte. Aber es stimmte. Ich spürte auch, sein Lachen war kein Auslachen.

Mir war, als stünden für uns auf unserer Reise nach Süden alle Palmen am Wegesrand Spalier. Der Gluthauch der Wüste hatte hier manchen Flusslauf austrocknen lassen, es gab Bachbetten, auf deren Schotterbänken schon seit Jahren Gräser und Kräuter wuchsen, weil es hier einfach kein Flusswasser mehr gab. Es waren richtige Wadis.

Die Hänge an den Straßenrändern waren erodiert von früheren heftigen Regenfällen. Das Wasser hatte tiefe steile Rinnen in die kalkhelle Erde gewaschen, die jetzt unter der Hitze betonhart getrocknet war. Jetzt war das Wasser fort. Es war gespenstisch. An ganz oder teilweise versiegten Flussläufen folgten Pappeln deren Lauf. Sie steckten noch von weitem den Flussverlauf ab – wie riesige, grüne Stecknadeln in der Landschaft. Gelegentlich gab es kleine grüne Felder. Es wurde wieder bergiger. Wir sahen auch ein kleines Weinfeld, mit flatternden Stanniolbändern eingezäunt, um Beeren pickende Vögel zu verscheuchen. Ich musste wieder an Mum denken.

El Capitan, Dos Pueblos, Goleta. Jeder Name, der uns weiter von Mum fort und näher nach Mexiko führte, war für mich wie ein Fanfarenstoß heimlicher Freude. In Santa Barbara gab es einen lustigen Springbrunnen mit einer Familie springender Delfine aus Bronze. So übermütig wie sie sprang auch mein Herz.

Hier waren die Palmen doppelt so hoch wie anderswo, und sie hatten alle nur auf mich gewartet und grüßten mich mit ihren schwingenden Wedeln. Ich genoss diese kleine Überheblichkeit, die ich mir nach einer so langen Phase der inneren Unterdrückung zugestand. Den Minotaurus hatte ich im Gepäck, aber ich ließ ihn derzeit nicht heraus. Die Fahrt entlang dieser »Riviera« war einfach zu schön für trübe Gedanken! Natürlich bewunderten wir auch den berühmten Riesen-Feigenbaum, die Moreton-Bay-Feige, die wie ein gigantisches Wesen aus der Urzeit wirkt, oder aus dem Märchenland.

Auch hier in Santa Barbara gab es eine große Seebrücke, die

Stearns Wharf. Sie erinnerte mich an die Wharf in Monterey. Seltsam, dass man auf Holzbohlen so weit übers Meer hinaus laufen konnte ...!, dachte ich. Auf einmal begriff ich, dass ich selber auch gerade dabei war, in meiner inneren Landschaft Brücken über tiefe Wasser und Abgründe zu bauen.

An einer kleinen Bucht außerhalb von Santa Barbara, in Arroyo Burro Beach, machten wir ein Picknick mit billigen Sachen, die wir irgendwo in einem Supermarkt gekauft hatten. Auch diese kleine Bucht war lebhaft besucht, es gab Ausflügler jeden Alters, und in dem Flüsschen, das palmengesäumt in die Bucht mündete, wateten kleine Kinder auf der Suche nach Muscheln. Auch wir wanderten durchs flache Wasser, ließen uns die Meereswellen um unsere Knöchel spülen. Sie wuschen nicht nur Sandkörnchen und kleine Algenfetzen, sondern auch meinen ganzen Frust davon, vorschwappend und zurückwogend im großen Pulsschlag des Ozeans. Ich begann, mich frei zu fühlen, aufzuatmen in der salzigen warmen Seeluft.

Der Minotaurus trottete beschäftigungslos am Ufer. Hier war der Sand bereits sehr viel heller und sonnengebleichter als im Norden. Es war hier einfach viel zu schön, um sich nach dem Minotaurus umzudrehen.

Wir fuhren weiter. Die Landschaft wurde immer sorgloser, immer lieblicher. Hier schliefen die Penner unter Palmen. Die Probleme, so schien es, waren hier zwar ebenso groß, aber scheinbar weniger schwer zu ertragen. Ein Hauch von ewigem, tropischem Sommer umnebelte den Verstand.

Wir ließen Santa Barbara mit seinem bereits tropischen Flair hinter uns. Stets hatten wir die kalifornische Bergkette parallel zur Küste neben uns liegen. Es war beeindruckend, zu denken, dass im Grunde dasselbe Gebirgssystem die Reisenden von Alaska bis Feuerland begleitete.

Immer häufiger wucherten Rhizinus-Sträucher in den Ödländereien. Sie waren die eigentlichen Gewinner in dieser Landschaft, die wahren *conquistadores* aus der Alten Welt. In Mexiko sollte ich ihnen überall begegnen. Still und beharrlich wuchsen sie bis tief in die Wüste hinein ebenso wie im tropischen Dschungel, grad wie in ihrer ägyptischen Heimat. Es war ihnen egal. Alles, was sie brauchten, war eine Handvoll Erde, kräftige Sonne und wenigstens ein ganz klein wenig Wasser.

Weiterfahrt südwärts. Ventura. Riesenrad am Meer. Santa Monica. Autostau. Wir hatten L.A. erreicht. Ich notierte in mein Tagebuch, das ich zu jener Zeit mit sporadischen Einträgen führte. Ich kannte L.A., aber nur als Kind und als junges Mädchen war ich dort gewesen. Dann hatte ich nur noch in der von Mum abgeschirmten Welt gelebt, von meinen Eskapaden in Frisco unterbrochen. Ich schrieb:

»Eintreffen bei Dunkelheit – Lichtertürme – richtige Abfahrt vom Freeway Lotteriespiel – Hochhäuser kommen mir wie gewaltige Ameisenhaufen vor; ich bin den Stadtlärm gar nicht mehr gewohnt gewesen, da draußen in Napa Valley. Die Stadt summt wie ein Wespennest, aggressiv, monoton und rücksichtslos. Wenn du aus dem Auto aussteigst, meinst du erst, du hast noch das Brausen des Pazifik von irgend'ner schönen Fisherman's Wharf in den Ohren – aber es ist der Straßenozean, der zwischen den Betonklippen brandet.

Über der Stadt blinken rot-grün die Positionslichter der Flugzeuge, und viele Fensterscheiben von Hochhäusern leuchten oder glänzen auch im Dunkeln, hoch über den sich dahinwälzenden, grell weißen und roten Lichterschlangen der Verkehrskolonnen und den neonhellen Werbeschildern. Wege für Fußgänger hat man hier meist vergessen – überall nur Viadukte und Stadtautobahnen. Wenn's hier, zwischen all den gestapelten Tiefgaragen und aufgetürmten *Sky-Scraper*-Etagen mal bebt, dann bleibt nur 'ne Masse Mensch, wie *Cranberry*-Marmelade zwischen zusammengedrückten *pancakes* ...«

Wir sahen jenes unnachahmliche Gemisch aus Mexican und Chinese Fast Food-Läden, schäbigen Frauenkliniken, die nach Sterilisation von Prostituierten und illegaler Abtreibung aussahen, chinesischen und koreanischen Massagesalons und Autowerkstätten. Wir sahen Gangs von Jugendlichen aller Hautfarben herumlungern, fast nur Männer. Weiße, Latinos, Schwarze und Asiaten versuchten, das Rätsel dieser Stadt zu lösen, ihr irgendwie ein Leben abzuringen. Frauen sah man am Tage nicht an den Straßenecken lungern, nur nachts gab es nuttige Mädchen in billigen Miniröckchen.

Wir sahen auch das andere Gesicht der Stadt, hell und freundlich, das einen die düsteren Bilder der Nacht vergessen machte. Da gab es, nicht nur in Beverly Hills, gepflegte und schöne Häuser mit sorgfältig grün gehaltenem Rasen und inmitten der kleinen, ordentlichen, abgeschirmten Welt, die ich kannte. Und in Malibu Beach wohnten die Filmstars. Wohlstand und Reichtum atmeten Ruhe und Geborgenheit, und diese Geborgenheit wurde von privaten, bezahlten Wächtern verteidigt, die unauffällig in den Straßen patrouillierten. Über die soziale Ungerechtigkeit sagte dieses Ambiente nur wenig – denn beide Welten, arm und reich, wurden ja sorgsam voneinander abgegrenzt – auf sichtbare und unsichtbare Weise …

Licht und Schatten, Glamour und Elend, in bunten Facetten. Ich spürte, wie eng Wohlstand und sozialer Frieden aneinander gekoppelt sind, wie schmal der Grat zwischen beiden Welten ist, dass er tausendfach durch dieselbe Stadt verläuft, und die Ereignisse der letzten Zeit hatten gezeigt, wie viel sozialer Konfliktstoff sich in Teufelskreisen ansammeln konnte. Naiv hoffte ich auf eine bessere Welt und fühlte mich wieder einmal durch den Minotaurus bedroht. Diese Stadt war janusköpfig.

Es gab hier sehr viele mexikanische Gastarbeiter, was mir begreiflicherweise besonders auffiel. Wie schlagen sie sich durch? Sie fahren Trucks, kellnern, mähen Rasen und arbeiten als Packer, Portiers oder Liftboys. In einem anderen Stadtteil, den wir durchfuhren, entdeckte ich an der Fassade eines kleinen Reisebüros die handgemalte Aufschrift in Spanisch: »Reservieren Sie sich Ihr Flugticket für Weihnachten: N.Y., Seattle, Kolumbien, Venezuela, Puerto Rico« usw. Die vielen handgeschriebenen Werbungen auf Läden und Geschäften, liebevoll dilettantisch bis gekonnt-virtuos mit meist roter Farbe angepinselt, ersparten enorm Werbekosten für Neonröhren und dergleichen. Und hier wurde viel Spanglish gesprochen, eine Mischsprache aus Spanisch und Englisch.

Irgendwo irrte eine alternde *Flower-power*-Frau in langem, indischen Kleid umher. Ihr blondes Haar hing ihr wirr auf die Schultern, das Gesicht war von Drogen ausgezehrt. An einer Kreuzung standen Rocker missmutig und ratlos zusammen; schwarze Lederjacke, lange blonde oder brauen Haare, dicke Silberketten, Röhrenjeans und schwere Lederstiefel. Wenig später überholte uns ein Rocker auf einem schweren Motorrad; mit Helm und langem Pferdeschwanz, nacktem Oberkörper und Shorts, aber auch er mit dickem Silberschmuck und schwarzen Lederstiefeln. Such dir deinen Lebensstil. Du hast diese Freiheit. Und vielleicht schaffst du es ja sogar, aus deinem Leben etwas zu machen.

*

In L.A. schlief ich sehr schlecht. Unser Hotel im Stadtzentrum wurde gerade im Foyer umgebaut. Natürlich interpretierte ich es sofort als Erdbebenschäden. Vielleicht waren es wirklich Risse in der Wand infolge eines Erdbebens, aber anstatt mir zu sagen, siehst du, das Hochhaus hat dem Beben standgehalten und nur ein paar Löcher im Putz davongetragen, betrat ich es nur mit dem Horror, es werde jeden Augenblick über mir zusammenbrechen.

Da half es auch gar nichts, dass Carlos mit mir die simulierte Erdbeben-Katastrophe im U-Bahn-Schacht der Universal Studios von Hollywood besucht hatte. Dort hatte ich mich mit lächerlicher Angst an ihn gekrallt, als die Decke zusammenstürzte, ein Flammeninferno ausbrach, berstende Wasserrohre alles überfluteten, Helikopter abstürzten und Feuerwehrautos und Tanklastzüge in den U-Bahn-Schacht stürzten und Amok fuhren.

Die Inszenierung war zu realistisch – für meine schwachen Nerven. »Ich bin ein Hasenfuß«, sagte ich. »Darüber ärgere ich mich, es ist mir total peinlich, es zuzugeben. Doch dir gegenüber kann ich es wenigstens in aller Offenheit!«

»Das ist ein echter Liebesbeweis«, sagte Carlos. Dafür bekam er einen Kuss von mir.

Nachts lag ich wach. Carlos schlief friedlich, wir hatten wunderbar wilden Sex gehabt, aber ich konnte vor Angst vor dem Erdbeben nicht einschlafen. Während dem Sex hatte ich alles vergessen und nur gelebt, und alle Sorgen und Kümmernisse waren in dem roten Rausch untergegangen, aber nun war der Rausch verflogen, die Wogen mitreißender Gefühle abgeebbt, und aus dem Dunkel trat drohend der Minotaurus hervor. »Ich bin noch da«, sagte er zu mir. »Ich habe dich nicht verlassen«. Ich wünschte, er hätte mich verlassen.

Schlaflos wälzte ich mich hin und her. Was war das – hatte das Bett gewackelt? Ein eisiger Schrecken fuhr mir in die Glieder, lähmend, ließ mich erstarren. Quatsch, du hast dich bewegt, das ist alles. Aber das Herz schlug mir bis zum Halse. Starr ausgestreckt horchte und fühlte ich in die Nacht. Carlos lag reglos neben mir und schlief. Ich lag völlig still, um möglichst jede Bewegung, die nicht von mir kam, zweifelsfrei zu registrieren. Ich beobachtete auch Carlos im Dunkeln, um zu überprüfen, ob nicht er es war, der im Bett irgendwelche Bewegungen hervorrief. Ich starrte ihn an. Ich atmete ganz flach, ganz oberflächlich, ganz ängstlich. Ein Hasenfuß.

Der Minotaurus wurde immer deutlicher im Dunkeln. Er grinste mich hämisch an. Meine Nervenspitzen wurden immer feinfühliger, wie seismographische Sensoren. An Schlaf war gar nicht zu denken. So glaubte ich. Denn um zwanzig vor zwölf fuhr ich in wilder Panik hoch. Das Bett hatte gewackelt, so als hätte es jemand über eine hohe Türschwelle hinweg geschoben. Aus der Nachtschwärze starrten mich die grünen Leuchtziffern der Uhr an. Ich horchte und fühlte weiter in die Dunkelheit, aber alles blieb still. Carlos atmete ruhig neben mir.

Jetzt war endgültig an keinen Schlaf mehr zu denken. Einen Augenblick lang versuchte ich, mir einzureden, ich hätte alles nur geträumt, aber ich wusste, das Bett hatte wirklich gewackelt, von unten her, und davon war ich erwacht. Es war eine Erschütterung gewesen, ganz anders als wenn man sich im Bett umdreht. Es hatte auch keine Matratze dabei geknarrt, nur ein dumpfes kurzes Rumpeln hatte die Bewegung begleitet.

Mit aufgerissenen Augen blickte ich ins Dunkel. Ich lag starr im Bett und sah nach oben an die Decke, die grau und bedrohlich über mir schwebte. Bei Tage war sie weiß und wirkte viel harmloser, obwohl sich Erdbeben auch bei Tag ereignen können. Das war die irrationale Seite der Angst. Sollte ich Carlos wecken …? Doch es war ja jetzt alles still … nur das Dunkel um mich her dehnte sich aus, als sei es der Weltraum selber.

Vor mir leuchtete Pussycats weißes Gesicht auf, und als ich erneut hinsah, war es halbseitig geschwärzt und verbrannt. Im Sekundenschlaf träumte ich wirres Zeug, aber dazwischen war ich immer wieder über eine halbe oder Dreiviertelstunde ununterbrochen wach. Halb zwei. Die Zeit dehnte sich wie ein Gummiband. Die Zimmerdecke über mir begann sich vor meinen angespannten Blicken zu bewegen. Meine Augen waren überanstrengt im Dunkeln. Übermüdung und innerer Alarmzustand vermischten sich und lasteten auf mir wie ein Albdruck.

Der Minotaurus wurde immer größer, blähte sich in der Nacht auf wie ein aufblasbares Monster. Die Zimmerdecke -? Nein, sie war nach wie vor oben, gehorchte architektonischen und nicht tektonischen Gesetzen. Gewiss war dies Hochhaus ohnehin erdbebensicher konstruiert. Halb drei. Unendlichkeit. Drei. Immer wieder meinte ich, den Boden wanken zu spüren, Putz von der Decke bröckeln zu sehen. Aber es blieb alles ruhig. Nur in meiner überreizten Vorstellung wurde ich von eiskaltem Staub berieselt. Mein Adrenalinpegel war jetzt so hoch, als hätte ich eine ganze Kanne zu starken Kaffees getrunken. Ich schlief jetzt nicht einmal mehr für Sekunden.

Dann, um dreiviertel vier – ich war hellwach und Carlos lag ganz still – erfolgte ein zweiter Erdstoß, und ich fuhr erneut hoch, ziellos, sinnlos. Ich schlug auf die Bettdecke, um Carlos zu wecken. »Raus – ein Erdbeben!«, schrie ich. »Raus – auf die Straße!«

Mit zittrigen Händen machte ich Licht.

Carlos richtete sich verschlafen auf, blinzelte mich verständnislos an. Als das Wort »Erdbeben« in sein Bewusstsein drang, war er schlagartig wach. Er sah sich um, halb aus dem Bett gestiegen.

»Raus, raus – worauf wartest du?«, schrie ich verzweifelt.

»Und wo willst du hin? Draußen bist du gefährdeter als hier!«, sagte Carlos kalt. »Da kommen die ganzen Glasscheiben runter, tonnenweise, und Steine und Trümmer, wenn es bebt.«

»Dann kriech ich eben unter den Tisch!«, schrie ich panisch. Carlos schüttelte den Kopf. »Los, unter den Türrahmen – der ist am stabilsten!«, herrschte er mich an. »So haben wir's in den Erdbeben-Schutzübungen in Mexiko gelernt!«

Ich sprang gerade aus dem Bett und wollte unter dem Türrahmen Schutz suchen, da fragte Carlos: »Bist du sicher, dass es bebt?« Es war alles ruhig. Es bebte nichts, und es grollte nichts. Kein Krachen, kein Bersten. Ruhe. Nur ich bebte am ganzen Körper. Zitternd stand ich unter dem Türrahmen.

Ich wurde wütend. »Wenn du erst den nächsten Erdstoß abwarten willst, wenn dir die Zimmerdecke auf den Kopf fällt, dann bitte! Aber dann ist es zu spät! Bei Katastrophen zählt doch jede Sekunde!«

Aber auch ich blieb nun nicht an der Tür stehen, ich kroch nun auch nicht mehr unter den Tisch. Es war wirklich wieder alles ruhig. Es war mir peinlich. Das Einzige, was in Aufruhr war, das war ich ... Frierend vor Kälte und Aufregung setzte ich mich auf die Bettkante, völlig ratlos und unschlüssig.

»Da war wirklich ein Erdstoß!«, sagte ich. »Gerade eben!«

»Wenn es tatsächlich ein Erdstoß war, dann wird er meist von mehreren schwächeren Nachbeben gefolgt«, sagte Carlos sachlich. »Ich will dir ja keine Angst machen, aber so ist es. Ich kenne das aus Mexico City.«

»Es war ein ganz schwacher Erdstoß«, sagte ich kläglich.

»Das ist hier normal«, sagte er. Ich zuckte die Achseln. Tja, das wusste ich ja selber.

»Du siehst müde aus«, sagte er. »Hast du geschlafen?«

»Nein, ich habe eben nicht geschlafen«, sagte ich. »Daher habe ich es ja so deutlich gespürt! Ich hab's genau mitbekommen, ich bin ganz sicher!«

Ich lauschte und fühlte weiter. Aber es blieb alles ruhig.

»Du hast ganz rote Augen«, sagte Carlos. »Es hat keinen Sinn, die ganze Zeit dazusitzen und zu warten ...« Er machte das Licht wieder aus. Ich saß weiter auf der Bettkante, bereit, jederzeit wieder aufzuspringen. »Oh Gott – willst du etwa weiterschlafen?«, fragte ich ihn entgeistert.

»Ja – natürlich«, murmelte Carlos undeutlich unter seiner Bettdecke. »Was sollen wir denn sonst tun?«

»Kannst du überhaupt jetzt schlafen?«

»Ja, warum nicht?«

»Aber es kann jederzeit wieder losgehen!«, rief ich verzweifelt.

»Ja, es KANN, es MUSS aber nicht. Du kannst dich doch nicht schon vorher verrückt machen«, sagte Carlos unter seiner Decke.

»Hinterher ist es zu spät!«, verteidigte ich mich. Mir kam meine Antwort selber schal und fad vor, aber ich kam nicht gegen den Minotaurus an. Es konnte schließlich wirklich jederzeit passieren.

Carlos schwieg. Trotzig fügte ich hinzu: »Immerhin verläuft hier der Sankt-Andreas-Graben, von Frisco bis L.A.! Los Angeles ist ein Hot Spot für Erdbeben!«

»Weißt du«, antwortete Carlos dumpf unter seiner Bettdecke. »Wenn es dich treffen soll, dann trifft es dich doch. Wenn es dein Schicksal ist, kannst du bis ans Ende der Welt fahren und entkommst ihm doch nicht!«

»Du bist fatalistisch!«, sagte ich.

»Fatalistisch ist für mich jemand, der aus lauter Überzeugung von der Unausweichlichkeit des Schicksals die Hände stets untätig in den Schoß legt – Gute Nacht!«, sagte Carlos.

Irgendwann muss ich dann eingeschlafen sein.

Am nächsten Morgen besprachen wir noch einmal meine Angst.

»Eins kann ich dir garantieren«, sagte Carlos. »Du lebst GARANTIERT bis zu deinem Tode!«

»Zyniker!«, sagte ich.

»Aber WIE du lebst, das ist deine Sache«, fuhr er unbeirrt fort. Sein Lächeln war dabei so freundlich, wie ich es bei seinen Worten gar nicht erwartet hätte.

*

Zwischen Santa Monica und Long Beach steckten wir im Stau, und wir brauchten für jene Strecke beinahe länger als für unsere Weiterfahrt nach San Diego, nachdem wir den zähen Stau erst einmal verlassen hatten. Carlos und ich fuhren abwechselnd. *Ride like the wind ... to the border of Mexico ...*, hörten wir aus dem Radio.

Es gab hier merkwürdige Verkehrschilder: CAUTION. Es waren gelbe Warnschilder, so wie ich es von den Hinweisschildern gewöhnt war, auf denen ein springender Hirsch zu sehen war. Aber hier war kein Wild abgebildet. Es waren Menschen. Rennende Gestalten, schemenhaft, eine ganze Familie: »Hier kreuzen *ilegales*.«

»Einige versuchen wieder und wieder, Schlupflöcher an der Grenze zu überwinden und der Armut zu entrinnen«, erklärte Carlos bitter. »Wie lange wird die Menschheit so was noch nötig haben ...?«

Gelegentlich sah man *campesino*-Familien am Straßenrand, die es irgendwie geschafft hatten. Ein kleiner, magerer Mann, sonnenverbrannt, mit Pergamenthaut; eine Frau, jung aber schon zahnlos, auf dem Arm ein Kind und am Rockzipfel weitere Kinder, und der Mann und zwei Kinder trugen selbst geflochtene Panama-Hüte aus Palmstroh mit unverflochten-offenen Krempen. Ihre Zukunft war so offen wie die Krempen ihrer Hüte.

Wir fuhren immer weiter nach Süden. Die Erde war hell; mit spärlichem, strohigem Gras bewachsen dehnte sich weit und flach geschwungen das Land, westlich neben dem ewig uns begleitenden Höhenzug. Es gab hier weniger Eukalyptusbäume als weiter im Norden. Marschland mit Silberreihern. Tomatenfelder. *Oce-*

anside. Mission. Carlsbad. Grüne Schilder, deren weiße Schrift eins verheißt: Süden, Süden, Süden. *Solana Beach. Del Mar.* Dann erreichten wir San Diego.

Die Nacht brach herein, durchfeilt von tausend Zikadenstimmen. Beständig und sacht feilen sie an den Sekunden, schleifen die Luft mit einem feinen metallischen Ton. Der Chor der Zikaden ist ebenso feierlich wie unermüdlich. Die Kronen der Dattelpalmen versinken im Tintenschwarz des Nachthimmels ebenso wie der Glockenturm der alten spanischen Kirche. Die Nachtschwärze rinnt an den weißen Fassaden herab, ergießt sich über die Straßen, überflutet schmale Gässchen.

San Diego ist zweigeteilt, die historische Altstadt ist unberührt von der modernen Skyline; es ist, als habe eine Autobahnbrücke hier die Zeit abgeschnitten, so dass die Zeit dahinter stehengeblieben war. Überall leuchten fröhliche Lampions, lachen und scherzen Leute in den Bars und Restaurants. Carlos und ich machten einen Stadtbummel. Über uns funkelten große weiße Sterne. Waren sie größer, als ich sie aus dem Norden kannte?

»Morgen besuchen wir *Sea World,* und du kannst das Walbaby und noch einmal nette *Sea-Otter* sehen!«, versprach Carlos.

Es war wie ein Traum. Wieder einmal hatte ich Angst. Diesmal davor, aufzuwachen.

Später, im *patio* des im Spanischen Stil erbauten Hotels, standen wir vor dem dreistöckigen Springbrunnen. Das Wasser schimmerte silbern in der Nachtschwärze. Der Brunnen wurde von Scheinwerfern angestrahlt. Wie lebendig plätscherten die Kaskaden herab. Im Hintergrund, in der weichen Schwärze der Nacht, entfalteten ›Bäume der Reisenden‹ ihre Blattfächer. Ihre Stämme sahen tatsächlich aus wie dicke, geflochtene Zöpfe. Sanft schimmerten die weißen Wände um den Innenhof, die dunkel gebeizten Holzbalkons und Treppen gingen in der Nachtschwärze auf. Die Stufen verloren sich in der Nacht wie die Zukunft im Ungewissen.

»Carlos – ich liebe dich so!«, sagte ich.

Carlos stand dicht neben mir. Vor uns sprudelte der Brunnen. Man hörte nur das silberhelle Wasser. Ansonsten war es still. Die

Nacht war warm. Carlos antwortete mit einem festen Hände-druck. Ich ließ meine Hand in seiner. Zu meiner Überraschung spürte ich den Minotaurus nicht.

Auch in der Nacht ließ der Minotaurus von mir ab. L.A. und Erdbeben schienen hier subjektiv fern. Zu schön, zu friedlich war hier das Ambiente – meinetwegen trügerisch ruhig. Trotzig igno-rierte ich meine Ängste und gab mich Carlos hin, in einer wilden und entfesselten Nacht. Der nächste Morgen fand uns angenehm erschöpft.

Wir ließen Sea World, Balboa Park und San Diego Shopping Center hinter uns, mit Eindrücken von freundlichen Walen und Delfinen, Palmenhainen und spanischen Palästen, gepflegten Ein-kaufsetagen in einfallsreicher Moderne; eine Stadt, aus histori-schen Elementen aller Epochen zusammengesetzt. Auf der Wei-terfahrt diskutierten wir noch über die Haltung von Walen in Gefangenschaft, in Delfinarien und anderen Schau-Aquarien.

»Glaubst du, dass sie wirklich glücklich dort sin ...?«, fragte ich.

»Weiß nicht«, meinte Carlos nachdenklich. »Zumindest werden sie ja beschäftigt und versorgt – ob das ein Leben in freier Wild-bahn ersetzen kann, das kann ich nicht beurteilen. Man müsste die Wale fragen.«

»Vielleicht wird man eines Tages ihre Sprache verstehen – sie sind ja so intelligent ...«

»Ich denke mal, Zuchterfolge in Gefangenschaft sollten eigentlich ein gutes Zeichen sein ... doch am besten wäre es, sie wären in ihrem natürlichen Lebensraum nicht so bedroht ... von Umweltverschmutzung und so ...«

Ich begann, im Umweltschutz eine Lebensperspektive zu sehen, und das gefiel meinem Minotaurus gar nicht. Er wollte lieber, dass ich in Gedanken stets nur um mich selber kreise, in ängstlichen Grübeleien gefangen wie in einem Kokon. Wenn ich mich aber anderen Dingen und Zielen zuwandte, das spürte ich, dann konnte ich diesen Kokon der besorgten Selbstbezogen-heit aufbrechen. Und wer sich für andere engagierte, ob für die

Umwelt, für Tiere oder die Mitmenschen, dem blieb gar keine Zeit mehr, sich im Gespinst der Sorge einzunisten. Diese Erkenntnis gefiel mir, dem Minotaurus hingegen behagte sie gar nicht.-

Unseren Mietwagen mussten wir an der Grenze abgeben. Ein ruckelnder Trolleyzug schleppte uns ratternd nach San Ysidro. Es ist immerhin eine halbe Stunde. 17 Stationen. Ab Chula Vista wird es immer ärmlicher, immer mexikanischer, jedenfalls für die Augen einer US-Amerikanerin. Kleine bunte Hütten und Häuschen, lärmende dicke Mütter mit einem ganzen Arm voller Kinder. Aber vielleicht ist das gar nicht das ganze Mexiko, das sich da ankündigt.

Grenzmauer mit Stacheldraht. Grenzstation. Carlos und ich waren sehr still. Grenzen sind irgendwie deprimierend. »Kann man berechtigte Kontrollen nicht auch auf anderem Wege durchführen?«, dachte ich missmutig. Dabei war diese Grenze noch gar nicht so schlimm. Ein langer Gang, ein Viadukt, in Kurven hoch und in Kurven runter. Behördenzimmerchen, typischer Büro-Geruch, mit Tabakrauch durchsetzt, freundliche schwitzende Beamte, Ventilator Formular Lächeln Drehkreuz – »Willkommen in Mexiko!«, sagt Carlos.

*

Tijuana ist sehr chaotisch, mit einem Bordellviertel, das hauptsächlich von US-Amerikanern frequentiert wird, und der ganzen Misere von Wetten und Glücksspielen im Schlepptau, und dann sagen dieselben US-Amerikaner, die durch ihre Nachfrage gewisse zwielichtige Wirtschaftszweige zum Florieren bringen, abschätzig: »Schau, hier beginnt der Wilde Westen!«

Abenteuerliche Autos fahren auf staubigen Straßen. Hier fährt alles, was noch fahren kann. Es ist auch eine Frage des Geldes. Reparaturen werden selber ausgeführt oder unterbleiben, wenn sie nicht für die grundsätzliche Fahrtüchtigkeit unerlässlich sind. Ich gewinne den Eindruck, als sei hier jedes zweite Haus eine *llantera*, eine Mischung aus Autofriedhof und Gebrauchtartikelhandel, wo man von der Schraube bis zum ganzen, ausgebauten Motor alles *second hand* kaufen kann. Vor den *llanteras* türmten sich neue und ältere Autoreifen und Felgen in allen Größen, meist ältere. Ein sehr großer Reifen eines Traktors oder Sattelschleppers ist wie ein Monument aufgestellt. Er ist nicht mehr verwendbar, in der prallen Hitze verrottet und rissig, aber er dient noch als Dekoration, eingerahmt von staubigen Kakteen.

Tijuana verfügt über eine Stierkampfarena und eine Institution von Hunderennen, und der Tourismus boomt in wilden Blüten. Das zieht von weither Menschen aus dem Umland an, und das Umland wird immer leerer, immer entvölkerter, während sich auf den umliegenden Hügelketten Tijuanas die Armenviertel ausbreiten. Überall bauen sie blockförmige, kleine und kleinste Häuschen, mit flachen Dächern und geweißt, und mit vielen Hunden auf staubigen Plätzen drum herum. Überall rosten Autowracks, liegen Reifen in der Landschaft, und dazwischen leuchten tröstlich wilde Sonnenblumen.

Später, in Mexico City, sollte es mir ähnlich vorkommen wie in Los Angeles oder San Francisco oder New York. Ich fühlte mich dort genauso wie in jenen Städten, der Lebensstil war verblüffend ähnlich, international. Aber nirgends war der Kontrast merkwürdigerweise größer als hier, direkt hinter der Grenze.

Da wir keinen vertrauenswürdigen Mietwagen zu einem vernünftigen Preis finden konnten und ich zum ersten Mal in meinem Leben sparen musste, während Carlos als Student ohnehin nicht über so viel Geld verfügte, fuhren wir mit dem Bus nach Süden weiter. Es gab hier ein System ähnlich den Greyhounds. Wir stiegen im Busterminal in einen Drei-Sterne-Bus mit drei zerbrochenen Fensterscheiben. Im Bus sitzen fast nur Mexikaner, nur ein Paar blonder Touristen ist dabei. Wie sich herausstellt, sind sie Deutsche.

Der mexikanische Busfahrer hat vorne, an den Sonnenschutzklappen über der Frontscheibe, zwei Embleme der Legion Condor hängen. Zur Dekoration. Die blonde Frau sieht die Hakenkreuze, steht auf und geht nach vorne zum Fahrer. Sie deutet auf die Zeichen und fragt in immerhin verständlichem Spanisch, ob der Fahrer wüsste, dass es eine terroristische Mörderbande war, die im Zweiten Weltkrieg die spanische Stadt Guernica bombardiert hatte?

Der Busfahrer ist ein kleiner, braungebrannter Mann. Seine Haut spannt sich über den Wangenkochen, die Augen liegen tief und hohl. Seine Haare sind schütter, es sieht so aus wie eine Tonsur. Auf seiner Oberlippe sträubt sich ein mexikanischer Schnurrbart.

Er schreckt auf, als man ihn auf das Dekor aufmerksam macht. Er ist bestürzt, bekümmert. Seine Hände flattern durch die Luft wie aufgescheuchte Hühner. Er versucht zu beschwichtigen. Sowieso sei es nicht sein Zierrat, behauptet er, sondern von einem seiner Kollegen ...

»Dann richten Sie Ihrem Kollegen viele Grüße aus und sagen Sie es ihm, damit er die Dinger abhängt«, fordert die Frau in schwerfälligem Spanisch.

Es sei doch nur Dekoration, meint der Fahrer.

Sie als Deutsche wüsste, wohin solche Dekoration bereits geführt habe, antwortet sie.

Sie wusste es und musste mit dieser desaströsen Vergangenheit leben und wollte nie mehr die Welt an den Abgrund eines Weltkriegs geführt sehen. Nochmals betonte sie, dass dies Ziermotiv äußerst ungeeignet sei.

Verwundert schüttelt der Fahrer den Kopf: »*Señora* – wozu die ganze Aufregung -?«

Der Alte starrt ihr verlegen und bekümmert im Rückspiegel hinterher, als sie sich wieder auf ihren Platz setzt. Dann klappt er die Schattenklappen einfach nach oben. Die Embleme bleiben hängen. Gewiss traut er sich nicht, sie zu entfernen, wegen seinem Kollegen. Sie bleiben dort oben angeheftet. Man sieht sie nur nicht mehr.

*

Mit zwanzigminütiger Verspätung fahren wir ab. Es sind etwa zwei Stunden Fahrt bis Ensenada. Unterwegs picken wir auf freier Strecke weitere Fahrgäste auf. Später fragt der völlig überlastete Fahrer, ob er auch wirklich bei allen abkassiert habe. Ich erwarte, dass alle brav nicken. Stattdessen steht ein dürrer Mann unaufgefordert auf und hinkt nach vorne, um noch eine Fahrkarte zu lösen.

Theoretisch sind es etwa zwei Stunden Fahrt, aber bereits nach zehn Minuten steuern wir eine dieser zahlreichen *llanteras* an und der Fahrer lässt in einen der Reifen mehr Luft nachpumpen. Es ist heiß und staubig und trocken, und wenn man sich dem gefügt hat, dann quälen einen Hitze und Staub und Trockenheit, und wenn man sich dem geduldig angepasst hat, so stellt man fest, dass es keinen Schatten gibt und dass man unerträglichen Durst hat.

Auch im Bus schrumpft der Schatten zu schmalen Streifen zusammen, und wenn man die Fenster öffnet, lässt man ein Sandstrahlgebläse herein, lässt man sie aber geschlossen, so droht man in der Hitze zu ersticken. Die Leute im Bus sind einsilbig oder schlafen, dabei hatte ich gedacht, dass sich die Mexikaner pausenlos lebhaft unterhalten würden. Wieder ein Klischee. Selbst wenn sich einige wirklich lebhaft unterhalten würden. Aber erst ein Klischee presst dich in eine unterschiedslose Masse wie einen Sardinenschwarm in Dosen.

Wir blieben einen Tag in Ensenada. Hier war es sehr viel schöner als in Tijuana, weil sich diese Stadt nicht so prostituieren musste, keine bettelnde Grenzgängerin war. Ich dachte, wie schön auch Tijuana einmal werden konnte.

Im Busterminal sah ich auch die ersten Indianer, eine kleine, untersetzte Frau mit langen schwarzen Zöpfen, die ein Kleinkind in einem Wickeltuch auf dem Rücken trug und ein weiteres, größeres Kind bei sich hatte. Sie saßen auf dem staubigen Boden mit der Natürlichkeit von Hunden oder Katzen. Die Frau trug außer dem Wickeltuch nichts Indianisches, sondern westliche Kleidung, eine alte schäbige Wolljacke und einen Rock, dessen Farbe schon undefinierbar geworden war. Das größere Mädchen hatte ein ausgebleichtes blaues Kleid an und staubige nackte Füße. Sie saßen mit verschlossenen, weltabgewandten Gesichtern da und warteten auf den Bus.

»Was sind das für Leute?«, fragte ich Carlos später. »Weißt du zufällig, zu welchem Volk sie gehören?«

»Weiß nicht – vermutlich vom Stamm der Yuma, Kiliwa oder Paipai oder so ...«

Ich staunte, welche ethnische Vielfalt da verloren zu gehen drohte, und mit ihnen all ihre Sprachen, Kulturen und Folklore ...

Auf der Straße fuhren viele Laster und offene Kombis, und auf vielen Ladeflächen saßen ganze Gruppen von Mitfahrern, meist Landarbeiter oder Kinder. Überall streunten Hunde umher, große und kleine, in allen möglichen Farben und Schattierungen, aber alle hatten sie Ringelschwänze. Am Straßenrand sah ich zwei Hunde hingebungsvoll Sex machen. Ich dachte, ich weiß jetzt schon, dass die Welpen Ringelschwänze haben werden.

Um Ensenada gab es sehr viel Landschaft – es erschlug einen förmlich; schroffe Bergketten, die als Steilküste ins Meer abfallen, und einen Meeres-Siphon, *La Bufadora*, der bei Flut geysirartig sprüht, wenn das Meer die auflaufenden Wellen in die schmale Felsspalte drückt. Die zwanzig Meter hohen Gischtfontänen erinnerten mich an den *Old Faithful* bei Calistoga. Das lag weit hinter mir.

Es gab auch eine flache Bucht mit einer Lagune, in der blaue und weiße Reiher und kleine braune Watvögel stelzten, und auch in diese Landschaft hinein dringt die Zersiedlung vor. Die Häuser sind sehr teuer und sehr schön, kostspielige Bungalows. Und doch wissen die Spekulanten, dass bei der nächsten großen Flut all diese Häuser fort sein werden, vom Ozean verschlungen. Natürlich hätte ich Angst gehabt, in einem dieser Häuser zu wohnen, aber diesmal verteidigte ich mein Angstgefühl und sagte mir, es sei wirklich nicht gut, buchstäblich auf Sand zu bauen. Ausnahmsweise hatte hier der Minotaurus einmal Recht, wenn er mich misstrauisch werden ließ.

Wir aßen sehr gut in einem Restaurant in Ensenada, wir hatten

Languste und gebackene Abalone, und hinterher erfuhr ich, dass Abalone eine immer seltener werdende Seeschnecke war, und da tat es mir leid, und ich hätte lieber etwas anderes gegessen. Zu den Meeresfrüchten hatten wir guten Wein, einen hellgold schimmernden Chenin Blanc. Ich hätte auch gern einen *White Zinfandel* dazu gehabt, einen *Blanc de Noirs*, der mir vertrauter war. Wieder einmal fühlte ich mich fern von daheim – doch ich stand dazu. Das Essen und der Wein waren exzellent und wir waren zufrieden, so wie zuvor in San Diego.

Am nächsten Tag fuhren wir weiter, immer tiefer in den Süden, immer weiter ins Herz von Baja California hinein. Zunächst war die Vegetation ähnlich wie weiter nördlich in Kalifornien, nur gab es weniger Bäume. Zähes und struppiges Gras bedeckte die Hänge, durchsetzt mit Zwerg-Agaven. Vereinzelt mühten sich staubige australische Kasuarinen, die ansonsten fehlenden Bäume zu ersetzen. Sie wirkten wie krumme Ginsterbesen oder zerzauste Kiefern.

Wir sahen Armenhütten mit modernen Parabol-Antennen und anderes Widersprüchliches. Es gab viele Fahnenverkäufer, die mexikanische Fahnen in allen Größen verkauften. Meist waren es Kinder und Jugendliche, die Fahnen verkauften. Unser Fahrer kaufte eine Fahne. Wollte er dem Kind damit eine Freude machen? Es hatte für den rot-weiß-grünen Stoff Geld bekommen.

Es gab kleine Olivenhaine und winzige Maisfelder und magere Rinder aller Rassen von Zebu bis Holstein. Viele Hinweisschilder in den kleinen Ortschaften waren spanisch und englisch gemischt: *Mexican Fast Food – siempre fresco*. Langsam ging die Vegetation in eine Zwergbusch-Steppe über. Wir sahen Kilometersteine, die mit freundlichen Gesichtern bemalt waren, und abgebrannte Hänge, in denen sich die ätherischen Öle der selbstentzündlichen Vegetation in der Hitze entflammt hatten und die Asche als Dünger neues Leben aus den kahlgebrannten Zweigen hervorsprießen ließ. Irgendwann musste es hier drei Tropfen geregnet haben. Nun züngelten hier statt der Flammen grüne Blättchen hervor, aus dem verkohlten Gezweig.

»Grad wie beim biblischen Brennenden Dornbusch«, kommentierte Carlos, als wir die wieder sprießenden Büsche sahen. Mir kam das wenige Grün in all dem Ödland vor wie Phönix aus der Asche: Neues Leben, auferstanden aus der Vernichtung.

Die Flüsse waren hier nur noch ausgetrocknete Sandläufe, und nur an wenigen Stellen hatte sich in kleinen Tälern noch ein Rinnsal mit einer grünen Oase aus niedrigen Hartlaubbäumen erhalten. Dort gab es manchmal auch kleine Felder. Einige der Felder waren ganz rot. Auf ihnen wurde Chili gedörrt. Ganze Teppiche von knallrotem Chili lagen dort ausgebreitet.

Durch die Steppe streiften Pferde und Ziegen, zuweilen auch knochige Rinder. Viele der Tiere glichen wandelnden Skeletten. Die Buschsteppe war hier und da bereits von Opuntien und verzweigten Strauchkakteen durchsetzt, und manche der Zwergbäumchen hatten dicke, aufgetriebene Stämmchen, in denen sie Wasser speicherten. An Blumen gab es nur eine leuchtend hellgelbe Sorten Winden, die unterschiedslos und geduldig ebenso Sträucher wie Kakteen berankten.

Dann wurden die Kakteen schlagartig häufiger. Die ersten Säulenkakteen reckten sich übermannshoch aus dem Zwerggesträuch. Also doch – es gab solche Riesenexemplare! Plötzlich gab es auch korallenartige *Cholla*-Kakteensträuchlein und peitschengleich schmale Säulenkakteen. Es gab davon kandelaberförmige und unverzweigte, und dazwischen trotzten die Bauern der Wüste nur wenige bewässerte Tomaten- und Maisfelder ab, deren Segen oftmals buchstäblich schief hing, denn die winzigen weißen Kirchlein dieser Dörfer hatten zuweilen schief aufgesetzte Kreuze auf den Turmspitzen. Schließlich fuhren wir durch skurrile Kakteenwälder, wie die Vegetation auf einem anderen Planeten.

»*Saguaro, Cardón, Torote, Ocotillo* ...«, erklärte Carlos – mir schwirrte schon der Kopf vor lauter Pflanzen-Namen. Kakteen und Akazien und noch vieles mehr ... Über 120 Kaktus-Arten sollte es hier auf der Halbinsel geben, die länger ist als Italien. Manche der verzweigten Riesenkakteen sahen aus wie himmelwärts erhobene Schwurhände, andere wie bizarre, menschliche

Figuren. Mir fiel die Skulptur »Kaktusmann« von Julio González ein, die ich einmal in einem Kunstkalender gesehen hatte.

Bei San Jacinto sahen wir Mini-Canyons, in der Regenzeit vom Wasser in den Sand gegraben. Aber nun war das Wasser fort, und es war hier schon das sechste Jahr Dürre, wie Carlos erfuhr. Die Indianer hier waren Tuareg-artig verschleiert, wegen dem Sand und Staub, und die Zypressen und Dattelpalmen der Umgebung waren in der langen Dürreperiode abgestorben. Die Maisernte war auf dem Halm vertrocknet. Alles ringsum war verdorrt. Ich hatte Angst vor der Wüste.

Die Straße war in erstaunlich gutem Zustand, und alles andere als eine verkommene Wüstenpiste. Alle halbe Stunde begegnete uns ein Auto, meist ein röhrender Truck oder ein Schulbus. Unter der prallen Sonne wirkte bald alles flirrend-weiß, vom gnadenlos herabknallenden Sonnenlicht überflutet. Die brennende Sonne machte das Land zu einem Glutofen. Das Gleißen tat trotz Sonnenbrille weh, denn der Schweiß tropfte uns in die Augen.

In San Quintín kehrten wir an. Es gab ein ordentliches, kleines Restaurant für die Busfahrer und Trucker, und dort drehten sich wundervolle, altmodische Ventilatoren. Wir aßen *quesadillas*, omelettartig zusammengeklappte Fladen, mit geschmolzenem Käse überbacken. Dazu gab es Avocado- und Bohnenpaste, Limonenscheiben und Tomaten.

Ich beobachtete die Leute. Da saßen Männer, die wirklich »typisch« aussahen, mit rotbraunen Gesichtern und schwarzen Schnurrbärten. Einige hatten Dallas-Hüte auf und fast alle trugen Goldkettchen und weiße, aufgeknöpfte Hemden und lange, graue Hosen. Ein robuster Mann mittleren Alters stocherte ausgiebig mit einem Zahnstocher im Mund herum. Von mir aus. Ich ärgerte mich jedoch, weil ich trotz Disziplin meine alten Klischees wieder aufleben sah. Doch ein Blick auf Carlos genügte. Auch er war Mexikaner, genauso echt und repräsentativ wie die anderen, und er trug kein Goldkettchen und stocherte nicht ostentativ mit einem Holzspießchen im Mund herum. Die Gesellschaft ist stets viel bunter und vielschichtiger, als ein Klischee wahrhaben will.

Draußen vor dem Fenster sah ich einen Mann, der einen der zahlreichen Hunde streichelte. Der Hund hatte sich unterwürfig und Streicheleinheiten heischend vor ihm auf dem Boden ausgestreckt und auf den Rücken gewälzt. Er bekam seine Streicheleinheiten – mit dem Schuh. Als ich den Hund genauer betrachtete, musste ich zugeben, dass auch ich ihn gewiss nur mit der Schuhspitze gestreichelt hätte – wenn überhaupt. Er sah räudig aus. Voll Schrecken fiel mir ein, dass zudem die Hunde hier garantiert nicht gegen Tollwut geimpft waren. Wieder einmal schnaubte der Minotaurus hämisch durch seine Nüstern.

Ich wandte mich wieder dem Essen zu. Möglichst gleichmütig. Ich versuchte, den »Mino« einfach zu ignorieren. Über uns drehte sich erfrischend der Ventilator. Carlos hatte noch Hunger und bestellte sich *burritos,* aus zerpflücktem Dörrfleisch. Er aß die *burritos* und hatte dazu eine scharfe rote Sauce und grünen Salat, und ich aß noch ein wenig von seiner Portion mit.

»Achtung – das da sind *Jalapeños* – eine der schärfsten Chili-Schoten der Welt!«, warnte er. Zu spät.

»Da muss man ja einen Feuerlöscher als Nachtisch bestellen!«, japste ich mit tränenden Augen. Ich kam mir vor wie ein feuerspeiender Drachen. Carlos lachte gutmütig. »Oh, du Arme!«

Sobald ich wieder schlucken konnte, lachte ich mit.

Vor dem Restaurant sahen wir einen Wasserwagen, von dem aus Gallonen Trinkwasser verkauft wurden. Er gemahnte mich erneut an die Macht der Wüste, in die wir nun immer tiefer hinein fahren würden.

In Rosario spielten Kinder mit Steinen. Neben dem Busterminal saß ein Mann undefinierbaren Alters zusammengekauert auf dem Freitreppchen einer hellblau gestrichenen Bude und schlief. Die Bude trug die handgemalte Aufschrift COCTELERIA, und es gab laut Aufschrift Cocktails aus Muscheln, Tintenfischen und Krabben. Die Bude war leer.

Nun bewegte sich der Mann, richtete sich halb auf, blickte sich mit leeren Augen um und entdeckte seine Ballonmütze am Boden. Er streckte tastend und zitternd die Hand nach der Mütze aus.

Er erwischte die Mütze am Schirm. Langsam und kraftlos zog er die Schirmmütze zu sich. Dann setzte er sie auf, aber es gelang ihm nicht, und er setzte sie nochmals auf, zielte mit seiner Mütze erneut neben den Kopf ins Leere und sackte in sich zusammen.

Eine Weile regte er sich nicht. Dann fiel ihm etwas ein, und er versuchte wieder, sich die Mütze aufzusetzen. Er holte mit der Mütze aus und schlug sie sich auf den gesenkten Kopf, und sie rutschte ihm schief über Stirn und Ohr, aber offensichtlich war er zufrieden, oder er gab es auf, denn er probierte es nicht noch einmal. Da die Mütze rutschte, ließ er seine Hand oben, um sie festzuhalten. Die Hand sah aus wie die eines Schimpansen, so ungelenk und knotig. Ich dachte, er hat sich die Mütze aufgesetzt wie ein Schimpanse im Zirkus. Erst jetzt musterte ich seine heruntergekommene Kleidung.

Fragend sah ich Carlos an. »Alkohol?«, vermutete ich.

»Alkohol oder Drogen«, sagte Carlos. »Vielleicht Peyote-Kaktus.«

»Der Arme …«, murmelte ich.

»Ja, so entfliehen sie der Armut – im Rausch!«, antwortete Carlos bitter. -

Wir sahen im Vorbeifahren kleine und kleinste Siedlungen mit ordentlichen Gärtchen, in denen staubige Feigenbäume standen und deren Gartenwege säuberlich mit weiß bemalten Steinen eingefasst waren. Wir sahen viel Schrott überall in der Landschaft, aus zerborstenen Autokarosserien wucherten Winden. Es gab wenig grüne Oasen in Flusstälern, die in Ost-Westrichtung von trüben, versiegenden Rinnsalen durchzogen wurden.

Als die Sonne noch etwa eine Handbreit über dem Horizont stand, bogen wir von der Küste ab. Der Pazifik verschwand hinter schroff erodierten Felsen, zog sich in einen V-förmigen Ausschnitt zurück, dann schob sich ein karger Hang davor. Das letzte, was ich vom Pazifik sah, war eine Kette von Meerespelikanen, die mit ihren langen graubraunen Flügeln gemächlich durch die Luft ruderten. »Schade, dass wir keine Zeit haben, bei Guerrero Negro Wale zu beobachten«, sagte ich bedauernd.

»Warum heißt der Ort eigentlich ›Schwarzer Krieger‹?« überlegte ich nach einer Weile laut. Soviel Spanisch verstand ich
immerhin.

»Hm. Vielleicht gab es hier einstmals einen besonders wilden,
schwarz bemalten Indianerkrieger«, vermutete Carlos. »Die Wüs-
tenstämme waren sicher sehr kriegerisch, um hier zu überleben.«

»Klingt gut – stimmt aber nicht!«, lachte da ein bisher eher
introvertierter Fahrgast, einer der Einheimischen. Er hatte ein
gemütliches, etwas aufgedunsenes Gesicht. »Zur Segelschiffzeit
strandete hier mal ein US-amerikanischer Walfänger namens
›Black Warrior‹, er lief hier in der Bucht auf Grund, und danach
ist der Ort benannt.«

»Ah – das ist ja interessant! Vielen Dank!«, sagten Carlos und
ich fast gleichzeitig.

Dann fuhr der Bus an den Hügeln entlang, zwischen denen
sich trockene Flusstäler schlängelten. Wir sahen immer häufiger
Mini-Canyons. Nach sieben Uhr abends überflutete das Abendrot
Sand und Stein und Polsterpflanzen. Oben schwamm ein zunehmender Sichelmond und, im Westen, über dem hintern Horizont
verborgenen Meer, schwebten einige rosa leuchtende Zirrus-Wol-
ken.

Die Kakteen wurden immer zahlreicher und höher. Sie waren
wirklich groß wie Bäume. Carlos hatte nicht übertrieben. Im letzten Abendlicht sah ich erneut verzweigte Säulenkakteen, die aussahen wie erhobene Hände. Riesige Hände, die den Himmel um
Regen baten, wenigstens jedes dritte Jahr; oder betende Gestalten
mit zum Himmel empor gereckten Armen. Ich sah in der Dämmerung die Schemen der religiös emporgereckten Saguaro-Kakteen.
Dann wurde es Nacht. Die Nacht kam hier, so weit im Süden,
sehr schnell.

Wieder einmal hatte ich Angst. Eine Nacht in der Wüste …!

Mit der Nacht kam jedoch auch eine angenehme Kühle nach
der Gluthitze des Tages. Der Bus kurvte durchs Gelände, mit tan-
zendem Lichtkegeln, der die immer noch gute Straße abtastete.
Am Wegesrand leuchteten fahl die korallenartigen Stämmchen der

wasserspeichernden Zwergbäumchen auf. Die *Palo-verde*-Bäumchen waren so klein wie Bonsais, und ihr Laub hatten sie in der Trockenzeit weitgehend abgeworfen. Sie sahen wirklich aus wie graugrüne Korallenzweiglein. Der dichte Zweigverhau der *Mezquite*-Mimosensträucher hingegen erinnerte mit ihren fast waagerecht ausgestreckten Ästen an Schirmakazien in einer ostafrikanischen Savannenlandschaft, wie ich sie mal im Fernsehen gesehen hatte.

Außerhalb des Scheinwerferlichts wich die Landschaft in blauschwarzes Nichts zurück. Nur gelegentlich blinkten die Lichter eines anderen Busses oder Trucks auf, der uns mit grell starrenden Scheinwerfern entgegen kam, uns mit einem Rütteln vom Luftsog überholte und dann mit roten Schlussleuchten in der Nacht verschwand.

Wir wurden schläfrig. Ich beschloss, das Beste aus der Nachtfahrt zu machen und zu schlafen. Auch dem Minotaurus gelang es nicht, mir neue Schauergeschichten über die Wüste einzuflüstern. Die Skorpione und Klapperschlangen lagen draußen zwischen den Felsen, nicht hier im Bus. Ich nickte ein.

Aber mein Minotaurus gab sich nicht so schnell geschlagen. Er fand immer neue Wege, um mich zu attackieren, mir Angst einzujagen. Ein Knall, hart und trocken, Reifenquietschen, Schleudern – und in Schlangenlinien kurvten wir an den Straßenrand. Alle Fahrgäste waren sofort hellwach. Mir schlug das Herz bis zum Halse.

Dem Busfahrer gelang es noch, auf einen Wendeplatz zu schlingern. Dann war die Fahrt zu Ende. Kurz vor Mitternacht. Mitten in der Pampa. Ein Reifen war geplatzt. Der Fahrer und sein Kollege, die sich auf der vierzehnstündigen Fahrt abwechselten, so dass stets einer fuhr und der andere schlief, stiegen aus. Alle Fahrgäste stiegen auch aus, getrieben von einer Mischung aus Neugier und Langeweile. Mein Puls raste immer noch, nach dem jähen Schrecken. Alle anderen nahmen es scheinbar gelassen. So was kam hier anscheinend öfter vor.

Der Fahrer holte den Ersatzreifen und rollte ihn zum Heckteil des Busses. Der Kollege holte Werkzeug und eine Taschenlampe. Links hinten war der äußere Reifen geplatzt. Der Kollege stellte die Taschenlampe am Boden auf, mit einem Stück Holz untergeblockt. Der Fahrer löste die Radmuttern und begann, zu arbeiten, assistiert von seinem Kollegen. Vier Hände langten nicht. Kommentarlos begannen die umstehenden Männer zu helfen. Die Fahrgäste hoben eine zweite Leuchte, hielten Werkzeug, rollten den geplatzten Reifen beiseite. Um die Leuchten sammelten sich bleiche, zartflügelige Insekten. Sie geisterten um das Licht. Mich erinnerten sie an Eintagsfliegen, aber ich war mir nicht sicher.

Auch Carlos packte mit an, und ich wandte mich ab und ging ein wenig um den Bus herum, ohne den beleuchteten Umkreis zu verlassen. Dann verließ ich ihn doch, so wie sich aus demselben Grund auch andere Fahrgäste in der Dunkelheit verteilten, Frauen links, Männer rechts. Und natürlich hatte ich sofort wieder Angst, auf giftige Spinnen und Skorpione zu treten. Ob sich gleich eine Schlange um meine Beine ringeln würde? Hier gab es Klapperschlangen, soviel war sicher. Ich hoffte, sie würden auch wirklich vor dem Zubeißen erst warnend mit ihrer Hornrassel klappern.

Dann fand ich plötzlich Gefallen daran, noch ein wenig außerhalb des Lichtscheins umher zu streifen, einfach, um zu lernen, meine Angst etwas in Schach zu halten. Erstaunt beobachtete mich mein »Mino«, der – wie fast immer – hinter meinem Rücken lauerte. Meine Augen gewöhnten sich langsam an das Dunkel, durchdrangen es. Da gab es nachtschwarze Polsterpflanzen und fahlgraue Steine. Einmal sah ich am Rande des Lichtkegels von den Busscheinwerfern zwei phosphoreszierende Augen aufblitzen. Sicher war es ein Coyote. Aber das Tier verschwand so diskret, wie es gekommen war.

Und dann blickte ich nach oben und sah die Milchstraße. Fassungslos schaute ich in den nebelfeinen Schleier feiner Pünktchen. Es sah aus wie funkelnder Goldstaub, aber irgendwie lebendig. Ich kannte mich nicht aus mit Sternbildern, doch mir wurde klar, dass ich diese Sterne noch nie gesehen hatte. Dieses grandiose Phänomen wurde nur in der trocken-klaren Luft der Wüste möglich.

Carlos suchte mich. Ich war stolz, als er mich im Dunkeln entdeckte, und noch stolzer, als er sagte: »Pass auf, dass du nicht in eine Dornpflanze oder auf ein Skorpionsnest trittst!«

»Und auf eine Schlange?«, fragte ich eifrig.

Carlos schüttelte den Kopf. »Das ist unwahrscheinlich«, sagte er. »Schlangen spüren die Erschütterungen von Schritten sehr genau, und sie werden zumeist längst davonkriechen, ehe du auf sie treten kannst, es sei denn, du treibst sie in die Enge. Als Beute sind wir für sie eh zu groß.«

Ich sagte, dass ich etwas ganz Besonderes entdeckt hätte, und zeigte ihm die Milchstraße. Auch Carlos blickte interessiert nach oben. »Ja – das ist schön«, sagte er. »Sehr schön! Die Welt ist ein Wunder!«

»Glaubst du, dass es da oben Leben gibt?«, fragte ich.

»Ich glaube schon«, sagte er.

Ich stand dicht neben Carlos, und der Himmel war fast erdrückend groß und sternenbeladen und doch so unendlich fern, und auf einmal kam ich mir ganz klein und unwichtig vor. Ich griff nach Carlos' Hand. Er nahm mich in den Arm. Nein, ich war nicht unwichtig.

*

Dann war der Reifen gewechselt, und wir stiegen alle wieder ein und fuhren weiter, und ich war so müde, dass ich doch wieder einschlief. Als ich erwachte, dämmerte weinrot der Morgen. Schwarze Kakteensäulen zeichneten sich gegen den aufflammenden Morgenhimmel ab wie Scherenschnitte. Es waren immer noch ganze Wälder aus Kakteen, dick und gerade wie griechische Säulen, auch ebenso längs gerippt, oft verzweigt in mehrere, gleichdicke Seitenstämme. Imposant und gerade ragten sie aus der staubigen Wüste auf – sie selbst ein Stück Landschaft, stolz und prägend.

Als es heller wurde, entdeckte ich auf vielen Kakteenspitzen schwarze Zopilote-Geier, die dort oben saßen, wie der Wappenadler, der auf der mexikanischen Flagge und den Pesos zu sehen ist. Es war lustig, wie sie ganz genauso da oben auf den Kakteen saßen. Im sicheren Bus hatte ich nicht einmal Angst vor ihnen.

Es wurde rasch heller, und wir fuhren zwischen wild gezackten Bergen. Am Horizont war das Licht der herannahenden Sonne wie roter Sirup ausgegossen, und davor fächerten sich jetzt die filigranen Federschöpfe großer Dattelpalmen. Wir hatten die Oase Mulegé erreicht. Wir stiegen aber nicht aus in Mulegé, sondern fuhren weiter bis nach Loreto, denn in Mulegé gab es nichts außer der kleinen Oase und einer alten Missionsstation.

Um sechs Uhr ging die Sonne auf, und plötzlich öffnete sich die Landschaft und gab die Sicht frei auf die Cortez-See, die sich sofort unter der Morgenröte in ein Flammenmeer verwandelte, eingerahmt von den wild gezackten Bergen, die aussahen wie ein sturmbewegter Ozean, der mitten in der Bewegung versteinert war.

Die Kakteen und Zwergbäumchen füllten die Täler mit spärlichem freundlichem Grün, eroberten vereinzelt auch einige Schotterhänge, aber die schroffen Bergketten selber waren kahl und abweisend. Nur unten, in einigen schmalen Buchten der Cortez-See, gab es sattgrün wuchernde Büsche, zumeist Mangrove.

Jetzt stieg die Sonne empor wie ein aggressiver *Conquistador* und würde für lange Stunden ihre Herrschaft über das Land antreten. Sie stieß ihre Strahlenlanzen zwischen die Berghänge, spießte die Reste der Nacht in den Tälern auf und erleuchtete bald jeden Kaktus, jeden Stein. Nun sah ich die roten, nackten Köpfe der Geier da oben auf den Kakteen leuchten.

Überhaupt war es rund um die Kakteen erstaunlich belebt. Es gab zahlreiche Spechte und gelbgraue Singvögel, die zwischen den Kakteen umherflatterten und dort offenbar in hineingepickten Höhlen hausten. Im Morgenlicht, das alles ringsum plastisch ausleuchtete, sah ich eine kleine, hellgraue Wildtaube auffliegen. Ihre Flügel waren auffällig gestreift, weiß mit schwarzen Flügelrändern.

In meiner Fantasie ließ ich den Minotaurus neben dem Bus her galoppieren, und genüsslich und voller Genugtuung dirigierte ich ihn durchs dichteste Kakteengestrüpp.

*

In Loreto herrschte die Ruhe vor dem Sturm. Zwar war der Ort klein, weltvergessen und schläfrig, und die Straßen waren nicht geteert, aber es gab nicht mehr nur die wenigen Hotels für die Hochseeangler, die sich einmal jährlich zur Saison der Marline, *Yellowtails* und »*Dolphin*«-Makrelen einfanden, sondern es gab bereits ein neues Hotel einer bekannten Kette, und wo diese Hotelkette erst einmal Fuß fasste, folgte bald ein Bauboom mit weiteren Hotels, Bars, Restaurants und Discos. Wir beschlossen, den Ort so zu genießen, wie wir ihn wohl nie wiedersehen würden.

In der sengenden Mittagshitze suchten wir ein Hotel. Unser weniges Gepäck wurde uns schwer wie ein Stein. Die Straße war lang und sonnenübergleißt und staubig. Das Sonnenlicht schlug mir brutal wie eine Ohrfeige ins Gesicht und brannte auf meinen Armen, während es Carlos gar nichts auszumachen schien. Mir tropfte der Schweiß von der Stirn und biss mich in die Augen. Ich ließ den Kopf hängen, weil ich trotz Sonnenbrille nicht mehr ins Licht blicken konnte. Selbst der helle Boden reflektierte, weil das Licht darauf hämmerte. Die ganze Welt schien aus Sonnenstrahlen und Hitze zu bestehen. Ich fühlte mich wie in einem Backofen. Nur Carlos ertrug das Klima mit Gleichmut. Er war es gewohnt.

»Ich werde dir einen Sombrero kaufen«, sagte er.

»Solch ein Wagenrad?«, scherzte ich matt zurück. Auf einmal begriff ich, dass diese Riesenhüte gar nicht übertrieben waren, sondern für diese Breiten gerade das Richtige.

»Ja, einen richtigen mexikanischen Sombrero«, sagte er. Ich wünschte, ich hätte ihn schon. Mühselig stolperte ich weiter.

Der Sandboden war ausgedörrt, festgetreten und festgefahren, mit einer feinen grauen Staubschicht darüber. Ich schaute nicht mehr auf die Palmen und Mimosen, ich schaute nur noch auf den

Boden. Mein Rucksack drückte. Auf einmal begriff ich, wie unromantisch es war, wenn die Indianer schwere Lasten zu fernen Märkten schleppten.

Wir konnten nicht mehr. Carlos versuchte es mit Autostopp, denn er konnte mein Gepäck nicht auch noch tragen. Es war eigentlich nicht viel, aber zu viel für einen hohen Mittag, *high noon*, der wie eine zentnerschwere, glühende Glocke auf einem lastete. Wir kapitulierten vor der Hitze.

Schließlich hielt ein alter weißer Pickup. Am heruntergekurbelten Fenster erschien ein krebsroter, blondbärtiger Seebär. Er stemmte seinen fleischigen Arm auf den Fensterrahmen. Ich betrachtete die farblos ausgebleichten vielen Härchen auf seinem Arm. Sie sahen aus wie bleiche Wolle. »*Hey – you guys!*«, röhrte er gutmütig. Seine Sonnenbrille funkelte. »Wohin?«

»Zum nächsten Hotel«, sagte ich matt.

»Egal, wo?«

»Egal, wo.«

»Na denn, steigt ein!«

Er machte eine einladende Bewegung zur offenen Ladefläche. Jetzt fuhren wir selber so wie die Landarbeiter oder wie im Viehtransporter: offen und staubumwirbelt, in der prallen Sonne. Natürlich hatte ich wieder einmal Angst: Der Fahrer sah zwar nett aus, doch ich befürchtete, wir könnten bei einem dubiosen Typen eingestiegen sein. Der unbekannte Mann könnte uns ja entführen …!

Aber nein. Er karrte uns zu einem Hotel direkt an der Uferpromenade, und ich fühlte mich an San Diego erinnert, denn auch dies war ein altes, weiß getünchtes Gebäude aus der Missionszeit. Wir winkten dem davonfahrenden Seebären nach und checkten ein. Unser Zimmer hatte einen Balkon, mit Blick auf die Cortez-See, und die flache ruhige See spiegelte so freundlich, dass man sich auf Anhieb vorstellen konnte, dass hier eine Kinderstube der Fische und der Wale war. Hoffentlich bleibt das auch so, dachte ich.

Vor unserem Fenster ragte ein fröhlich hellgrünes Bäumchen mit seiner gestutzten Krone bis zum Balkongeländer heran.

Immer wieder war es gegen das Zurückstutzen beharrlich angewachsen, mit seinen weichen Ruten und seinen runden Blättchen. Wer weiß, zum wievielten Male es gerade wieder den Balkon erreicht hatte.

Dahinter war die Straße. Die Uferstraße war geteert, und etwas weiter lagen die Uferbefestigungen mit den großen Steinen. Die Promenade wurde von schlanken, kleinschöpfigen Fächerpalmen gesäumt. Am Horizont schwammen lila Felseninseln und Bergketten, und zur Linken beschrieb die Bucht einen sichelförmigen Bogen, um den sich Kakteen scharten. Auf der rechten Seite gab es eine schmale Landzunge und eine Lagune, die wir nach Sonnenuntergang besuchen wollten, sobald die mörderische Tageshitze wich.

Jetzt, unter der gnadenlosen Sonne, war es mir zu heiß. Keinen Schritt wollte ich jetzt vor die Haustür setzen, nicht einmal, um die Fischermole zu besuchen, an deren Rand tropische Seevögel auf den mit weißem Kot vollgeklecksten Steinen und Landungsstegen saßen und geduldig auf den minderwertigen Fang der Angler warteten. Es waren einheimische Angler. Hier am Ufer fingen sie nur Köderfische für die Hochsee-Angelei.

»Hier wird man ja bei lebendigem Leibe gegrillt«, stöhnte ich und wischte mir den Schweiß von der Stirn.

Wir warfen uns auf das große Bett und erholten uns von den Strapazen der Busfahrt. Carlos stand noch einmal auf und machte die Klimaanlage an. Die Klimaanlage befand sich in einem großen dunkelbraunen Holzkasten und machte einen Höllenlärm. »Die ist ja laut wie ein Tiefkühl-Transporter!«, beschwerte ich mich. »Da kann ja kein Mensch schlafen!«

»Man kann ja auch was anderes machen!«, grinste Carlos.

*

Nach vier Uhr nachmittags, als die Sonne nicht mehr senkrecht über dem Ort lastete und aufhörte, die kleinen Straßen und Plätze zu grillen, zogen wir wieder unsere Shorts und T-Shirts an und machten eine erste Stadtbesichtigung, hauptsächlich, um einen kleinen Supermarkt ausfindig zu machen und literweise Grapefruit-Saft und Tamarindenwasser zu kaufen. Über uns spendeten in den Gässchen filigrane Akazien spärlichen, netzartigen Schatten. Die Akazien prangten üppig mit gelben, rötlich gefleckten Blüten, trotz der alles ausdörrenden Hitze. Ich fragte Carlos, warum sie das schafften. »Grundwasser-Anschluss der Wurzeln!«, antwortete er lakonisch.

»Und was für Bäume sind das …?«, fragte ich neugierig.

»Jerusalemsdorn«, antwortete Carlos.

»Ja, stammen sie denn aus Jerusalem?«, wunderte ich mich.

»Nein. Sie sind von hier. Aber die spanischen Missionare sahen alles mit europäischen Augen. Die Siedler und Missionare stülpten ja ihre eigene, vertraute Weltsicht über die ihnen fremde Flora und Fauna.«

Als Nächstes bestaunte ich die bechergroßen Blüten des Gelben Trompetenstrauchs: Sie sahen wirklich wie kleine Trompeten aus! Ich wusste gar nicht, wohin ich zuerst schauen sollte – der Ort war die reinste Oase inmitten der Wüste.

»Schau mal – die ersten Kokospalmen!«, rief ich begeistert. In der Tat waren es die ersten echten Kokospalmen, die wir auf unserer Tour sahen. »Wir sind hier bereits in den Tropen«, sagte Carlos, »nahe am Wendekreis des Krebses.«

Die Straßen waren sehr sauber, ständig sah man alte Männer mit Reisigbesen vor ihren weißen Häuschen kehren, aber manches kehrten sie nur hin und her: die Hahnenfeder, die Limonenschalen, die Beinchen von Kakerlaken. Und manches war schon im Boden festgetreten, im backsteinharten Schlamm einzementiert, so wie die schönen blauweißen Scherben einer zerbrochenen Azulejo-Kachel am Wegesrand. In einer Seitenstraße verrotteten einige vorzeitig herabgefallene Kokosnüsse. Alle Schatten waren voller Hunde.

Wir fragten einen alten Mann, der auf einem Holzbänkchen vor seinem Haus saß, wo es hier einen Laden geben würde, in dem wir Getränke kaufen könnten. Der Alte schaute uns an, sah uns aber offenbar kaum, vermutlich hatte er Star. Doch sein pergamentartiges, hageres Gesicht verzerrte sich zu einem zahnarmen, freundlichen Grinsen. Er machte eine weit ausholende, einladende Geste. Dies sei eine altehrwürdige Straße von Loreto, eine der ältesten hier im Ort, und alle, alle Häuser würden von Angehörigen seiner Familie bewohnt. Aus Irland seien sie gekommen, ja, aus Irland, aber seit vielen Generationen seien sie schon hier und sprächen nur noch Spanisch. Mit allen Nachbarn hier sei er verwandt, ja, er sei verwandt mit allen hier, die in der Straße wohnen. Herzlich willkommen, ihr beide.

Ich hatte Durst. »Und gibt es hier in der Nähe einen Getränke-Shop?«, fragte ich vorsichtig nach.

»Wie bitte?«

»Wo kaufen Sie hier die Getränke?« Ratlos zeigte ich die Straße hinunter.

»Jaja, ganz richtig«, kaute der Alte seine Worte durch. Offenbar war er auch noch schwerhörig. »Das da hinten ist ein Feuerbaum, der mit den roten Blüten, ein *tabachín*, und diesen hier vorne habe ich selber gepflanzt, damit ich Schatten habe vor meinen Haus und damit ich hier im Schatten auf meiner Bank sitzen kann. Es ist ein *mangle*. Vielleicht ist er der einzige im Ort. Draußen auf dem Land gibt es viele *mangle*-Bäume, aber hier im Ort gibt es wohl nur den einen, einzigen, den ich gepflanzt habe.« Ob ich den Unterschied zwischen Süß*mangle* und Salz*mangle* kennen würde?

Nein, ich kannte ihn nicht. Aber als ich das Wort »Salz« nur hörte, steigerte sich mein Durst ins Unermessliche. Der Alte redete weiter. Sein Eifer beim Erzählen war rührend und langatmig. Geduldig hörten wir uns seine Ausführungen über die Unterscheidung zwischen Süß- und Salzwasser-Mangroven an. Ich entdeckte, dass der Alte am Arm ein Pflaster trug, das mühselig eine kleine Operationsnarbe verdeckte. Vermutlich Hautkrebs, das häufigste Leiden hier. Vor uns sengte die Sonne doch noch recht heftig, besonders wenn man nichts zu trinken hatte, und wir flüchteten uns zu dem Alten in den Schatten. Er war sympathisch. Wir mochten ihn gern. Er konnte nichts dafür, dass er uns nicht verstand.

Schließlich erfuhren wir doch noch, eher beiläufig, wo es einen Supermarkt gab, und bedankten uns für seine kleine, erstaunliche Familienchronik und seine liebevoll-detaillierten Ausführungen über Botanik und setzten den Weg fort. Der Supermarkt war eine tiefgekühlte Oase voller Gallonen mit Orangensaft, Mineralwasser und Tamarindenwasser. Wir kauften, als seien wir kurz vor dem Verdursten.

Am Abend trank ich im Swimmingpool die Milch aus einer grünen Kokosnuss. Die Sonne hatte sich hinter den Horizont zurückgezogen. Am rasch eindunkelnden Nachthimmel kreiste noch ein großer Seevogel mit messerscharfen Flügeln und äugte zu uns herunter. »Was ist das?«, fragte ich einen Hotelbediensteten.

»Eine Möwe«, sagte er ahnungslos und achselzuckend. Für ihn gab es auch schwarze Möwen.

»Ein Fregattvogel«, sagte Carlos lachend, als der Angestellte weg war. »Du wirst sie morgen auf der Fischermole sehen, wie sie pfeilschnell herabstürzen und nach Fischen stoßen.«

Wir beschlossen, noch zu der Lagune hinaus zu wandern, ehe es völlig dunkel wurde, und dann zurückzukehren und in dem beleuchteten Swimmingpool zu schwimmen.

Ich war gewohnt, die Sonne über den Bergen aufgehen zu sehen und über dem Pazifik unter, aber hier, an der Cortez-See, ging sie über dem Meer auf und über den Bergen unter. Der Himmel war lila und rosa gestreift, und die Sonne hatte sich bereits hinter den Horizont zurückgezogen, als wir zur Lagune hinauswanderten. Der Sand strahlte noch Wärme ab. Plötzlich schrie ich auf. Ein harmloser, aber fast meterlanger Grüner Leguan wuselte mir über den Weg. Fast hätte ich mal wieder Angst bekommen …!

Gemächlich Arm in Arm schlendernd erreichten wir die Lagune. Auch hier gab es feingliedrige Dattelpalmen mit ausladenden Kronen, wie in Mulegé. In der einbrechenden Dunkelheit schimmerten weiß einige Silberreiher am Rande der Lagune, sie sahen aus wie große, exotische Blüten, wie Lotos etwa. Wir wanderten bis zur Spitze der Landzunge hinaus. Vor uns her rannten ein paar winzige erdbraune Wasservögel, sie rannten stoßweise und blieben immer in einiger Entfernung wieder stehen, und wenn wir uns ihnen näherten, so rannten sie erneut vor uns her.

Die Wellen der Cortez-See leckten leise am linken Sandufer, aber das Wasser rechts in der Lagune war völlig still. Über der Lagune schien die Zeit stehen geblieben zu sein. Wir gingen durch die aufquellende Dämmerung, in der nach und nach alle Farben erloschen, nur der Horizont leuchtete noch gelb und türkis. Unter unseren Schritten knackten Muschelschalen, und man hörte das seidige Glucksen der Wellen. Das waren im Augenblick die beiden einzigen Geräusche auf der Welt. Mir wurde das Herz groß. Wieder einmal griff ich nach Carlos' Hand.

*

In der samtigen Schwärze der Nacht hob sich die Kokospalme, die da auf ihrem Inselchen im Swimmingpool von Scheinwerfern angestrahlt wurde, wie eine Königin ab, mit ihrer Blätterkrone. Ich trug meinen roten Bikini und tauchte auf der flachen Seite des Pools in das laue Wasser ein. Dann streckte ich mich im Wasser aus, ließ mich hineingleiten und schwamm in den tieferen Teil des Pools hinaus, in dem am Grunde ein riesiger Marlin schwamm. Es war ein lebensgroßes, farbiges Mosaik, das äußerst naturgetreu war. Es sah aus wie ein echter, lebendiger Marlin, der da im tiefen Wasser schwamm, mit seiner Schwertfischnase und dem torpedoförmigen Körper und den Sichelflossen. Ich machte mir einen Spaß daraus, über ihm hin und her zu schwimmen und ihn zu betrachten und mir dabei vorzustellen, es sei die Begegnung mit einem lebendigen Fisch, der dort unter mir dahinzog. Bei einem echten Marlin hätte ich mich das nicht getraut!

Ich schwamm entspannt im Pool hin und her und wartete auf Carlos, da kam ein großer kräftiger Amerikaner an den Pool.

Obwohl er ein Landsmann von mir war, kam er mir hier an diesem Ort fremd vor – vielleicht, weil wir beide hier Fremde waren. Er hatte die Figur einer klassischen Leberzirrhose und erinnerte mich in seinem Umfang fatal an einen jener aufgeblasenen Kugelfische, die ich heute in einem Souvenirladen gesehen hatte. Sein offener, gutmütiger Gesichtsausdruck machte ihn sympathisch. Er sah aus wie ein riesengroßer, dicker Schuljunge.

Er stieg prustend in den Pool, sorgfältig darauf achtend, dass kein Chlorwasser in seine geöffnete Bierdose schwappte. In der Dose war mexikanisches Bier. Ich drehte im Wasser meine Runden. Über mir spreizte die Palme ihre Wedel. Das illuminierte Wasser glänzte. Aus dem Halbdunkel schimmerte der Marlin herauf.

»*Hi*«, sagte der Amerikaner.

Ich schwamm weiter. Es klang mir nach Anmache.

»*Hi*«, sagte er noch einmal.

Ich drehte mich um.

»Achtung mit dem Marlin!«, grinste der Amerikaner.

»Ja, der sieht wirklich sehr echt aus«, sagte ich und schwamm weiter.

»Der IST echt!«, behauptete der Amerikaner. »Er spießt gern hübsche Frauen auf!«

»Ja?«, sagte ich gelangweilt.

»So – mit seinem Schwert!«, sagte der Amerikaner und machte eine Bewegung.

Ich schwamm weiter.

»Fast hätte ich gestern einen gefangen«, hörte ich ihn sagen. Ich schwamm jetzt um die Palme.

»Einen Marlin!«, bekräftigte er. »Ich bin jetzt seit einer Woche hier, und das war meine erste Chance auf Marlin.«

»Tatsächlich?«, sagte ich gedehnt und schwamm weiter um die Palme.

»Wirklich, aber so ein Marlin ist ein wilder Bursche, he? Ich bin auch ein wilder Bursche, aber ein Marlin wiegt soviel wie ein Stier, und da gibt's 'n richtiges Rodeo, da an der Angel, he? Weißt du, dass man beim Hochseeangeln angeschnallt wird wie in einem Auto? Damit einen der Fisch nicht über Bord reißt?«

»Oh ...?«, sagte ich und schwamm wieder auf den Marlin zu, der im Dämmerdunkel unter mir waberte.

»Oh ja!«, brüstete sich der Amerikaner. »Das ist was anderes als Forellen angeln! Ganz anderes Kaliber! Der springt nicht nur, der Marlin, der boxt und kämpft – und plötzlich hat er sich losgerissen und weg ist er, *gee!*«

»Schade!«, sagte ich. In Wirklichkeit freute ich mich für den Marlin. Eine solche Kämpfernatur hat ihre Freiheit verdient. »Wenn alle möglichen Freizeit-Hochseeangler hier ihren Marlin rausziehen, dann gibt's bald keine Marline mehr«, dachte ich.

»Ich hatte ihn schon beinahe!«, rief der Amerikaner bekümmert. Ich antwortete nicht. Beim Schwimmen kann man schlecht die Achseln zucken.

»Weißt du, was das für mich bedeutet?«, rief der Amerikaner. »Fast hätte ich ihn gehabt! Es wäre mein erster Marlin gewesen!«

»Vielleicht das nächste Mal«, tröstete ich gleichgültig.

»Ein ganz kapitaler Bursche war das. Wohl gut und gern seine neun oder zehn Fuß lang!« Schwärmerisch sann er seinem Beinahe-Fang nach. »Ganz großartig!«, rief er mir inbrünstig zu. »So was von riesig, ganz groß, und ich konnte ihn nicht reinkriegen!«

»Wer oder was ist hier ganz groß -?«, fragte da Carlos aus dem Dunkel. Er trat ins Scheinwerferlicht. Er trug eine blaue Badehose. Das Licht glitt sanft über seine breiten Schultern. Carlos schwamm viel, das sah man ihm an.

»Ich hoffe, was Sie da eben gesagt haben, hat nichts mit Ihnen zu tun?«, erkundigte er sich. Es wurde interessant. Ich schwamm wieder näher.

»Oh doch!«, rief der Amerikaner. »Es hat mit mir zu tun! Und wie es mit mir zu tun hat!«

»Und das erzählen Sie meiner Verlobten?«, fragte Carlos eisig.

»Aber ja – warum nicht?«, rief der Amerikaner warmherzig. Ich schwieg und kam neugierig näher.

»Geht er dir auf die Nerven?«, fragte Carlos an ihm vorbei.

»Ich bin ein Pechvogel«, klagte der Amerikaner.

»Nein«, sagte ich lachend zu Carlos. »Das Gespräch ist ganz harmlos!«

»Ein Marlin ist nicht harmlos«, sagte der Amerikaner, der sich mit seiner Bierdose beschäftigte und nicht genau hingehört hatte. »So einen großen Marlin hab ich überhaupt noch nicht gesehen! Ich hätte ihn überhaupt nicht reinkriegen können! Er war länger als das Boot.« In seiner Erinnerung wurde der kapitale Fisch immer länger. »Und dabei war's eine richtige kleine Hochsee-Yacht, wissen Sie? Hm? Sie kennen doch die Hochsee-Yachten zum Fischen?«

»Ja«, sagte Carlos und kam zu mir ins Wasser. »Ach so – den Marlin ...!«, prustete er los.

Der Amerikaner wirkte verwirrt. Fast beleidigt fügte er hinzu: »Der Kapitän sagte mir, ein solcher Marlin könne ein Boot sogar aufspießen. Glauben Sie, dass so ein Marlin sein Schwert in ein Boot rammen kann?«

»Kann sein«, meinte Carlos. »Ich habe dergleichen schon gehört. Bei Holzbooten vielleicht. Aber es gibt auch viel Seemannsgarn.«

»Meiner hätte es gekonnt«, sagte der Amerikaner melancholisch. Er trank nochmals aus der Bierdose. Dann lebte er auf.

»*Hey, you guys* –«, sagte er. »Wo seid ihr her? Seid ihr auch zum Fischen gekommen?«

Nein, wir waren nicht zum Fischen gekommen. Sondern zum Küssen.

»Ich bin aus Kalifornien, und ich kann nicht angeln«, sagte ich schulmädchenhaft. (Ich wollte es auch gar nicht.) An seinem ganzen Anglerlatein war ich nur mäßig interessiert. Doch blieb ich höflich. Warum sollte ich nicht seine Frage beantworten? Er war harmlos, und er konnte einem leidtun. Carlos sah es offenbar ähnlich. »Ich bin Mexikaner«, sagte er. »Aber in Mexico City gibt es nicht viel zu angeln.«

»Dann sind Sie hier richtig!«, beteuerte der Amerikaner. »Am Sonntag beginnt hier die Saison auf *dolphins!*«

»Was? Die armen Delfine!«, protestierte ich.

»Es sind Fische«, sagte Carlos. »Sie heißen nur so. Die haben eine so runde Stirn wie Delfine.«

»Trotzdem«, sagte ich. Wenn jeder frustrierte Tourist seinen eigenen *Dolphin* oder Marlin fangen würde, nur so zum Angeben, so gäbe es bald weit und breit keine Großfische mehr. »Wenn diese Stadt langfristig als Angler-Geheimtipp attraktiv bleiben will, so muss sie irgendeine Art Kontrolle über die angelandeten Fänge einführen«, dachte ich. Dem Amerikaner war unser Schweigen offenbar unbehaglich. Wieder unternahm er einen Vorstoß.

»Und – gefällt es euch hier, auch ohne zu angeln?«, fragte er und trank aus seiner Dose.

»Na klar!«, sagte ich und schwamm zu Carlos.

»Flitterwochen?«, fragte der Amerikaner traurig.

»Ja«, sagte Carlos.

»Ihr seid so herrlich jung!«, rief der Amerikaner und trank aus seiner Dose. Man hörte, dass die Dose sich leerte.

»*Hey* – wie alt seid ihr eigentlich?«, fragte er und deutete auf uns mit der Hand, in der er die Dose hielt.

»Beide Ende Zwanzig«, sagte Carlos. »So knapp an die dreißig.«

»Was? *Hey!* Dann seid ihr ja ungefähr so alt wie ich! Ich bin nämlich auch ungefähr dreißig, haha!«

Seine blauen Äuglein leuchteten plötzlich auf, er war ganz aufgeregt. »Ich bin noch ganz jung, glaubt ihr das?«

»Ja«, sagte Carlos geduldig.

Von mir aus, dachte ich. Wenn es ihm Spaß macht. Ok, er war auch mal dreißig – musste aber schon 'ne ganze Weile her sein … Ich musterte ihn, mit seinem leicht schütteren Haar, dem vom Alkohol geröteten Gesicht, dem wilden Hemingway-Bart und der Figur Hemingways in seinen letzten, schlechtesten Jahren. Nur war er ganz blond.

»Und Sie – wo sind Sie her?«, fragte ich artig.

»Aus Wyoming!«, röhrte er.

»Schöne Gegend«, sagte ich. Ich war noch nie in Wyoming.

»Ja, nicht wahr?«, sagte er. »Aber Kalifornien ist auch sehr schön. Meine Frau ist aus Kalifornien, und sie ist auch sehr schön.«

»Frauen aus Kalifornien sind oft sehr schön!«, sagte Carlos devot und küsste mich auf meine nasse Schulter.

»*Yeah, man!*«, röhrte der Amerikaner und schlug mit der flachen Hand aufs Wasser, dass es hoch aufspritzte. In der anderen Hand schwenkte er noch immer seine Bierdose. »Du hast Recht, Mann! Die Kalifornierinnen sind sehr schön!« Er begann, bierumnebelt zu kichern. »Sehr schön ... sehr, sehr schön ... meine Frau ist sehr schön ...«

»Und wo ist ihre Frau?«, fragte ich unbehaglich.

»Die? Die ist zuhause, haha ... die angelt nicht ... Wir sind ein Männerclub, der zum Angeln hierher gekommen ist ... Wir Männer wollen auch mal ein paar Tage unter uns sein!« Er röhrte los vor Lachen.

»Ich würde meine Frau mitnehmen«, sagte Carlos. »Ich wäre froh, wenn ich stets meinen gesamten Urlaub mit ihr verbringen könnte!«

Der Amerikaner lief blutrot an. Sicher war es nur vom Alkohol. »Du hast Recht!«, grölte er jovial. »Bei euch ist es etwas anderes! Ich an eurer Stelle würde es auch so machen!«

Er war plötzlich sehr still, und dann, genauso plötzlich, lachte er schallend und rau und konnte sich gar nicht mehr beruhigen.

»Oh, *gee*«, japste er. »Meinst du, in der Zwischenzeit angelt die daheim was anderes -?« Er verschluckte sich und begann zu husten.

»Das Bier ist hier nicht gut«, sagte er unvermittelt. »Es ist zu dünn! Ich habe heute schon 37 Bier getrunken. Glaub ich.«

»Ach ja?«, sagte ich.

»Das ist nicht viel!«, beteuerte er. »Das Bier hier hat wenig Alkohol.«

Wir schwiegen über seine Ansicht.

»Und gestern habe ich gewiss nur die Hälfte getrunken«, sagte er. »Wegen dem Marlin. Ich wollte ganz nüchtern sein, wenn ich mit ihm kämpfe!«

Carlos hatte mir draußen an der Lagune etwas von angetrunkenen, zahlkräftigen Touristen erzählt, denen der Kapitän der Yacht – stets ein Einheimischer – tatkräftig assistieren muss und den Fisch fangen und hinterher behaupten, der Tourist hätte den Fisch gefangen. Und der angetrunkene Tourist wäre auch davon überzeugt, er selber habe den Fisch gefangen und der Kapitän habe nur die Rolle festhalten helfen und ein wenig gedrillt. »Das Geld kommt eben von den Touristen«, hatte Carlos gesagt, als wir alte Fischköpfe und Gräten am Strand gefunden hatten. Die Köpfe waren stets von kleineren Fischen gewesen, die der größeren wurden ja als Trophäen ausgestopft. Wie viele Rekord-Fische gab es überhaupt noch im Meer ...?

»Welches Bier trinkt ihr am liebsten?«, riss mich der Amerikaner aus den Gedanken.

»Oh ... egal ... von allen Sorten ein wenig«, sagte ich vage. Ich machte mir nichts aus Bier – vermutlich wegen meiner Herkunft. Doch aus Mitleid mit ihm hielt ich die Konversation am Laufen. »Man diese, mal jene ...!

»Welche?«, röhrte der Amerikaner. Ohne eine Antwort abzuwarten, hielt er seine Dose hoch. »Ich trinke am liebsten dieses hier!« Er rülpste lachend. »Eben weil man von diesem Dünnbier ruhig mal eins mehr nehmen kann ...!«

Wir sahen ihn an. Er sah uns an. Auf einmal wogte er im Wasser auf wie ein Seelöwe. »Meine Frau ist Kalifornierin! Sie ist sehr schön, aber sie ist nicht hier!«

Er näherte sich Carlos vertraulich und sagte: »Merkst du es auch? Die kalifornischen Frauen sind ganz cool, so richtig irisch-deutsch-englische Dickköpfe, weißt du? Aber in ihnen schlummert ein Vulkan, nicht wahr? Sie sind außen aus Eis und innen aus Feuer! Wenn du erst einmal das Eis bei ihnen schmilzt, dann – oho! Dann verbrennst du in ihrem Feuer!« Er schüttelte sich vor Lachen.

Carlos nickte würdevoll. Ich fühlte mich geschmeichelt, aber irgendwie wurde mir das Gespräch langsam zu dumm. Demonstrativ küsste ich Carlos, um die Fronten von vornherein zu klären.

»Wie ein Vulkan!«, schnaubte der Amerikaner.»Genau wie ein Vulkan mit viel Schnee oben drauf. Hahaha ...« Wie viele von seinen Lebensweisheiten er uns wohl noch anvertrauen mochte ...?

Am Pool ging ein anderer Mann vorbei, der offenbar auch zu der Gruppe von Freizeit-Angelsportlern gehörte. Er sah aber ganz anders aus, obwohl auch er zwischen 40 und 50 sein musste. Aber er war drahtig und dynamisch und man sah ihm an, dass er wusste, nach welchem Glas Bier oder Wein er aufhören musste. In seinem silbernen Badeslip sah er aus wie ein Sport-Profi.

»Na, Bill?«, fragte er,»was macht dein Billfisch?« Ich sah den Schatten, den sein Grinsen über sein Gesicht warf. Ich schrak zusammen. Dieser Mann hier im Pool hieß auch Bill, und in mir kamen alle düsteren Erinnerungen wieder hoch. Bill und Gregory. Meine Flucht aus Union City ... Und *Billfish* bezeichnet im Englischen Marline und Segelfische, genau das, was dieser Bill nicht gefangen hatte. Und wovon er prahlte, sie würden einen aufspießen ...

»Oh«, sagte Bill,»der wartet noch auf mich.«

»Na, dann lass ihn mal nicht zu lange warten«, sagte der am Rand des Pools.

»Morgen krieg ich ihn«, antwortete Bill aus dem Wasser. Es klang nicht sonderlich überzeugend.

Der Mann am Ufer drehte sich um. Aus dem Halbdunkel tauchte eine junge Frau auf. Sie hatte dunkles langes Haar. Sie sprach nichts und blieb neben dem Mann stehen. In ihrem mit Palmen bedruckten Bikini die reinste Badenixe.

»Bill, komm!«, sagte der am Ufer. Die Frau schmiegte sich an den Mann und begann, ihm leise und nachdrücklich die Schultern zu massieren.

»Jaja«, sagte Bill im Wasser.»Mal langsam.«

»Dein Bier kannst du auch noch morgen weiter trinken«, sagte der am Ufer. Die Frau neben ihm massierte ihm den Rücken.

»Jaja«, faselte Bill und machte halbherzige Anstalten, aus dem Pool zu kommen. Er schnaufte, schwerfällig wie ein Seelöwe. Dabei brabbelte er irgendetwas Unverständliches.

Der Mann am Ufer wartete. Die Frau massierte ihm die Hüften. Inzwischen war eine weitere Frau aus dem Foyer hinaus an den Pool gekommen. Sie trug einen sehr engen Bikini mit einem Motiv aus Wassermelonen. Bill sah sie mit glasigen Augen an. Schwankend kam er aus dem Pool. Das Wasser troff von ihm ab. Gelangweilt wartete die Frau auf ihn. Dann gingen sie alle vier die Freitreppe hinauf zu den Zimmern. Bill drehte sich noch einmal zu uns um. Er winkte uns freundlich und irgendwie hilflos zu, wie ein kleines Kind. »Gute Nacht, *you guys!*« rief er uns zu.

*

Auch sonst hatte der Swimmingpool manch ungewöhnlichen Besucher. Am nächsten Tag rettete Carlos sogar eine Tarantelmutter aus dem Pool, die mitsamt ihren Hunderten winziger Spinnenkinder, die sie huckepack trug, ins Wasser gefallen war. Beherzt fischte er die zappelnde, mausgroße Tarantel mit einem Pappbecher heraus, deckte unerschrocken einen Bierdeckel darauf und trug sie hinaus, ins Freie. Irgendwo im Garten setzte er sie dann wieder aus, und die Spinnen-Mama eilte davon, mitsamt ihrem Kindergarten. »Auch die Spinnen wollen leben«, sagte er kurz, als er meinen erstaunten Blick sah.

»Ja, aber sind die denn nicht giftig?«

»Nicht so sehr wie Schwarze Witwen«, sagte Carlos.

Da begriff ich erst so richtig, wie tief der indianische Respekt vor der Schöpfung war, sogar Giftspinnen gegenüber. Ihr Daseinsrecht anerkennen. »Du hättest dich das nie getraut!«, raunte mir der Minotaurus zu. Beschämt musste ich zugeben, wie Recht er hatte. Umso mehr bewunderte ich Carlos. Vielleicht konnte ich mir mit der Zeit ja sogar ein Beispiel an ihm nehmen …? Und dabei auch ganz neue, eigene Stärken an mir entdecken …? Bei diesem Gedanken wurde mein Minotaurus unruhig …

Carlos' Einstellung zur Natur begann langsam, auf mich abzufärben. Auch sonst begann ich, noch mehr auf die Natur zu achten. Dank der ausführlichen Erklärungen des irischen Einwanderers nahm ich verstärkt die tropische Vegetation wahr, die selbst mir, selbst aus dem Blumenland Kalifornien, unbekannt war. Carlos machte mich nun auf die goldgelben Glockenblüten des Gelben Trompetenstrauchs aufmerksam – »*Flor de San Pedro*«, sagte er, sowie auf die flammendroten, üppigen Blüten von Flamboyant und Tulpenbaum von Gabun. Am meisten aber staunte ich über ein kleines Hibiskus-Sträuchlein, das von Schulkindern liebevoll umzäunt war und bewässert wurde. Auf einem Schildchen am Zaun hatten die Kinder mit grüner Farbe hingepinselt: »*¿Qué sería la tierra sin plantas?*« – »Ja, was wäre die Welt ohne Pflanzen?«, dachte ich, gerührt über ihr erwachendes Umweltbewusstsein. –

Begeistert erzählte mir Carlos auch von dem uralten *Ahuehuete*-Baum in Tule, den er mir einmal zeigen wollte: der dickste Baum der Welt, ein Gigant mit mehr als 12 Metern Stammdurchmesser, das waren fast 60 Meter Stammumfang! »Diese mächtige Sumpfzypresse ist mehr als 2000 Jahre alt!«, schwärmte er, »und natürlich steht sie unter Schutz! Man hat sogar schon einen Ableger von ihr, denn die Montezuma-Zypresse ist ja unser Nationalbaum!«

Am nächsten Morgen gingen wir hinaus zu dem *malecón*, dem kleinen Bootsanleger der Fischer. Wir sahen aber nichts mehr von unserem glücklosen Angler. Die Hochsee-Yachten fuhren ohnehin offenbar von woanders los. Wir näherten uns der Mole.

Der *malecón* war gesäumt von geduldig wartenden braunen Pelikanen. Sie warteten, dass die zwei Fischerjungen etwas fangen und sie davon profitieren würden. Die beiden braunen, halbnackten Dorfjungen fingen aber nichts, und wenn sie doch etwas fingen und die Pelikane nervös ihre Flügel aufklappten, um herbeizueilen, dann erschien stets nur ein winziger gestreifter Fisch am Haken, und die Pelikane blieben sitzen. Die Fischchen waren nicht einmal die Energie wert, dafür herzufliegen.

Als die Jungen genug Köderfische für die Hochsee-Angelei beisammen hatten, gingen sie mit ihren Angelruten und Eimern fort. Wir wanderten die Uferpromenade entlang, und vor uns war die Mole. Kaum waren die beiden Jungs fortgegangen, da kräuselte sich die Wasseroberfläche, und ein ganzer Schwarm Fische spritzte und plätscherte in den Wellen. Es war ein richtiges Gewühl dort an der Wasseroberfläche.

Da flogen nicht nur die Pelikane auf, sondern plötzlich zog sich über dem Wasser eine ganze Wolke verschiedener Meeresvögel zusammen, und Pelikane, Fregattvögel und Blaufußtölpel stießen wie braune, schwarze und weiße Federpfeile hinab ins Wasser und schnappten und spießten und löffelten nach den Fischen. Ich wusste nicht, woher so rasch ganze Scharen von Seevögeln kommen konnten. Später bemerkte ich, dass sie ständig in großer Höhe an der Küste entlang patrouillieren und scharfäugig hinunter spähen, ähnlich, wie es auch die Geier machen. Hungrig und gierig fischten die Seevögel, wie um die Wette. Als wir den *malecón* betraten, flogen sie alle mit schrillem Protestgeschrei auf. Sie verstreuten sich in alle Richtungen, ihr Kreischen verstummte.

Der *malecón* bestand aus angehäuften Felsbrocken und den hölzernen Anlegern. Einige wenige Holzboote schaukelten träge auf der Grunddünung. Der *malecón* war ein trauriger Platz. Überall lagen Gräten und Fischschwänze umher, und hohläugige Fischköpfe mit verkrampft geöffneten Mäulern. Ihr Schnappen an Land war im Tode erstarrt. Der reinste Fisch-Friedhof. Wir gingen weiter den *malecón* entlang. Das Wasser spiegelte und wellte sich und gluckste zwischen den Steinen. Eine Brandung gab es nicht.

»Pass auf, dass du nicht auf einen Angelhaken trittst«, warnte Carlos. Ich blickte zu Boden. Tatsächlich lagen überall abgerissene Stücke Angelschnur, ganze Rollen und rostige Angelhaken umher, nicht nur Fischgräten. Im Wasser vor den Felsen dümpelte ein toter Pelikan, ein Stück weiter entfernt ein zweiter, dem noch ein Angelhaken im Kehlsack verhakt steckte. Sie fraßen die kleinen Fische samt Angelhaken, und dann krepierten sie. Wer weiß, wie viele Haken er bereits im Magen hatte. Sicher war er gar nicht an dem Haken im Schnabelwinkel gestorben, sondern an inneren Blutungen von früher verschluckten Haken. Wütend dachte ich, die Sportfischer sollten nicht achtlos so viel Müll herumliegen lassen – sie ahnten ja gar nicht, was sie damit alles Tragisches anrichteten!

Auf einmal fühlte ich mich elend. Ich spürte, wie sich mir von hinten der Minotaurus näherte. »Siehst du – selbst in diesem paradiesisch schönen Ort mit kristallklarem Wasser und Palmen und fliederblauen Bergen verlasse ich dich nicht!«, raunte er hämisch. »Auch hier verfolge ich dich mit den Bildern des Todes!«

Prompt fühlte ich mich wieder verängstigt. Auch ich war ja sterblich, und alles Schöne, was ich erlebte, musste vergehen. Stumm lehnte ich mich an Carlos an. Nun gingen wir ganz dicht nebeneinander.

Wir kamen an die Stelle, an der die beiden Fischerjungs gestanden hatten. Ich schrie auf. Da lag ein runder Fisch im Trockenen auf den Steinen, er pulsierte in wilden Atembewegungen, aber er hatte ja kein Wasser mehr zwischen den Kiemen und rang verkrampft mit dem Tode. Mir war speiübel, und die Tränen schossen mir in die Augen. Zwar wirkte der Fisch sehr nass und glitschig, aber ich überwand mich und kniete mich hin, um ihn aufzuheben und ins Wasser zurück zu setzen. »Du musst dir erst die Hände feucht machen«, sagte Carlos, »sonst verletzt du seine Schleimschicht.«

Verbissen kniete ich über den Felsbrocken, kippelte vornüber, befeuchtete meine Hände im Meerwasser, hob den Fisch auf – er war seltsam fest und doch gummiartig – und ließ ihn vorsichtig ins Wasser gleiten. Der Fisch taumelte benommen kopfüber auf den Grund. Seine großen Augen wirkten ausdruckslos. Ich konnte keine Bewegung mehr feststellen. »Wird er sich erholen?«, fragte ich zögernd.

»Ich weiß es nicht«, sagte Carlos. »Sieht aus, als wären wir eine Sekunde zu spät gekommen ...«

Ich weinte heiße Tränen um den hässlichen Fisch. »Was ist das für einer?«

»Ein *pez globo*«, sagte er.

Aha, ein Kugelfisch. »Aber er war gar nicht zu einer Kugel aufgeblasen«, sagte ich.

»Vielleicht hatte er keine Zeit mehr dazu.«

»Warum haben die Fischerjungen ihn einfach liegenlassen?«, fragte ich empört. »Wenn er ungenießbar ist, so hätten sie ihn doch wenigstens wieder ins Wasser zurücksetzen können!«

»Tja, hier bei den einfachen Leuten in der Provinz gibt es nicht so viel Bewusstsein für Tier- und Umweltschutz wie in Mexico City«, sagte Carlos nachdenklich. »Außer bei den Indios. Es ist auch eine Frage der Information, der Kultur und der Erziehung.«

»Aber das Tier leidet doch!«, sagte ich bitter. »Das sieht man. Dazu braucht man keine Information.«

»Hier herrscht eben noch eine ziemlich mittelalterliche Einstellung«, sagte Carlos. »Ein Tier wird wie eine nützliche oder unnütze Sache behandelt.«

»Es ist schrecklich«, sagte ich.

Im Weggehen blinzelte ich nochmals verstohlen zu dem halbtoten Kugelfisch im Wasser. Fast wagte ich es gar nicht mehr, hinzusehen. Im Augwinkel sah ich ihn mit schwachen Reflexen seine Flossen bewegen. Es konnte auch nur die schwache Strömung gewesen sein.

Als wir weitergingen, stolperte ich alle paar Schritte über einen toten *pez globo*. Plötzlich erkannte ich sie, zwischen den spangenartig schmalen, fein gezähnten Schnäbeln der Hornhechte und der tief gegabelten Schwanzflossen der *Yellowtails,* die in der Sonnenglut ihre Farbe verloren hatten. Überall lagen verdorrte Kugelfische. Sie waren zusammengeschrumpft wie Mumien.

Armer *pez globo*. Die Welt hatte sich gegen den *pez globo* verschworen. Er war von allen Fischen der langsamste und schwerfälligste, und die Welt ließ ihn das büßen.

»Hätte man sie nicht wenigstens essen können?«, fragte ich aufgebracht. »Auch wenn vielleicht nicht viel an ihnen dran ist?«

Carlos zuckte die Achseln. »Es heißt, sie seien sehr giftig. Doch ich hab gehört, die Japaner essen sie trotzdem, sehr vorsichtig in kleinen Mengen zubereitet. In Japan gelten sie als Delikatesse – und Nervenkitzel ...«

»Na, guten Appetit – hm, wenn das so ist – ich würde sie dann trotzdem nicht essen!«, sagte ich. In diesem Fall erschien mir die Warnung des »Mino« als guter Ratgeber. Doch ansonsten setzte er mir sehr zu. Ich konnte die Fischmumien nicht mehr ansehen. Der Minotaurus triumphierte mit jedem toten Fisch, den er mir zeigte. »Bitte, lass uns gehen«, sagte ich zu Carlos. Ich traute mich nicht, mich nochmals nach dem *pez globo* umzudrehen, den ich ins Wasser zurückgesetzt hatte. Lieber nicht noch mal nachschauen …

Wir wanderten weiter am Strand entlang, und wir sahen einen schwarzen *zopilote*-Geier, der an einem toten Meerespelikan fraß, und draußen auf der See stießen immer noch vereinzelt Pelikane und Fregattvögel nach Fischen, in senkrechtem oder schrägem Sturzflug, und besonders die Fregattvögel kamen dann wegen ihres geringen Gewichts wie Bojen wieder nach oben geschnellt.

So viel Leben und Tod an diesem Ufer, an dieser Küste, in der Welt – das verursachte mir wieder mal ein flaues Gefühl in der Magengrube, einen geradezu existenzialistischen Taumel. Erneut ergriff ich Carlos' Hand, so als wollte ich ihn nie mehr loslassen.

*

Am nächsten Tag fuhren wir weg von Loreto, wieder mit dem Bus, und wieder war es sengend heiß. Etwa nach einer Stunde änderte sich das Landschaftsbild, es gab bescheidene rechteckige Felder mit verdorrtem Mais und Stoppelfelder oder bereits umgepflügte Felder. Dazwischen weitere Kakteen, Esel, Maultiere und federfeine Kasuarinen-Bäume und Tamarisken. Der Busfahrer musste mehrfach abbremsen, weil Pferde oder Zebus die Fahrbahn kreuzten.

Ich dachte, wie hart die Menschen hier arbeiten mussten. In Loreto hatte uns ein netter Museumsführer das kleine Missions-Museum gezeigt. Am nächsten Tag sahen wir denselben Mann auf der Post im Paketdienst arbeiten. Die meisten Leute hier hatten zwei Jobs.

So hart wie das Land war die Landschaft. Die Felsen waren

hart, der ausgedörrte Boden war hart, ja sogar die Sonnenstrahlen waren hart. Sie schlugen auf die Haut, auf die Häuserwände, auf die wenigen Bäume. Die Sonne war wie ein lautloser Hammer. Es gab Felsen, die in der Hitze zersprangen. Zwar gab es keine Temperaturanzeige, doch ich schätzte die Hitze auf etwa 100 °F, fast 40 °C.

»In San Carlos werden wir diesmal nicht vorbeikommen«, bedauerte Carlos lachend. Dafür kamen wir nach La Paz – aber nicht in Bolivien, sondern im Süden der Halbinsel von Niederkalifornien. In Cabo San Lucas hatten wir die Südspitze von Baja erreicht, und uns grüßte die weiß schäumende Brandung am Felsentor des Kaps. Wir fuhren weiter bis San José del Cabo. Überall, in jedem Souvenirladen, wurden verwitterte Knochen von Walen angeboten. Auch in den kleinen *patios* der Häuser entdeckten wir Walknochen als Dekoration. Ein Riesen-Wirbelknochen war als Schemel zum Sitzen aufgestellt. In einem schummrigen Andenkenladen entdeckten wir auch das ganze Fell eines Pumas; mit Kopf und Schwanz und Klauen abgebalgt hing es an einer Wand angenagelt – ein trauriges Dekor. Nichts mehr von der Eleganz und Geschmeidigkeit dieser Großkatze – nur noch ein sandfarbenes Fell, ein jämmerlicher Anblick.

Unsere Zeit und unser Geld gingen zur Neige. Jetzt noch die kostbare Zeit intensiv nutzen! Nur zu bald schon ging unser Flieger nach Mexico Stadt. Dort mussten wir unser weiteres Leben organisieren. Doch heut ist heut! Wir genossen unsere Flitterwochen. Auf gemieteten Pferden ritten wir am Strand aus, bis zur Lagune, in der weiße Pelikane schwammen, und wir lernten uns mit jeder Sekunde besser kennen. Unsere Pferde waren recht störrisch, aber das machte nichts. Carlos ritt einen Schimmel, ich einen Fuchs mit schwarzer Mähne.

Die hitzeflimmernde Lagune sah fast unwirklich aus, wie eine Oase in einem Traumland. Die Farben schienen in der Hitze zu sieden, Wasserblau und Schilfgrün und Pelikanweiß. Über dem Horizont schien die Landschaft zu zerflattern. Wie Fata Morganas hoben die Berge ab. Zum ersten Mal fühlte ich mich allen Problemen entrückt, die Ruhe der Natur war wie Balsam für meine Seele. Ich war mit mir und der Welt im Einklang. Carlos und ich verstanden uns auch ohne Worte. Ergriffen ließen wir die ungestörte Naturschönheit auf uns wirken. »*I've been through the desert / on a horse with no name* ...« kam es mir in den Sinn. Der Song gefiel mir.

*

Mexico City. Eine der größten Städte der Welt! Carlos' Familie nahm mich, die Fremde, so warmherzig auf, dass es noch im Nachhinein beschämend war, wie sich Mum Carlos gegenüber verhalten hatte. Sie empfingen mich alle mit offenen Armen. Ich war integriert, ehe auch nur ein Tag vergangen war, und die ungewohnte Aufmerksamkeit seiner Eltern und seiner beiden Schwestern ging mir manchmal sogar auf die Nerven. Eine gute Portion Toleranz ist das, was du brauchst, auch wenn du dich gegen zu viel Freundlichkeit verteidigst. Toleranz ist eine Waffe, die nicht schneidet. Es war genau das, was Mum nicht hatte.

Carlos' Mutter hingegen war nicht nur sehr nett, sondern auch eine exzellente Köchin, und voller Stolz tischte sie uns *Pozole* auf, roten oder grünen Mais-Eintopf, gleich in beiden Varianten. Dazu gab es auch noch Salat aus *Nopal*-Kaktusfleisch sowie natürlich *guacamole*, herzhafte Avocadocreme, und als Nachtisch servierte sie uns einen erfrischenden *macedonia*-Obstsalat aus Papayas, Ananas und Mangos. Ich hatte ja inzwischen gelernt, auch wieder Freude am Essen zu finden, maßvoll und mit Genuss. Doch musste ich taktvoll aufpassen, dass sie mich nicht vor lauter Liebe wohlmeinend mit allem vollstopften.

Ich wehrte mich mit sanftem Nachdruck gegen ein Übermaß an Keksen und Küssen, Bonbons und Umarmungen, die ich so erdrückend fand wie eine Katze unaufgefordertes Gestreichelt-Werden. Genau wie eine Katze wich ich auch taktvoll den anderen aus, wenn mir nicht nach Kommunikation zumute war, freundlich und ohne jemanden zu verletzen. Mit der Zeit funktionierte es wunderbar. Ich lernte, mit beidseitigen Wangenküssen und Umarmungen Verwandte und Freunde zu begrüßen, und sie lernten, mich in Ruhe zu lassen, wenn ich mich zurückzog. Es war Verständnis und Bereitschaft zum Kompromiss auf beiden Seiten, und das ist die einzige Möglichkeit, sich mit anderen Völkern und Kulturen zu verständigen, genau wie mit dem eigenen Partner. Ja, es ist der Schlüssel zum Erfolg im Leben, an den Mum nie geglaubt hatte.

Als erstes schickte ich Mum eine SMS, in der ich ihr mitteilte, wo ich mich derzeit aufhielt, und dass es mir weiterhin gut ginge. Ich teilte ihr auch mit, dass ich mich jederzeit über eine Antwort freuen würde. Ich erhielt keine.

In unserem Zimmer hing ein Bild von Frida Kahlo – es zeigte sie mit ihrer angebrochenen Wirbelsäule, dargestellt als griechische Säule. Zuerst machte mir das Bild von so viel Leid Angst. Doch mit der Zeit machte es mir auch Mut. Denn es war ein Bild von Tapferkeit und Mut, in trotziger Weise lebensbejahend.

Carlos schwärmte mir auch von den großflächigen Wandmalereien von Diego Rivera und David Siqueiros vor, die er mir zeigen wollte, auf denen indigene Traditionen gezeigt und Ausbeutung angeprangert wurde, obwohl mich manches von dem politischen Fanatismus jener Tage abstieß – bekämpften sich doch zu jener Zeit Stalinisten und Trotzkisten bis aufs Blut. Konnte man denn nicht auch friedlich für seine Überzeugungen einstehen …? Ich sah ja ein, dass sich in der Dritten Welt, zu der Lateinamerika leider gehörte, einiges ändern musste, damit alle Menschen auch menschenwürdig leben könnten, um Hunger und Armut zu beseitigen. Doch solche Ziele gewaltsam durchzusetzen, darin konnte ich keinen Sinn sehen – eher den Versuch, den Teufel mit dem Beelzebub auszutreiben.

Ein paar Tage lang diskutierten Carlos und ich über Entwicklungs- und Schwellenländer, über die globale Ungleichverteilung der Ressourcen und Ansätze einer nachhaltigen Entwicklung. Wieder staunte ich, wie viel er wusste, und wie beiläufig und bescheiden er sein Wissen anbrachte, doch zu diesem Thema wusste ich ja auch so einiges – hatte ich mich doch schon beruflich ausgiebig mit Wirtschaft beschäftigt. Hier konnte also auch ich mal punkten, und mein Minotaurus nahm es mit Verdrossenheit zur Kenntnis. Umso mehr freute ich mich darüber.

Dann, eines Tages, lud Carlos' Vater uns zu einem Stierkampf ein. Es würde eine sehenswerte *novillada* geben, einen Stierkampf mit angesehenen Nachwuchs-Stierkämpfern, und er wollte uns Karten für sehr gute Plätze spendieren, Schatten und sehr weit vorn. Ob wir Lust hätten?

Nein, ich hatte keine Lust. Große Ehre wegen der Einladung hin oder her – mir wurde schlecht. Mir kamen die Kampfstiere so chancenlos vor wie die Kugelfische auf der Hafenmole. Ich war absolut dagegen. Carlos' Mutter, die indianischer Abstammung war, unterstützte mich mit einem Kopfnicken.

»Ich will das gar nicht sehen«, protestierte ich.

»Weil du den Tod der Tiere nicht erträgst, oder weil es dir schlecht wird, wenn du Blut siehst?«, fragte Carlos listig.

»Beides«, sagte ich.

»Der zweite Grund – okay«, sagte er.

»Und den ersten akzeptierst du nicht?«, fragte ich wütend. »Ich bin schließlich nicht in eurem Kulturkreis aufgewachsen!«

»Aber du bist im Kulturkreis der saftigen Grillsteaks aufgewachsen, nicht wahr?«

Ich wurde rot.

»Mir tun die Tiere leid!«, sagte ich heftig. »Das ist doch eine barbarische Tierquälerei!«

»Hat dir dein letztes Steak geschmeckt?«, fragte Carlos.

»Leider ja!« Ich war seltsamerweise auch nicht bereit, übergangslos zur überzeugten Vegetarierin zu werden. Weniger Fleisch, gesunde Ernährung – ja. Aber so ganz und gar auf ein gelegentliches Steak oder Roastbeef verzichten mochte ich auch nicht. Dazu schmeckte es einfach zu gut.

»Also –«, sagte ich ratlos. »Man muss die Tiere doch nicht noch erst vor dem Schlachten quälen, oder -?«

»Da geb ich dir Recht. Aber es geht um mehr. Ich glaube, viel gut gemeinter Protest beruht auch auf Unwissenheit«, sagte Carlos. »Gewiss – es gibt wirkliche Sauereien beim Stierkampf, aber die sind meist da, wo der ahnungslose Tourist sie am wenigsten vermutet: illegal abrasierte Hornspitzen, die zwar wieder spitz gefeilt werden, zum Vertuschen, aber den Stier falsch zustoßen lassen, weil er seine Hornlänge im Gefühl hat und sich jetzt genau um diesen abrasierten Zentimeter verkalkuliert. Zudem werden die abgesägten Hornspitzen empfindlicher. Das ist eine unfaire Benachteiligung, aber der Tourist sieht kein Blut und regt sich nicht darüber auf. Jedem Insider aber fällt so was noch aus der Distanz auf, wenn er im Zuschauerraum sitzt. Es gibt noch mehr solche Beispiele – falsch platzierte *banderillas*, diese bunten Wurfspieße – eine Sache von einigen Handbreit – für den Touristen kein Unterschied, aber den Stier ruinieren sie, weil sie nicht den Muskel, sondern die Wirbelsäule treffen. Das ist dann wirklich brutal –«

»Siehst du!«, triumphierte ich. Doch Carlos fuhr unbeeindruckt fort: »Es geht also weniger darum, ob Blut fließt, sondern wo und wie es fließt. Auch die Stiere untereinander verletzen sich zuweilen gegenseitig bei ihren Rangkämpfen. Sie sind hart im Nehmen.«

»Trotzdem –!«, warf ich ein. Doch Carlos dozierte weiter:

»Dasselbe gilt für die berittenen Stierkämpfer mit Lanze, die *picadores*, Die gehören für meinen Geschmack ohnehin abgeschafft oder reformiert. Vielleicht durch ein Reiterturnier ersetzt – wenn's nur für die Pferde nicht zu gefährlich ist …!« Er hatte sich in Fahrt geredet: »Aber jeder Kenner wird einen erstklassigen Stierkampf ohne Betrug und Mogeleien erkennen und als großartige Kunst genießen. Es ist auch eine Sache der Information. Wenn du nichts von Fußball verstehst, siehst du auch nur die Spieler über den Platz rennen. Oder denk nur an Tennis, und seine Ästhetik. Man muss die Regeln und die Technik kennen, um zu verstehen, was man sieht, und dann ist es ein herrliches Schauspiel, aufregend-schön – eine Kunst, von der man nur froh sein kann, dass sie sich seit den Tagen des alten Kreta bis heute erhalten hat!«

Carlos geriet geradezu ins Schwärmen. Ich hingegen wusste gar nichts daran zu schätzen.

»Fußball und Tennis sind aber gottlob unblutig!«, wandte ich ein. »Wenn schon, dann müsstest du den Stierkampf mit dem tödlichen Ballspiel der Maya vergleichen!«

Carlos nickte versonnen.

»So ein blutiges Ballspiel würd ich genauso wenig sehen wollen!«, protestierte ich. »Und einen Stierkampf genauso wenig!«

»Es gab und gibt ja auch unblutige Stierkämpfe!«, sagte Carlos nachdenklich. »Der wilde Stier übt halt schon seit Jahrtausenden eine Faszination auf den Menschen aus: Stierspringen in Knossos, Stierrennen in Südfrankreich und eben Stierkampf in Spanien und bei uns in Mexiko und anderen Ländern … Der Stierkult in irgendeiner Form gehört irgendwie zur Menschheitsgeschichte! Schon im Orient und im Alten Ägypten, aber auch auf Kreta. Denk doch nur an die herrlichen Fresken aus der minoischen Zeit, vor mehr als 4000 Jahren …!«

Seine Stimme klang begeistert.

Mir aber hatten seine Worte einen Stoß versetzt. Carlos ahnte nichts davon. »… minoisch?!« Unbewusst hielt ich die Luft an. »... seit den Tagen des alten Kreta. Minoische Kultur.« Minotaurus!! Bilder stiegen in mir auf, bunte Fresken aus dem Palast von Knossos. In meinem Geschichtsbuch aus der College-Zeit hatte ich sie betrachtet, die wundervollen Darstellungen junger Männer und Frauen, die, leicht bekleidet und mit artistischer Anmut, den Stier bei den Hörnern packten und über seinen mächtigen Rücken hinweg Saltos schlugen. Sie wagten es, wagten die direkte Konfrontation mit dem leierhörnigen Stier, mit dem wutschnaubenden Kraftpaket, dem potenten Zerstörer. Stierkampf als Kunst, als Lebenskunst. In mir keimte ein großer, atemberaubender Gedanke.

Plötzlich ließ ich mich bereitwillig überreden, dieses Schauspiel nun doch anzusehen. Carlos' Vater wertete es als Höflichkeit und Referenz an seine Stierkampf-Leidenschaft, die er von seinen spanischen Vorfahren quasi geerbt hatte, und freute sich.

»Es wird dir sicherlich, nach einem verständlichen ersten Schock, doch noch gefallen«, meinte er. »Für Leute, die es zum ersten Mal sehen, ist es fast immer ein Schock. Aber Carlos wird dir alles erklären«, sagte er voller Vorfreude. »Es verspricht, sehr interessant zu werden, ich habe das Plakat, das *cartel*, gelesen. Es sind alles *novilleros de cartel*.«

Carlos erklärte mir, was dieser Ausdruck bedeutete: dass es sich um sehr hoffnungsvolle Jungstierkämpfer handelte, so wie es ihre Werbeplakate auswiesen.

»Na schön«, sagte ich. »Wann geht's los? Bei Hemingway hab ich gelesen, in Spanien geht's los, sobald die große Tageshitze nachlässt, um fünf Uhr nachmittags.«

»Und hier bereits um vier«, sagte Carlos. »Denn wir liegen so weit südlich, dass die Sonne schon circa um sechs untergeht. Du merkst es bloß durch die große Höhe hier nicht – aber wir befinden uns in den Tropen!«

Die Plaza Monumental, so sagten sie mir, sei die größte Arena der Welt. Sie ist in der Tat riesig, wie ein Stadion. Das reinste Kolosseum. Davor wimmelten andrängende Autos und eine Menschenmenge, die eine gewisse kribbelnde Anspannung verbreitete.

Über dem Hauptportal trabte in Lebensgröße eine Schar Bronzestiere, und sie waren so schön und naturgetreu, als seien sie eine in Bronze gegossene Lobeshymne auf die Kampfstiere. Carlos' Vater hatte uns in der Tat sehr gute Plätze ergattert: 3. Reihe Schatten, direkt neben der Fernseh-Übertragung. Die Plätze waren genau gegenüber dem *toril*, dem Stierstall, wir würden also die herausstürmenden Stiere direkt auf uns zu toben sehen. Natürlich von den halbwegs sicheren Sitzplätzen aus – denn gelegentlich, so behauptete Carlos, übersprang solch ein Stier in seiner Rage schon mal die Barrikaden und landete im Zuschauerraum ... ich mochte mir nicht ausmalen, wie das mit so einem Stier mitten in den Publikumsrängen wäre und hoffte einfach, er würde im Zweifelsfall dort irgendwo stecken bleiben. Erstmals versetzte mich nicht bereits die bloße Vorstellung dessen, was alles passieren konnte, schon in Horror, wie ich erstaunt feststellte. Ich freute mich bei der Erkenntnis, mein Mino war frustriert. Zwar funkelte er mich aus heimtückischen Stieraugen an, doch ich war derzeit einfach zu sehr mit anderen, spannenden Gedanken beschäftigt.

Der Stierkampf beginnt also in Mexiko, im Unterschied zur spanischen Tradition, bereits um vier und nicht erst um fünf Uhr nachmittags, weil hier, in tropischen Breiten, die Sonne früher untergeht. Um uns grölten die Erdnuss- und Pistazienverkäufer und die Verkäufer von Programmheftchen, und Carlos kaufte ein Heftchen und zeigte mir die Fotos der Stiere und der Toreros. Ich interessierte mich mehr für die Stiere, und ich betrachtete sie eingehend. Mein persönlicher Minotaurus war natürlich nicht dabei. Aber warte nur, dachte ich mit grimmigem Frohlocken, Mino, du kommst auch noch auf die Liste.

Die Stiere für die *novilladas* sind meist etwa drei Jahre alt und wiegen um die 380 Kilo. Sie sind körperlich so gut wie erwachsen, mit langen Hörnern, aber ihnen fehlt das stattliche Gewicht eines voll ausgereiften Bullen von über einer halben Tonne, und vor allem fehlt es ihnen an ausgefeilter Kampftechnik; sie sind jung und stürmisch, aber noch ohne allzu viel Lebenserfahrung im Umgang mit ihren Waffen. Doch bereits sie sind fähig, einen Mann zu töten. Und daher war jeder von ihnen ein Symbol für meinen eigenen Mino.

Da stand er, sechsmal der Minotaurus, sechsmal mit anderen, wohlklingenden Namen, der auf ihre Fellfarbe oder ihren Charakter anspielte oder einfach auf züchterischen Stolz. Carlos erklärte mir die Kurzbeschreibungen zu den Tieren. Er entnahm den Schwarz-Weiß-Bildern aufgrund des Textes, das zwei Stiere kastanienbraun mit gelb aufgehelltem Rücken sein mussten, einer graumeliert und die anderen schwarz. Auf den Fotos sahen sie alle gleich aus. Nein, doch nicht, wenn man genau hinschaute. Und je länger und eingehender man sie betrachtete, desto individueller und unverwechselbarer erschienen sie. Da hatte einer einen weißen Unterbauch. Bei einem war das waagerecht ausladende Gehörn etwas ungleichmäßig. Einer hatte mehr Locken auf der Stirn. Ein anderer wirkte ziemlich kompakt. Die Stiere waren genauso einmalig wie die Stierkämpfer. Sie würden einmalig kämpfen, jeder auf seine Weise, und jeder auf seine Weise einmalig sterben. Leider. Es war das große Mysterium des Todes, das uns erst die Einmaligkeit des Lebens erkennen und schätzen ließ, und unwillkürlich hoffte ich, wenn jemand so einen Stierkampf gesehen und Mitleid mit jedem einzelnen wundervollen Stier gehabt hat, so wird er nicht dagegen abstumpfen, sondern zu denjenigen Menschen gehören, die diese Erkenntnis um den Wert des Lebens auf die Menschheit und Natur übertragen und stets vehement gegen den Krieg und Tierquälerei eintreten werden.

Es gibt nichts Kostbareres als das Leben, und spätestens das Bedauern um die Verletzlichkeit des Lebens öffnet dir die Augen dafür. Und noch etwas: Sich dem Unausweichlichen zu stellen, heißt auch, seine Angst zu überwinden. Ich überlegte mir, warum es denn eigentlich nicht ausschließlich unblutige Stierkämpfe geben sollte, so wie sie in Portugal und Südfrankreich Mode waren, wie Carlos mir erzählte. Das wäre doch viel schöner und meiner Meinung nach auch aufregend und gefährlich genug. Dann könnte man die herrlichen Tiere in Aktion sehen, ohne dass sie am Ende tot aus der Arena geschleift würden ... Dieser Gedanke setzte sich in mir fest. Der einzige, den ich mir unwiederbringlich fortwünschte, das war doch mein Schreckgespenst, das mich verfolgte, mein personifiziertes Trauma. Carlos erklärte mir noch dies und das, über das freie und ungebundene Leben dieser Kampfstiere auf den weitläufigen Stierweiden, ehe sie eines Tages in der Arena landeten. »Sie leben in ökologisch wertvollen Biotopen!«, versicherte er mir.

Dann dachte ich wieder an den Minotaurus, und ich hoffte, ich würde bald eine Lösung für mein großes, allgegenwärtiges Problem finden. Vielleicht war die Lösung nahe. Ich träumte von einem großen Befreiungsschlag. So wollte ich mich endlich vom erdrückenden Regiment meiner Angst befreien. Beim Stierkampf ging es um große, zeitlose Wahrheiten über Leben und Tod, Angst und Sieg. »*Take me to the matador* ...«, summte ich. Vielleicht gelang es mir damit, meinen Minotaurus irgendwie in die Enge zu treiben. Mit diesem Hintergedanken sah ich mir den Stierkampf an.

Der Zuschauerraum füllte sich gerade zu zwei Dritteln, da spielte oben bereits schrill und blechern die Kapelle auf. Ich drehte mich um und blickte zur Präsidentenloge. Immer noch weitere Zuschauer strömten durch die Einlasstunnel, fluteten die Treppengänge hinunter, verteilten sich auf den Sitzreihen. Eine Anspannung lag in der Luft, die ich am liebsten mit einem Voltmeter gemessen hätte. Erwartungsvoll schaute ich in den *ruedo*, den eigentlichen Arenenring, aber nur, um dort harkende Arenendiener zu sehen. Die Anspannung stieg, es war, als begänne gleich die Luft zu knistern. Diese Atmosphäre war richtig ansteckend. Es war fast wie bei der Fußballweltmeisterschaft. Dann spielte wieder die Kapelle, und auf einmal waren alle Zuschauer vergessen, und du starrst in den Ring, und das große Portal öffnet sich.

Herein ritten die düster-feierlichen Verwalter des Stierstalls, in noch stark mittelalterlich anmutender Tracht: schwarze Umhänge und Barrett mit Straußenfeder. Dahinter zogen zum schrillen *paso doble* die Stierkämpfer mit ihren Pracht-*capas* ein, den Umhängen, in die sie ihren linken Arm gewickelt trugen. Unwillkürlich musste ich an Armschlingen für gebrochene Arme denken, aber es wirkte trotzdem feierlich.

Hinter den Matadoren schritten deren *cuadrillas*, die Helfermannschaften, die mit lockeren Tuchschwenks ihrem Matador die Stiere vorführen würden, die scheußlichen Wurfspieße platzieren und bei Gefahr assistieren. Hinter ihnen folgten die Lanzenreiter mit ihren noch scheußlicheren Spießen, hoch zu Ross, auf ihren matratzengepolsterten Pferden. Bereits dies alles war ein Ritual, ernst, feierlich, würdig, angemessen. Trotzdem hätte ich mir bereits jetzt schon die ganzen ekligen Spieße fortgewünscht, die da zum Einsatz kommen sollten! Ginge es wirklich nicht auch ohne …?, dachte ich wütend. Der Mensch ist im Kampf eh schon raffiniert genug und sicher auch so schon im Vorteil. Bei allem Risiko.

Ich hatte stets geglaubt, die Toreros würden affektiert und lächerlich wirken in ihren bunten Anzügen, aber das war nicht

der Fall. Das Goldbrokat glänzte in der Sonne, auf den breiten Schulterklappen, den Brust-Tressen, an den Beinen. Der Lichteranzug eines Toreros akzentuiert optimal die männliche Figur: breite Schultern, schmale Hüften. Ich überlegte, wie wohl die Stierkämpferinnen aussahen, von denen ich gehört hatte. Naturgemäß eher umgekehrt: schmale Schultern, breite Hüften –
»Du – tragen Stierkämpferinnen Röcke?«, fragte ich unvermittelt. Ich stellte mir eine Art Tambourmädchen-Kostüm in Goldbrokat vor.

»Nein, die tragen ebenfalls Hosen!«, lachte Carlos.

Ich war erleichtert. In der Stierkampf-Arena, im *macho*-Spiel par excellence, hatte also wenigstens auch die Frau die Hosen an. In Gedanken malte ich mir einen brokatgekleideten Theseus aus und probierte auch wahlweise im Geiste mal selber solch eine Kämpfer-Montur an, um mich darin einem verblüfften Minotaurus zu stellen …

Dann ging alles sehr schnell. Die hereinziehende Doppelreihe Stierkämpfer und die Pferde waren verschwunden, ich hatte gar nicht darauf geachtet, wohin. Hinter den Barrikaden verteilt entdeckte ich die Stierkämpfer wieder. Die zu Pferde waren nur beim glanzvollen Einzug erschienen und hatten den Platz noch einmal geräumt. Ein Arenenhelfer hielt eine schwarze Tafel über seinen Kopf gereckt, auf der in weißer Schrift Name und Gewicht des ersten Stiers geschrieben standen. Der Gehilfe drehte sich mit erhobener Tafel, dann hängte er sie in eine sinnvolle Vorrichtung über der Pforte zum Stierstall. Dann ging er fort. Die Arena wurde sehr leer.

Im Geiste sah ich eine andere Tafel vor mir: »Minotaurus, Gestalt variabel, Gewicht erdrückend«, stand darauf. Doch schon ging es weiter, kaum dass mir dieser Einfall durch den Kopf schoss.

Ein *aviso* ertönte, ein Fanfarenstoß, den der Präsident von der Kapelle geben ließ. Die Pforte zum Stierstall wurde geöffnet. Mir kam die rot bemalte Pforte sehr rot und das Dunkel dahinter sehr schwarz vor.

Aus dieser Schwärze schoss ein Stier, wie von einer Kanone abgefeuert. Ein bewundernder Aufschrei ging durch die Menge. Der Stier war schwarz, schwarz wie die Nacht, und er tobte mit suchend erhobenem Kopf mehrfach im Kreis herum. Er durchmaß die Arena mit raschem, federndem Galopp und nahm, wie Carlos mir erklärte, die ganze Arena für sich in Besitz. Er war selbstbewusst. Er stellte sich nicht in eine Ecke. Da er nicht den gesuchten Ausgang fand, so würde er eben dieses sandbestreute Rund hier als sein Revier verteidigen!

Die Toreros aus der *cuadrilla* des ersten Matadors ließen vom Arenenring aus ihre Tücher, die *capas*, aufleuchten. Das Pink ihrer Tücher flammte auf wie in Sekundenschnelle erblühende Rosen. Der Stier reagierte prompt auf jedes Aufleuchten, wohl mehr auf die rasche Bewegung als auf die Farbe, die er vielleicht gar nicht sah. Er wandte wuchtig seinen Kopf dorthin, wo die Bewegung aufblitzte, stieß drohend in diese Richtung, und eilte herrisch weiter. Dies hier war sein Terrain. Wenn er schon nicht heraus konnte – denn der Rückweg zum *toril* war ja versperrt, die Pforte hinter ihm wieder geschlossen –, so gehörte wenigstens dieser Platz ihm. Er hatte nur sich selbst und einen Platz, den er für sich verteidigen würde.

Der Matador hatte einen ersten Eindruck von den Charakterzügen seines Gegners gewonnen – erklärte mir Carlos – und trat ihm nun erstmals entgegen. Seine Helfer wichen zurück. Sie durften ihrem Vorgesetzten nicht die Show stehlen.

Kaum trat der Mann in den Ring und breitete seine *capa* aus, da stieß der Stier schon hinein, und beide drehten sich, und das Publikum folgte stumm mit den Blicken. Der Stier wendete in ziemlich weitem Bogen und der Torero wandte sich ihm in aller Seelenruhe zu und hielt ihm erneut das geöffnete Tuch entgegen. Wieder stieß der Stier hinein, wieder drehten sich Stier, Mann und Tuch, und ein schwaches Raunen ging durch die Menge.

Beim dritten Treffen verlangsamte sich die Wendung, schwang das Tuch wie ein schwerer Vorhang, Mann und Stier fanden einen gemeinsamen Rhythmus – *olé* ..., raunte die Menge. Wieder trafen beide zusammen, drehend, schwingend; fast zu langsam, um es zu glauben, so floss das Tuch vor dem Stier her – *oleee* brandete es aus dem Publikum auf.

Seltsamerweise war dies schon alles. Stier und Tuch trennten sich, der Zauber war dahin, und obwohl der Torero den Stier noch zwei-, dreimal zitierte – der Zauber war fort. Ich begann, das Mysterium zu begreifen. Diese atemberaubende Einheit aus Mann, Tuch und Stier war verdammt schwer zu erreichen, glückte oft nur für wenige Sekunden – und diese flüchtige Perfektion, in der die Bewegung sich zu verlangsamen scheint, sich zum unglaublichen Nervenkitzel abbremst, war das, was bei Stierkampf-Liebhabern das Herz höher schlagen ließ wie bei einem Rausch, einem »Orgasmus mystischer Ästhetik«, wie ich einmal gelesen hatte. Nun verstand ich. Der Triumph über das Unkalkulierbare, der Umgang mit der Nähe zur Gefahr, der flüchtige Sieg, der jederzeit umschlagen konnte in ein Drama, ein tragisches Desaster. Diese Momente waren so schön, dass es eines endgültigen, tödlichen Sieges über die Gefahr, symbolisiert durch den Stier, eigentlich gar nicht mehr bedurfte. Ich wurde nachdenklich. In meinem Kopf begann es zu arbeiten.

Schon war der erste Abschnitt vorüber, der Matador wieder hinter den Barrikaden verschwunden, und ein Picador drängte sein schwerfällig matratzengepanzertes Pferd gegen den Stier. Das Pferd sah den Stier nicht, es trug Scheuklappen. Aber es erinnerte sich, wusste, dass da gleich Hörner unter den Matratzen bohren, es schikanieren würden. Es zitterte, warf den Kopf seitlich zurück. Der Picador riss es am Zügel, gab ihm die Sporen, presste es gegen den Stier, der bereits angegriffen hatte und seinen Kopf in die Matratzenflanke bohrte.

Der Picador lehnte sich vornüber, stieß mit der Lanze zu, stützte sich darauf, lehnte sich vornüber, und der Stier begann, zwischen den Schultern zu bluten. Der Picador stützte sich schwer mit seinem ganzen Gewicht auf die Lanze. Der Stier begann, mit dem Kopf zu hebeln. Er wollte das Pferd umwerfen. Der Picador stützte sich noch schwerer auf seine Lanze. Die Spitze bohrte sich tief in die klebrig rot aufbrandende Schulterrundung des unbeirrt andrängenden Stiers. Ich war empört. »Scheißkerl! Hurensohn! Aufhören!«, schrie ich in bestem Spanisch.

Der Picador hatte mich gehört, wir saßen ja weit genug vorne. Er wurde rot, hörte aber nicht auf, verbissen in den Stierschultern zu bohren.

»Hoppla!«, lachte Carlos. »Woher solches Vokabular?«

»Der Dreckskerl soll sofort aufhören, den Stier zu ruinieren!«, schäumte ich.

Carlos nickte würdevoll. »Du hast Recht. Der Torero hat dem Picador Anweisung gegeben, den Stier zu weit hinten – schau, da! – und zu schwer zu piken. Das ist eine Schande!« Er wandte sich um, zur Präsidentenloge.

»¡Presidente!«, brüllte Carlos herrisch. »¡¡Aviso!!«

Und in der Tat gab der Präsident ein *aviso*, eine Anweisung; das heißt, er ließ die Fanfare blasen, und der Picador musste von dem Stier ablassen. Ich war erleichtert. Ohne Carlos' Einwand hätte sich diese Ekel erregende Darbietung noch über etliche endlos lange Sekunden hingezogen, ehe der Picador auf ein reguläres *aviso* hin von dem Stier abgerückt wäre.

Doch es blieb keine Zeit, darüber nachzudenken. Schon waren Pferd und Reiter verschwunden. Schon schwang ein Banderillero seine Wurfspieße. Er tänzelte auf den Stier zu, leichtfüßig, wie unbesorgt, und als der Stier angriff, richtete er sich mit hoch erhobenen Armen gar noch ungeschützt auf, kerzengerade, dem Angriff ohne Deckung preisgegeben, und parierte die Wucht des Angriffs mit dem schwungvollen Einstoßen der Banderillas, die in dem Muskelhöcker stecken blieben und dann schwankend an den Seiten herabhingen.

Mir wurde erneut schlecht. Solch eine Behandlung wünschte ich nicht einmal meinem Minotaurus … Diese perfiden Wurfspieße widerten mich an. Der Stier trug jetzt bereits eine blutige Schärpe, die klebrig glänzend auf seinem Fell schimmerte. Aber noch griff er an, unverdrossen, so wie ihn seine Züchter geschaffen hatten, oder besser, wie ihn seine wilden Vorfahren mit Wut und Kraft ausgestattet hatten, durch züchterische Selektion kultiviert. Schaffen, erschaffen konnte ein solches Meisterwerk an Kraft, erstaunlicher Wendigkeit und Intelligenz nur die Natur. Ja, auch Intelligenz, wie mir Carlos erklärte. Ich sah es selber, konnte beobachten, wie der Stier jetzt seine Taktik änderte. Er griff nicht mehr unüberlegt an, nicht nur, weil ihn der Blutverlust schwächte. Man sah, dass er überlegte, neue Taktiken, neue Bewegungsabfolgen ausprobierte.

Ich war hin- und hergerissen zwischen Faszination und Abscheu gegenüber diesem Spektakel. Inzwischen hatte der Banderillero sein zweites Paar Banderillas eingeschlagen und kurz darauf das dritte. Er rannte jedes Mal in schrägem Bogen an dem Stier vorbei, nachdem er seine Banderillas platziert hatte. Der Stier schüttelte sich in bockigen Sprüngen, um die peinigenden Spieße loszuwerden, aber sie ließen sich nicht abschütteln. Diese Sekunden nutzte der Banderillero, um zu entkommen.

Auch die Phase der Banderillas gefiel mit in dieser Form nicht, obwohl es mir imponierte, wie ungeschützt sich der Banderillero den Angriffen darbot – die Wurfspiele waren keine wirkliche Waffe, schon gar nicht, um den Stier wie mit einem Tuch fortzulenken. Ich begann zu überlegen.

Dann ertönte wieder ein *aviso*, und wieder betrat der Matador die Arena, diesmal mit einem anderen, wirklich roten Tuch, was mir aber in meiner Unkenntnis in der verwirrenden Fülle von Eindrücken gar nicht recht auffiel, ebenso wenig wie die Tatsache, dass es über einen Stab geschlagen war. »Das ist die *muleta*«, raunte Carlos mir zu. Er legte Wert darauf, mir alles genau zu erklären.

Der Stier war jetzt langsamer, griff emotionslos an, es sah auch gar nicht mehr nach Selbstverteidigung aus, eher wie pure Gewohnheit, das resignierte Fortsetzen dessen, wozu man geboren ist und dessen Glücklosigkeit sich abzuzeichnen beginnt. Der Matador musste ihn jetzt regelrecht herausfordern, und er konnte oder musste mehrfach aufreizend dicht aufrücken, ehe der Stier aufhörte zu überlegen und angriff. Ich sah, wie der Stier jetzt auch seitlich mit den Hörnern tastete, ob er diesen verdammten Kerl nicht erwischte. Aber er stieß immer wieder nur ins Leere. Es musste frustrierend für ihn sein. Die Angriffe des Stiers verlangsamten sich zusehends, und nun war es die Erschöpfung, die dem Tier mehr und mehr anzumerken war. Der Bulle keuchte, und sein Ziemer schwankte auf und ab, während er mit krampfartig pulsierenden Flanken die Luft in seinen massigen Körper sog.

Aber er griff weiter an, griff an, inzwischen wie in Trance, und wieder blühte für Sekunden jener faszinierende Eindruck auf, dass Stier, Tuch und Torero eins seien, in einem düsteren Tanz perfekter Harmonie.

»Olé ...«, schrie das Publikum, »olééé ...«. Ich hörte auch Carlos neben mir schreien.

Wieder löste sich das Schicksalspaar. Der Torero posierte jetzt vor dem Stier, wagte es, in blitzschneller Einschätzung der Situation, vor ihm niederzuknien und ihm dann den Rücken zuzuwenden. Der Stier stand hechelnd da, die lila Zunge hing ihm weit aus dem Maul. Dann folgten ein paar Schwenks, in denen wieder jener Zauber fehlte, und ich sah nur den Mann, und den Stier, und das Tuch, und die Menge war stumm. Plötzlich sagte Carlos; »Jetzt wird er den Stier töten!«

»Woran siehst du das?«, fragte ich verblüfft. Der Matador hatte weder den Degen gezückt noch gar erhoben. Er sah nur den Stier an, das Tuch lässig am gesenkten Arm schleifend.

»Weil der Stier im Quadrat steht«, sagte Carlos.

Ich sah kein Quadrat und sagte ihm das auch.

»Im Quadrat – das meint, dass der Stier seine Füße brav geschlossen oder wie die Eckpunkte eines Quadrats, oder Rechtecks, gestellt hat.«

»Und warum macht er das?«

»Es ist die Ruhe-Haltung, wenn er sein Körpergewicht gleichmäßig auf alle vier Beine verteilt hat. Er wird also in den nächsten Sekunden nicht von sich aus angreifen.«

»Sondern nur, wenn der Matador ihn reizt ...?«

»Ja. Daher kann er die Situation für wenige Augenblicke gut abschätzen.«

»... wenige Augenblicke ...«, echote ich, darüber staunend, dass dies langte, zumindest langen konnte. Das hörte sich alles ganz schön kompliziert und überraschend an. Sollte Stierkampf doch mehr sein als nur ein simpler Trick? Es schien ja so, als müsse der Stierkämpfer immerhin auch ein guter Tierpsychologe sein. Leider zum Nachteil des Tiers. Der Mann schätzte die Situation offenbar blitzschnell ein. In der Tat wandte der Matador dem Stier scheinbar sorglos den Rücken zu und ging davon. Das Publikum klatschte. Der Stier sah ihm nachdenklich hinterher.

Dann kehrte der Matador zurück. Carlos sagte mir, er habe den stumpfen Degen, mit dem er das Tuch spreizte, gegen einen scharfen Degen eingetauscht und würde nun den Stier töten. Ich hielt die Luft an. Mein Blut war wie aus Eis.

Und wieder hatte ich mich geirrt. Ich hatte gedacht, nun, wenn das so ist mit dem Stier im Quadrat, dann wird der Matador gleich auf ihn losrennen und ihn abschlachten, da er ja doch nicht sogleich angegriffen wird. Weit gefehlt.

So einfach waren die Dinge denn doch nicht. Der Stier stellte nämlich ein Bein nach vorne, und das Gewicht in seinen Schultern verlagerte sich, und die ganze Sache mit dem Quadrat war hin. So könnte der Matador nicht richtig mit dem Degen treffen.

»Jetzt muss er ihn noch einmal zitieren«, flüsterte Carlos. Er flüsterte unbewusst, so als wolle er das, was sich da vor uns abspielte, in keinem Fall stören. Tatsächlich forderte der Torero den Stier erneut zum Angriff heraus, riss ihn in ziemlich abgehackten Schwüngen herum und der Stier folgte schwerfällig keuchend.

»Er muss ihn *aplomado* kriegen, schwer wie Blei, damit er ihn in Ruhe anvisieren kann«, zischte Carlos.

»Ermüden?«

»Ja.«

Mir tat der Stier leid. Er hatte jetzt den Kopf tief gesenkt, er konnte ihn nicht mehr heben nach all den Verletzungen und reißenden Widerhaken. Gedemütigt und resigniert stand er da, ohne sich gegen sein Schicksal aufzulehnen. Weder versuchte er, die Banderillas gewaltsam abzustreifen, noch machte er den Versuch, sich bei den Barrikaden zu verstecken; er stand nur einfach da und wartete ab.

Da zückte der Torero seinen Degen, und das helle geschliffene Metall glänzte, dünn und perfide, während er damit zielte, und das Tuch hielt der Matador wie einen Schutzschild vor sich, als dürftige Deckung – und dann nahm er plötzlich Anlauf und beugte sich über den Stier und der Stier griff an und der Torero stieß den Degen bei den Schultern hinein und der Degen ging halb rein und kam dann wieder heraus und der Matador ließ ihn los und lenkte dabei mit dem Tuch in der anderen Hand den Stier von sich fort. Der Stier taumelte ins Leere, in ein eisiges Schweigen des Publikums hinein.

Der Torero hatte den Stier geistesgegenwärtig und ohne hinzuschauen von sich fort gelenkt. Ein eingespielter, routinierter Bewegungsablauf. Sicher tausendmal geübt. Der Stier war erstmal aus der Angriffsbahn. Der Torero interessierte sich in diesem Moment nicht für ihn. Sein Blick galt dem verlorenen Degen. Die Helfer des Toreros, die *peones*, sprangen eilfertig vor und hoben den Degen auf. Sie reichten ihn dem Matador. Sie hätten ihm auch einen neuen Degen gereicht. Der Matador wirkte auf mich kaltblütig, dennoch war ihm eine zunehmende Nervosität anzumerken.

Nochmals zielte der Matador, es sah förmlich aus, als griffe nunmehr er den Stier an und nicht umgekehrt, und wütend stieß er ihm erneut den Degen zwischen die Schultern und der Degen kam wieder heraus.

»Er hat auf Knochen getroffen«, sagte Carlos bedauernd.

Ich sah alles, kommentarlos, als liefe ein Film vor mir ab.

Der Stier drehte und drehte sich, und jedes Mal, wenn man ihn im Geiste schon stürzen sah, verwandelte er die Wucht, die ihn fast zu Boden gerissen hätte, wieder in eine Drehbewegung seines mächtigen Körpers. Er drehte sich mit raschen, gleichmäßigen

Bewegungen; seltsam, wie trittsicher und fest noch seine Klauen waren, obwohl seine Augen schon blind wirkten und rötlicher Schaum aus seinem kraftlos geöffneten Maul flockte.

Die *peones* sprangen zwar ein paarmal vor, um den Stier mit den Tüchern zu einem Angriff zu provozieren, bei dem das todesgeschwächte Tier dann niederstürzen musste, wichen aber jedes Mal feige und ratlos wieder zurück, da der Stier sie nicht beachtete und sich mit voller Wucht weiterdrehte. So ließen sie ihn in Ruhe und standen in respektvoller Entfernung mit hängenden *capas* da und warteten, und genau in der Mitte der Arena drehte sich der Stier, und alles war ganz still, und der Stier war wie alleine in der Arena.

Er drehte sich hartnäckig weiter, mit der Festigkeit und Gewissheit in jeder Bewegung, wie sie jemand hat, der einen Tanz perfekt einstudiert hat und seine Kunst nun vorträgt. Und der Stier beherrschte seinen Mysterientanz mit vollkommener Ruhe und Sicherheit, und beinahe mit Harmonie, und er hatte eine Lektion beim Matador lernen müssen und bot sie nun dar, und nun brauchte er den Matador gar nicht mehr und kämpfte allein weiter, allein gegen den Tod, und völlig einsam in diesem Kampf, von dem ihn keiner mehr befreien konnte.

Der Matador stand verbittert und hilflos schweigend zwischen seinen Leuten, denn der Stier degradierte sie alle. Der Stier kämpfte wie mit einem Gespenst, obwohl er längst nicht mehr angreifende Bewegungen machte, aber in seinem Todeskampf wurde sein wahrer Gegner förmlich sichtbar, und es brauchte kein Matador mehr da zu sein, und der Stier ließ den großen, den ach so berühmten Matador wie einen *peón* wirken, einen niederen Handlanger des Todes. Ich war fassungslos über dieses Drama, das sich da vor meinen Augen abspielte.

»Na – was denkst du darüber?«, fragte Carlos ernst.

»Ich weiß nicht – es ist so viel in meinem Kopf – oder im Herz – einiges finde ich toll und etliches brutal –« Ich schluckte. »Ich finde – die tollen Momente rechtfertigen aber nicht diese ganze Grausamkeit …!«

Gebannt starrte ich auf den Schluss des Dramas. Der Tod saß dem Stier im Nacken wir ein unsichtbarer Greif. Nochmals sprangen die Helfer vor, um die Sache irgendwie abzukürzen. Der Stier reagierte kaum noch, doch sie bestätigten ihn in seiner Drehrichtung. Jetzt hatten sie den Stier mit ihren Tüchern bis zum Schwindel gedreht, und sie zogen sich erneut zurück, denn seine Bewegungen wurden unsicher. Auf einmal knickte der Stier in die Vorderbeine ein, kniete einen Augenblick wie erstaunt, und dann brach er zusammen.

Der Schlächter mit dem kurzen Dolch eilte herbei und versetzte dem Stier den Fangstoß, zur Sicherheit, mit einem kurzen ploppenden Ruck ins Genick, direkt hinter dem Stirnwulst mit den Hörnern. Der Stier bäumte sich noch einmal schwach auf, als der Dolch in seinem Nacken steckte, und fiel dann endgültig in sich zusammen. Er rollte auf die Seite wie eine formlose Masse. Es war, als hätte jemand pechschwarzen Teer auf den Arenensand gekippt.

Ich sah sein Auge brechen, und du siehst ja meist nur eins, seitlich am Kopf. Es war, als würde ein Lichtlein darin verlöschen und nur die trübe Fensterscheibe zurückbleiben, hinter der du das Licht gesehen hast.

Zum Weinen fühlte ich mich viel zu ausgebrannt, und es würgte in meiner Magengrube. Hämisch lachte mein Minotaurus, als nun die Maultiere mit ihren Schellenglöckchen hereingetrieben wurden und der tote Stier an eine Zugvorrichtung gehängt und dann herausgeschleift wurde. Dann war die Arena leer, der ganze Spuk verschwunden, und ehe ich Zeit zum Nachdenken fand, ging es weiter.

»Der erste Kampf war mittelprächtig«, kommentierte Carlos. »Mal sehen, wie der zweite wird.«

Ich wunderte mich, wie er so scheinbar ungerührt dasitzen konnte. Fast fragte ich mich, ob ich ihn noch so sehr lieben konnte wie zuvor, doch andererseits schien er ja tatsächlich auch etwas für die Stiere zu empfinden, geradezu mit ihnen zu leiden … Ich wurde nicht ganz schlau daraus. Dieser Stierkampf verhexte einem die Gefühle, bis man sich nicht mehr auskannte …! Man muss dieses Schauspiel verändern, dachte ich aufgebracht, das Ganze irgendwie reformieren …! Carlos war ja mit dieser sonderbaren Kulturtradition aufgewachsen, kannte es nicht anders – doch war das eine Entschuldigung? Musste man den Tod der Tiere hinnehmen, gleichsam gefühllos, indifferent, zumindest aber billigend? Ich begriff, dass auch ökologisch geschulte Menschen durchaus den Tod von Tieren in Kauf nehmen können – immerhin garantierte der Stierkampf dieser einzigartigen Rinderrasse das Überleben. Und der Stier würde Steaks in Bio-Qualität abgeben. Doch ich beschloss im Stillen, Carlos zum Tierschützer zu bekehren. Das Überleben der unglaublich urigen Kampfrinder müsste sich doch auch anders garantieren lassen als durch solch ein grausiges Schauspiel …!

Schon ging es weiter – gnadenlos. Die nächste Namenstafel wurde hochgehoben und eingehängt, der nächste Stier stürmte aus dem *toril*, und es war ein dunkelgrau melierter. Auch er drehte seine Runden in der Arena, beobachtet vom Matador und vom Publikum, aber er hatte von Anfang an weniger Nachdruck in seinen Bewegungen und lief da wie ein trabendes Pferd.

Es war ein Jammer. Dieser Stier war kein Kämpfer. Der vorige hatte seine Sache in den Augen des unbarmherzigen Publikums gut gemacht, ohne sich gegen seine Bestimmung aufzulehnen, doch dieser hier griff zwar nobel, aber halbherzig an und wandte sich immer gleich ab, sobald man ihn in Ruhe ließ. Von sich aus verfolgte er niemanden, und wäre so mein Minotaurus gewesen, ich hätte mit ihm auskommen können. Mit so einem defensiven Stier, der lieber auf der Weide Blümchen fraß, könnte ich mich ja direkt noch anfreunden … Er war so ganz anders als der vorige, der mit Brisanz angestürmt kam, ehe man ihn ruiniert hatte.

Dieser Stier hier scharrte lieber nur drohend mit den Hufen im Sand und schnaubte warnend, ehe er wirklich angriff. Selbst wenn er zum Angriff bereits den Kopf senkte, stürmte er nicht gleich los. Und seine Forschheit schwand immer mehr. Gleich bei den ersten Schwenks mit der *capa* brach er in den Handgelenken zusammen und stürzte in den Sand, mitten in einer Wendung, was ihn offenbar so verblüffte, dass seine folgenden Angriffe eher zögerlich wirkten.

»Was war das?«, fragte ich Carlos, als sich der Stier gerade wieder aufrappelte.

»Dekadenz. Überzüchtung«, sagte Carlos. »Ab und zu würde eine Blutauffrischung zwischen den Herden der einzelnen Züchtereien gut tun!«

Der Graue griff weiter an, irgendwie vorsichtig nach seinem Sturz. Auch wurde er rasch kurzatmig, und er begleitete jeden Angriff mit einem klagenden Gebrüll. Er brüllte rau und hell wie ein Nebelhorn. Es klang schauerlich. Da er aber auf keinem Fuß lahmte nach seinem Sturz, schien es eher ein Kommentar seiner psychischen Verfassung zu sein, eine Art Lamentieren.

Für meinen Geschmack hätte man sein Gebrüll als Protest anerkennen und ihn sofort und lebend wieder aus der Arena lassen sollten. Doch ich wusste, dass ihn dort auch nur der Schlachthof erwartete. Wenn ein Stier sich total verweigerte, konnte es schon mal vorkommen, dass er unter gellenden Buhrufen hinausgeschickt wurde, zur sofortigen Schlachtung. Carlos hatte mir gesagt, dass für solche Fälle ein Ersatzstier gestellt wird – »eine Schmach für jeden Züchter«. Doch dieser Stier hier verweigerte sich nicht. Er war nur einfach nicht sehr kampflustig. Aber er musste weiterkämpfen, und wieder rückte einer der abscheulichen, gedrungenen Picadores zu Pferde vor und malträtierte den Stier mit seiner Lanze. Der Picador mit seinem runden Hut sah aus wie ein dicker Pilz. Sein Anzug wirkte lächerlich, wie er sich über dem dicken Leib spannte.

Auch dieser Stier hielt erstaunlicherweise den Lanzenstichen stand. Er versuchte aber nicht so hartnäckig, mit dem Gehörn in der Matratze zu wühlen, um an das Pferd darunter zu gelangen. Nach endlos langen Sekunden der Stecherei und wütendem Pfeifen des Publikums ließ der Picador von dem Graufelligen ab.

»Den braucht er gar nicht großartig zu stechen«, murrte Carlos. »Der ist ohnehin zahm.«

Dann kam der Banderillero und stach dem blutenden Stier die Wurfspieße in den Nacken hinein, und der Graue muhte jetzt erbärmlich wie eine Kuh. Er griff auch weiter an, kurzatmig, hoppelnd und keuchend, und es war ein Elend, ihn zu sehen. Dieser Stier war eindeutig nur mit seinem Gegner zusammengezwungen.

Der Matador forderte ihn mürrisch heraus, es ließ sich zwar wunderbar mit ihm arbeiten, so langsam und halbherzig, wie er angriff, aber entsprechend wenig war somit selbst die größte technische Vollkommenheit all der Manöver mit dem Tuch wert. Und der Stier kommentierte jeden Angriff mit klagendem Gebrüll, es war nervzehrend.

Und sein Gebrüll nahm noch zu. Es war markerschütternd, und wenn man es schon nicht abstellen konnte, so ging es einem auf die Nerven. Und so kläglich und zuverlässig, wie er gekämpft hatte, starb er auch, nachdem er in der Schlussphase, der *faena*, noch zweimal in den Handgelenken zusammengebrochen war.

Es war wie ein Alptraum, und er tat mir noch viel mehr leid als der erste Stier, weil er ganz offenkundig mit dem, wozu er bestimmt war, ganz und gar nicht einverstanden war. Es blieb ein fades Gefühl, als er abgeschleppt wurde, der brave und jämmerliche Kämpfer, und der Matador, der ihn mehr schlecht als recht abgestochen hatte, durfte es auch nicht wagen, eine Triumphrunde durch die Arena zu ziehen. Es gab nichts zu triumphieren. Auch bei dieser zweiten *estocada*, dem Degenstoß, hatte der Schlächter sicherheitshalber kommen müssen, und in mir stieg die Wut auf. Wenn nicht gleich der erste Stoß saß, dann wurden die Tiere einfach nur noch erledigt. Mir wurde speiübel. Ich hatte Angst, das Gleiche würde sich nun in trauriger Monotonie noch viermal wiederholen, und dann kam alles ganz anders.

Der dritte Stier war pechschwarz wie der erste, aber von noch größerem Gewicht, er wog fast 400 Kilo. Sofort krachte er wutentbrannt gegen die Barrikaden, genau auf unserer Seite. Die Holzplanken zitterten. Hinter den Barrikaden stand ein Torero. Der Stier donnerte gegen die Bretter, und der Torero stand nur durch das daumendicke Holz von ihm getrennt. Wieder nahm der Stier Anlauf.

»Manchmal springt so ein Stier sogar über die *barreras* hinweg ins Publikum ...«, sagte Carlos ganz selbstvergessen. Das hatte er schon mal behauptet. Es klang fast, als würde er es wünschen, so voller Bewunderung sagte er es. Ich traute meinen Ohren nicht. Mir blieb die Luft weg. So was kam also tatsächlich vor! So, wie dieser Stier sich hier aufführte, glaubte ich das jetzt unbesehen. Nun bangte ich, der Stier möge die Absperrung nicht überspringen- womöglich ganz in unserer Nähe ...

Als der Stier sah, dass die Barrikaden standhielten, verschwendete er keine weitere Energie darauf, den Torero zu bedrängen, und galoppierte ungestüm weiter, auf der Suche nach weiteren Gegnern. Die Toreros ließen ihre *capas* aufblitzen. Der Stier wandte sich unschlüssig nach links und nach rechts, aber dann entschied er sich für einen Torero und stürmte auf ihn los. Er fegte über den Platz, wirbelte Staub auf, und nach den klagevollen Angriffen seines Vorgängers war es wundervoll, wie stumm sich dieser verhielt. Seine Angriffe waren voll stiller Konzentration, und er war unheimlich. Erregt starrten wir alle in den Ring. Alle ahnten, dass dieser Kampf ein besonderer sein würde.

Dann betrat der Matador den Ring. Er war unverschämt jung, von eher dreistem als gutem Aussehen, sehr brünett und mit wilden schwarzen Locken. Sein Kostüm war flamingorosa, und er wirkte noch nicht einmal albern darin, sondern wie ein strahlender Morgen. Mit lässiger Arroganz betrat er den Ring, in dem der Stier tobend auf und ab patrouillierte. Kaum erblickte ihn das Tier, da schwenkte es herum und ging mit katzenhaften Sprüngen zum Angriff über. Der Matador bewegte sich nicht.

Der Stier senkte den Kopf, fuhr in das Tuch, und ein bewunderndes *oléééé* brandete auf, voller Überzeugung. Es war wie ein Aufschrei. Gleich beim ersten Mal. Auch ich rief, erst zaghaft, dann automatisch und voll Hingabe. Das Publikum verschmolz zu einem Über-Ich – eine ebenso faszinierende wie potenziell gefährliche Kollektiv-Erfahrung.

Der Matador im rosa Kostüm band den Stier und die Zeit und die Aufmerksamkeit des Publikums vom ersten Moment an sich, wickelte Stier und Tuch um seine Hüften, bremste die Wucht des Stiers ab und modellierte daraus weich schwingende Harmonie. Es war unglaublich. Der Torero in Rosa stach gegen die Mittelmäßigkeit der anderen ab wie ein Komet am Himmel gewöhnlicher Sterne. Wider Willen musste ich mir eingestehen, dass mich seine Darbietung beeindruckte. Mit scheinbar müheloser Eleganz lenkte er den Stier, ließ ihn sich austoben, führte ihn vor mit allem Potenzial, das in dem wutschnaubenden Stier steckte.

Dann kam der Picador, und die Leute pfiffen und buhten, und Carlos brüllte: »Ruinier diesen Prachtstier nicht so, Scheißkerl!« und der Matador in Rosa winkte dem Picador, es sei genug. Der Präsident reagierte auf das unwillige Murren des Publikums und ließ ein vorzeitiges *aviso* geben. Das Publikum atmete auf.

Der Stier ließ sich offenkundig durch seine blutenden Wunden in keiner Weise beeindrucken. Er jagte einen *peón*, ein Helfer, der den Stier von dem Pferd ablenken wollte. Der Stier hatte es geschafft, das Pferd, noch bevor der Picador herausreiten konnte, zu attackieren. Er bohrte sein ausladendes Gehörn dem Pferd unter die Matratze, schräg gegen die Brust. Das Pferd zitterte angstvoll, als der Stier es hochstemmte und das Pferd den Boden unter den Vorderhufen verlor. Er hätte es umgeworfen, wenn der *peón* ihn nicht abgelenkt hätte. Das Publikum raste vor Bewunderung. Ein spanischer Schriftsteller, ich glaube, es war Blasco Ibáñez, hatte einmal gesagt, beim Stierkampf sei die wahre Bestie das Publikum.

Der in Rosa platzierte auch seine Banderillas selber. Er näherte sich mit natürlichen, leichten Schritten dem Stier, der geschmeidig wie ein schwarzer Panther heranschnellte. Der Flamingofarbene hielt in jeder Hand einen Wurfspieß erhoben, ganz ruhig vor dem heranpreschenden Stier. Der Matador bäumte sich auf, schnellte vor wie eine gespannte Gerte, stieß die Banderillas exakt platziert hinein in den Muskelhöcker, und das Publikum schrie auf. Es war kein Mogeln, kein Ruinieren der Wirbelsäule, sondern mitten hinein in den *morrillo*, jenen Muskelhöcker, den sich die Stiere auch beim Kampf untereinander gelegentlich verletzen, das Muskelpaket, mit dem der Bulle den wuchtigen Kopf mit dem ausladenden Gehörn lenkt. Diesen wollte der Matador schwächen. Dann eilte er in leichten Sprüngen, aber ohne peinliche Hast, aus der Reichweite der Hörner.

Auch das zweite Paar Banderillas platzierte er sehr genau, und die bunten Banderillas sahen makabrerweise aus wie ein Blumenstrauß in einer schwarzen Vase. Dann holte er das dritte Paar Banderillas. Der Stier starrte ihn nachdenklich an. Der Matador ging mit aufreizend langsamen Schritten auf ihn zu, die Arme mit den Banderillas erhoben. Der Stier kam nicht. Der Matador kniete hin vor dem Stier, die Banderillas erhoben. Das Publikum erstarrte.

Als der Stier lostobte, ging ein erneuter Aufschrei durch die Menge. Der Matador kniete noch immer. Bevor der Stier ihn erreichte, sprang er katzenartig hoch, stieß dem Stier das dritte Paar Banderillas in den Muskelhöcker und eilte davon. Das Publikum applaudierte frenetisch.

Dann kam die Phase mit dem zweiten Tuch, der *muleta*, und wieder glänzte der in Rosa mit seiner unverfrorenen Arroganz. Er dominierte den Stier, führte aufblühende Tuchschwünge vor, das Tuch glitt über und um den Stier, streichelte ihn, lenkte ihn, bluffte ihn – es war unglaublich. Die Leute brüllten sich die Kehlen heiser mit ihren *oléééés*. Alle Mittelmäßigkeit der vorigen Kämpfe, die ganze Misere schlechter Toreros war vergessen. Das Publikum tobte.

Der Präsident sah, wie das Publikum auf einmal erwachte, mitgerissen wurde in einer irrationalen Woge der Emotion, und ließ kein *aviso* geben. Sollte der Matador noch ein wenig weitermachen. Er schweißte das Publikum zusammen zu einem Über-Ich, dessen Herzen im selben Rhythmus schlugen und dessen *olés* im gleichen Takt hämmerten, und er ließ die Zuschauer diesen entfesselten Zustand auskosten. Der Matador wickelte die Gefahr förmlich in sein Tuch.

Doch der Stier wurde durch seine beständige Erfolglosigkeit zunehmend frustriert. Ohnehin brachte es ihn in Rage, dass man ihn nicht das Pferd umwerfen ließ. In immer kürzeren Wendungen griff er an, immer weniger Zeit ließ er dem Matador, um nach jeder Angriffs-Charge wieder in Ausgangsposition zu gehen, den Stier erneut herauszufordern. Stets war er schon dicht vor ihm, ließ nicht mehr von dem Mann ab, und der Matador musste ihn vier, fünf, sechs Wendungen hintereinander um sich drehen, ehe er ihn wieder auf Distanz bringen konnte für eine Atempause.

Die Zuschauer sahen das wohl. »Gut jetzt – töte ihn schon!«, riefen die Besonnenen. Doch der Matador war weiter mit dem Stier beschäftigt, er brachte das wilde Tier nicht definitiv unter Kontrolle, und zudem sonnte er sich in seinem glanzvollen Erfolg. Je größer die Gefahr, desto größer der Ruhm. Er überlistete schließlich den Stier mit einem schlagartig abbrechenden Manöver und der Stier galoppierte wieder weit ins Leere wie am Anfang.

Diesen Moment nutzte der Matador, um sich vor ihm hinzuknien wie mit den Banderillas, und so kniend bot er ihm das rote Tuch dar, allerdings kniete er diesmal nur auf einem Bein. Sicherheitshalber. Der Stier hatte gewendet und trabte seltsam zurückhaltend auf ihn zu. Etwas ging in seinem breiten schwarzen Kopf vor. Er wirkte hinterhältig.

»Genug jetzt – töte ihn schon!«, schrien nervös immer mehr Leute. »Es wird Zeit – er lernt!«

Der Stier griff an und der Mann sprang auf, und einen Augenblick lang konnte man nichts mehr unterscheiden in dem blumigen Gewirbel von Tuch, Bewegung und Sand, und dann stand der Matador allein da und solide wie ein Leuchtturm, und der Stier rannte wieder überlistet ins Leere.

Das Publikum raste.

Der Präsident gab noch immer kein *aviso*. Ein *aviso* war aber inzwischen überfällig. Mir siedete das Blut unerträglich in den Adern.

Und dann ging alles sehr schnell. Der Stier wendete ganz

unverhofft – das war seine Idee – und stieß von hinten in das Tuch, und nochmals wirbelte das Tuch feuerrot und blumig auf, aber diesmal ohne Kontrolle, und als es herabfiel, sah man den Matador in dem rosa Kostüm oben auf den Hörnern schweben, durch die Luft wirbeln, und dann wurde er unter dem Stier wie unter einer Lawine schwarzer Lava begraben.

Man hörte keinen Schrei. Die Zuschauer schrien erst mit einigen Sekunden Verspätung, sie konnten ihren Augen nicht glauben. Kalter Schweiß stand mir jäh auf der Stirn.

Plötzlich brach Hektik aus in der Arena – von allen Seiten schwärmten die Helfer herbei, um den Stier von seinem Opfer abzulenken, das er wie ein Wischtuch über den Boden schob. Der Stier ließ sich nicht einfach ablenken, er war blind vor Wut und ließ alle ihn umflatternden Tücher unbeachtet. Die Toreros schlugen auf ihn ein und packten ihn am Schwanz, aber er ohrfeigte sie mit seiner Schwanzquaste und ließ erst von seinem Opfer ab, als es sich nicht mehr bewegte. Dann jagte er die Toreros in alle Richtungen auseinander, dass sie vor ihm wegsprangen wie aufspritzendes Wasser.

Zwei Helfer trugen derweil eilends den reglosen Matador auf ihren Armen fort in die Ambulanz. Es war sehr still im Zuschauerraum. Wir wussten nicht, ob der Matador noch lebte. Man sah kein Blut, aber er regte sich nicht mehr. Es war so still, dass man das abgehackte Keuchen des Stiers hörte.

Jetzt musste ein anderer Matador das Töten dieses Stiers übernehmen. Es war ein Matador in einem weißen, goldbesetzten Kostüm, und man sah, dass er sich diesem Stier mit Unmut näherte. Was dann kam, war ein reines Fertigmachen. Von gellenden Protestpfiffen begleitet, riss der Matador in Weiß den Stier, der für ihn eine Nummer zu groß war, nur noch in ruckartigen, unschönen Schwenks herum, um seine Wirbelsäule zu verrenken und seine Wunden stärker zum Bluten zu bringen. Der Stier griff weiter unbeirrt an, aber er war nun blutüberströmt, und es war ganz helles, schäumendes Blut, was ihm aus seinem Muskelhöcker quoll.

Der Matador ließ alle Ästhetik außer Acht und mühte sich nur noch, den Stier irgendwie und mit äußerster Härte zu dominieren, zu erledigen. »*Lo despacha, nada más*«, knurrte Carlos, »er macht ihn ganz einfach fertig!«

Der Stier wurde langsam bleiern, griff an wie in Trance, und als der Matador das bemerkte, ließ er sich sofort den scharfen Degen reichen und ging ohne jedes Präludieren zum Angriff über. Das Publikum schwieg verbittert.

Man hörte ein leises »Plopp« und dann das perfide Geräusch sich biegenden Metalls, und der Degen schnellte wieder heraus. Ein Sturm des Protestes brach los.

Der Matador musste vor dem quicklebendig angreifenden Stier äußerst unelegant sein Heil in der Flucht suchen, denn der Stier entriss ihm mit einem Ruck seiner Hörner auch die *muleta*, und der Matador stand ohne Tuch gleichsam nackt und bloß da. Das Publikum schrillte.

Für einen Augenblick war der Stier orientierungslos, denn seine Hornspitzen hatten sich in dem Tuch verfangen, das ihm die Sicht verdeckte. Doch schon hatte er es abgeschüttelt. Als der Matador sich derweil den nächsten Degen reichen ließ – der erste war verbogen –, visierte er den nun lauernd abwartenden Stier unendlich lange an, und man sah, wie seine Hand dabei zitterte, denn das Zittern übertrug sich auf den waagerecht ausgestreckten Degen.

Dann, als der Stier unvermutet angriff, warf sich der Matador überstürzt auf ihn und trieb ihm verbissen den Degen zwischen die Schulterblätter, und der Degen ging nicht einmal bis zur Hälfte rein und blieb stecken, und der Matador war schweißüberströmt und ließ sich, vom Stier nur durch das Tuch getrennt wie durch einen roten Vorhang, vor sich herschieben, und er stolperte rückwärts, dem Schub ausweichend, und zog in seiner Verzweiflung den Degen kurzerhand wieder aus dem Stier heraus und stieß erneut zu, von ohrenbetäubendem Protest begleitet.

Die Helfer eilten herbei, um durch ihre Ablenkungsmanöver dem Matador den Rückzug zu ermöglichen, und der Matador nahm mit wutverzerrtem Gesicht den dritten Degen und stieß ihn kunstlos dem Stier viel zu weit vorne von oben in den Hals, und der Stier war immer noch nicht tot, und da gab es der Matador auf und ging zur *barrera*. Dort, bei den Barrikaden, wandte er dem Stier den Rücken zu und war nicht mehr bereit, ihn nochmals anzusehen. Er spuckte in den Sand.

Den Helfern blieb nichts anderes übrig, als auch diesen Stier mit möglichst schwindelerregenden Manövern zu Fall zu bringen, und jedes Mal, wenn man glaubte, er würde stürzen, dann riss er sich doch wieder hoch, und es war noch viel schlimmer als mit dem ersten Stier.

Ich hatte mich in dem ganzen Horror-Szenario selbst vergessen, aber jetzt spürte ich mich wieder, weil ich feststellte, dass ich die ganze Zeit schon wutentbrannt *»¡No, no, no!!!«* schrie.

Dann, endlich, brach er zusammen, und es war fast wie eine Erlösung, aber es tat mir so unendlich leid um dieses tapfere und intelligente Tier. Er war immer noch nicht tot, hustete keuchend schäumendes Blut, und der *puntillero* kam für den Fangstoß, und er hackte wie eine Furie auf den Stier ein, und dieser schnellte plötzlich hoch wie ein Gummiball. Mitten im Sprung starb er und krachte hart zu Boden. Die Erschütterung ging durch seinen ganzen Rumpf. Eisiges Schweigen umzingelte den Matador. Aber als der einmalige Stier hinausgeschleift wurde, begleitete ihn heftiger Applaus.

»Eigentlich hätte jetzt der Stier beide Ohren vom Torero als Trophäe verdient!«, sagte Carlos bitter.

»Und den Schwanz?«, fragte ich pikant. So viel wusste ich schon vom Stierkampf, dass ein sehr guter Matador Ohren und Schwanz des besiegten Tiers erhält.

»Fast hätte der Stier ein *indulto* verdient«, sagte Carlos voll Anerkennung. »Es kommt gelegentlich vor, dass außerordentliche Stiere begnadigt und zur Weiterzucht verwendet werden!«

»Es kommt viel zu selten vor!«, sagte ich im Brustton der Überzeugung. »Es sollte nicht die Ausnahme sein, sondern die Regel! Man sollte sie am besten alle leben lassen!!« Dieser Gedanke setzte sich in mir fest.

Die restlichen Kämpfe waren nochmals fade Monotonie, vermischt mit bitterem Geschmack. Der Matador in Rosa war fort, der Stern gefallen, der Komet verblasst. Niemand wusste, ob er ganz verloschen war. Unkonzentriert verfolgten die Zuschauer mittelmäßige Stiere und mittelmäßige Toreros. Die ersten Zuschauer gingen, und in dieser öden Atmosphäre waren die Toreros dazu verdammt, weiterzumachen. Sie fertigten nur noch Stier um Stier ab, ohne Glanz, ohne Wagnis. Die *cornada,* jene Attacke, die ihren Kollegen in die Ambulanz katapultierte, oder gar ins Jenseits, hatte ihren Mut gebrochen. Die Banderilleros stachen blindlings zu, und ein Stier schüttelte mehrere Banderillas ab. Doch selbst die Stiere schienen nur halbherzig um ihr Leben zu kämpfen, zeigten sich feige und unentschlossen. Ihnen konnte man keinen Vorwurf machen, doch die Toreros nahmen ihre Herausforderung nicht mehr an. Es degenerierte alles zu lustloser Mechanik, bloßer Schlächterei. Der Glanz war fort wie eine Luftspiegelung, die Glut war erloschen.

»Lass uns gehen – ich will das alles gar nicht mehr sehen!«, ereiferte ich mich angewidert.

»Es ist eh gleich vorbei«, sagte Carlos lakonisch.

Einer der verbleibenden Matadore stützte seinen ganzen Ruhm scheinbar lediglich auf den Umstand, dass er blond war. Auch er hackte mit seinem Degen auf dem Stier herum, als sei der aus Granit, und er sah derart hilflos dabei zu, dass der Stier einfach nicht starb, dass er die Demütigung hinnehmen musste, vom *puntillero,* dem Schlächter vom Platz geschickt zu werden, damit dieser mit kunstloser Gewalt dem Leben des Stiers ein Ende setzte.

Carlos war so aufgebracht, dass er vom Sitz aufsprang und dem blonden Matador zubrüllte: »Wechsel deinen Beruf, Mann, und werd Schauspieler!«

Der Matador zuckte zusammen und drehte sich abseits, zur *barrera.*

*

Nachts lag ich wach, und vor meinem inneren Auge liefen nochmals all die eindringlich bunten Eindrücke ab wie ein Film, in ihrer ganzen widersprüchlichen Schönheit und Brutalität. Ich hatte Mühe, Ordnung in das Chaos widerstreitender Gefühle zu bringen, doch ich spürte, dass dieses archaische Schauspiel sehr wertvoll sein konnte. Wie viel Befreiung lag in den emotionsgeladenen *olés*, wie direkt sprachen einen diese elementaren Bilder von Kraft, Gefahr und Eleganz an. Doch wie rasch auch wurde die Perfektion atemberaubend schöner Momente zerstört, brach in sich zusammen und hinterließ nichts als eine beleidigende, öde Banalität des brutalen Abschlachtens, Ekel, Wut und Entsetzen über das, was dort im Ring ablief. Wenn Stierkampf doch nur stets unblutig wäre!!!

Ich beschloss, das seltsam Erregende, Unerklärliche, Emotionale in mir zuzulassen und den Stierkampf als ein Schauspiel zu betrachten, das ganz ursprüngliche Gefühle im Menschen anspricht, die Freude des Menschen am Meistern einer Gefahr, am Besiegen der Angst, am Bezwingen eines Dämons, stellvertretend dargestellt durch die Begegnung zwischen Mann und Stier. Oder Frau und Stier ...

Vielleicht ließ sich dieses Event sogar tierschützerisch zähmen. Es gab ja auch unblutige Stierkämpfe. Es musste also gar nicht grausam sein. Stierspiele, in denen Mensch und Tier einfach sportlichen Einsatz zeigen. Man muss Emotionen in sich zulassen, um sie beherrschen zu können. Sonst stauen sie sich an wie ein Wildbach vor einem Hindernis – um irgendwann unkontrolliert überzulaufen.

Gleichzeitig keimte in mir immer deutlicher der Gedanke, auch meinen inneren Dämon zu besiegen, und mir drängte sich die Idee auf, mein persönliches Anliegen mit einer Reform des Stierkampfes zu verbinden. Der Stier sollte symbolisch besiegt werden, aber lebend die Arena verlassen können. Ein fairer Kampf, der auch ihm eine Chance ließ, sollte dabei für den nötigen Nervenkitzel sorgen, als Würze ...

Am nächsten Tag erfuhren wir aus der Zeitung, dass der Matador im rosa Kostüm mit einer schweren Gehirnerschütterung und einigen Quetschungen davongekommen sei, und dass das Publikum applaudierte und gegenüber den übrigen Toreros angeblich keine sonderliche Lust gezeigt habe, zu pfeifen.

Ich hegte meinen grandiosen Gedanken so geheim, dass ich zunächst nicht einmal Carlos einweihte. Er war lediglich erstaunt, als ich ihn bat, öfter mit mir zum Stierkampf zu gehen. Carlos' Vater freute sich darüber, und so gingen wir nun ziemlich regelmäßig hin. So überwand ich meine Abscheu, um mich mit meiner großartigen Idee vertraut zu machen, sie insgeheim zu nähren – und damit zugleich meinen »Mino« in Schach zu halten ... Dafür wollte ich nämlich zunächst meine Emotionen ordnen, mich innerlich gründlich sortieren – und mich dann meinem inneren Kampf stellen.

Dann sahen wir einmal einen sehr guten Stierkampf, und alle sechs Einzelkämpfe waren gut, es wurden mehrere Ohren vergeben. Natürlich taten mir die Stiere nach wie vor leid. Mein einziger Trost, um mein Gewissen zu beruhigen, war, dass sie zuvor jahrelang frei und ungebunden gelebt hatten und nach ihrem Tode noch als Steak Verwendung finden würden. Doch was mich inzwischen auch berührte, waren die Kämpfe an sich, die dort im Ring stattfanden. Ich begann, eingehend deren Technik zu studieren.

Nach dem letzten Stierkampf hielt ich es nicht mehr aus. Ich war fasziniert. Atemlos starrte ich auf den grüßenden und posierenden Stierkämpfer. Er hatte den rechten Arm erhoben, drehte sich auf seinen Absätzen und wandte sich in Siegerpose dem Publikum ringsum zu. So musste es schon in einem römischen Amphitheater gewesen sein. In seinem goldbestickten Lichteranzug, den flamingorosa Strümpfen und den ballettschuhartig dünnen Schuhen wirkte er neben dem noch im Tode imponierenden Stier zerbrechlich. In seiner siegesbewussten Haltung erschien er unverwundbar. Der Kontrast zwischen fragiler Schönheit und arrogantem Mut war frappierend.

Waren wir nicht letztlich alle so? Überspielten wir im täglichen Leben nicht auch unsere Verwundbarkeit, Zerbrechlichkeit? Jeder Autounfall, Flugzeugabsturz, jede Krankheit und jeder Krieg konnte uns zunichte machen. Von Amoklauf über Terrorangriff bis Erdbeben war die Palette groß, was einem alles Schaden zufügen oder einen gar töten konnte. Trotzdem taten wir ständig so, als sei unser alltägliches Leben sicher, als sei jedes Unglück ein Ausnahmezustand und nicht schlichtweg die logische Konsequenz unserer Sterblichkeit. Unglück und Katastrophen als Betriebsunfall des Schicksals.

Der Matador winkte siegesbewusst. Sein unglücklicher Kollege mit dem rosa Kostüm lag zu jener Zeit noch im Krankenhaus. Der Stierkämpfer im goldenen Kostüm wusste, es hätte genauso gut auch ihn treffen können. Plötzlich fühlte ich mich magisch zu ihm hingezogen. Nicht zu ihm als Mann, er war leer und eitel, aber zu seiner Leistung in der Arena. Am liebsten wäre ich zu ihm hingelaufen, hätte mich durch die Reihen einfach nach vorne gedrängelt und wäre irgendwie in den Ring gesprungen oder ihm hinter die Kulissen gefolgt, um ihn zu befragen, über seine Gefühle während des Stierkampfs, über seine Art und Weise, mit seinen sicher vorhandenen okkulten Ängsten umzugehen, sie zu beherrschen. Mir war klar, um den Stier dominieren zu könne, musste er sich erst einmal selbst beherrschen. Darin lag das Geheimnis zu seinem Erfolg. Gern hätte ich ihn interviewt, ausgequetscht wie eine Zitrone. Doch ich wollte natürlich nicht wie ein ausgeflippter Fan erscheinen – soviel *afición*, Stierkampf-Begeisterung, hatte ich nun auch wieder nicht. Doch eine Woge intensiver Gefühle brach über mir herein und ließ mein Blut vor Aufregung sieden. »Jetzt ...«, sagte es in mir, »jetzt – ist der Zeitpunkt gekommen ...« Mein »Mino« wurde unruhig.

Ich sah Carlos an. Er war so ruhig und souverän. Ob er sich auch trauen würde, in den Ring zu steigen? Er bemerkte meinen prüfenden Blick und sah mich an. »Was ist?«

Ich wollte nicht recht antworten. Schließlich wollte ich ihn auch nicht unnötig in Gefahr bringen, nichts provozieren. Doch ich musste es wissen. »Würdest – würdest du eigentlich auch in eine Arena gehen und einem Stier gegenübertreten?«, fragte ich hastig. Aufgeregt wartete ich auf seine Antwort.

Carlos lächelte. »Warum? Hältst du das für nötig?«

Ich wurde rot. Ich konnte nicht antworten. Zu kompliziert war mein Gedankengang, meine Gefühle wogten wie ein wildes Meer. »Wenn du es nötig findest, werde ich es tun«, sagte Carlos ruhig. Plötzlich hatte ich schon wieder Angst. Diesmal um ihn. Doch ich blieb hartnäckig beim Thema, das mich so sehr beschäftigte, ehe ich es mir wieder anders überlegen konnte: »Aber – aber – dazu braucht man doch eine Ausbildung, nicht wahr -?«, stammelte ich. »Man kann doch nicht einfach so – ich meine – ohne Training, ohne die Technik zu beherrschen – - – «

Carlos lachte. »Du, wir haben als Gaudi nach dem Schulabschluss in einer kleinen Privat-Arena gefeiert. Da laufen die frischgebackenen Schul- und Studienabsolventen als Mutprobe mit einem Jungstier durch die Arena. Das hat mir damals großen Spaß gemacht, und meinetwegen würde ich dir zuliebe wieder hingehen! Mit dem Berufs-Stierkampf der Profis hat das allerdings wenig zu tun!« Er lachte wieder. »Warum? Ist das alles?«

Ich überlegte. »Das ist nicht alles«, sagte ich. Der Minotaurus stand schon wieder hinter mir, diesmal mit Menschenkopf und Stierrumpf, und sein Gesicht war zu einem hämischen Grinsen verzogen. Förmlich spürte ich, wie er mir seinen heißen Atem in den Nacken blies. »Jeder andere kann seinen Minotaurus besiegen, aber besiegst du deinen?«, raunte er mir zu und grinste verächtlich. – »Ich muss es selber tun!«, sagte ich.

»Was musst du selber tun?«, hakte Carlos nach. Ich schreckte aus meinen Gedanken hoch. Eben hatte ich laut gedacht. »Ihn besiegen!« sagte ich entschlossen.

»Wen?«, fragte Carlos.

Da erst merkte ich, dass ich drauf und dran war, das Geheimnis um meinen Gegenspieler preiszugeben, meinen finsteren Widersacher beim Namen zu nennen. »Den Stier!«, sagte ich. Jetzt war mir alles egal. In mir schäumte die Wut auf, die Entschlossenheit, mich meiner Angst zu stellen, diesem düsteren Spuk in mir ein für alle Mal ein Ende zu setzen, dem Minotaurus den Degen meiner Verachtung tief ins Herz zu rammen.

Drunten im Ring wurde gerade der letzte tote Stier abgeschleppt. Den Matador im goldenen Kostüm sah ich nicht mehr. Die Maultiere kamen, nachlässig trottend, die scheuklappenbesetzten Köpfe hängend, mit schellenden Glöckchen, und der Stier wurde an die Zugvorrichtung gekettet, und »ho!« liefen die Maultiere und schleiften ihn davon, ein Horn malte noch Schlangenlinien in den Sand, und die starr seitlich abstehenden Beine federten.

»Ich will auch Stierkämpferin werden!«, sagte ich finster.

*

Unsicher blickte ich zu Carlos hinüber. »Jetzt hält er mich garantiert für übergeschnappt!«, fuhr es mir durch den Sinn, »und ich kann es ihm nicht verdenken! Oder er hält es für einen dummen Scherz …

»Na gut«, sagte Carlos. Halb resigniert, halb belustigt sah er mich an. Wieder so eine Marotte, schien er zu denken. »Ist das dein wirklicher Wunsch?«

»Es ist mein fester Entschluss!«, sagte ich, mit möglichst viel Nachdruck. Dennoch klang es wohl recht lahm. Doch in mir tobte es. Das Adrenalin in meinem Blut ließ die Arena vor meinen Augen hochflattern wie eine hitzekochende Fata Morgana. Ich wusste – es gab sowohl US-amerikanische Toreros als auch Frauen in der Arena – warum nicht also auch ich …?

Natürlich rechnete ich damit, dass mich Carlos gleich kurzerhand für verrückt erklären würde. Oder bei mir einen Hitzestich vermuten. Aber Carlos schüttelte nur amüsiert den Kopf. Er war so schnell nicht aus der Ruhe zu bringen, auch nicht durch meine Sonderwünsche. Für ihn war ich offenkundig die verwöhnte Tochter aus reichem Hause, mit einem sympathischen Spleen.

»Ich habe eine Idee«, sagte er und ging erstaunlicherweise auf meinen abstrusen Vorschlag ein. »Wie gesagt, ich kenne eine Privat-Arena hier in Mexico City; ich meine, es gibt hier in der Stadt sogar zwei, und die, wo ich damals mit Freunden war, ist ein sehr renommierter Platz. Da haben wir unser Jahrgangsfest vom College-Abschluss gefeiert, und da sind wir auch alle reingesprungen, zu einem Jungstier. Dorthin könnten wir gehen.«

»Was – du warst also wirklich schon mal selbst in einer Arena? Nicht nur mitgefeiert, sondern selber reingesprungen?! Das war also kein Scherz vorhin? Warum hast du mir das nicht schon früher gesagt?«

»Weil es eben kein richtiger Stierkampf war«, sagte Carlos. »Es war nur mit einem Kalb, einem kräftigen Jährling.«

»Aber du warst schon mal drin. Du warst wirklich drin! Sei nicht so bescheiden.«

»Ja, das hat mir damals so richtig 'nen Kick gegeben! Also gut, wenn du willst, gehen wir dorthin.«

»Gleich heute!«, sagte ich – ehe mein mutiger Entschluss mir wieder leidtat.

»Jetzt mal langsam«, sagte Carlos. »Heute ist Sonntag. Heut sind die schon ausgebucht. Glaubst du, die warten nur auf dich? Du musst dich anmelden, dir einen Termin reservieren; dann muss ein Tier für dich ausgesondert werden, du musst es mieten, und überhaupt – wie stellst du dir das alles eigentlich vor??«

»Nun ja«, sagte ich. »Du hast mir ja erklärt, dass alles Technik und fachmännisches Können ist. Mir ist klar, dass ich nicht sofort in der Arena mit einem Stier auftreten kann. Ich muss viel lernen und hart trainieren. Aber ich will noch heute anfangen!«

»Du bist anstrengend«, sagte Carlos geduldig. Er spürte, da musste doch etwas mehr dahinter stecken, als bloße Bewunderung für ein buntes Spektakel. Nur eine Frage hatte er noch: »Warum ist dir das so wichtig? Warum in aller Welt willst du das unbedingt?«

Nun musste ich, wohl oder übel, wenigstens mit der halben Wahrheit rausrücken. »Nun – ich – ich stell mir das etwa so vor, als würde ich mit dem Stier symbolisch auch alle Urängste in mir besiegen – so wird ja der Stierkampf wohl gedeutet, nicht wahr? Sein Sinn liegt ja wohl letztlich im Besiegen der Angst, im Triumph des Menschen über das Tier, das die zerstörerischen Kräfte darstellt ...?«, überlegte ich laut.

»Und der Stier steht für dich also für deine geheimen Ängste, mit denen du fertig werden willst?«

Ich nickte stumm.

»Wir daheim nennen das Arbeit mit Kraft-Tieren«, erklärte mir Carlos ruhig. Aha. Also vermutlich so etwas wie Meditation über Totem-Tiere.

»Da gab es früher zum Beispiel den traditionellen Schlangentanz«, fuhr er fort, »wo Medizinleute oder tapfere Krieger mit Giftschlangen tanzten … Vielleicht wird das heute noch vereinzelt irgendwo in entlegenen Gegenden praktiziert.«

Mir fiel die minoische Schlangengöttin von Knossos ein, deren Nachbildung ich einmal in einem Museum gesehen hatte, sowie Berichte von schamanischen Schlangentänzen, etwa bei den Hopi und anderen indigenen Völkern. Schlangen, Stiere – überhaupt, der symbolisch-mythische Umgang mit gefährlichen Tieren, mit der Gefahr schlechthin … Ich merkte, dass es so vieles gab, worüber ich mich nicht auskannte, und das Glaubensuniversum von Carlos und seinem indigenen Volk und seiner spanischen Mischkultur erschien mir plötzlich so komplex und reichhaltig, dass ich als »modern-aufgeklärter« Mensch mir dagegen vorkam wie die Angehörige einer spirituellen Dritten Welt. Ich merkte: Unsere moderne Zivilisation hatte nicht nur so vieles an Wissen dazu gewonnen. Sie hatte auch viel verloren. Nun war ich dabei, es zumindest für mich wieder zu entdecken. Vielleicht konnte ich ja eines Tages tatsächlich auf diese Weise meinen Minotaurus besiegen oder zumindest bändigen, so wie ein Dompteur seine Raubkatzen bändigt – oder eben der Torero seinen Stier.

So fingen wir wirklich am selben Tag noch an, zu trainieren. Carlos überzeugte mich davon, dass es keinen Sinn hätte, mich in der Privat-Arena anzumelden, ehe ich nicht wirklich etwas zu bieten hätte, und dass es noch mehrere Jahre dauern könnte, bis man den ersten Auftritt riskieren könnte, falls ich es überhaupt bis dahin durchhielt. (»Die meisten fangen schon fast als Kind an!«) Sicher wollte er mich mit dieser Aussicht auch ein wenig abschrecken. Aber er hatte ja Recht. Alles andere wäre nicht nur Unvernunft gewesen, sondern schierer Wahnsinn. Doch ich wollte ja eine vernünftige Perspektive, kein absurdes Abenteuer.

»Tja, wer A sagt, muss auch B sagen«, lachte Carlos. Das spornte mich zusätzlich an. Er versprach, Material zum Trainieren zu bringen. »Aber sobald sich herausstellt, dass du kein Talent und keine richtige Beziehung dazu hast, hören wir auf!«, drohte er. Er ahnte ja nicht, welch aufrichtige Beziehung ich dazu hatte. Es war keine romantische Schwärmerei, keine versnobte Extravaganz. Auch kein bloßes Ausprobieren von Folklore. (Dann würde ich lieber *Jarabe tapatío* tanzen lernen!) Ich war hoch motiviert, aus Gründen, die ich ihm besser noch nicht sagte. Ein wenig hatte ich ja schon Farbe bekannt. Wenn er also glaubte, bald schon werde ich genug haben, dann hatte er sich verrechnet. Die Rechnung ohne meinen »Mino« gemacht ... Denn den wollte ich ja nun unbedingt loswerden!

Carlos trieb tatsächlich ein großes Tuch auf, das allerdings alles andere war als eine echte *capa*. Eine *capa* wollte er auch noch irgendwo besorgen, falls es sich als sinnvoll erweisen sollte, ernsthaft mit mir weiter zu trainieren. »So eine Stierkampf-Ausrüstung kostet schließlich einen Haufen Geld«, schimpfte er, »ich kenne niemanden, wo ich solches Zeug ausleihen könnte!«

Er beschloss, mir erst einmal die elementarsten Grundbegriffe der Technik zu erklären und einüben zu lassen, noch ganz ohne Stier. Ich hingegen beschloss skurrilerweise, mit meiner psychologischen Vorbereitung zu beginnen, und kaufte mir den Popsong »Take me to the Matador« und vor allem Hemingways »Tod am Nachmittag«. Ich verschlang das Buch gierig und las es wie eine Abhandlung des Stierkampfs. Die alte Dame in dem Buch mochte ich nicht und verachtete sie, so wie mich der Minotaurus verachtete, und ich war froh, als Hemingway selbst sie aus der Geschichte herausschmiss. Aber das Buch mit seinen sorgfältigen, bisweilen geradezu langatmigen Schilderungen technischer Details wurde zum Grundstein einer ganzen Bibliothek über Tauromachie, der Wissenschaft vom Stierkampf, die ich mir anlegte.

Auf allen möglichen Wegen und Umwegen informierte ich mich nun zu dem Thema und ließ mir Videos und einschlägige Werke sogar aus Spanien schicken, geschrieben von Stierkämpfern, Stierzüchtern und Veterinärmedizinern. Richtig besessen wurde ich von dem Thema.

Zunächst war da das Vokabular. Der Stierkampf-Jargon ist eine regelrechte Fachsprache, in manchem sogar eine Geheimsprache. Gottlob war Carlos noch in der spanischen Stierkampf-Tradition aufgewachsen, was ja auch nicht selbstverständlich war. Besonders sein Vater war ein begeisterter *aficionado*, und er war nicht nur Anhänger dieser Kunst, sondern auch voll kritischem Sachverstand, den er früh auf seinen Sohn übertragen hatte. Seine Indio-Verwandtschaft hingegen stand der *corrida* kritisch bis ablehnend gegenüber. Carlos war wirklich ein buntes Gemisch seiner Ahnen, und hatte dabei soviel Pep wie scharfer Chili. Dabei hatte er bei aller scheinbaren Widersprüchlichkeit einen äußerst ausgeglichenen Charakter, ein gelungener Spagat zwischen den Kulturen. So half er mir denn.

Ich sprach ohnehin ganz gut Spanisch. Schon im College hatte ich es gelernt, in Erinnerung an meine Mexiko-Reisen als Kind, und da man in Kalifornien ohnehin viel Kontakt mit dem Spanischen hat und somit meine Neugier geweckt war; obwohl man ja in der Welt meist eigentlich nichts anderes braucht als Englisch, und das war ja meine Muttersprache. Doch es machte mir richtig Spaß, dass es auch andere Sprachen gibt als die eigene, die fremdartig-schön klingen. Sie sind ein Schlüssel zu anderen Völkern und Kulturen.

Aber jetzt wurde ich in eine Begriffswelt eingeführt, die oft überhaupt nur noch mit einem guten *feeling* zu bewältigen war, und wir saßen über meinen Fachbüchern und diskutierten heiß über die Stiere auf den Fotos, ob sie *trapío* hatten oder nicht, und *trapío* ist der Gesamteindruck eines voll ausgewachsenen Stiers mit ausgereiften Proportionen und das gewisse Ich-weiß-nicht-was, das er dann ausstrahlt, eine Mischung aus Gewicht und Würde. Aber ein Übermaß an Gewicht darf es auch nicht sein, vor allem muss es von durchtrainierten Muskeln herrühren und nicht von Fett, sonst sieht er aus wie ein Wurstbulle, er ist dann ein *atacado de peso*, ein Stier mit »Gewichtsattacke«.

In meinem Kopf schwirrte es von Fachausdrücken, dass es eine wahre Pracht war. Aber ich speicherte all diese Begriffe mit einem unstillbaren Wissenshunger, und ich legte zu Carlos' Verblüffung sogar eine Art Vokabelheft an, mein persönliches Mini-Lexikon. Zu den einzelnen Techniken machte ich mir Skizzen.

»So allmählich kriegst du richtig *cow sense!*«, scherzte Carlos, so als sei ich ein Cowboy-Pferd. Ich lachte.

Als junges Mädchen hatte ich bereits einen Stierkampf in Tijuana gesehen, wenn auch nur im Hotelfernsehen, und jetzt hatte ich die frischen Eindrücke aus der Plaza Monumental, die mich zu solch verbissenem Ehrgeiz antrieben, und trotzdem musste Carlos erst einmal Ordnung in all das bringen, was ich gesehen hatte. Meine erste große Überraschung war – zwar hatte ich es gesehen, aber nicht besonders darauf geachtet -: Es gab gar nicht DAS »rote Tuch«, sondern gleich zwei, von völlig unterschiedlicher Bestimmung und Beschaffenheit, und das erste davon war auch gar nicht rot, sondern pinkrosa außen und gelb innen. Nur das zweite Tuch war rot. Die unterschiedliche Beschaffenheit bewirkte auch völlig verschiedene Eigenschaften beim Schwingen. Ich erfuhr, dass sich das erste Tuch, die *capa*, noch von dem mittelalterlichen Umhang ableitet und daher auch entsprechend als gerundetes Cape zugeschnitten ist. Richtig geschwungen, bläht es sich wundervoll. Das zweite Tuch hingegen, die *muleta*, ist ein gerundetes Stück Stoff, das über einen Holzstab geschlagen wird. Die Bezeichnung nimmt auf diesen krückenartigen Holzstock Bezug. Entsprechend lässt es sich auch nur ganz anders manövrieren, der Schwung wird nicht direkt dem Stoff verliehen, sondern über den Holzstock.

Wir nahmen improvisierte Tücher, und schon merkte ich den Unterschied. Die *capa* ließ sich schwenken, schwingen, raffen, während man mit der *muleta* führte, hinhielt, hebelte. Doch Carlos war nicht zufrieden. »Du eignest dir eine falsche Technik für die *capa* an«, sagte er nachdenklich, »denn dein Tuch ist nicht richtig zugeschnitten: Es ist rechteckig wie eine Decke und nicht rund, und es ist viel zu leicht!«

Er besorgte mir einen Mantel und fortan trainierte ich mit dem Cape-artigen Damenmantel seiner Schwester Maritza. Es war besser, längst nicht optimal, aber besser.

Eine *muleta* selber zu basteln, war einfacher, aus einem Besenstiel und einer runden Tischdecke, und Carlos fing an, mich in die einzelnen Schwenks, die Bewegungsabfolgen, einzuweisen. Jedes Tuch hatte seine spezifischen Schwenks. Jeder Schwenk hatte seinen eigenen Namen. Geduldig trainierte ich, und der Minotaurus sah mir verwundert über die Schulter.

Das Gute war, wir konnten im Innenhof von Carlos' Haus trainieren, ohne dass uns jemand aus der Nachbarschaft zusehen konnte. Fast alle Häuser traditionellen Baustils besaßen einen Innenhof. Nur vom Haus selbst aus konnte man in den quadratischen Hof hineinblicken, und so sahen mich außer den Familienmitgliedern nur der Zitronen- und der Feigenbaum. Ich konnte also ungeniert üben, so dilettantisch es anfangs auch wirken mochte.

Aber es wurde besser. Carlos sah keinen Anlass, seine Drohung wahr zu machen und aufzuhören. Wir trainierten weiter, und er mimte den Stier. Aber er lief brav so, wie der Stier laufen sollte, wenn der Torero fähig war und die Situation beherrschte. Sobald er aber den Stier wirklich imitierte und tatsächlich zur Attacke überging, rannte er mich fast über den Haufen.

»So geht das nicht!«, schimpfte er. »Du darfst nicht bloß mit dir selber beschäftigt sein und kontrollieren, ob du deine Arme richtig hältst und das Tuch richtig lenkst – du musst auch nach dem Stier sehen! Das Tuch ist dein Instrument, verdammt noch mal!«

Tatsächlich hatte ich mich unbewusst darauf beschränkt, nur das Tuch möglichst schön und formvollendet zu schwenken, ohne mich dabei weiter um den Stier, der mich ja angreifen würde, zu kümmern. »Wenn nicht ich jetzt hier gelaufen wäre, sondern ein Stier, so hätte er dich jetzt aufgespießt!«, fluchte Carlos. Ihm wurde es immer unbehaglicher mit meinem Stierkampf-Training, vor allem, als er merkte, wie ernst es mir damit war.

»Mehr Deckung! Drehen aus der Hüfte heraus – Arme weiter vorstrecken!«, kommandierte er. Und das sollte ich alles gleichzeitig. Also musste ich das Koordinieren lernen. Ich musste lernen, ganz verschiedene, zusammentreffende und – hoffentlich – wieder auseinander strebende Bewegungen zu synchronisieren, auch noch aus dem Blickwinkel heraus zu kontrollieren, und dann dabei auch noch eine gute Haltung zu bewahren und auf größtmögliche Schönheit der Bewegung zu achten. Ich begann, beim Training zu schwitzen. Die Arme wurden mir lahm, und vom Drehen wurde mir schwindelig. Es war zum Verzweifeln, denn alle Bewegungen waren so rasch, glitten aneinander vorbei und mussten mit äußerster Präzision aufeinander abgestimmt werden. Dabei war der Stier keine angreifende Maschine, er lief nicht wie ein Zug auf Schienen, und man konnte sich nie ganz darauf verlassen, dass er selbst bei optimaler Tuchführung so laufen würde, wie geplant. Wäre es so, dann hätte es noch nie einen Unfall beim Stierkampf gegeben. Und gerade in jenem Jahr war schon ein Torero bei der großen Oster-Feria von Sevilla getötet worden. Der Stier war und blieb ein unberechenbarer Gegner.

Wir begannen, das Training in drei Stufen zu zerlegen: Erlernen der Bewegungsabfolge ohne Stier, ich nannte das »Trockenschwimmen«, dann Wiederholung und Erklärung mit Carlos als wie gewünscht angreifendem Stier, und schließlich, wenn mir der Schwenk in Fleisch und Blut übergegangen war, griff Carlos wirklich an und versuchte, eine mangelnde Deckung in der Tuchführung zu detektieren und auszunutzen. Die Feuerprobe, mit einem echten Stier oder auch nur Jungstier, stand noch aus. Doch Carlos war leidlich zufrieden.

Seine Schwestern sahen uns kopfschüttelnd zu. »Wie kommst du als US-Amerikanerin auf Stierkampf?«, fragten sie. »Bei euch gibt es doch höchstens Rodeo?«

»Ja«, sagte ich hilflos. Ich konnte und wollte es ihnen nicht erklären. »Wir Gringos sind halt ein lustiges und manchmal etwas exaltiertes Volk«, scherzte ich matt. Dann forderte ich wieder Carlos zum Angriff heraus, und er rannte mit Engelsgeduld in meinen Tuchfetzen und rief:»Mehr nach links – mitdrehen – Mensch, du musst deine rechte Hüfte mehr in Deckung bringen!«

Kopfschüttelnd gingen die Schwestern, und wir hatten nur noch Zitronen und Feigen als Publikum.

*

Nach einem halben Jahr traute ich mir den nächsten Schritt zu. Carlos hatte inzwischen Kontakte geknüpft und wir fuhren hinaus zu einem Stierkampfbegeisterten, einem echten *aficionado*, der eine Stierattrappe besaß. Es war eines jener schubkarrenähnlichen Geräte, auf denen im besten Fall ein ausgestopfter Stierkopf oder im schlechtesten lediglich ein paar Hörner oder auch nur ein Kopf aus Korbgeflecht aufmontiert waren. Dieser hier hatte mit Klebeband befestigte Stierhörner. Die Hörner waren an der Basis fest umwickelt, und ein Mann ergriff dann den einrädrigen Karren und lenkte das Stiergehörn wie beim Angriff. Oben auf der Attrappe war noch als Polster der Muskelnacken nachgebildet, um das Setzen der Banderillas zu üben. Das Polster war schon ganz zerstochen.

»Prima«, sagten wir, und Carlos schob nun unermüdlich und schwitzend die Attrappe.

»Hast du auch *capa* und *muleta*?«, fragte Carlos seinen Freund Antonio.

»Leider nein«, sagte der, »ich habe die Sachen früher selber geliehen, und die Attrappe habe ich als Kuriosum, sie war in Familienbesitz, von einem Onkel. Vielleicht könnt ihr ja mal auf einem Flohmarkt alte Stücke erwerben ...?«

»Wenn wir viel Glück haben«, meinte Carlos.

Nun ließ ich mich von der gehörnten Attrappe angreifen, und Carlos hebelte mit den Hörnern, senkte sie, so dass sie zum Angriff ins Tuch stießen und hob sie dann, so wie ein Stier, der sein Opfer auf die Hörner nehmen und durch die Luft schleudern will. Doch ich lenkte ihn mit zunehmender Sicherheit ins Leere.

»Du mogelst aber, du trittst schon beim Angriff einen Schritt zur Seite«, monierte Carlos. Also wich ich standhaft nicht mehr seitlich aus und lenkte die Stier-Attrappe dennoch mit zunehmender Sicherheit ins Leere.

*

Von Mum hatte ich in der ganzen Zeit nichts mehr gehört, seit ich ihr in einer SMS meine jetzige Adresse mitgeteilt hatte und ihr versicherte, dass es mir gut ginge. Zum Glück hatte ich bereits ein eigenes Bankkonto, über das nur ich verfügte. Ich überlegte mir, ob ich mich hier in Mexico City niederlassen und meinen Beruf als Werbe-Designerin wieder aufnehmen sollte, denn meine Stierkampf-Übungen waren finanziell völlig unproduktiv. Carlos stand inzwischen kurz vor seinem Studienabschluss, und wir schoben eine endgültige Entscheidung darüber, ob wir nach seinem Examen in Mexico City bleiben oder nach Kalifornien zurückkehren sollten, vor uns her, mit dem beruhigenden Argument, dass es ja auch von Mum abhängen würde, ob sie mich nun enterbte oder ob ich weiterhin Aussicht hatte, das Weingut dereinst zu übernehmen. Mir blutete das Herz bei der Vorstellung, sie könne unseren Familienbetrieb dereinst einfach verkaufen. In der Zwischenzeit gab ich hier in Mexico City Privatunterricht in Englisch für Schulkinder der Umgebung, alle aus gutgestellten Familien, die großes Interesse an der Ausbildung ihrer Kinder hatten und mir meine Nachhilfe-Stunden entsprechend großzügig bezahlten. Rasch hatte ich mich hier eingelebt. Die Familie hier hatte sich bereits an meinen Spleen gewöhnt, ernsthaft für den Stierkampf zu trainieren. Sie hielten es für eine Art Sport, so wie andere Jogging machen. Nur Carlos wusste es offenbar besser – er ahnte, wie viel mir daran lag. Immerhin akzeptieren alle mein ungewöhnliches Verhalten. Wenigstens lag ich ihnen ja nicht auf der Tasche, weil ich ein eigenes Konto hatte und auch jobbte, genauso wir Carlos.

Er verdingte sich gelegentlich als Aushilfskellner. Zudem hatte ich mich auch rasch mit seiner Familie angefreundet, vor allem mit seinen Schwestern. Auch seiner weitläufigen Verwandtschaft in Acapulco sollte ich irgendwann einmal vorgestellt werden. Doch zunächst war Mexico City unser Mittelpunkt.

Natürlich gab es ja auch noch so viel anderes als Stierkampf! Mexiko ist ein ungeheuer farbenfrohes, sinneverwirrend vielfältiges Land! Überbordend mit Kultur, Geschichte und Kontrasten, verschiedensten Gegenden, Kulturen und Klimazonen. Mexico City war überhaupt nicht so warm, wie ich es mir immer vorgestellt hatte, bedingt durch seine Höhenlage. Das Klima da in zweieinhalb Tausend Metern Höhe kam mir ebenso kühl und oft neblig vor wie in San Francisco, nur dass es kein Seeklima war. Die dünne Höhenluft setzte mir etwas zu, ebenso wie der häufige Smog. Besonders beim Treppensteigen wurde ich leicht kurzatmig. Daher trainierte ich zunehmend auch meine körperliche Fitness, mit Jogging, Radfahren, Schwimmen und Tennis – denn gute Kondition würde ich ja dringend brauchen!

Natürlich machten wir auch viele Ausflüge: zur gewaltigen Anlage der Sonnen- und Mond-Pyramide, ins Nationalmuseum für Anthropologie im Chapultepec-Park, mit dem imposanten Azteken-Kalenderstein, zum Platz der Drei Kulturen, dem Zócalo-Platz, ins Frida-Kahlo-Haus in Coyoacán, zum See von Xochimilco mit seinen Schwimmenden Gärten ... alles lockte, faszinierte, wollte erkundet werden. Die ferne Silhouette des Popocatépetl blieb meist im Dunst gnädig den Blicken entzogen, und der Gedanke, dass Mexiko ein Land der Vulkane ist, wirkte dadurch weniger beunruhigend.

Die Zeit flog dahin. Schon war es Sylvester. Das erste Sylvester, an dem ich einmal Bilanz zog, weil wieder Bewegung in mein Leben gekommen war, weil es überhaupt wieder etwas zu bilanzieren gab. Dankbar sah ich Carlos an. Es war fünf Minuten vor zwölf, und Carlos brachte bedeutungsvoll lächelnd die Weintrauben, die wir um Mitternacht essen mussten. »Sie heißen *uvas de la suerte*, Glücks-Trauben«, erklärte er den alten Brauch, »und du musst eine mit jedem Glockenschlag essen, wenn es zwölf schlägt, und du darfst dich nicht dabei verschlucken und du musst sie genau bei jedem Glockenschlag essen und dir dabei etwas wünschen, so wird es im Neuen Jahr wahr.«

»Also sind es insgesamt zwölf Trauben?«, fragte ich. Seit meiner brutalen Hungerkur damals konnte ich keine Weintrauben mehr sehen.

»Zwölf Trauben und zwölf Wünsche«, sagte er.

Und diese zwölf Wünsche sollten alle in Erfüllung gehen?

»Man muss dran glauben!«, lachte Carlos, als er mein skeptisches Gesicht sah.

Es blieb nicht mehr viel Zeit. Das Alte Jahr lag in seinen letzten Zügen. Ich trauerte ihm keine Träne nach, war nur froh, dass es mit Carlos weiterging, in ein Neues Jahr hinein. Trotz meiner Aversion nach der brutalen Trauben-Diät probierte ich meine neue Einstellung zu den Trauben aus. Die Trauben waren groß und blauschwarz und glänzten freundlich. Um sie rascher schlucken zu können, wählte ich mir allerdings vorab schon mal die kleinsten aus. Hoffentlich galt das nicht als Schummeln …Doch so streng würde man ja mit mir sicher nicht sein, wurde ich hier doch stets wohlwollend behandelt und war mit den hiesigen Sitten und Bräuchen ja noch nicht so vertraut.

Inzwischen war die ganze Familie im Wohnzimmer versammelt. Das Fernsehen übertrug das Vorrücken der Zeiger einer großen öffentlichen Uhr. Schon begann die Uhr zu schlagen, und erst zögernd, dann hastig nahm ich die Trauben und aß eine mit jedem Glockenschlag, genauso wie Carlos und seine Familie, und wir wünschten uns etwas. Jeder für sich, im Stillen. Alle meine Wünsche bezogen sich irgendwie auf Carlos, und ich war seltsam froh, den bitteren Geschmack der knirschenden Kerne auf der Zunge zu spüren. Der Nachgeschmack war prickelnd, anregend, die Trauben hatten Biss. Irgendwie war es mir eine Genugtuung, dass die Trauben Kerne hatten. Bisher hatte ich stets kernlose Sorten bevorzugt.

*

Dann war es soweit. Endlich. Ich hatte täglich trainiert und mir in knapp einem Jahr all das angeeignet, was angehende Stierkämpfer normalerweise schon als Kind lernen, und ich war mir sicher, ein ebenso profundes Gefühl für den Stier und die Kampftechnik entwickelt zu haben wie sie, denn ich war wie besessen von der Idee, den Minotaurus herauszufordern und zu besiegen. Indem ich den Stier besiegen würde und mehr Zuversicht und Lebensmut daraus schöpfen, würde ich den Minotaurus in mir besiegen, seine Macht für immer brechen.

Nun kam die große Frage, ob ich den Stier denn auch töten wollte? Ich war sehr betroffen, denn darüber hatte ich noch gar nicht ernsthaft nachgedacht. Mir war klar, dass ich zwischen dem Kampfstier einerseits, der mir ja gar nichts getan hatte, und dem Minotaurus andererseits, der durch ihn symbolisiert wurde, unterscheiden musste. Der Kampfstier stand nur stellvertretend für den Minotaurus. Es war nicht nötig, dass ich auch ihn vernichtete. Er war ein echtes, lebendiges und wertvolles Tier, und es wäre schade, ihn zu töten.

Der Stier würde mich ja nur angreifen, weil er das wilde Blut der prähistorischen Auerochsen in seiner Rasse bewahrt hatte, die durch züchterische Selektion sogar angriffslustiger geworden war als wirkliche Wildtiere, denn diese suchen meist zunächst ihr Heil in der Flucht und greifen erst an, wenn sie in die Enge getrieben werden.

Nein, den Stier wollte ich nicht töten, auch wenn ich inzwischen den Anblick des Tötens bei den Stierkämpfen mit etwas mehr Gleichmut ertragen hatte (oder war ich einfach schon abgestumpft?), denn ich sagte mir, diejenigen, die so heftig dagegen protestieren, dürften dann auch keine Schuhe und Gürtel aus echtem Rindsleder mehr tragen und müssten überzeugte und absolute Vegetarier oder gar Veganer sein, weder ein gutes Steak noch Wurst essen und auch auf Rindsbouillon verzichten, wollten sie ihrem Protest moralisches Gewicht verleihen. Dann würde ich ihren Protest auch akzeptieren können. So aber blickten viele einfach feige weg – aus den Augen, aus dem Sinn –, ließen die Rinder, ohne Chance zur Selbstverteidigung, im Schlachthof von anderen für sie schlachten und protestierten nicht dagegen, weil man sich an den Gedanken an einen Bolzenschussapparat mehr gewöhnt hatte als an einen blanken Degen. Es ging ja auch schneller und sauberer (wenn auch nicht immer – wie manche Skandale auf Schlachthöfen zeigten!). Und dabei wurde kein Gedanke daran verschwendet, dass ein jahrelang frei umherstreifender Kampfstier zuvor gewiss ein ungleich besseres Leben geführt hatte als eines jener Hochleistungs-Rinder aus industrieller Produktion, bei oft beengter Massentierhaltung im muffigen Stall und womöglich mit Hormonen vollgepumpt. Blutbespritzte Kacheln statt blutdurchtränkter Sand.

Trotzdem beschloss ich, mein Kampfrind nicht zu töten, ja sogar, neue Akzente zu setzen: mit der Demonstration einer unblutigen Alternative, die dennoch die alte spanische Tradition wahrte und den Stierkampf nicht zu einem simplen Wettlauf oder Rodeo degenerieren ließ. Zugegebenermaßen ein ziemlich ambitioniertes Vorhaben!

Meine Idee war, alles Blutige durch Blumen zu ersetzen. Rote Blumen. Die Picadores mit ihren Lanzen sollten ganz entfallen, oder sie sollten sich darauf beschränken, dem Stier mit einem Haken bunte Kokarden von den Hörnern zu reißen. Die Banderilleros sollten statt mit Wurfspießen mit langstieligen Rosen oder Nelken auf den Muskelhöcker zielen und ich wollte mit einer ebensolchen, langstieligen Rose den tödlichen Degenstoß simulieren.

»Mensch, das ist ja noch viel gefährlicher als ein normaler Stierkampf«, stöhnte Carlos, »denn es gibt keinerlei schwächenden Blutverlust beim Stier, und er wird ungestüm bleiben bis zuletzt! Man sollte vielleicht überhaupt nur Jungstiere verwenden, die weniger wiegen und noch nicht soviel Kampferfahrung haben!«

»Kampferfahrung? Ja, werden die denn wiederverwendet, also gar nicht immer getötet?«

»Nein, ich meine, dass sie ihre Hörner im Kampf untereinander erproben und den exakten Umgang mit ihren Waffen lernen und individuelle Angriffstechniken entwickeln. Ein Stier in der Arena darf noch nie Erfahrungen mit den Tüchern gesammelt haben, das wäre viel zu gefährlich, ihn mit Vorkenntnissen da reinzulassen, und ohnehin ist jeder Stierkampf ein Wettlauf mit der Zeit, denn Stiere lernen schnell! Darin besteht ha gerade der Nervenkitzel!«

»Ah, deshalb ist es für Stierkampf-Fans so spannend«, sagte ich. »Denn sie warten, wie schnell der Stier den Trick durchschaut, und das ist eine Spannung, die dem ahnungslosen Touristen, der zum ersten Mal eine Corrida sieht, entgeht!«

»So ist es«, sagte Carlos. »Nach einer Weile lässt der Stier sich nicht mehr vom Tuch täuschen – und niemand kann vorhersagen, wie lange er dazu braucht.«

Daraufhin redete ich auf Carlos ein mit all meiner Überzeugungskunst. Man könnte das Rind ja durch viel Bewegung ermüden. Wir beschlossen endlich, trotz aller Bedenken, meine neue Version des Stierkampfes vorzuführen, und Carlos meldete mich in der Privat-Arena an, die er von früher kannte. Alle Freunde und Verwandte würden als Publikum erscheinen, darunter viele Stierkampf-Anhänger. Ich war stolz, aufgeregt, einsilbig, unnahbar. Mein großer Tag würde kommen. Ich war fest entschlossen. Am Sonntag in vierzehn Tagen würde ich dem Minotaurus ins Auge sehen.

*

Am Abend vor dem Stierkampf ging ich mit der Überzeugung ins Bett, ich würde die ganze Nacht vor Aufregung nicht schlafen können. Es war kalt, und ich deckte mich mit der Wolldecke zu, auf der auf schwarzem Nachthimmel ein weißer, schwanengeflügelter Pegasus dahinschwebte, stolz aufgebäumt. Der Termin in der Arena war für den nächsten Vormittag gebucht. Als Carlos ins Zimmer kam, war ich dann doch schon eingeschlafen.

Am Morgen erwachte ich sehr früh, und die Morgenkälte kroch unangenehm unter meine Pegasus-Decke. Ich wusste sofort, was los war und was heute für ein Tag war, aber ich war bereits so gut psychisch auf meinen Auftritt eingestellt, dass es mir nicht wie ein Schreck siedend heiß in die Glieder fuhr. Ich konnte an den bevorstehenden Kampf denken, ohne mich aufzuregen, mit der kühlen Routine des tausendmal Durchdachten, unendlich oft in Gedanken Vorweggenommenen.

Ich stand auf und zog meine stierkämpferähnlichste Kleidung an: ein weißes Herrenhemd mit einem dunklen Bolero-Jäckchen und eng anliegende, goldbraune Leggings mit seitlichem Blumenmuster, dazu dünne rosa Strümpfe und *alpargatas*, leichte schwarze Stoffschuhe mit geflochtenen Strohsohlen. Dann wickelte mich Carlos in einen knallroten Schal seiner Schwester Maritza, den er mir stramm als Schärpe oder Taillenbinde festzog. Zum Outfit gehörig und als minimaler Schutz. Nun war ich fertig.

In echter Stierkämpfer-Tradition frühstückte ich auch nicht mehr. Ich aß nichts und ich trank auch nichts, um meine gesamte Konzentration in den Kopf zu lenken und nicht in den Magen, und zudem ist ein nüchterner Magen auch im Falle einer Magenverletzung unerlässlich.

Ich sprach auch mit niemandem mehr, die Gespräche der anderen interessierten mich nicht mehr und erschienen mir banal; ich war für sie geistesabwesend und einsilbig. Carlos' ältere Schwester Anita redete mit mir, ich sah sie groß an, so wie man eine Filmleinwand anstarrt, auf der ein Film in einer unbekannten Sprache läuft. Wie ich mich fühlen würde? Ob ich nicht Angst hätte? Und dann noch eine Tante, die an dem Tag zu Besuch gekommen war: Ob ich mit der Waschmaschine oder per Hand waschen würde? Ob ich schon im Völkerkunde-Museum war? Die Pyramiden von Tenochtitlán schon besichtigt hätte? Ich wurde wütend. Ich bekam ihre Fragen, ihre Anliegen gar nicht mehr mit. Es erschien mir völlig irrelevant, wie aus einer anderen Welt. Für mich gab es nur noch den Minotaurus, der im Stierstall darauf wartete, von mir besiegt zu werden, und mir schmeichelte der Gedanke, dass eigens für mich ein Kamprind ausgesondert und bereit gestellt worden war, das den Minotaurus für mich repräsentieren sollte.

So übte ich mich ganz in innerer Sammlung: höchste Konzentration. Stumm stieg ich zu Carlos und seinen Schwestern ins Auto, und wir fuhren los.

*

Ich betrat die Arena. Carlos zog den Flügel der Pforte auf und ließ mich hinein. Innen umfing mich der Anblick des Holzrings. Die Welt dort draußen blieb hinter mir zurück, es gab nur noch die rot gestrichenen Barrikaden mit den weißen Markierungen, und den Kreis aus Sand, und sonst nichts. Das Brausen des Verkehrs von Mexico City war fern. Alles andere war fern. Mir schlug der warme, dampfende Geruch der Kampfstiere entgegen. Ich sah meinen Gegner noch nicht. Aber er war nah. Vom *toril* her klang ein gereiztes Brüllen.

Ich war allein. Die Luft war seltsam dünn, und glasklar, aber ganz und gar durchdrungen von dem warmen, aufreizenden Geruch nach Rinderdung. Ich war so allein wie nie in meinem Leben; Carlos war fortgegangen, um mit der PR-Assistentin und dem Verwalter zu sprechen, und dieser Augenblick gehörte mir, und diese Luft gehörte mir, und dieser Sand gehörte mir. Alles war für mich da. Ich wusste, die Stunde, die nun kommen würde, war ganz allein für mich gemacht. Es gibt nur wenige solche Stunden im Leben, die ganz allein dir gehören. Ich war glücklich.

Zunächst beschloss ich, das Terrain für mich in Besitz zu nehmen, indem ich eine Runde durch die Arena lief. Ich lief im Jogging-Tempo durch den *ruedo*, einmal im Kreis, dann noch einmal, und sah mir die Barrikaden und die noch leeren Sitzränge und den Ausgang des *toril* und die *burladeros*, die Verschanzungen an den Barrikaden, aus allen Perspektiven an, um mich daran zu gewöhnen. Ich musste alle Entfernungen, alle Dimensionen ganz genau im Kopf haben. Ich musste mich hier sofort heimisch fühlen. Nachher, während des Kampfes, würde ich keine Zeit mehr haben, mich umzublicken. Besonders die Verteilung und die Abstände der *burladeros*, der schützenden Barrikaden, prägte ich mir genau ein. Sie sind stets in gleichmäßigen Abständen in jeder Arena verteilt, aber jede Arena hat einen anderen Durchmesser und andere Entfernungen. Ich musste quasi mit geschlossenen Augen wissen, wo von jedem Punkt des *ruedo* aus der nächste *burladero* war. Beim Stierkampf drehst du dich mit dem Stier mit, und es ist, als würde sich die ganze Arena um dich drehen, und wenn dann plötzlich etwas passiert und du laufen musst, dann musst du sofort in die richtige Richtung laufen und darfst in diesem Karussell von Stier, Tuch und drehender Bewegung keinen Sekundenbruchteil vergessen, wo das ist, denn sonst läufst du vor dem Stier, der dich verfolgt, her wie ein unglückseliges, hakenschlagendes Kaninchen. Du musst dir also gut einprägen, wo die *burladeros* sind. Das hat mit Feigheit nichts zu tun. Es ist pure Notwendigkeit. Dein Selbsterhaltungstrieb. Es gilt schließlich, in all dem raschen Farbwirbel stets die Orientierung zu behalten.

Ich lief über den Sand, auch um meine Beine in der kühlen und etwas klammen Morgenluft warmzulaufen, ich hatte etwas Angst vor Wadenkrämpfen. Bei einem Stierkampf darfst du dir keine Wadenkrämpfe leisten. Meine rote Schärpe spannte sich über meinem atmenden Körper. Sie umwickelte mich ganz richtig genau da, wo mein sich hebender und senkender Brustkorb aufhörte. Daran lag es nicht. Und ich hatte doch so viel Ausdauersport gemacht. Ich begann zu keuchen. Diese verdammte Höhenluft.

Wieder brüllte ein Stier. Ich begann zu schwitzen. Mein Herz hämmerte nach zwei Runden Jogging, und der Sauerstoffmangel der Höhenluft machte sich schon bemerkbar, ehe ich noch angefangen hatte, zu kämpfen. Das konnte ja heiter werden. Ich beschloss, mich statt auf Jogging lieber auf gymnastische Lockerungsübungen zu verlegen, und begann, Rumpfbeugen zu machen. Das war besser. Ich atmete ruhiger.

Wieder brüllte ein Stier. Brüll du ruhig. Wegen dir bin ich gekommen. Wir werden uns hier treffen. Trotzdem blieb ein noch unsichtbarer Gegner etwas unheimlich ...

Das Blut schoss mir eiskalt und jetzt sauerstoffgeladen durch die Adern. Es war wie ein leichter Rausch. Aber durch die Gymnastik wurde es besser, und ich wurde lockerer und meine Gelenke geschmeidiger, und schließlich strömte das Blut ruhig und warm durch meine Muskeln. Ich war zufrieden. Jetzt mochte der Stier kommen.

Inzwischen füllten sich die Ränge auf der Eingangsseite, und ich hörte die Tritte und das Scharren der Leute auf den Rängen, aber ich hatte ihnen den Rücken zugekehrt und registrierte es nur wie von ferne, als etwas Nebensächliches. Ich hatte mich jetzt zu konzentrieren. Im Augenblick zählten nur Konzentration und Achtsamkeit. Sorgfältig lockerte ich jeden Muskel in den Beinen, den Schultern, im Rücken. Ich achtete auf meine Atemtechnik. Noch nie hatte ich meinen Körper so intensiv gespürt, empfand ihn als Werkzeug, das mir zu Diensten sein sollte und über das ich verfügte, indem ich es sogar zwang, einer selbstgewählten Gefahr gegenüberzutreten. Mein Körper war wie ein steuerbares Instrument, und ich gab die Befehle. Ich war glücklich. Komm du nur, Minotaurus.

Ich hatte mir die Gefahr ausgesucht. Sie kam nicht über mich, ohne dass ich es wollte, brutal und ungefragt, sondern es war meine freie Entscheidung, mein Willen, und ich konnte freiwillig vor etwas Angst haben. Ich konnte mir erstmals freiwillig aussuchen, wovor ich Angst haben wollte. Ich würde den Minotaurus sehen.

Und ich würde die Situation dominieren. Hoffentlich. Ich kontrollierte meinen Körper, mit Entschlossenheit und Selbstbeherrschung, und mit eben dieser Entschlossenheit und Selbstbeherrschung würde ich dem Kampfrind entgegentreten, mit der Arroganz gegenüber selbstgewählter Gefahr, mit der überheblichen Kaltblütigkeit, die du eigentlich, in geringer Dosierung, in deinem ganzen Leben brauchst. Im Grunde ist doch jeder Augenblick lebensgefährlich. Der Durchschnittsbürger hat sich nur daran gewöhnt, oder er ist nicht so sensibel. Du kannst jeden Tag auf der Straße überfahren werden. Du kannst etwas Verseuchtes essen und daran tödlich erkranken, vielleicht Jahre später, oder ein radioaktives Cäsiumatom einatmen und in der Folge an Lungenkrebs sterben. Und, so unwahrscheinlich es ist, niemand kann ausschließen, dass dich ein Meteorit aus dem Weltraum erschlägt. Oder du kannst bei einem Bombenanschlag in einer belebten Einkaufsstraße ums Leben kommen – je länger du darüber nachdenkst, desto unwahrscheinlicher muss es dir vorkommen, dass du überhaupt noch lebst, dass dieses kostbare, flackernde Flämmchen nicht schon längst durch einen jener unendlich vielen, unwägbaren rauen Windstöße des Schicksals ausgelöscht ist. Das kann man Existenzangst nennen, und die beste Therapie dagegen ist, dich mit einer selbst ausgesuchten Gefahr bewusst zu konfrontieren. Exponiere dich, in dem Bewusstsein, die Dynamik der Situation in jedem Moment zu meistern. Du kannst es. Denn du willst es.

Das war es, das Geheimnis. Alles, was von außen auf dich zukommt, ist oft so unbeherrschbar, so unkontrollierbar, dass es dir doppelt Angst macht. Du kannst keine Kriege verhindern und keine Naturkatastrophen. Aber dies hier war deine freie Entscheidung, und du traust dir zu, diese Situation zu beherrschen, zu meistern. Das wird dir Zuversicht und Selbstvertrauen geben für dein ganzes weiteres Leben. Komm du nur, Minotaurus, komm.

Den Gedanken an eine Niederlage schob ich konsequent beiseite. Sollte ich hierbei der Verlierer sein, so hätte ich es wenigstens versucht, in einem heroischen Akt, zu siegen. Wie hatte doch Hemingway mal gesagt? Man kann vernichtet werden, aber man darf nicht aufgeben ...? Die handfesten Ansichten Hemingways ließen sich doch leichter umsetzen als die Erkenntnisse eines Sören Kierkegaard, im Traktat über die Angst ...

Inzwischen waren alle Sitzreihen neben und über dem Eingang besetzt; Carlos' ganze Familie saß erwartungsvoll da, und alle sahen mich an. Ich wusste, dass sie da sitzen würden und mich ansahen, aber sie waren für mich wie ausgeblendet. Die Welt um mich schrumpfte zusammen auf meinen unmittelbaren Umkreis. Mit übergroßer Deutlichkeit sah ich einen Stein im Sand. Der Stein störte mich. Es war ein rundlicher Kiesel, über den man stolpern konnte. Mit dem Fuß scharrte ich ihn beiseite, zum Ausgang hin, und der rötliche, pulverige Sand wirbelte um meine Füße auf. Ich entdeckte noch mehrere Steinchen und scharrte auch sie an den Rand. Wieder wirbelte der rote Staub auf. Es war solch griffiger, roter Sand wie auf Tennisplätzen.

Noch nie hatte ich so intensive Farben gesehen wie heute. Der Sand war so eindringlich rötlich-lehmfarben wie der erste Sand der Schöpfung, und die Barrikaden waren so stechend ochsenblutrot gestrichen, und die Markierungen an den *burladeros* so signalweiß leuchtend, dass es einem ganz schwindelig werden konnte. Ich atmete tief durch, und die Luft war dünn, aber wie flüssig und kühl, und es war die erste wirkliche Luft, die ich richtig atmete. Es war mir, als hätte ich noch nie vorher richtig geatmet, nur vegetiert, als beginne hier erst, an der Grenze zur Gefahr, das wirkliche Leben. Ich fühlte mich, als sei ich erstmals voll erwacht, wie aus einem öden Dämmerschlaf. Das Leben sprühte in mir. Ich stand wie unter Strom. Adrenalin-Cocktail im Blut. Extrem-Erfahrung, die eigenen Grenzen auslotend.

Plötzlich stand Carlos hinter mir und schlug mir auf die Schulter. »Na – wie fühlst du dich?«, lachte er.

»Super!«, sagte ich voll Überzeugung. Ich blieb ganz ruhig.

Er fragte nichts weiter. Die Antwort war eindeutig. Es würde keinen Rückzieher geben, in letzter Minute. Zufrieden ging er wieder hinaus, um die *peones* zu suchen, die mir helfen würden, und um die Rosen zu holen.

Ein Angestellter kam mit dem Kreidezerstäuber und einer Banderilla, an die eine Schnur gebunden war. Ich wunderte mich, was er wohl mit dieser Banderilla wollte. Zunächst legte er den Zerstäuber und die Banderilla zur Seite und begann plötzlich, die Mitte des Platzes glatt zu harken. Ich hatte die Harke gar nicht gesehen. Die Welt war zu sehr um mich geschrumpft.

Plötzlich stand auch der Verwalter vor mir, ich glaube, er ist der *mayoral*, der oberste Aufseher der Kampfstierherden. Er grinste; ein hagerer und dynamischer Typ. Seine Augen konnte ich hinter der modischen Sonnenbrille nicht sehen. »Na ja«, sagte er, »und Sie sind also begeisterte Amateurin?«

»Ja«, sagte ich ruhig. Es war mir, als hätte ich diese Frage schon tausendmal mit »ja« beantwortet. Da wurde mir klar, dass ich sie innerlich, vor mir selber, schon tausendmal bejaht hatte. Ich war gut vorbereitet – mental wie vom Training her. Ich fühlte mich immer ruhiger.

»Und – aufgeregt?«, fragte der *mayoral*. Er überwachte mit raschen Seitenblicken die Arbeit seines Angestellten.

»Aufgeregt? So wie jeder Stierkämpfer«, sagte ich ruhig. Glatt gelogen, wenn einer behaupten würde, ein Stierkämpfer hätte vorher keine Angst. Es gibt nur kaum einer zu. Sie sind alle einsilbig und verschlossen vor dem Kampf. Der Adrenalinpegel ist natürlich hoch. Es geht gar nicht darum, ob einer Angst hat, sondern wie er damit umgehen kann.

Der *mayoral* nickte. Er hatte meine Antwort verstanden. Da er sah, dass ich mit meiner Aufregung so routiniert umging, sagte er, plötzlich zum »Du« überwechselnd: »Wie oft hast du denn schon gekämpft?«

Mein scheinbar so routinierter Umgang mit meiner Aufregung kam daher, dass ich diesen Augenblick schon tausendmal im Kopf simuliert hatte. Jedes Mal war ich schon bei dem bloßen Gedanken so aufgeregt gewesen, mit kalten Händen und Prickeln im Blut, und jedes Mal war ich der Sieger geblieben über meine Nerven. In meiner Vorstellungskraft war alles so authentisch, fast greifbar gewesen. Dies hier war schlichtweg das tausendunderste Mal. Nur eben wirklich echt.

»Nun ...«, sagte ich ausweichend, »ich kenne alle wichtigen Schwenks mit der *capa: verónica, media verónica, recorte* und so, und mit der *muleta: pase natural, pase de pecho* und so weiter, und ich kenne mich ganz gut aus mit der Psychologie von Kampfrindern ...«

»Na, dann ist ja gut«, meinte der *mayoral* leichthin. Er pfiff durch die Zähne und drehte sich wieder zu dem Angestellten, um seine Arbeit zu überwachen. Der Angestellte hatte inzwischen die

Schnur an der Banderilla an einem Pflock in den Boden gesteckt, genau in der Arenenmitte, weiß Gott, wie er die herausgefunden hatte – und nun benutzte er die angebundene Banderilla wie einen Zirkel, indem er sie an der Schnur im Kreis herum führte und mit ihrer Spitze eine Kreislinie in den Sand kratzte. Längs dieser Linie schritt er nun mit seinem Kreide-Zerstäuber entlang und schüttelte das weiße Kreidepulver genau auf die Linie. Dann beschrieb er weiter außen um diese weiße Linie einen weiteren Kreis und zog mit dem Zerstäuber eine weitere Linie. Nun waren die *tercios*, die Linien zur Orientierung, abgesteckt, und ich wusste, wenn ich außerhalb der Linien, am Rand, mit dem Kampfrind arbeiten würde, wäre es trotz der größeren Nähe zu den schützenden *burladeros* gefährlicher, da der Stier dort, nahe den Barrikaden, weniger Platz für seine Angriffs-Chargen hat und schneller wenden muss und daher auch schneller zu dir zurückkommt. Manchmal zu schnell. Dann fällt der eben noch aus dem Tuch entlassene Stier wie eine Lawine über dich her, auf dich zurück. Diesen Bumerang-Effekt konnten nur wirklich erfahrene Toreros meistern.

»Tut mir leid, dass der Boden noch nicht präpariert war, aber gestern hatten wir hier eine exklusive *novillada* – war sehr gut –, und der Boden ist noch nicht frisch gemacht –«, entschuldigte sich der *mayoral*. Mir machte es nichts aus. War ja auch ganz interessant, bei den Vorbereitungen zuzuschauen. Ich war inzwischen schon so lange in der Arena, dass ich den Stiergeruch längst nicht mehr wahrnahm.

Der Angestellte war aber mit dem Boden noch nicht zufrieden. Er holte den Wasserschlauch und begann, den staubigen Boden zu sprengen. Dann zog er den die Kreidekreise frisch nach.

»Ah – gestern war hier 'ne *novillada*?«, fragte ich nach. Also hatte ich doch richtig gesehen. Ich hatte Schleifspuren am Boden bemerkt, wo sie die toten Stiere rausgezogen haben mussten. So begannen wir zu fachsimpeln, wie die *novillada* gewesen war.

»Ja. Sehr gut.«

»Wie viel Ohren?«

»Drei.«

Das war viel. Bei der *novillada*, die wir am selben Nachmittag noch sehen sollten, in der Plaza Monumental, würde es nicht einmal eins geben. Der *mayoral* nannte die Namen der *novilleros*. Es war hoffnungslos. Ich kannte nur die völlig veralteten, ja schon historischen Namen aus Hemingways »Tod am Nachmittag«, dazu ein paar Namen stierkämpfender Frauen wie Conxita Citrón und Cristina Sánchez, doch wer gerade in Mexiko aktuell war, das war mir noch fremder als die hiesige Popmusik-Szene. »Ah ja?«, sagte ich hilflos.

»Ja, genau«, sagte der *mayoral*. »Sehr bekannt. Sehr fähig.«

»Ja«, sagte ich voll Überzeugung. Diese Arena konnte sich ihre Leute aussuchen. Sie mussten nicht jeden auftreten lassen. Es waren sicher gute Stierkämpfer. Ich kam mir plötzlich enorm unter Druck vor. Ich hatte die verdammte Verpflichtung, gut zu sein. Ich würde gut sein. Ich würde *tremendo* – toll – sein. Das hatte ich mir vorgenommen. »Ich will – ich kann – ich werde!«, murmelte ich. Leise wiederholte ich es ein paarmal. Wie ein Mantra, zur Selbstbestärkung. Der *mayoral* wechselte derweil kurz ein paar Worte mit dem Arenendiener.

Inzwischen war im Publikum Stimmung aufgekommen. Sie wurden ungeduldig. Sie stimmten einen Sprechchor an: »*To-re-ra, to-re-ra!*«, und, da sich nichts tat und ich mich weiter mit dem *mayoral* über technische Details unterhielt, während der Angestellte weiter minutiös und ohne sich im mindesten aus der Ruhe bringen zu lassen, seine Kreidekreise zog, fingen die Kinder im Publikum an zu johlen: »Sie sollen den Stier rauslassen! Sie sollen den Stier rauslassen!« Am lautesten schrie ein kleines Mädchen, das ich ganz besonders in mein Herz geschlossen hatte. Ich drehte mich zum Publikum, um es zu unterhalten, und winkte ihm zu. Augenblicklich brandeten die Begeisterungsrufe auf: »*To-re-ra, to-re-ra!*« Ich fühlte mich wie auf Wolken schweben. Ich wusste, ich würde sie nicht enttäuschen.

Carlos kam wieder zu mir. »Wird es Musik geben?«, fragte er den *mayoral*.

»Nein«, sagte der *mayoral*. »Gestern gab es Musik, für die offizielle *novillada*. Heute gibt es keine Musik. Die Kapelle ist nicht immer hier.«

»Schade«, sagte Carlos. »Ich hätte die CD mit den *paso dobles* und 'nen Recorder mitbringen sollen ...«

»Jetzt geht es auch ohne Musik«, sagte ich ruhig.

»Die Stimmung im Publikum ist gut«, sagte der *mayoral* anerkennend.

»Sie wird es bleiben«, sagte ich zuversichtlich.

Inzwischen war der Angestellte fertig. »Wie findest du den Sand?«, fragte Carlos interessiert, als der *mayoral* mit dem Angestellten ein paar Schritte wegging.

»Ich habe ein paar Steine an den Rand geschoben«, sagte ich. »Man hätte drauftreten und darüber stolpern können.«

»Große?«

»Nein, kleine. Aber ich wollte sie lieber weg haben, weißt du? Vielleicht sind sie gar nicht gefährlich, aber sie haben mich nervös gemacht.«

»Bist du jetzt nervös?«

»Nein.«

Carlos schlug mir anerkennend auf die Schulter.

»Sie sollen den Stier rauslassen!«, klang es ungeduldig von der Tribüne.

Der *mayoral* kam mit einem *peón* zurück, einem kleinen, melancholischen Mann, und dahinter ging ein schwarzlockiger Junge mit einem offenen, unbekümmerten Gesicht und Augen wie schwarze Kirschen. Er trug die *capas*. Der kleine, ältere *peón* grüßte mich mit einem kurzen Kopfnicken und stellte die aufgewickelten *muletas* an die Bretterwand. Er war einsilbig, richtig wortkarg, und geradlinig, und sein ungeschnörkelt klares und einfaches Verhalten gefiel mir. Der jüngere lachte mir zu und stellte zu meiner Verblüffung die *capas* wie rosa Kegel auf den Boden. Sie blieben stehen wie aufgerollte Papiertüten, oder wie kleine spitze Zelte.

»Sie sollen den Stier rauslassen!«, lärmten die Kinder aus dem Publikum.

»Kann ich die *vaquilla*, die Jungkuh, vorher sehen?«, bat ich. Gerne hätte ich bereits eine Vorstellung von meiner Gegnerin gehabt, noch bevor sie in die Arena toben würde. Einen richtigen Stier würde man sicherheitshalber eh nicht auf mich loslassen ... doch auch die Jungtiere und Kühe der Kampfrinder sind nicht ohne!

»Klar«, sagte der *mayoral*. »Du kannst dir sogar eine aussuchen!«

»Ich denke, sie ist extra für mich ausgesondert worden?«

»Ja«, sagte der *mayoral*. »Sie ist frisch von der Ranch. Aber wir haben mehrere. Wenn du eine andere willst ...? Du kannst sie dir ja ansehen. Die sie für dich gedacht haben, ist ein richtiges Hündchen, *una perrilla*; du wirst sehen, ein richtiges kleines Hündchen ...«

Er dehnte das Wort »Hündchen« gefühlvoll, so als handele es sich um ein Schoßhündchen, einen Chihuahua etwa.

»Wieso – greift sie nicht an?«, fragte ich etwas misstrauisch. Ein zahmes Kälbchen wollte ich schließlich nicht.

»Oh doch, ja!«, lachte der *mayoral*. »Und wie sie angreifen wird! Sie ist natürlich noch *limpia*, das heißt, es ist noch nie mit ihr gekämpft worden. Sie ist von einer guten Züchterei, und da wird sie gut und frankweg angreifen. Die haben alle Feuer im Bauch!« Er nickte vor sich hin. Dann fuhr er fort:

»Aber sie ist eben klein, und da muss man sie ganz sacht führen, nur eben das Tuch anbieten, nur eben lenken, weiter nichts – ein kleines Hündchen ...«

Immerhin war mir vorher gesagt worden, dieses Hündchen könne mir einige Rippen brechen, mich ganz schön im Sand hin und her wälzen wie ein Schnitzel beim Panieren, und mildestenfalls etliche gewaltige blauschwarze Flecken verursachen. Sie waren alle ganz sicher, die *vaquilla* würde mir ein paar gehörige *revolcones* im Staub der Arena geben. Auch seien Rammstöße ihres zierlichen halbmeterlangen Köpfchens in den Unterleib gefährlich. Bei Kampfrindern sind auch die Kälbchen schon als Gegner durchaus ernst zu nehmen, und die weiblichen Tiere stehen an Wildheit den männlichen nichts nach. Im Gegenteil, da sie leichtgewichtiger sind, laufen sie umso schneller. Ohnehin sind Kampfrinder unglaublich agil. Sie erreichen bis zu 50 km/h und springen fast aus dem Stand bis 3 m hoch, mit nur sehr kurzem Anlauf. Und früh sprießen auch schon die spitzen Hörner …

»Wie alt ist sie denn?«, fragte ich.

»Ich weiß es nicht ganz genau. So etwa gut ein und ein Viertel Jahr«, sagte der *mayoral*.

Oh ja. Ich stelle mir vor, wie gazellenartig wendig sie da sein muss. Ich mache einen entsprechenden Kommentar.

»Stimmt. Sie wird laufen, das ›Hündchen‹. Wie ein Windhund, richtig wie ein Windhund wird sie laufen«, sagte der *mayoral*.

Ich weiß nicht, was mir lieber wäre: ein zentnerschwerer Muskelprotz oder ein Wirbelwind in der Arena. Wir durchqueren den Ring. Neben dem Stierstall öffnet der *mayoral* einen Verschlag. Kein schwarzer Stier tobt heraus, aber trotzdem werden wir sofort heftig angegriffen. Es ist ein riesiger Deutscher Schäferhund, scharf und rücksichtslos. Er schnappt sofort nach meiner Hand. Carlos hatte einst selbst einen Schäferhund besessen und ist den Umgang mit ihnen gewöhnt. Ich selber weiß auch, dass man ruhig bleiben soll. In jedem Fall ist ein scharfer Hund schneller als du, und wenn du deine Hand noch so rasch zurückziehst – du stachelst ihn nur an mit deinen Fluchtreflexen. Also lasse ich eiskalt meine Hand zwischen seinen Zähnen hängen. Wie eine Raubtier-Dompteuse komme ich mir vor. »Jaja – ist ja gut«, murmele ich, sogar auf Spanisch. Ich bleibe betont locker, obwohl mir der kalte Schweiß ausbricht. Die Leute hier haben wirklich einen prima Wachhund für ihre Stiere. Doch wer wäre schon so verrückt und lebensmüde, einen wilden Stier zu stehlen? Der Hund hier wetteifert jedenfalls mit den Stieren an Wildheit und würde garantiert alle Unbefugten in die Flucht schlagen – soviel ist sicher.

Der Schäferhund drängt sich schwer an meine Beine, überschlägt sich schier in der Luft mit seinem wilden Schnappen, fällt auf sich selber zurück und wischt an uns vorbei, nach vorn zu seinem *mayoral*. Ich habe noch alle Finger. Noch mal gutgegangen! Doch ich möchte ihn nicht provozieren, ob es bei seinen Drohgebärden und Scheinangriffen bleibt. Wenn er nun doch ernsthaft zuschnappt ...! Wir befinden uns nunmehr in einem schmalen steinernen Laufgang. Der Hund tobt jetzt geifernd vor uns. Ich spüre noch immer den feuchten heißen Atemhauch des aufgebrachten Viehs an meinen Fingern. Wir sind schließlich für ihn Fremde, die es zu vertreiben gilt. Ich bin froh, als der *mayoral* den Hund schließlich scharf zu sich heranpfeift. Wenigstens gehorcht ihm der Cerberus!

Wir biegen um die Ecke, steigen auf ein paar Strohsäcke und laufen dann oben auf der geweißten Mauer weiter. Der Stiergeruch ist hier ganz stark. Ich balanciere hinter den beiden anderen auf der Mauer, die mehr als mannshoch ist, und steige über Taubenmist und Holzlatten und quer liegende Säcke – mir wird etwas schwindelig, und ich ziehe es vor, mich nicht groß umzublicken. Über mir ist ein Dach, rechts eine Art Speicher und links öffnet sich der Stierstall, ein weißer *patio*, eine Art Innenhof, von oben gut einzusehen. Minotaurus, du bist nahe.

Doch ehe ich zu den Kampfrindern hinab blicken kann, raschelt es über mir im Gebälk. Ich wende mich zur Seite, kann im Halbdunkel aber nichts erkennen.

»Ach ja, das sind die Ratten«, sagt der *mayoral*. »Die nennen wir hier ›Kaninchen‹, so groß sind die. Dagegen kann man nichts machen. Wo nur irgendein Viehstall ist, da kommen sie.«

Es stimmt. Sie werden von der Wärme und dem Geruch der Rinder angezogen. Eigentlich ist es hier recht sauber, aber alles ist eben offen. Ich vergesse die Ratten und drehe mich endgültig zu den Stieren um.

Da sind sie. Breit und schwarz. Ein halbes Dutzend. Da steht sechsmal der Minotaurus, und einer davon ist für mich. Ich kann ihn mir aussuchen. Als sich meine geweiteten Pupillen wieder auf ein normales Maß zusammenziehen, kann ich endlich Einzelheiten unterscheiden. Nein, nicht alle sind schwarz, und sie sind auch nicht alle gleich groß. Es gibt verschiedene Altersstufen, fast wie die Orgelpfeifen in verschiedener Größe hintereinander stehend. Sie haben selbst diese Reihenfolge gewählt. Ich betrachte in Ruhe die kleine Herde. Da gibt es einen recht prächtigen Jungstier, einen *novillo*, das einzige männliche Tier der Herde, alle anderen sind weiblich. Er blickt wachsam und reglos zu uns herauf. Die Kühe neben ihm drängen sich Flanke an Flanke zusammen, und daneben stehen zwei verschieden große Kälber. Ich will das kleinere, das »Hündchen«. Sie erscheint mir gerade groß genug. Bereits ihr Kopf ist breit, mit einer dreieckigen Stirn, ihr Rumpf kräftig mit tiefer Brust, und ihre Beine sind stramm und schlank. Nur die Hüften sind noch typisch kalbsartig flach bemuskelt, hinten sieht sie recht dünn aus. Über den Ohren sprießen, ohrlang, die schwarzen Hörnchen. Sie reichen bereits aus, um mit entsprechendem Schwung hübsche Quetschungen zu verursachen. Der Nacken ist zwar nicht so muskulös wie der eines Jungstiers, aber ihre Schultern sind so kräftig, dass man ihnen energiegeladene Stöße zutrauen muss.

Mein Blick wandert von einem Rind zum andern. Der *novillo* ist schwarz, gut gebaut, mit ordentlichen Hörnern. Vermutlich knapp drei Jahre. »Der ist für dich 'ne Nummer zu groß, als Amateur«, sagt der *mayoral*, als hätte er meine Gedanken erraten. »Den kriegst du nicht. Such dir eine von den Kühen aus.«

Den hätte ich auch im Leben nicht als Partner in der Arena haben wollen! Niemals!! Dagegen verblasste ja sogar mein Minotaurus zu einer mickrigen Figur ...!!! Merkwürdigerweise war das für mich eine durchaus befriedigende Vorstellung: Dass es etwas gab, das noch mehr Horror verbreiten konnte als selbst mein Mino, der mich ständig quälte. Anstatt zu denken, jetzt würde meine allgemeine Lebensangst noch drastischer zunehmen, wurde sie durch diese Erkenntnis relativiert: Ein verblassender Minotaurus ... das war ja geradezu eine Vorstellung zum Aufatmen! Denn, klar: Dem Jungstier ging ich natürlich aus dem Wege – mit ihm brauchte ich mich gar nicht zu konfrontieren, und das Schönste: Es war meine freie Entscheidung, es nicht zu tun. Es gab also auch Gefahren, denen man durchaus selber aus dem Weg gehen konnte!

So wanderte mein Blick weiter, vom Jungstier zum Rest der Herde. Die Kühe waren nur unwesentlich kleiner, aber natürlich schwächer bemuskelt. Dennoch können sie sehr grob werden. Sie sind schließlich kräftig und so hart wie Stein. Ich sehe sie zweifelnd an. Zwei der Kühe sind schwarz, die dritte aber ist eine *cárdena*, mit weißen und schwarzen Haaren so gleichmäßig meliert, dass es grau wirkt. »Sie ist etwas *mocha* – stumpfhörnig«, sage ich, um sie loszuwerden.

Es stimmt. Sie haben alle kurze, wie stumpf gesplittert wirkende Hörner. »Na ja«, sagt der *mayoral*, »du musst sie ja auch nicht nehmen. Aber sie würden sehr nobel angreifen. Man muss ihnen nicht erklären, was Stierkampf ist. Sie haben es im Blut.«

Ich weiß, dass diese Kühe für Möchtegern-Stierkämpfer wie mich gedacht sind, denn diese renommierte Arena wird nicht ihre wirklich guten, repräsentativen Kampfstiere von Amateuren verbraten lassen. Und es ist wirklich eine sehr gute Arena.

»Allerdings«, interpretiert der *mayoral* mein Schweigen, »sie haben schon wesentlich mehr Wucht beim Angriff als das Hündchen. Wenn die dich erwischen, dann fliegst du durch die Luft!«

Die Kühe sehen jetzt ebenfalls zu mir herüber. Ich glaube dem *mayoral* aufs Wort. Sie sehen vertrauenerweckend aus, was ihre Angriffslust betrifft. »Sehr zuverlässig«, sagt der *mayoral*.

»Und die anderen zwei?«, frage ich rasch. In die kleine Herde kommt langsam Bewegung. Die Tiere werden unruhig. Sie wittern den fremden Geruch, und Kampfstiere sind sehr misstrauisch und werden leicht nervös. Der Jungbulle bekräftigt, wer hier im Corral der Herr ist, indem er markerschütternd brüllt. Ich bin beeindruckt.

»Die anderen beiden«, sagt der *mayoral*, und ich sehe herab zu den Kälbern, die sich jetzt etwas seitlich fortbewegen, »sind gut zwei beziehungsweise einundeinviertel Jahre alt. Ebenfalls sehr zuverlässig. Aber dem Hündchen wird man zeigen müssen, was ein Tuch ist, ohne selber zu provozieren, nur hinhalten, nur sanft lenken ...«

Ich habe den leisen Verdacht, dass die anderen nicht mehr *limpio* sind, wenn man ihnen nicht mehr das Tuch zeigen muss. »Und die anderen?«, frage ich.

»Oh, es sind Kampfrinder, schon größer, schon ausgereifter, sie wissen, was das Spiel von Herausfordern und Angriff ist ...«

»Haben sie es schon gemacht?«, frage ich plump. »Ich meine, in der Arena ...? Gegen ein Tuch ...?«

»Nein, selbstverständlich nicht«, sagt der *mayoral* beleidigt.

»Ich will das Hündchen«, sage ich und deute auf das kleinere Kuhkalb.

»Aber du wirst sie rasch ermüden«, sagt der *mayoral*.

»Nimm die nächstgrößere«, drängt Carlos sanft.

»Für den Anfang langt mir das Hündchen völlig!«, beharre ich trotzig.

»Was??? für den Anfang???!« Der *mayoral* wird weiß.

Es ist eine Sekunde ganz still, man kann die Rinder schnaufen hören.

Dann fängt sich der *mayoral*. »Was – soll das heißen – du hast noch nie – – – ist das etwa dein erstes Mal – – – ?«

Ich nicke.

»Aber – wir haben uns über technische Details unterhalten, nicht über Grundlagen. Du wirkst nicht wie ein Anfänger – ist das ein Scherz?«

»Nein. Es ist kein Scherz.«

»Wie hast du trainiert?«, fragt der *mayoral* unruhig.

»Mit Carlos«, sage ich wahrheitsgemäß.

»Noch nie mit einem Rind? Nur mit der Attrappe?«

»Nur so«, sage ich. »Carlos war der Stier.« – »... und jede Menge Mentaltraining«, fügte ich in Gedanken hinzu, »aber wie soll ich das dem *mayoral* erklären?«

Der *mayoral* ist plötzlich nervös. »Dann sieht die ganze Sache ja ganz anders aus!«, sagt er hektisch. »Ich dachte – du hättest – also du würdest hier nicht gerade dein Debüt geben!« Er nagte an seiner Unterlippe. »Ich meine – du solltest vielleicht – also, wäre es nicht besser, du würdest erst einmal ohne Stier ein paar Vorführungen machen? Sozusagen als Kostprobe. Danach können wir ja immer noch weitersehen ...«

»Theoretisch weiß ich alles«, sagte ich tapfer, »die ganze Technik, alle Schwenks. Alles Weitere KANN nur noch die Praxis bringen. Ich will es endlich anwenden! Die Praxis ist schließlich etwas ganz anderes!«

»Eben!«, sagt der *mayoral*. »Und gleich mit Publikum?«

»Ja!«, sagte ich patzig. Mochte jetzt draus werden, was wollte! Ich war bereit! »Und ich will mein Publikum auch nicht länger warten lassen. Ich nehme das Hündchen. Sie haben Recht, man soll es nicht gleich übertreiben, wenn man noch keine praktischen Erfahrungen gesammelt hat, und für ein paar nette *verónicas* und nachher *pases* mit der *muleta* wird sie gerade gut sein!«

»Jaja ... «, sagte der *mayoral* nervös, »aber immer nur sachte das Tuch anbieten, sie wird schon von alleine schnell genug hineinlaufen, und, Na ja, was soll ich viel erklären, du wirst es merken, du wirst es spüren, was sie braucht, und ihr das Tuch gefühlvoll geben, so –«

Ich wusste, was ihm auf der Zunge lag, und dachte, sag's doch, und legte es ihm dreist selber in den Mund: » so richtig von Frau zu Frau, nicht wahr?«

Der *mayoral* wurde rot. Er nickte. »Ja, ihr werdet euch verstehen, denke ich!« Dann gab er die Order, das Hündchen auszusondern.

»Gleich rauft er sich die Haare«, dachte ich. Doch der *mayoral* hatte seine erste Bestürzung überwunden und scherzte anzüglich: »Was hast du gesagt? Dein Freund war der Stier? Na, hoffentlich hast du ihm keine Hörner aufgesetzt!«

»So was würde sie nie tun!«, brummte Carlos.

Und: »Er ist ein sehr guter Stier!«, versicherte ich zweideutig.

Wir kehrten über die Mauerkrone zum *ruedo* zurück, dem Kampfplatz, und ich sah eins der legendären »Kaninchen«, aber den verdammten Wachhund sah ich gottlob nicht mehr, und als ich den *ruedo* betrat, brandete erneut ungeduldig der Applaus auf. Vorschusslorbeeren, dachte ich. Aber ich werde mich würdig erweisen.

Wieder im Ring, ließ man die *vaquilla*, alias das Hündchen, aber lange noch nicht auf mich los. Der *mayoral* drückte mir eine *capa* in die Hand.

»Sie ist zu schwer«, beklagte ich mich. »Die andere da drüben ist leichter!« Ich probierte abwechselnd beide *capas*. Dem *mayoral* wurden die Haare grau. »Das andere ist eine *capa* für Kinder«, sagte er. Erneut versuchte er, mir die größere *capote* in die Hand zu drücken.

»Nein«, sagte ich entschieden. »Ich will die kleinere. Die ist leichter. Die große hier ist mir zu schwer!«

»Aber die kleinere bietet weniger Angriffsfläche, weniger Schutz!«

»Dafür ist aber auch die *vaquilla* kleiner!«, trotzte ich. »Sie sagten selbst, sie ist ein Hündchen!«

Der *mayoral* war verzweifelt. »Also gut, diese hier!«

Ich ergriff den schweren Umhang aus Wachstuch, selbstverständlich richtig, die gelbe Innenseite zu mir, die pinkfarbene Außenseite zum imaginären Stier gewandt. Der *mayoral* betrachtete mich kritisch. »Die Ellbogen nicht so nach innen!«, korrigierte er. »Du kämpfst nie SO, schau mal –«, und er imitierte mich mit der anderen, größeren (und noch schwereren!) *capa* und stützte die Unterarme mit dem Ellbogen vor sich am Körper ab –, »immer mit frei schwebenden Ellbogen, leicht nach außen, und die Handgelenke nicht so verdrehen – man sieht ja deinen Puls ...!«

Er war ein sehr gründlicher Lehrmeister. Ich verbesserte meine Armhaltung, mit freien, nicht abgestützten Ellbogen, und das Gewicht des schweren Wachstuchs schien sich zu verdoppeln. Ich starrte die weiß abgesteppte Naht des *capa*-Kragens an und begann zu schwitzen. Der kalte Schweiß troff mir nach zwei, drei *verónicas* aus dem Haar.

»Besser balancieren!«, mahnte der *mayoral*. »Das Balancieren ist ganz wichtig, sonst kriegst du nicht genug Schwung!« Mein innerer Schwung begann bereits, zu schwinden, und verbissen befolgte ich die Anweisungen des *mayorals*. »Den linken Arm auf der Angriffsseite mehr senken – jetzt drehen – siehst du, wie jetzt mit dem Schwung der andere Arm hochgeht und dieser sich senkt?« Ja, ich stellte es selber fest.

»Jetzt bist du wieder in Angriffsposition für die Gegenrichtung!«, sagte der *mayoral*. »Vergiss nicht, du musst sofort bereit sein, die *vaquilla* wendet schnell!«

Ich wusste es. Ich konnte es mir lebhaft vorstellen.

»Und jetzt das Zitieren!«, sagte er. »Wie wirst du sie herausfordern?«

Ich machte es vor.

»Mehr Entschlossenheit! Abgehackter! Mit dem Fuß aufstampfen!« Der *mayoral* stampfte abrupt mit dem Fuß, schüttelte ruckartig seine *capa*. »Auf – ab! Verstehst du? Noch mal: »Huh, *toro!* Jetzt du!«

Ich machte es nach, aufreizend, herausfordernd: »Huh, *toro!*« Ich habe halt keine so kräftige Männerstimme.

»Also gut«, meinte der *mayoral*. »Jetzt simulieren wir einen Angriff!« Er holte aber nicht den Schubkarren-Stier, sondern nahm seine Hände zur Hilfe, um die typischen, gabelstapler-ähnlich flach vorgebogenen Hörner nachzuahmen, und lief gebückt in mein Tuch. Dem Publikum gefiel bereits das. Immerhin sah es lustig aus und es war etwas los. Ich begann, mich zu ärgern.

Ich führte das Tuch vor mir her und den Stier mit den Handhörnern und der Sonnenbrille ins Leere. Dennoch war er unzufrieden. »Du musst dich besser schützen«, kritisierte er. »Ich bin jetzt so gelaufen, wie der Stier laufen sollte, nicht bösartig. Ich habe dich nicht richtig angegriffen. Die nach innen geschlagene Falte am Rand der *capa* ist dazu da, dein Gesäß zu schützen – mit Verlaub!«

Ich nickte stumm und verbissen. »Noch mal!«, sagte ich.

»Achte auf den Rand!«, befahl er und legte wieder seine Hände als Hörner an.

»Greifen Sie mich ruhig an!«, forderte ich ihn auf. »Versuchen Sie wirklich, mich zu treffen!«

»Na gut!«, knurrte der *mayoral*. Er lief in mein Tuch, und ich lenkte ihn ins Leere.

»Besser«, gestand er.

Ich nickte finster.

»Weiter!«, sagte er. »Mit der *capa* – okay. Jetzt die *muleta*. Wie hältst du die?«

Er drückte mir eine in die Hand. Ich nahm sie, richtig, aber das Gewicht der Holzstange mit dem schwer schleifenden Baumwolltuch daran bog mir den ausgestreckten Arm nach unten. Es war noch schlimmer als mit der *capa*. Ich brach in kalten Schweiß aus. »Mehr Kraft in den Armen habe ich nicht!«, sagte ich kläglich.

»Du musst!«, insistierte der *mayoral*. »Du musst!«

Carlos stand abwartend neben mir. Ich sah ihn nicht an. Ich hatte das alles gewollt, und jetzt würde ich es durchfechten, egal wie. Dies hier war meine große Stunde, und ich wollte sie mir nicht nehmen lassen, schon gar nicht durch mich selber. Wenn ich es nicht hinbekam, konnte ich gleich einpacken und gehen. Es wurde der reinste *Crash*-Kurs. Stierkampf für Anfänger – ein Schnellkurs für Anwärter mit Vorkenntnissen.

»Wie machst du einen ordentlichen *muletazo?*«, bohrte der *mayoral*.

»So wie eine *verónica* – nur eben mit der *muleta*. Jedenfalls, wenn's ein *natural* ist. Beim *pase de pecho* ist's genau umgekehrt«, sagte ich mit belegter Stimme.

»Im Prinzip, ja«, sagte der *mayoral*, mit meinen Erklärungen nicht so ganz glücklich. »Aber es gibt doch Unterschiede.«

»Ja, weil das Tuch mit dem Stab andere Eigenschaften beim Schwingen hat«, meinte ich.

»Nicht nur das –«, sagte der *mayoral*. »Los, keine Zeit verlieren! Jetzt mach mir den *pase natural* vor!«

Er griff mich wieder an, die Hände am Kopf vorgestreckt, und rannte in mein Tuch. Ich lenkte ihn vorbei, aber sehr ungeschickt. »Winkel falsch berechnet!«, schrie er aufgebracht. »Du hast den Angriffswinkel falsch berechnet!«

Ich wusste, dass Stierkampf Geometrie ist. Der Stier rennt alles andere als automatisch in dein Tuch, und es genügt auch nicht kaltschnäuzige Arroganz. Du musst zudem ein guter Tierpsychologe sein, um die Angriffe vorauszuberechnen und dann auch noch in Sekundenschnelle den richtigen Winkel dazu einzunehmen. Ein falscher Winkel – und die Katastrophe ist perfekt.

»Noch mal die *verónica*«, sagte der *mayoral* und drückte mir die *capa* in die Hand. Ich gab die *muleta* zurück und führte noch eine *verónica* vor.

»Das Tuch mehr anbieten – weiter vorschwingen – dem Stier ins Gesicht, vor die Schnauze –«

»– ins Gesicht wie das Schweißtuch der Heiligen Veronica«, erklärte ich. Nochmals probte ich und streckte den Arm weiter vor beim Führen des Tuches. Diesmal formvollendet.

»Gut so. Und jetzt mit der *muleta*!«

Wieder wechselte ich die Tücher und demonstrierte mein Können.

»Die *muleta* im gleichen Winkel zum Stier wie die schwingende *capa* –«, rief der *mayoral*, »aber du im rechten Winkel zum *muleta*-Stab, am besten den Rücken parallel zur *barrera*, und dann in einem schrägen Winkel beim Zitieren vorrücken – du läufst ja nach dem ersten Dreher zurück!«

Langsam wurden es ziemlich viele Winkel, und mir drehte sich alles im Kopf. Theoretisch hatte ich doch alles so schön gewusst. Aber es gab kein Zurück mehr. Ich war richtig zornig. Dies hier war meine große Stunde, und die wollte ich auskosten, auf Teufel komm raus. Nichts und niemand sollte mir diese Chance gegen den Minotaurus nehmen. Meine einzigartige Sternstunde.

Carlos neben mir sagte gar nichts. Er riet mir weder zu noch ab. Er überließ die Entscheidung völlig mir. Ich liebte ihn dafür glühend, dass er mir diese Autonomie ließ.

»Sie sollen den Stier rauslassen!«, schallte es aus dem Publikum. Besonders das kleine Mädchen rief immer energischer.

Ich hatte genug. Ich wollte anfangen. Jetzt. Sofort. Augenblicklich. Ich sagte es dem *mayoral*.

»Wir sind noch nicht fertig«, sagte er ungerührt. »Hier ist der Degen. Du weißt, es ist nicht der zum Töten. Es ist der stumpfe, zum Spreizen des Tuches.«

Er gab mir den Degen und ich spießte ihn brav in das kleine Loch, das ich bereits im roten Tuch der *muleta* entdeckte, und spreizte es mit Stab und Degen zu einer Schere, und der verdammte Eisendegen war so schwer, dass mir die kunstvolle Schere nach drei Sekunden fast aus der Hand fiel. An ein virtuoses Manövrieren gar nicht zu denken.

»Ich brauche keinen Degen«, sagte ich.

»Aber er vergrößert die Oberfläche des Tuches!«, sagte der *mayoral* händeringend. »Er vergrößert die optische Angriffsfläche, die du dem Stier darbietest!«

»Ich weiß!«, sagte ich kalt. »Aber ich weiß auch, dass besonders gute Manöver mit links ausgeführt werden, ohne Degen, der das Tuch spreizt, und deshalb ist die Arbeit mit der linken Hand dann auch mehr wert! Alle berühmten Toreros machen das!«

»Von mir aus«, sagte der *mayoral* erschöpft und nahm mir den Degen ab. »Du hättest ohnehin nur den Ringfinger und den kleinen Finger durch den Bogen am Griff stecken sollen, nur die letzten beiden Finger ...«

Umso illusorischer. Mir reichte bereits der Eschenstab mit der Eisenspitze, von dem das rote Flanell herabhing. Basta. Nicht noch ein schwerer Degen ...!

»Jetzt will ich anfangen!«, beharrte ich eigensinnig. »Mehr geht in meinen Kopf nicht rein. Den Rest muss jetzt die Praxis bringen!«

»Du musst die Winkel richtig berechnen!«, ermahnte mich der *mayoral* gebetsmühlenartig und kratzte mit der Degenspitze Linien in den Sand. »Von hier kommt der Stier, ja? Und du bewegst dich so, ja? Da kommt eine Zickzacklinie für dich raus und eine Achter-Linie für den Stier. Siehst du?«

Ich sah es. Ich hatte genug. Ich wollte anfangen. Jetzt oder nie. Ich wurde müde von so vielen Erklärungen. »Also noch mal.« Und nochmals drehte ich mich zu seiner Litanei.

»Sie sollen den Stier rauslassen!« Ging das schon eine Ewigkeit?

Plötzlich stand Carlos mit einer Horntrophäe hinter mir, die er gottweiß wo aufgetrieben hatte. Er schwenkte die – auf einer fellüberzogenen Holzplatte aufmontierten – Hörner und sagte: »Jetzt, zum Abschluss, Generalprobe!«

»Wer will hier wem die Hörner aufsetzen?«, witzelte ich schwach. Sogar der *mayoral* grinste, dankbar für die kleine Auflockerung.

Keine weiteren theoretischen Veranschaulichungen mehr – jetzt wurde der Ernstfall geprobt. Ich führte vor, was ich gelernt hatte, und Carlos griff richtig an mit den Stierhörnern. Ich lenkte ihn vorbei, schwitzend, mehr oder weniger elegant, aber richtig. Ich hörte die ersten *olés* vom Publikum. Jetzt wartet erstmal ab, wenn das richtige Kampfrind kommt, dachte ich verbissen.

Der *mayoral* war leidlich zufrieden. »Gut«, nickte er knapp. »Wird jetzt wohl klappen!«

Dann sollte ich mir abschließend noch einmal die ganzen Schwenks selber ansehen, die nun der *mayoral* nochmals seinerseits vorführen wollte, aber ich entschied mich aus tierpsychologischen Gründen für die Perspektive des Stiers, übernahm die Hörner, scharrte zum Vergnügen des Publikums drohend mit dem Fuß im Sand und griff dann heftig und voller innerer Rache den *mayoral* an, der mich elegant ins Leere führte.

Dann wurde es ernst. Sie würden die *vaquilla* rauslassen. Der *mayoral* und die zwei *peones* zogen sich absprachegemäß hinter die Holzverschanzungen zurück. Sie standen für rettende Ablenkungsmanöver sprungbereit.

Ich stand nun ganz allein im Ring, die *capa* fachgerecht gespreizt, den einen Arm erhoben, den anderen etwas gesenkt, im richtigen Winkel (so hoffte ich), aufrecht, konzentriert, und wartete. Es gab nur noch mich und die Pforte zum Stierstall. Alles andere war zurückgewichen. Ich atmete tief durch.

Carlos ging auf den Stierstall zu, stand seitlich neben der Stallpforte, das Vorhängeschloss war abgehängt, Carlos zog vorsichtig den Riegel zurück – – –

und heraus schoss wie eine Kanonenkugel, schwarz und geballt, die *vaquilla*. Ein anerkennender Aufschrei ging durchs Publikum.

Ich wollte die *vaquilla* herzitieren, doch zu meiner Verblüffung sprang der *mayoral* hervor und schnitt die Angriffslinie des Tiers ab, lenkte es elegant zu sich herüber. »Weißt du – ich will sie erst ein wenig warmlaufen lassen – zum Eingewöhnen! Danach kannst du sie übernehmen!«, rief er mir zu.

Da einem Matador ohnehin jeder Stier erst einmal mit ein paar *capa*-Schwüngen vorgeführt wird, sagte ich nichts. Ich zog mich hinter den *burladero* zurück. Von dort beobachtete ich das Paar aus Mann und Kampfrind, und es sah so unerhört leicht und weich und einfach aus. Es war alles streichzart wie Butter, und das ist genau der trügerische Eindruck, den ahnungslose Touristen beim Ansehen eines Stierkampfes bekommen und dann hinterher davon reden, es sei ja so einfach, den armen Stier mit einem Stück Tuch in der Hand zu betrügen, ein simpler Trick. Einfach ein wenig mit dem Tuch herumwedeln ... Jedem, der das denkt, sollte man wärmstens empfehlen, doch selber einmal ein solches Tuch in die Hand zu nehmen und damit einem Kampfrind entgegen zu treten. Hinterher wird er nie mehr solche Dinge sagen. Wenn er dann noch was sagen kann! Also empfehle ich das lieber doch nicht, aus Sicherheitsgründen. Mit etwas Gefuchtel ist es jedenfalls nicht getan ...

Inzwischen hatte der *mayoral* die *vaquilla* mit einer lässigen *recorte*, einem abrupten Abkürzungs-Manöver, ins Leere laufen lassen und zog sich zurück. Der Ring gehörte mir. Das Publikum hielt den Atem an. Es wurde unglaublich still.

Ich kam wie automatisch hinter dem *burladero* hervor, ohne zu zögern, ohne in meinen Schritten zu wanken, wie auf einem Förderband zum Tier hingezogen. Ich ging einfach. Es war das Natürlichste von der Welt. Mir wurden nicht einmal die Knie weich. Es wäre mir gar nichts anderes eingefallen, als hinzugehen. Es war doch mein großer Augenblick. Ich wollte den Minotaurus in mir besiegen, nicht das Tier vor mir, das mir ja gar nichts getan hatte und mich nur angreifen würde, weil es durch züchterische Selektion über Generationen von Kampfrindern hinweg wilder war als ein wildes Tier.

So schnell konnte ich gar nicht schauen, wie es angriff. Eben noch stand es da vorne, wie angewurzelt, und starrte mich abwartend an, und schon tobte und boxte es in meinem Tuch. Ich spürte kurz den stürmischen Druck gegen das Wachstuch, dann schwang dieses befreiend davon und lenkte das Tier ins Leere. »*Oléééé!*«, schrie mein Publikum begeistert. Ich war geschmeichelt.

Doch mir blieb keine Zeit, mich zu freuen, denn schon hatte das flinke Tier gewendet und galoppierte wieder auf mich zu. Erneut spürte ich den kleinen, aber breiten Schädel ins Tuch drücken. Ich tänzelte rückwärts, zu früh eigentlich für eine schöne *verónica*, sah den schwarzen, mit rötlichen Kinderlocken bedeckten Nacken des Tieres über dem *capa*-Rand, drehte mich mit der *capa* weiter, das Tier boxte wieder suchend mit dem Kopf im Tuch, fand mich nicht, ich tänzelte noch ein wenig rückwärts, um neue Angriffsdistanz zu bieten, und schon stürzte es wieder impulsiv in die *capa* hinein. Ich fegte das Tuch seitlich, sah die *vaquilla* ins Leere galoppieren und nutzte die Gelegenheit, zum *burladero* zu eilen und nach der ersten Folge von *verónicas* ein wenig zu verschnaufen. »*Olé – olé – olé!*«, hallte es im Rhythmus meiner Schwenks in meinen Ohren wider. »Na, geht doch!«, dachte ich.

Ich pausierte nur für Sekunden. Wieder und wieder kam ich in die Mitte, forderte die *vaquilla* heraus, lenkte sie seitlich links und rechts an mir vorbei, drehte mich mit ihr und kehrte erst dann zum *burladero* zurück, wenn ich den Rhythmus mit dem Tier zu verlieren drohte und nicht mehr ich das Tempo vorgab, sondern sie. Aber ich kehrte immer wieder in den Ring zurück, wie magnetisch angezogen. Mit jedem neuen Erfolg wurde ich immer mutiger.

Ich war wie im Rausch, ganz *high* von der Magie des Augenblicks. Es war der Ausnahmezustand. Die Grenzerfahrung. Es gab nur noch Farben, Bewegung, und Erfolg. Alles ganz intensiv. Alles Unwichtige war ausgeblendet. Auf das Publikum achtete ich nicht mehr. Die »*olés*«, die ich den Zuschauern abrang, verschmolzen mit meinem Tun, schienen aus dem wirbelnden Tuch selbst zu kommen. Im Innern hörte ich die Worte des *mayorals*. »Die *capa* schwingen lassen, schleifen – nicht tragen. Sie trägt sich mit genug Schwung von alleine –«

Dann kam die Phase mit den *banderillas*. Das war der große Augenblick der Baccara-Rosen, und von Carlos. Nun betrat er allein die Arena, aber ich stand ebenfalls wie der *mayoral* und die *peones* jederzeit bereit, ihm durch *quite*-Manöver Beistand zu leisten. Schließlich hatte er als Banderillero kein Tuch. Er war nicht einmal, wie üblicherweise, mit Wurfspießen bewaffnet, sondern nur mit ebenso langen Edelrosen, denen am Stängel die Dornen abgeschabt worden waren, um sie besser halten zu können. Auf die Idee, langstielige rote Nelken zu verwenden, waren wir nicht gekommen – Rosen machten einfach mehr her! Vielleicht waren ihre verholzten Stängel auch fester und somit besser geeignet. Auch Carlos ging geradewegs auf die inzwischen wutschnaubende *vaquilla* zu, ohne Zögern. Natürlich. Mein Carlos. Ich verfolgte jede Bewegung, atemlos. Er ging sehr aufrecht, mit gemessenen Schritten, wie es sein soll. Die *vaquilla* starrte ihn an, ihre schwarzen Flanken hoben und senkten sich schnell beim Atmen, auch sie war schon angestrengt. Die Luft hier oben ist doch etwas dünn.

Carlos hob herausfordernd die Arme mit den schräg geneigten Rosen – »Ho!«, rief er; ein Zucken durchlief den schwarzen Tierkörper, und schon stürmte die *vaquilla* heran. Carlos senkte die Arme und stieß die Rosen-*Banderillas* der *vaquilla* auf jene Stelle, wo sie als Wurfspieße eingedrungen wären, und manövrierte sich dabei geschickt seitlich an ihrem Kopf vorbei. Die Rosen prallten auf dem schwarzen Fell ab und fielen in den Sand. Sie hatten als Indikatoren ihren Dienst getan. Völlig unblutig!

Die knallroten Rosen im hellen Sand sahen sehr schön aus. Die beiden Farben bissen sich nicht. Der Sand war eher cremefarben rötlich. Ich betrachtete noch das frische, dunkelgrüne Laub der im Sand liegenden Rosen, da kehrte Carlos bereits mit dem nächsten Paar Rosen wieder. Erneut zitierte er die *vaquilla*, diese stürmte auf ihn zu, senkte den Kopf zum Angriff. Carlos stieß ihr die Rosen auf die Schultern und wich wieder der vorbeipreschenden *vaquilla* aus. Er eilte zur *barrera* zurück, um das dritte Paar Rosen zu holen, während die *vaquilla* ihren fehlgeschlagenen Angriff abbremste und wendete.

Es war das letzte Paar Rosen. Carlos hob sie hoch. Diesmal zitierte er die *vaquilla* nicht. Er – kniete sich vor sie nieder, auf dem rechten Knie aufgestützt.

»Mit beiden!«, rief ihm der Besitzer der Arena zu. Es war eine sehr gute Arena. Er konnte es fordern. Kommentarlos kniete Carlos auch mit dem anderen Bein nieder. Mit aufrechtem Oberkörper und erhobenen Rosen kniete er dam im Sand vor der schwarzen, wutschnaubenden *vaquilla*. Ich hielt den Atem an. Es war wundervoll, und ich war stolz, meinen Freund so zu sehen. Ich bewunderte ihn grenzenlos. Meine Angst um ihn hatte ich darüber fast vergessen.

Schon stürmte die *vaquilla* los, Carlos erhob sich leichtfüßig und stieß genau im richtigen Moment die Rosen *der vaquilla* in die Schulter, ehe er sich hinter den *burladero* in Sicherheit brachte. Das Publikum tobte vor Begeisterung.

Die Picadores gab es gottlob ja nicht, wir hätten sie ohnehin fortgelassen, und so war gleich die Phase der *banderillas* gekommen, und umso mehr Zeit blieb jetzt für den letzten Abschnitt, die *faena*. Ich beschloss, auch mit der *muleta* mein Bestes zu geben. Allmählich bekam ich ja ein Gefühl für ein kalkulierbares Risiko.

Wer von den beiden *peones* mir die *muleta* reichte, der alte oder der junge, weiß ich gar nicht mehr, alles Unwichtige war ausgeblendet. Ich hielt nur die *muleta* im der Hand, die Metallspitze nach außen, und folgte immer nur der Metallspitze, in dem Winkel, den mir der *mayoral* gesagt hatte, und es gab in diesem Augenblick auf der Welt nur mich und meine *muleta* mit der Metallspitze, und im Blickwinkel sah ich die *vaquilla,* und ich berechnete den wahrscheinlichsten Angriffswinkel, und im nächsten Moment riss die *vaquilla* am Tuch, und der Winkel war falsch gewesen.

Ehe ich darüber nachdenken konnte, rammte mir die *vaquilla* ihren Kopf ins Bein. Ich spürte keinen Schmerz, nur ihre Bewegung, auch keine Angst, ich erlebte nur die Situation. Kurz entschlossen klammerte ich mich an ihrem stoßenden Nacken fest, ehe sie mich umwerfen konnte. Ich konnte ihre Muskeln unter ihrer kräftigen Haut arbeiten fühlen. Meine rechte Hand krallte sich in ihr Fell. Zu meiner Verblüffung war das Fell recht weich, obwohl es so struppig aussah. Unter mir bockte die *vaquilla*, ich drohte jeden Moment den Halt zu verlieren. Mit der anderen Hand zog ich an der *muleta*, aber sie hatte sich an den sprießenden Hörnchen verhakt, und als sie sich löste, rutschte sie ab, und die *vaquilla* trampelte darauf herum. Jetzt sah das rote Tuch aus wie ein Putzlumpen. Ich stieß mich von dem Kuhkalb ab und rannte davon, die *vaquilla* tobend und bockend hinter mir her. Ich drehte mich nicht um. Ich musste darauf vertrauen, dass meine Helfer die Angriffslinie meiner Verfolgerin auf sich lenken und so von mir abwenden würden. Sie nur rasch ablenken! Eilig verschwand ich hinter dem *burladero*, drehte mich von da um – und lachte. Das Lachen der Erleichterung. In der Mitte der Arena dominierte jetzt der *mayoral* mit hübscher Arroganz die *vaquilla*, die scheinbar brav und zuverlässig in die *muleta* hineinrannte.

Sofort bat ich um eine neue *muleta*. Fest entschlossen kehrte ich in den Ring zurück. Der junge *peón* blickte mir neugierig hinterher. Nein, ich hatte nicht genug. Von dem kleinen Rammstoß etwa?

Ohne den *mayoral* anzusprechen, jagte ich ihm einfach die *vaquilla* ab, indem ich mich hinter ihm postierte und die ausfallende Charge der *vaquilla* in eine Angriffs-Charge in mein Tuch verwandelte. Der *mayoral* überließ mir das Feld.

Wieder gab ich mein Bestes. Ich mühte mich schwitzend, das schwer schwingende Tuch leicht und elegant zu handhaben. Schon wendete die *vaquilla* und galoppierte auf mich zu. Kurzerhand packte ich die *muleta*, nicht ganz stilgerecht, mit beiden Händen. Das ging besser. Ich wurde dreist.

Ein, zwei, drei Chargen dominierte ich die *vaquilla*, ein, zwei, drei *olés* erklangen begeistert von den Zuschauerrängen. Ich wurde ehrgeiziger, wollte langsamer werden, gefühlvoller, *templar*, also den Schwung der *muleta* bremsen, weicher werden lassen, statt sie einfach vor dem schwarzen Kopf her zu reißen; mit sanftem Schwung atemberaubende Spannung erzeugen, Tuch und

Kampfrind in fließender Bewegung auf ein einziges, von mir diktiertes Tempo zusammenkoppeln – - – das alles wollte ich.

Wieder einmal stürmte das kämpferische Kalb ins Leere und wendete. Dann blieb es stehen. Ich beobachtete die kleine Kuh. Die *vaquilla* stand gerade so günstig. Sie keuchte schon etwas und überlegte sich ihre Angriffe daher besser. Kampfrinder sind schlau genug, ihre Angriffsenergie nicht einfach so zu verpulvern, wenn sie merken, dass sie keinen rechten Erfolg haben. Sie fangen an, zu überlegen, Strategien zu schmieden, gezielt anzugreifen. Sie werden durchtrieben. Ich wusste, diese *vaquilla* war soweit. Gottlob fehlte ihr noch die Kampferfahrung. Trotzdem wurde es jetzt rasanter. In meinen Adern begann es, zu kribbeln. Nur noch ein ganz kleines Weilchen, ich wollte ja nur noch demonstrieren, wie …

Ich bot ihr die *muleta*, fand genug Zeit, auf eine aufrechte Körperhaltung zu achten, Rücken gerade, Schultern zurück, die rechte Hand an der Hüfte, der linke Arm schwang die *muleta* vor – doch die *vaquilla* kam nicht. Ich sah ihre Flanken sich heben und senken.

Na gut. Du weißt ja, was zu tun ist. Also, Winkel berechnen, mit kleinen rutschenden Schrittchen vorrücken – das Tier darf deine Füße nicht für neue interessante Angriffsobjekte halten –, das Tuch aufreizend darbieten, leise schütteln –

Ich rückte immer näher. Ich hatte sogar Zeit, die *vaquilla* zu betrachten. Zum ersten Mal sah ich ihre Augen. Sie waren groß, sehr schwarz, und funkelten expressiv. Ich hatte noch nie so glänzende Augen ge- – –

Ein Schauer lief durch die Schultern des Tieres – kam sie? Die Muskeln unter dem schwarzen Fell spannten sich an, zuckten – aber sie überlegte es sich anders. Sie kam immer noch nicht.

Inzwischen war ich ihr ganz nahe. Es war atemberaubend. Vor mir stand ein Mini-Vulkan, der jederzeit ausbrechen konnte. Die scheinbare Reglosigkeit war trügerisch. Dahinter barg sich kaum gebändigte Kraft. Wenn du nicht glaubst, wie es ist – bitte, dann stell dich selber vor ein Kampfrind, und ich rate dir, übernimm dich nicht und fang auch erst mal mit einem halbwüchsigen Kalb an. Solche Jungrinder haben beim Training sogar schon Profis ins Krankenhaus gebracht.

Ich hatte das Gefühl, in einer glasklaren Atmosphäre zu stehen, so unglaublich scharf waren die Konturen und stechend die Farben. Das Schwarz der *vaquilla* war vollständig, das Rot meines Tuches schrie meine Augen an – ob es für die *vaquilla* auch so ist, weiß ich nicht; es heißt, Rinder seien rotblind – ich jedenfalls sah alles überscharf und überdeutlich und staunte, so als hätte ich erst heute zum ersten Mal wirkliche Formen und Farben gesehen.

Ich war jetzt aufreizend nah. Näher konnte ich nicht, ohne die gedachte Angriffslinie abzuschneiden. Von hier musste es sein. Die *vaquilla* öffnete ihr feucht glänzendes Maul. Sie brüllte wie ein kleines Scheusal, wie ein Miniatur-Löwe. Die Luft bebte.

Keine Zeit mehr – schon stürzte sie heran, eine kleine schwarze Lawine. Lang und weiß flockte ihr eine Geifer-Fahne aus dem Maul. Schon sind *vaquilla*, Tuch und Bewegung wieder eins, es geht rund. Ich gebe einen kunstlosen *muletazo*, es gelingt mir nicht, die *vaquilla* für eine neue Angriffs-Charge auf Distanz zu bringen, und so laufe ich schon wieder davon.

Erneut springen meine Helfer herbei. Diesmal ist es Carlos, der kräftig und entspannt sein Tuch schwingt, er kann sehr viel besser damit umgehen als ich. Das fordert mich erneut heraus. Wieder kehre ich zurück, etwas kurzatmig schon in dieser verdammten Höhenluft, es ist alles wie ein Rausch, ein Taumel, ein Fest der Farben und der Bewegung, ein aufgewühltes Meer, in das ich mich kopfüber hineinstürze. Fiesta pur!

Ich habe die *vaquilla* im Blickwinkel, hebe mein Tuch, sie kommt – Schwung – vorbei: *olé*, und ich werde wieder ruhiger. Nach drei oder vier Chargen steht die *vaquilla* wieder und überlegt. Das Tempo ihrer Angriffe wird langsamer, die Bewegungsabfolgen übersichtlicher. Ich denke sogar daran, bei der Tuchführung mit links auf Schwenks mit gegenläufiger Bewegungsrichtung zu achten, damit wir nicht immerzu in derselben

Richtung im Kreis herumwirbeln. Also streue ich in die *naturales* auch immer mal einen *pase de pecho* ein. Der Richtungswechsel tut uns beiden gut. Also weiter.

Ich werde die Jungkuh herzitieren, die *muleta* ruhig und tief vor mir her ziehen, sie lenken, es wird aufregend sein, faszinierend, die Luft wird vor Spannung prickeln … ich brauche nur noch den Angriffswinkel gut genug zu berechnen: Sie wird links vorbei kommen, so stehe ich ja auch, also, Tuch vor, im rechten Winkel zur gedachten Angriffslinie – - – da kommt sie schon, nach links, ich stehe bereit, unter Strom – da wendet sie den Kopf nach rechts, stößt zu – ich bin rechts ungeschützt, also schnell umdisponiert und Tuch nach rechts – - – und genau das war falsch.

Ich hätte bei links bleiben sollen, hätte ihr die Charge links aufzwingen sollen – warum hatte das verdammte Vieh den Kopf auch nach rechts gedreht! Sie rennt mich frontal an, reißt mir mit einem Ruck das Tuch aus den Händen. Unter der Wucht ihres Ansturms geht mir die Luft aus. Bei einem ausgewachsenen Bullen hätte ich jetzt mein blaues Wunder erlebt. Die *vaquilla* aber schiebt mich, ich weiche rückwärts aus, über ihren Kopf geneigt, damit sie mich nicht umwirft. Sie drängt mir ihren steinharten Kopf gegen den Körper, ich taumele mit, und ich entdecke mein verlorenes Tuch auf ihrer Schnauze. Es hängt herab wie ein Tischtuch, und der *muleta*-Stab pendelt seitlich darin.

Nur ruhige Nerven behalten. Ich habe eine Idee. Blitzschnell ziehe ich der *vaquilla* das Tuch wie eine Kapuze über den Kopf und mache mich davon. Die *vaquilla* tobt im Dunkeln. Sie braucht etliche Sekunden, um sich zu befreien. Für mich wertvolle Sekunden Vorsprung. Nicht gerade stilecht, was ich gemacht habe. Aber man muss sich zu helfen wissen.

Vom *burladero* aus lache ich schallend. Es ist wirklich ein Riesenspaß. Zufällig sehe ich herab, als ich mich aus dem schmalen *burladero* wieder ins Freie schieben will, und stelle fest, dass die Hose an meiner rechten Wade fingerlang aufgeschlitzt ist. Wieso ist die Hose aufgeschlitzt? Ich blicke an meinem Bein herab: das blutet ja, quer über die Wade, gut fingerlang klafft da der Spalt im Fleisch und im Stoff, der mit Blut an der Haut angeklebt ist. Egal. Weiter.

Wieder trete ich in den Ring. Irgendwer reicht mir die *muleta*. Ich schaue zur *vaquilla* hinüber, die jetzt aufgebracht ist wie eine ärgerliche Hornisse; klein aber oho.

Carlos tritt mir entgegen. »Ich habe schon eine Verletzung«, grinse ich.

»Machst du jetzt weiter?«, fragt er.

»Klar«, sage ich. »Solange ich noch laufen kann, mache ich weiter!«

Ich posiere erneut vor der *vaquilla*. Sie greift sofort an. Eins – *olé*, zwei – *olé* – für ein paar Minuten läuft es wieder ganz ordentlich. Aber diese Minuten sind schon wie eine Ewigkeit.

Ich taktieren jetzt nach Gefühl, zum Teufel mit den Winkeln, und es klappt besser. Hinterher werden sie mir sagen: Siehst du, jetzt hast du es kapiert. Doch ich hab intuitiv den Dreh raus.

Ich entlasse die *vaquilla* mit Schwung; wenigstens eine *recorte* beherrsche ich, und wage es, zum Publikum zu winken. Mein treues Publikum. Ein gutes Publikum ist viel wert.

Der *mayoral* kommt auf mich zu und sagt: »Schau mal, die *vaquilla* ist jetzt müde. Sie ist noch klein. Man sollte sie nicht zu arg belasten. Schau mal, da drüben hechelt es, das Hündchen!«

Ich schaue hinüber, da greift das eben noch hechelnde Hündchen Carlos an. Ich eile herbei, schwenke die *muleta*, um eine ablenkende *quite* zu geben. Die *vaquilla* braust gegen die Barrikaden. Carlos ist ohne Hast dahinter verschwunden. »Danke«, sagt er.

Ich locke die *vaquilla* von der Barrikade weg, und das Kuhkalb brüllt erneut, schon ganz wie ein Großer, und stürmt auf mich zu. Ich lasse die *muleta* schleifen und die *vaquilla* hineinrennen und schicke sie mit einer fegenden Bewegung fort.

Na gut, denke ich. Der *mayoral* hat gesagt, die *vaquilla* ist müde. Nicht viel davon zu merken. Ich jedenfalls bin müde, das merke ich. Also gut, dann wollen wir mal zum Endspurt übergehen. Man soll die Tiere ja auch nicht zu sehr frustrieren …

Ich lasse die *vaquilla* in einiger Entfernung weiterhecheln und schreite gravitätisch und angeberisch am Publikum vorbei, den Arm erhoben, grüßend. Begeisterter Beifall brandet auf. Mein treues Publikum.

In einer Hand die *muleta*, die andere zum Gruß erhoben, die Brust geschwellt – ich gönne mir diese nette kleine Arroganz, sie macht Spaß und ich denke, ich habe sie verdient. Ich widme den Stier dem Publikum.

Dann wende ich mich wieder meinem »Stier« zu. Carlos hat meine Widmung gesehen und reicht mir die längste Baccara-Rose. Als Degen.

Mutig ziehe ich zum letzten Mal mitten in den Ring. Die *vaquilla* funkelt mich mit zornigen Augen an. Sie ist hübsch, denke ich, mit ihrem seltsamen Kontrast aus schon breiter Stirn und noch kindlichen Löckchen. Sie hat einen richtigen Schopf auf der Stirn und im Nacken.

Die *vaquilla* hat ihre sehnigen, schlanken Beine fest in den Boden gebohrt und beobachtet trotzig, wie ich mich ihr nähere. Sie steht da wie angewurzelt. Besser kann sie mir gar nicht helfen.

Ich strecke erneut die *muleta* vor und erhebe die Rose. Selbst mit einer Rose statt mit einem Degen sieht diese Geste noch drohend aus. Ich profiliere auch richtig, wie bei einer echten *estocada*, so als wollte ich ihr wirklich den Todesstoß versetzen, und visiere an dem straffen, geraden Rosenstängel entlang. Dieser letzte Stängel hat extra keine Blätter.

Dann laufe ich los, behalte die anvisierte Stelle auf der Schulterkrone im Visier, sehe die Schulter sich bewegen – die *vaquilla* stürzt auf mich zu – ich senke den Rosen-Degen, ziele, steche, treffe – die Rose prallt ab und fällt in hohem Bogen in den Sand, während meine linke Hand wie im Blindflug sicher Tuch und Rind dahinter an meinem Bauch vorbei leitet, so dass die *vaquilla* wieder einmal verdrossen ins Leere stößt und ich mich entfernen kann, während mein Publikum vor Begeisterung tobt.

Eine Rose als Degen – meine tierfreundliche Idee.

Ich kehre möglichst langsam und gemessen zum *burladero*

zurück. Ich gehe aber gar nicht dahinter. Von den Barrikaden aus drehe ich mich um und rufe lachend der *vaquilla* zu: »Jetzt bist du tot – damit du es weißt!«

*

Die *peones* lenkten die quicklebendige *vaquilla* von mir ab. Blumen wurden in die Arena geworfen. Es waren die Rosen, die wir in Reserve hatten, falls welche umknicken würden. Ich sammelte einige auf, Carlos reichte mir weitere, und ich grüßte mit dem Strauß Baccara-Rosen das Publikum. Da oben saßen und standen sie, klatschten, riefen, lachten mir zu – noch immer sah ich sie nicht richtig, erlebte alles wie traumschleierhafte Kulisse. Ich sah mich selber wie in einem Film vor den Rängen entlang schreiten, mit dem erhobenen Rosenstrauß grüßend, die *capa* eingeschlagen im Arm – ich wusste gar nicht mehr, wann ich nochmals die *muleta* mit der *capa* vertauscht hatte.

Ich hielt es für sinnvoll, mich nach der *vaquilla* umzudrehen. Schließlich war sie nicht tot, sondern lediglich mit einer Rose abgestochen worden und erfreute sich noch bester Gesundheit und Unversehrtheit. Als ich mich umwandte, sah ich, wie einige der größeren Jungs aus dem Publikum in die Arena gesprungen waren und sich nun ebenfalls als angehende Stierkämpfer erprobten. Ich lachte. Dann ließ der *mayoral* die erschöpfte *vaquilla* in den Stall zurück.

Das kleine Mädchen, das ich besonders in mein Herz geschlossen hatte, kam zu mir in die Arena gelaufen. Sie sah mich mit großen, glänzenden Augen an und plapperte eifrig: »Du warst ganz prima, ganz toll! Wenn ich mal groß bin, möchte ich auch Stierkämpferin werden!«

»Dann mach's!«, lachte ich und strich ihr über die Haare.

»Auch mit Rosen – genau wie du!«, rief sie.

»Dann trainier fleißig, und pass gut auf dich auf!«, schmunzelte ich. Sie nickte eifrig, dann lief sie zu den anderen zurück.

Wow! – Auf einmal war ich gar zum Vorbild geworden …!

Und das dank meinem fiesesten Gegner, dem Minotaurus! Fast war ich ihm dankbar dafür. Ich lächelte. Meine unzähligen, stillen persönlichen Niederlagen vor dem Mino hatte ich in einen Erfolg verwandeln können- und das war mit vor aller Augen gelungen! Mir war fast schwindelig, vor Erregung, Erschöpfung – und Glück!

Ich schritt alleine durch die Arena, deren zuvor geglätteter Sand jetzt voller Fußabdrücke und Hufspuren war, und ging hinüber zu den *peones*, die alle *capas* und *muletas* zusammensuchten, um sie wegzuräumen. Ich wollte mit ihnen reden und ging ihnen hinterher.

»Wissen Sie – ich würde Ihnen gerne die Utensilien abkaufen«, sagte ich, »zur Erinnerung und zum Training gleichermaßen. Ich habe immer noch nicht genug. Es war herrlich.«

Auf einmal trat Carlos neben mich. »Du solltest endlich nach deiner Verletzung sehen lassen«, sagte er.

»Was – sie ist verletzt worden?«, klang plötzlich die Stimme des Arenen-Besitzers hinter uns. »Ich bin gekommen, um Ihnen zu gratulieren. Für eine Anfängerin, zudem noch aus dem Ausland, ist das ganz erstaunlich! Bei Ihnen gibt es doch sicher keine Stierkämpfe?«

»Nur Rodeos«, sagte ich.

»Haben Sie da auch mitgemacht?«

»Nein!«

»Nun, umso mehr bewundere ich Sie dafür, dass Sie immer wieder reingegangen sind. Von der Technik her kann man nicht soviel sagen, das bringt einfach erst die praktische Erfahrung, aber Ihr Mut ist ganz erstaunlich. Es haben schon Leute hier bei mir ein Jungrind gemietet, und als sie in der Arena waren und es gesehen haben, da sind sie wieder rausgegangen, ohne gekämpft zu haben, und das, obwohl sie wissen, dass sie ihr Geld nicht zurückkriegen. Also, alle Achtung!«

Er schüttelte mir die Hand. Seine Anerkennung tat mir gut, aber dem »Mino« nicht, und das tat mir doppelt gut.

»Noch eine Ehrenrunde!«, lachte der *mayoral;* er war sichtlich erleichtert, dass mir blutiger Anfängerin nichts passiert war, nichts Ernsthaftes jedenfalls, und sie nahmen mich in die Mitte, links der *mayoral* und rechts der Besitzer, und gingen mit mir noch einmal mitten in den Ring zurück, und wir defilierten vor dem Publikum, mit erhobenen Händen winkend. Ich war plötzlich sehr erschöpft.

Nach gebührendem Applaus kehrten wir wieder hinter den Ring zurück, dorthin, von wo eigentlich die Toreros die Arena betreten, und wo sämtliche Örtlichkeiten für die Vorbereitung sind, einschließlich Ambulanz und WC.

»Sie möchte gern die *capa* und die *muleta* abkaufen, die sie benutzt hat«, sagte einer der *peones* zum Besitzer.

»Ah ja?«, fragte der und sinnierte: »Ja, wenn es genug gibt?«

»Wir können ja von dem Geld neue anschaffen«, sagte der ältere *peón*. »Es wäre nur ein Austauschen, gewissermaßen.«

Der Besitzer lächelte und verschwand. Ich stand mit den beiden *peones* da und betrachtete verblüfft den kleinen *patio*, in dem aus dem Sand Baccara-Rosen sprossten. Carlos hatte sie mit dem Degen gepflanzt.

»Ich würde gern die Sachen behalten – auch zum Weitertrainieren!«, wiederholte ich zaghaft. Da reichte mir der ältere *peón* seine *muleta* und sagte: »Hier – es ist meine – ich schenke sie dir!«

»Ich werde dich in guter Erinnerung behalten!«, sagte ich gerührt.

»Vielleicht wirst du eines Tages bei ihm die *alternativa*, die Stierkämpfer-Prüfung, ablegen?«, schlug der jüngere *peón* vor. Ich lachte.

Da tauchte hinter mir der Besitzer der Arena wieder auf und überreichte mir einen Degen für die *faena*. »Der ist für dich«, sagte er, »zur Erinnerung an deinen großen Tag heute. Und eine *capa* kannst du auch mitnehmen!«

»Di, mit der sie gekämpft hat?«, fragte der *mayoral*.

»Meinetwegen sogar eine nagelneue«, sagte der Besitzer.

»Ich möchte die, mit der ich gekämpft habe«, sagte ich.-

»Nun lass endlich mal sehen, was mit deiner Verletzung ist!«, drängte Carlos. Wir gingen in das kleine Hinterzimmerchen, in dem die Toreros sich auf den Kampf vorbereiten. Es war spartanisch eingerichtet. Eine Pritsche gab es, und eine kleine Kommode und ein Waschbecken, und als wohl wichtigsten Einrichtungsgegenstand gab es einen kleinen hellblau gewandeten Jesus, der mit erhobener Hand das Kreuzzeichen machte.

Wir schauen nach meiner Wunde. Die an der Wade zerrissene Hose ist blutdurchtränkt. Doch es sieht schlimmer aus, als es ist. Ich nahm Platz und zog kurzerhand die Hose runter, und Carlos tupfte die Verletzung mit einem Baumwolltüchlein sauber und sprühte sie mit einem antiseptischen flüssigen Wundverband ein. »Tut es weh?«, fragte er.

»Nur, als ich die Hose runtergezogen habe«, sagte ich, »da war der Stoff mit Blut an der Wunde angeklebt.«

Es begann überhaupt erst allmählich, weh zu tun, indem es ein wenig heiß wurde und anschwoll und pochte. »Zum Glück bin ich gegen Tetanus geimpft«, sagte ich. »Es kann also gar nichts passieren.«

Zufrieden stand Carlos auf und ich bedankte mich für die Verarztung, und dann schickte ich ihn nach draußen und benutzte das WC. Als ich mich ein wenig frisch gemacht und wieder vollständig angekleidet hatte, zeigten mir der Besitzer und der *mayoral* noch ihr kleines Büro, das an das Zimmer der Toreros angrenzte. Dort hingen farbenfrohe Ölgemälde und Fotos von Stierkämpfen an den Wänden. »Ich habe Bilder von allen berühmten Stierkämpfern!«, versicherte der Besitzer stolz. Auf dem Tisch aber lag, sehr schwarz und sehr haarig und sehr rot blutig an der Stelle, wo es abgeschnitten war, ein Stierohr.

»Das ist noch von der guten *novillada* gestern!«, erklärte der *mayoral* zufrieden. »Der eine Matador hat es uns als Zeichen seiner Anerkennung geschenkt!«

Erst da sah ich, dass an der Wand bereits weitere Trophäen von Siegerehrungen hingen, an kleinen Brettchen angenagelt, mit Datum. Es war wirklich eine renommierte kleine Arena.

»Müssen die Ohren erst präpariert werden?«, fragte ich. Dabei dachte ich an ausgestopfte Stierköpfe.

»Ach nein, sie trocknen einfach ein«, sagte der *mayoral*. »Ich besprüh sie nur mit etwas Lavendelöl, gegen Motten.«

Ich fand den Anblick dieser Ohren weniger grausam als den eines Hormon-Steaks im Supermarkt.

Die unglückseligen Milchkühe und Steakrinder aus der Massenproduktion stehen oft ein Leben lang beengt im Stall oder reglos ein paar Stunden am Tag auf kleinen Koppeln, oft kastriert und enthornt und womöglich mit Hormonen vollgepumpt, während die Kampfrinder ihr Leben freilaufend, wie wilde Tiere, auf den weiträumigen Stierweiden verbringen und sich ihre Nahrung aus ungespritzten Gräsern und Wildkräutern selber suchen, im Schatten unter alten Eichen rasten, wann und wo es ihnen beliebt, ganz ungebunden, und ihr Wasser aus natürlichen Wasserläufen trinken. Der ökologisch geschulte Carlos wusste auch dazu einiges zu sagen. Wenn Rinderhaltung schon keine gute Öko-Bilanz hat, wegen des CO_2-Ausstoßes und Klimawandels, dann sollte die Tierhaltung wenigstens Bio sein …! Und das war hier ganz zweifellos der Fall. Im Übrigen machte Carlos mir klar, dass eine Welt ganz ohne Nutztierhaltung gar nicht denkbar wäre, allein schon, weil nicht alle Gegenden für den Getreideanbau geeignet sind, etwa Almen im Hochgebirge, und auch aus Gründen der Biotop-Pflege. Na gut! –

Ich aber freute mich, dass ich meinen Mino so entscheidend gedemütigt hatte, und dass ich künftig in der Erinnerung an meinen so glückreich überstandenen Stierkampf innerlich auf Autopilot schalten konnte, wenn mich mal wieder die Angst überkam. Diese Erfahrung heute war, als hätte ich erfolgreich auf meinem inneren Navi eine Route durch mein Seelen-Labyrinth programmiert. Alle hatten mir gratuliert und die Hände geschüttelt, jetzt gratulierte ich mir im Stillen selber zu meiner Entscheidung. Der Coup war gelungen!

Die Familie brach inzwischen auf und verließ die Publikumsränge; der spannende Stierkampf hatte sie Hunger und Durst vergessen lassen, doch nun kehrten diese zurück, und man begab sich ins angrenzende Restaurant. Auch ich ging zum Restaurant hinüber, obwohl mein Magen noch so klein war wie eine Walnuss. Doch bei frittierter Schweineschwarte, hellem mexikanischen Bier, *barbecue*-Lamm, Tortillas und Kaffee mit Zimt, serviert in herrlichen rotbraunen Keramikbechern, kehrte der Appetit rasch wieder, und ich aß und trank herzhaft und voller Wohlbehagen. Ich probierte sogar Hähnchenfilet mit pikanter Schokoladensauce.

Die Familie ließ mich hochleben, und sie holten die Mariachi-Kapelle her, die aus spontan erdichteten Strophen laut und lustig ein Lied über die von weither angereiste Stierkämpferin und ihren Verlobten sangen, die beide so tapfer aufgetreten waren. »Sie ist sehr hübsch / nur etwas ungekämmt!«, sangen sie, und die Gitarren klimperten, »und sie hat ihren Freund in der Lotterie gewonnen / da hat sie den Hauptgewinn gezogen!«

Und Selina, das kleine Mädchen, das ich so in mein Herz geschlossen hatte, sprang kess herbei und tanzte dazu, und plötzlich tanzten wir alle, *para bailar la bamba*, und ich war eigentlich schon viel zu müde dazu, *bamba bamba*, und ich war glücklich, *bamba*.

*

Ich hatte es geschafft. Ich hatte mich bewusst einer Gefahr exponiert und hatte die selbst gewählte Situation gemeistert. Ich hätte Rippenbrüche, eine Gehirnerschütterung, erhebliche Prellungen und Quetschungen – besonders im Unterleib – davontragen können. Hätte. Nichts von alledem war passiert. Die paar blauen Flecken an den Knien und die aufgeritzte Wade waren geradezu der Beweis, wie glimpflich es trotz reeller Gefahr abgehen konnte. Ohne die aufgeschlitzte Stelle in der Hose, ohne die blutende Schramme in der Wade hätte ich womöglich geglaubt, die Gefahr habe wieder einmal nur in meinem ängstlichen Gemüt bestanden.

Ich war stolz und glücklich. Es hätte, hätte alles Mögliche passieren können. In meinem selbst ausgemalten Horror-Szenario konnte ich es ablesen. Die *vaquilla* hätte mir ganz wirklich und tatsächlich unter besonders unglücklichen Umständen sogar ein Auge ausstechen können, hätte sie mich in den Sand gestoßen und mich mit ihren sprießenden Hörnchen im Gesicht attackiert. Niemand hätte das ausschließen können, wenn es auch nicht sehr wahrscheinlich war. Aber sie hätte es tun können. Sie hatte es nicht getan. Nichts dergleichen hatte sie getan. Ich war siegreich aus dem Ring gegangen. Ich war stolz. Ein neues, ungewohntes Gefühl der Selbstsicherheit kam in mir auf.

Natürlich konnte alles Mögliche passieren. Aber es musste nicht passieren. Die zwanghafte Idee, es spreche mehr dafür als dagegen, dass sich Negatives ereignete, löste sich von mir wie ein erlahmender Würgegriff, wie sich lockernde Fesseln. Langsam verlor ich meinen Horror vor dem Minotaurus. Ich hatte ihn zum ersten Mal bezwungen. Das machte mich zwar nicht immun gegen Gefahren, aber gegen erdrückende Ängste. Endlich hatte ich mein Trauma überwunden!

Natürlich sprach auch nicht mehr gegen Negatives, gegen alle lauernden Gefahren, als dafür. Gefahren und Risiken aufzuzählen und vorherzusehen war eine Sache der Logik und des Verstandes. Es ging auch nicht darum, wirkliche Gefahren zu verharmlosen, sich die rosa Brille eines unbegründet-naiven Optimismus aufzusetzen, sich eine »Es-wird-schon-nichts-passieren«-Haltung anzutrainieren. Das wäre so armselig wie das Pfeifen eines Kindes im finsteren Wald. Aber Gefahren zu erkennen, zu analysieren, anzuerkennen war das eine. Ihnen psychisch, jenseits aller logischen Argumente, gewachsen zu sein, war ein anderes. Wie sollte ich die Kraft dazu aufbringen, wo sich doch wirklich jederzeit ein Autounfall oder ein Flugzeugabsturz ereignen konnte, oder eine Havarie in einem Atomkraftwerk, oder ein Krieg ausbrechen, eine Naturkatastrophe oder eine Seuche, wie es einem das umgehende Aids-Virus, Ebola oder Nilfieber so eindringlich in Erinnerung rief? Man musste sich seine Kräfte für den Ernstfall aufsparen, sonst hätte man keine mentalen Kräfte mehr, um sie dann zu mobilisieren, weil man vor lähmender Angst zuvor schon ausgelaugt war – bevor überhaupt etwas passierte!

Immer wieder hämmerte ich mir meine neu gewonnene Formel ein: »Es kann – aber es muss nicht«, und ich merke, die innere Schutzschicht war noch hauchdünn und konnte jederzeit wieder einbrechen. Es war wie eine vorläufige Schicht Schutz-Lack, der bald wieder abbröckeln konnte. Ich musste es dauerhaft schaffen, mich nicht von meinen lähmenden Ängsten paralysieren zu lassen. Ich musste meine neue innere Befreiung noch mit mehr Argumenten, mit einer noch fundierter ausgebauten Geisteshaltung untermauern, aber der Anfang war gemacht. Verdammt, wie schaffen es die anderen nur, so normal zu leben, manchmal gar wirklich schon zu sorglos!

Mein Minotaurus war verunsichert. Er wusste jetzt, ich konnte ihm jederzeit entgegen treten, ihn kurzerhand bei den Hörnern packen, ihm die Banderillas meiner Verachtung in den Nacken rammen und ihm vielleicht gar den Degenstoß versetzen. Er war vorsichtig geworden, mein Minotaurus.

Für mich war es eine Befreiung, ein Aufatmen, und ich rief mir selbst meine eigenen *olés* zu. Meine Selbstsicherheit wuchs, ohne in Überheblichkeit auszuarten, denn ich hatte ein derart gehöriges Defizit an Selbstvertrauen aufzuholen, dass mein Gefühl der Sicherheit ruhig ein wenig wachsen konnte, ohne ein normales Maß zu überschreiten. Zudem blieb ich ja, was ich im Grunde war: ein etwas ängstlicher, vorsichtiger Typ, nur dass ich eben gelernt hatte, mit meiner Angst und meinem Misstrauen gegenüber der Welt umzugehen.

Doch zumindest vorübergehend hatte ich meinen Minotaurus zur Tatenlosigkeit verdonnert und hatte es geschafft, ihn für eine Weile von seinem Thron zu stoßen. Eines Tages würde ich ihn beherrschen – und nicht er mich!

Da fasste ich meinen nächsten großen Entschluss. »Carlos«, sagte ich, »schon lang hab ich genug, im Verhältnis zu meiner Mutter sozusagen in der Luft zu hängen. Was meinst du – sollten wir nicht einfach hinfahren und ein klärendes Gespräch herbeiführen?«

Carlos sah mich ohne Überraschung an, so als habe er dergleichen von mir erwartet und habe den Entschluss von meiner Seite aus reifen lassen. Er nickte.

Wir riefen bei Marys Eltern an und erfuhren, dass Mary wieder mit Tom zuhause war und ihr Kind bereits auf der Welt, gesund und ohne Schädigung. Die kleine Vivian hatte durch den Unfall keinerlei Schaden erlitten, ihre Mutter war wirklich »nur« mit dem Gesicht gegen die Scheibe geprallt, ohne sich mit dem Sicherheitsgurt den Unterleib abzuschnüren, und somit ohne fatale Folgen. Auch hatte sie von dem Schock keine vorzeitigen Wehen bekommen, vermutlich war sie dagegen behandelt worden. Wir waren erleichtert, und ich verlor gleichzeitig meinen eigenen Horror vor Kindern, als ich erfuhr, wie glücklich und dankbar beide für ihr Kind waren.

So flogen wir nach Frisco und fuhren von dort in einem Mietwagen nach Napa Valley. Wir wollten zunächst Mum aufsuchen und dann zu Mary und Tom weiterfahren, mit denen wir uns zuvor telefonisch verabredet hatten. Mochte uns Mum auch rausschmeißen – bei Mary und Tom konnten wir bleiben, solange unser Anliegen es erfordern würde.

Unterwegs, vor Napa Valley, machten wir noch einen Stopp in einem Gasthaus.

»Ich habe eine Idee, wie ich dir beweisen kann, dass ich nicht in euer Weingut einheiraten will!«, sagte Carlos. Er war fröhlich und entspannt, seit er diese Idee hatte.

»Und?«

»Im Falle einer Heirat vereinbaren wir Gütertrennung!«, sagte Carlos heiter.

»Mensch, dass ich da nicht drauf gekommen bin!« Zufrieden trank ich meinen Ananas-Kokos-Saft, den ich seit meiner Zeit in Mexiko so sehr mochte. Wir saßen auf der Terrasse und blickten auf die Ebene und die dahinter liegende Bergkette hinaus, und die Berge am Horizont waren wieder so veilchenblau, wie ich es liebte.

»Glaubst du, dass deine Mutter uns überhaupt empfangen wird?«

»Ich weiß es nicht.«

»Was glaubst du?«

»Ich weiß es wirklich nicht.«

»Du bist der Mensch, der sie am besten kennt!«

»Trotzdem – du wirst nie jemanden vollständig kennen, auch wenn du ihn ein ganzes Leben kennst.«

»Gilt das auch für uns?«

»Klar. Nur geben wir uns mehr Mühe, uns gegenseitig kennen zu lernen. Wir sind offen zueinander. Das macht viel aus. Aber zurück zu Mum. Ich kenne sie so gut, aber trotzdem kann es immer Überraschungen geben. Ich weiß wirklich nicht, was uns erwartet, aber ich will wenigstens ein klärendes Gespräch. Ich habe genug von dieser Unklarheit. Ich will endlich wissen, was los ist!«

Es war für uns, als würden wir in unserer Beziehung zu Mum in der Luft hängen, ratlos, voller Unsicherheit, wie suspendiert. Ich wagte keine Prognose. Manchmal meint man nur, jemanden zu kennen – man schaut in niemanden hinein. Aber die derzeitige quälende Unsicherheit brachte uns auch nicht weiter: ein ungelöstes Problem, eine Baustelle. Es hatte keinen Zweck. Wir mussten uns ihr stellen, sie mit unserer Lebensplanung konfrontieren. Mochte sie uns annehmen oder ablehnen, aber sie sollte sich äußern, sollte sich den Gegebenheiten stellen, damit wir wussten, woran wir waren, und endlich unsere Zukunft dementsprechend planen konnten.

»Ja, ich glaube auch, es ist am besten so«, sagte Carlos.

»Bist du darauf gefasst, dass sie dich völlig ablehnt?«, warnte ich Carlos vor.

Er nickte niedergeschlagen. »Aber das soll unsere Beziehung zueinander nicht zerstören«, sagte er. »Du und ich – wir sollen miteinander leben und versuchen, glücklich zu sein. Alles andere ist nebensächlich. Natürlich wäre es schöner, wenn deine Mutter uns als Paar akzeptieren würde. Aber wenn nicht, dann müssen wir uns sagen, okay, dann eben nicht. Wir dürfen nicht unsere Energie am falschen Ort verschwenden.«

Ich nickte. Geräuschvoll sog ich den Rest Saft durch den Strohhalm. Das Geräusch hätte Mum gewiss geärgert, und ich musste lächeln und war zufrieden. Aber ich wusste, es war mehr als nur der Trotz gegenüber Mum. Ich hatte mich entschieden, und ich wusste, meine Entscheidung war richtig. Ich begann, wieder zu leben. Ich war aufgeblüht wie ein Kaktus in der Regenzeit. Die Stacheln, die ich mir in meiner geistigen Trockenzeit zugelegt hatte, würden mir bleiben, aber sie hatten ihre abweisende Schroffheit verloren. Die exotische Vegetation Mexikos wiederum hatte mir die widersprüchliche Schönheit dieser Welt gezeigt, einer Welt, die ich nun ohne übertriebene Ängste bejahen konnte. Mein neuer Mut ließ mich neue Vorsätze fassen – sogar den, später auch erneut Kontakt zu meinem Vater suchen.

»Wir können es nur probieren«, sagte ich. »Wir müssen es einfach darauf ankommen lassen. Hinterher haben wir dann wenigstens eine klare Sachlage und wissen, was wir alle voneinander halten werden.«

»Ja«, sagte Carlos. »Ich finde das auch ganz richtig. Es muss ja nicht zur direkten Konfrontation kommen, aber wir haben andererseits auch nichts zu verbergen und keinerlei Grund, uns zu schämen. Es ist sicher besser, das lange Schweigen von uns aus zu brechen.«

»Hoffentlich meint sie nicht, wenn wir den ersten Schritt tun, dass wir vor ihr zu Kreuze kriechen«, sagte ich nachdenklich.

»Das glaube ich nicht«, sagte Carlos. »Schließlich sind und bleiben wir ein Paar, und wir verlangen nichts von ihr. Wir sind nicht von ihr abhängig. Wir möchten nur ein offenes Gespräch anbieten.«

»Mum ist sehr stolz«, sagte ich. »Es wird sie sehr viel Überwindung kosten, uns die Hand zu reichen.«

»Wir werden sehen«, sagte Carlos.

»In jedem Fall wird dieses Gespräch klärend und nützlich sein«, sagte ich tapfer.

Ich war wieder eine ganz normale Frau geworden. Ich hatte etwas zugenommen und meine eingefallene, abgeflachte Figur hatte sich wieder zu normaler Schlankheit aufgerundet, und ich hatte auch längst keine Menstruationsstörungen mehr. Ich war wohl gerade noch an körperlichen Dauerschäden vorbeigekommen. Ich fühlte mich sehr gut.

Gern hörte ich in jenen Tagen Musik, mal frische Popmusik, mal Klassik – so bunt durcheinander wie mein aufblühendes Gefühlsleben. Ich erinnerte mich noch gut daran, als ich damals zu Mum zurückgefahren war, auf meiner wilden Flucht aus Union City. Damals empfing mich Mums streng geordnete, scheinbar heile und jedenfalls übersichtliche Welt mit Gustav Mahlers 5. Symphonie. Diesmal durchzog mich ein anderes Ostinato – der Bolero von Maurice Ravel, unsäglich feierlich und gemessen, gefasst und großartig – so wie ein Paso doble beim Stierkampf. Es wurde *meine* Hymne für meinen ganz privaten Stierkampf – den Sieg über mich selber.

*

Wieder war es Herbst. Wieder leuchtete vereinzelt gelbes Laub in den Weinfeldern, während in den zeitlos wirkenden immergrünen Eichen der Sommer überwinterte. Wir fuhren dieselbe Strecke zurück, auf der wir damals geradezu geflohen waren.

Wir waren innerlich voller Ruhe und Gelassenheit, denn wir wussten, unser Weg war richtig, und dadurch war er schön. Er war ohnehin schön, geradlinig zwischen den Weinfeldern und doch in sanft geschwungenen Bögen umrahmt von den Weinranken. Zivilisation und Naturgewachsenes hatten sich hier zu seltener Harmonie zusammengefunden. Carlos' Studien über ökologischen Weinbau würden diese Harmonie noch vertiefen.

Ich dachte unter diesem leuchtendblauen Himmel und inmitten der goldenen und grünen Herbstfarben an den Minotaurus, der mich damals so erbittert verfolgt hatte, als wir fluchtartig Napa Valley verlassen hatten. Ich sah ihn noch wie damals hinter mir her galoppieren, aber es war nur der Minotaurus meiner Erinnerung. Ihn als meinen jetzigen Begleiter bildlich zu aktivieren, gelang mir nicht.

Erstaunt versuchte ich, seine Zwangsvorstellung noch einmal zu evozieren, ihn erneut in mir wachzurufen, um von seiner Expressivität Rückschlüsse auf mein Seelenleben zu ziehen, so wie ich es gewohnt war. Es gelang mir nicht.

Natürlich gelang es mir, mich an den Minotaurus zu erinnern, und ich sah ihn in seinen wechselnden Gestalten vor mir, aber er verfolgte mich nicht. Er war wie ein überaltertes Dia-Bild, verblasst und durchscheinend, farblos, kraftlos. Er hatte keine Macht mehr über mich. Übermütig drückte ich aufs Gaspedal.

»Was ist?«, fragte Carlos interessiert.

Ich wusste nicht, was ich ihm antworten sollte. Ich lachte befreit auf, aber antworten konnte ich nicht. Carlos lächelte mit, vergnügt und entspannt.

»Erinnerungen?«, fragte er.

»Sozusagen«, antwortete ich.

»Wieso ›sozusagen‹?«, fragte Carlos neugierig. Er wurde hellhörig.

Ich wusste, er hatte nun endlich eine richtige Antwort verdient, nach so langer Zeit, die er mir, ebenso ahnungslos wie geduldig, in meinem inneren Kampf beigestanden hatte.

»Weißt du – du hast mir einfach viel geholfen. Danke!«, sagte ich. Carlos schwieg lächelnd. Eine Weile war ich versucht, es bei dieser Antwort bewenden zu lassen. Aber dann dachte ich, dass er doch eine ausführliche Antwort verdient hatte. Es war sein Anrecht.

Erneut überprüfte ich mein Bild vom Minotaurus. Es lebte nicht wieder auf. Ich sah ihn noch, aber verblasst, eine wichtige, aber tote Erinnerung. Er galoppierte nicht mehr. Er verfolgte mich nicht mehr. Ich wusste plötzlich, er würde nie wieder galoppieren. An den Wagenfenstern vorbei glitten, ruhig und schön und traubenschwer, die sonnigen Weinfelder.

»Der Minotaurus ist tot«, sagte ich einfach. »Eben ist er gestorben, hier in Napa Valley!«

Wir fuhren weiter.

Carlos schwieg fasziniert.

Hier reihte sich Weingut an Weingut, und wir fuhren parallel zur Strecke des *Wine Train*. Wir waren Genießer des Lebens, wohlverdient nach so vielen Kämpfen und mit dem Vertrauen in die Zukunft, das aus dem Wissen um bestandene, ausgefochtene Kämpfe resultierte. Wir brauchten keinen Wein, um Probleme darin zu ertränken. Wir brauchten Kraft, und die kann nur aus Vertrauen erwachsen, einem Vertrauensvorschuss an die Welt. Dieses Vertrauen hatte ich nun gewonnen. Ich hatte es dem Minotaurus abgerungen, und damit hatte ich nicht nur seine Macht über mich gebrochen, sondern ihm gleichzeitig seine gesamte Existenz entzogen. Es gab ihn nicht mehr. Ich atmete auf.

»Wirst du jetzt Dichterin ...?«, fragte Carlos.

»Oh ja!«, sagte ich. »Vielleicht. Warum nicht?«

Wir fuhren weiter, und ich dachte, wir können später ein Gläschen Zinfandel zusammen trinken, aber wirklich nur ein Gläschen, mehr brauchten wir nicht, denn wir hatten ja uns.

Der Minotaurus verfolgte mich tatsächlich nicht mehr. Ich weiß gar nicht, wann er auf der Strecke geblieben war.

Wir fuhren durch die Weinfelder, und alles war gut und richtig, und der Weg da vor uns war so herbstschön und geradlinig.

* * * *

Anmerkung

Den Stierkampf-Szenen in der Privat-Arena von ARROYO, Mexico City, liegt die eigene, authentisch geschilderte Erfahrung der Autorin als Aficionada zugrunde, die sie in jener Arena machte. Ein Zeitungsartikel der mexikanischen Zeitung EXCELSIOR vom 15.09.1992 ist diesem Schaukampf gewidmet, der eine unblutige Vatiante des Stierkampfes propagieren sollte, um dieses im Prinzip ebenso schöne wie kulturgeschichtliche Schauspiel sowie die ihm zugrundeliegende, ökologische Kampfstierzucht zu erhalten. Auch der Kampfstier als urtümliche, bodenständige Rinderrasse kann nur überleben, wenn eine Nachfrage nach agilen und intelligenten Kampfrindern und nicht nur nach massigen, schwerfälligen Steakrindern besteht. Wenige im Zoo gehaltene Exemplare können die Wildheit und Wendigkeit des toro bravo langfristig nicht weitergeben.

Glossar

Erklärung und Übersetzung der im Buch verwendeten spanischen Fachausdrücke

arena = Stierkampf-Stätte, wörtlich »Sand«, da der eigentliche Kampfplatz mit Sand bestreut ist

banderilla = Wurfspieß des >Banderillero

banderillero = Torero, der >banderillas setzt, also kurze Wurfspieße. Manchmal ein Helfer des >Matadors, manchmal auch dieser selbst

capa = das erste »rote Tuch« des >Toreros, eigentlich pink-farbenes Cape (Name!), aus Wachstuch oder Seide

cuadrilla = die Mannschaft des >Matadors, vier Toreros: zwei >Picadores, zwei >banderilleros

matador = »(Stier-)Töter«, der wichtigste >Torero

muleta = das zweite »rote Tuch«des >Toreros, dieses über einen Stab (= Name!) geschlagene Tuch ist wirklich rot, aus Flanell

novillo = Jungstier, ca. 3–4 Jahre, körperlich schon weitgehend ausgereift

pase (*natural, de pecho*, ...) = Schwenk mit einem Tuch, bes. der >muleta: p. natural = den Stier in »natürlicher« Bewegungsfolge mit der Muleta in der rechten Hand vor sich herführen, p. de pecho: gegenläufiger Schwenk, bei dem der Stier dicht vor der Brust (Name!) vorbeigeführt wird

peón = Helfer des >Matadors, Arenen-Gehilfe

picador = Berittener Stierkämpfer, der eine Lanze mit sich führt. Er soll den Stier ermüden.

ruedo = Eigentliche Arena (»Rund«), mit Sand bestreut (siehe >arena)

torero = Stierkämpfer (allg., egal ob zu Fuß oder Pferde, jeder, der dem Stier (>toro) entgegentritt

toro (*bravo*) = (Kampf-)Stier, eine speziell gezüchtete, ursprüngliche Rinderrasse, genetisch und ökologisch sehr wertvoll!

Wurde auch in die Abbild-Züchtung des Auerochsen (Urs) eingekreuzt (Heckrinder, Taurus-Rinder)

verónica = Schwenk mit der >Capa, wobei das Tuch vor der Schnauze des Stiers geführt wird, so wie die Heilige Veronica (Name!) auf dem Kreuzweg Jesus ihr Schweißtuch dargeboten hat.

vaquilla = Jungkuh, Färse; hier ca. 1–2 Jahre alt

Weitere Veröffentlichungen von Rebecca Netzel bei TRIGA – Der Verlag

The Good Spirit of Yellowstone

Novel

Aaron, the adoptive child of a rich couple of attorneys in New York, is quarreling with his identity. He is a Lakota orphan, his parents had died during a car accident. As he loves nature, he works as a park ranger in the Yellowstone National Park. He is the classical dropout and mountain man. His companions are the mustangs Swift and Dusty and the wolfhound Sky.

Then Angelina enters his life: a pretty girl from Chicago. She works as a scientist at a biological project, during which wolves in the Yellowstone area are equipped with transmitters to take bearings. There she meets Aaron and has to make a decision whether she wants to make a career or live as a dropout.

The secret protagonist of the novel is the rough wilderness of the Rocky Mountains. At the same time the novel describes in a gripping way the very beginnings of the concept of environmental protection.

English version · 174 Seiten. Pb. 12,80 Euro. ISBN 978-3-95828-107-3
Bilingual edition · 348 Seiten. Pb. 19,80 Euro. ISBN 978-3-95828-108-0

Das Inselmädchen Gabriela

Eine Geschichte für Klein und Groß

Die kleine Gabriela wächst auf einer schönen schwedischen Insel auf. Ihr Papa stammt aus dem fernen Chile. Zur Zeit der Diktatur ist er aus seiner Heimat geflohen. Für Gabriela und ihre Freunde ist die Insel Heimat und Inselparadies.

Was Gabriela dort alles erlebt und welche Überraschungen ihre kleine Inselwelt inmitten einer urwüchsigen Natur zu bieten hat, davon erzählt diese Geschichte. Dort werden die kleinen Dinge des Alltags zu großen Wundern, über die ein Kind noch staunen kann - und auch ein Erwachsener, wenn er das Kind in sich bewahrt und das Staunen noch nicht verlernt hat.

84 Seiten. Pb. 10,80 Euro. ISBN 978-3-95828-086-1

Sams unglaubliche Geschichte

Abenteuerliche Reise durch Raum und Zeit

Eine gelungene Mischung aus verblüffender Situationskomik und existenzphilosophischer Tiefgründigkeit bietet dieser fantastische Roman über das »selbstbeobachtende Universum«.

Der junge Physiker Sam kann plötzlich, ohne zu wissen wie, ins Innere der Welt schauen und sehen, »was die Welt im Innersten zusammenhält«! Doch wie kann er diese atemberaubenden Einblicke, die gar nicht für die menschlichen Sinne und seinen Verstand gemacht sind, seiner Freundin erklären, ohne für verrückt gehalten zu werden?

Eine packende Geschichte, von der Autorin virtuos illustriert.

190 Seiten. Pb. 13,80 Euro. ISBN 978-3-95828-061-8

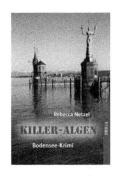

Killer-Algen

Bodensee-Krimi

Datenklau in einer Konstanzer High-Tech-Firma. Dort wird ein Verfahren erforscht, Algen durch Gen-Manipulation in Turbo-Wasserklärer umzuwandeln. Die Manipulation ermöglicht aber auch, eine Killer-Alge zu erzeugen, die als biologischer Kampfstoff einsetzbar ist. Während der Projektleiter die Algenmanipulation zu Umweltschutz-Zwecken patentieren lassen will, verfolgt einer seiner Mitarbeiter kriminelle Absichten. Denn das Top-Secret-Wissen bedeutet Geld und Macht.

Die Handlung spitzt sich dramatisch zu, als der Diebstahl aufzufliegen droht und der Tatzeuge erpresst wird.

Ein spannender Umweltkrimi – mit dem besonderen Flair der Bodensee-Region.

92 Seiten. Pb. 11,50 Euro. ISBN 978-3-95828-019-9
eBook. 6,990 Euro. ISBN 978-3-95828-020-5

Fröhliche Kinder- und Jugendgeschichten
Band 3: Die Reise nach Italien

Die Sternschnuppenkinder
Fröhliche Kinder- und Jugendgeschichten
Band 3: Die Reise nach Italien

148 Seiten. eBook. 6,99 Euro. ISBN 978-3-95828-204-9

Band 2: Im Landschulheim

120 Seiten. eBook. 6,99 Euro. ISBN 978-3-95828-169-1

Band 1: Zuwachs im Sternenhaus

134 Seiten. eBook. 6,99 Euro. ISBN 978-3-95828-118-9

Heidelberg heart motion
Transatlantische Romanze
108 Seiten. Pb. 11,90 Euro. ISBN 978-3-95828-006-9

Möwenkreise
Heimatroman
144 Seiten. Pb. 13,50 Euro. ISBN 978-3-89774-972-6

Franziskus – Der Bruder von Sonne und Tieren
Skizze einer Heiligen-Vita. Sachroman
188 Seiten. Pb. 14,50 Euro. ISBN 978-3-89774-960-3

Meine Freundin, die Pinie · *Eine Kindheit in Pine Ridge*
Roman über das Leben der Lakota Sioux im 21. Jahrhundert
208 Seiten. Pb. 14,90 Euro. ISBN 978-3-89774-946-7

Parzival – Das Geheimnis des Grals · Historischer Roman
244 Seiten. Pb. 14,90 Euro. ISBN 978-3-89774-879-8

Als der Drache mit dem Adler rang
Historischer Roman
450 Seiten. Pb. 16,80 Euro. ISBN 978-3-89774-844-6

Der gute Geist des Yellowstone · Roman
178 Seiten. Pb. 11,80 Euro. ISBN 978-3-89774-828-6

Unter meinen Schwingen der Wind · Roman
111 Seiten. Pb. 11,50 Euro. ISBN 978-3-89774-781-4

Tierisches! · Die Verwandlung des K. / Rettet den Urwald
96 Seiten. Pb. 11,50 Euro. ISBN 978-3-89774-765-4

Geheimnisvoller Weg nach Shambala
Mit dem Mountainbike ins Jenseits
Zwei Erzählungen
186 Seiten. Pb. 11,50 Euro. ISBN 978-3-89774-408-0

Im Geiste Hemingways · 3 Stories
148 Seiten. Pb. 11,50 Euro. ISBN 978-3-89774-348-9

Acapulco Puzzle · Roman
88 Seiten. Pb. 8,90 Euro. ISBN 978-3-89774-113-3

Kinder des Meeres
Der Entschluss der Delfine / Der alte Marlin und der Mann
132 Seiten. Pb. 8,90 Euro. ISBN 978-3-89774-328-1

Zufrieden und Blabla im Menschenland
Eine fantastische Geschichte für kleine und große Leser
92 Seiten. Pb. 11,50 Euro. ISBN 978-3-89774-288-8

TRIGA – Der Verlag
Leipziger Straße 2 · 63571 Gelnhausen-Roth · Tel.: 0 60 51/ 5 30 00 · Fax: 0 60 51/ 5 30 37
E-Mail: triga@triga-der-verlag.de · www.triga-der-verlag.de